아리랑

조정래 대하소설

아리랑

7

제3부 어둠의 산하

해냄

몇 달 전에 20대 젊은이들과 대학생 1,500여 명을 무작위로 선
정해 여론조사를 실시한 결과가 발표되었다. 여러 항목 중에서 특
히 눈에 띄는 것이 있었다.

'만약 전쟁이 일어난다면 어떻게 하겠는가?'

무슨 수를 써서든 전쟁터에 나가지 않겠다는 응답이 23퍼센트
였다.

뜻밖에도 그 숫자가 너무나 많은 것에 놀라지 않을 수 없었다.

그런데 얼마 전에 젊은이들을 상대로 한 또다른 여론조사가 보
도되었다. 주로 일본에 대한 문제였다.

'과거사를 놓고 일본에 대해 반감을 가질 필요가 없다.'

이에 대한 응답이 21퍼센트였다.

서로 다른 그 두 가지 문제에 대한 응답 비율이 묘하게도 엇비슷
한 것에 나는 관심을 쓰지 않을 수 없었다.

한반도의 인구가 2천여 만이었던 일제 말기에 친일파와 민족반
역자들은 대략 170여 만이었다. 그 수는 전체 민족의 10퍼센트에

미치지 않았던 것이다. 그러나 그자들이 무력을 갖춘 일본총독부의 세력과 야합함으로써 나머지 90퍼센트의 동족을 처참하게 만들었던 것이다.

'우리가 다시 일본의 식민지가 되면 어찌하겠는가?'

나는 젊은이들을 상대로 이런 여론조사를 해보고 싶은 마음이 동했다. 그러나 두려움이 앞섰다. 그 응답은 이미 나와 있는 것이 아닌가 싶었고, 그 결과 또한 앞의 두 가지 여론조사 비율과 엇비슷할 것만 같았던 것이다.

여론조사의 신빙성을 전적으로 믿지는 않는다 하더라도 오늘의 젊은이들이 어찌하여 그런 의식을 갖게 된 것일까? 의문이 아닐 수 없었다. 물질적 사회구조에 따른 이기주의의 만연 등 그 이유는 여러 가지가 있을 것이다. 그러나 가장 중요한 이유는 역사교육의 잘못과 역사인식의 결여 때문일 것이다.

우리가 다시 식민지가 되는 불행한 상황에 처했을 때 젊은이들 중에서 20퍼센트가 넘게 민족반역자가 될 거라는 예상은 상상만으로도 끔찍스럽다. 그러나 그런 상상이 결코 터무니없는 것이 아닌 것이 오늘의 문제다.

이른바 한일합방이 되자 여러 유생들의 잇따른 할복 속에 매천 황현 선생도 끼어 있었다. 그분의 할복에 대하여 『아리랑』의 한 주인공인 손판석은 "왜 아까운 생목숨을 끊느냐. 그럴 강단이 있으면 그 아까운 학식 가지고 만주땅으로라도 가서 싸움에 앞장서야 할 게 아니냐"고 비판한다. 그는 농민 출신으로 의병투쟁을 하다가 사로잡혀 신작로 공사판에서 강제노동을 하는 상황에서 황현의 할복 소식을 들은 것이었다.

그건 단순히 손판석의 생각이었을까? 그랬을 리가 없다. 작가로서 나는 그 당시 지식인들의 잘못된 선택을 지적했던 것이고, 나아가 오늘의 지식인들의 바른 삶을 예시하고자 했던 것이다. 그리고 민족이 똑같은 불행에 처했을 때 작가인 나 자신의 진로를 확인하는 것이기도 했다. 그 확인 없이 『아리랑』이란 소설을 쓸 수는 없었으니까.

1994년 9월

趙 廷 來

차례

아리랑 제3부 어둠의 산하

7권

1

또 하나의 음모

"요시다 지배인님 드시느만이라우."

밖에서 사내의 목소리가 다급한 듯 울렸다. 그와 함께 방 안에 앉아 있던 예닐곱 명의 남자들이 튕기듯 일어났다.

그들은 방문을 열고 우르르 밖으로 나갔다. 평소와 달리 양복을 차려입은 요시다가 마당을 가로질러 오고 있었다. 그 뒤에는 어김없이 다리 절룩거리는 이동만이 따르고 있었다. 예닐곱 명의 남자들은 허둥지둥 대청에서 내려서 댓돌 양쪽으로 갈라서며 허리를 구부려 머리들을 조아렸다. 그들은 미처 구두를 신지 못해 하나같이 양말발 그대로였다.

"지배인님, 어서 오십시오."

누군가가 어색한 일본말로 인사했다. 다른 남자들은 그 말에 따라 고개를 깊이 숙여 절을 했다. 요시다는 그들을 거들떠보지도 않고 대청으로 올라섰다.

"어찌덜 되았어?"

싸늘한 기색을 내쏘며 이동만이 그들 중의 한 사람에게 재빨리 속삭였다.

"채비 다 끝냈구만이라우."

그 남자도 빠르게 속삭였다.

"채비 다 끝낸 것이 요 꼬라지여?"

이동만이 차갑게 내쏘았다.

"야아?"

"여그가 기생집이여, 사내놈덜만 들끓는 절간이여? 월향이 그 썩을 년언 어디 자빠졌는 것이여!"

이동만은 거칠게 구두를 벗으며 대청으로 올라섰다. 그 남자의 얼굴이 머쓱해지면서 일그러졌다.

이동만이 요시다를 뒤따라 황급하게 방으로 들어가고 있는데 화사하게 차린 기생이 머리를 매만지며 이쪽으로 종종걸음을 쳐오고 있었다.

"요런 썩을 년, 어디 자빠져 있었능겨."

그 남자가 기생을 가로막으며 대뜸 내질렀다.

"음마, 그 무신 상시런 소리랑게라?"

기생이 놀라며 상을 찌푸렸다.

"요것언 나가 허는 욕이 아니고 이 주임님이 허신 것이여. 그리 알고 얼렁 안으로 들어가 부와."

남자가 기생의 어깨를 밀었고, 기생은 금세 켕기는 기색으로 혀를 낼름하고는 몸을 돌렸다.

기생은 요시다 앞에 나부시 절을 올렸다.

"기생년이 귀인 모시는 예절도 모르느냐!"

기생이 몸을 바로 세우기도 전에 일본말 호령이 떨어졌다. 물론 요시다의 비위를 맞추느라고 이동만이 한 호령이었다.

"죄송시럽구만요. 주임님이 부탁허신 햇내기헌티 지배인님 잘 모시라고 이르다 봉게 한발이 늦어진 것이구만요."

기생은 상대방의 약점을 걸고 들며 능란하게 둘러붙이고 있었다.

"햇내기면, 나가 말헌 대로 아다라시로 구했단 말이여?"

이동만은 처녀를 굳이 아다라시라고 하며 목소리가 누그러졌다.

"예에, 진짜배기 아다라시구만요."

기생은 얄궂게 눈웃음을 쳤다.

"인물언?"

"그야 이 월향이 눈인디요."

기생은 재빠르게 이동만을 휘감아들고 있었다.

"되았어. 지배인님 시장허신디 얼렁얼렁 상 채리고, 갸도 당장 딜고 와."

이동만이 손을 까불어댔다.

그때까지 예닐곱 명의 남자들은 손을 앞으로 모아잡고 방 가장자리로 둘러서 있었다.

"자네딜 글로 앉드라고."

이동만이 그들에게 턱짓을 했다.

그들은 머뭇거리고 눈치를 보아가며 자리를 잡았다. 그런데 그들은 하나같이 무릎을 꿇고 앉았다. 그럴 수밖에 없는 것이 그들은 불이농장의 농감이거나 간척지의 감독이었던 것이다.

"여그 아다라시 대령이구만요."

월향이는 방으로 들어서며 일부러 '아다라시'라고 말하고 있었다. 이동만의 짓짓이 눈꼴시고 역겨워 그의 말을 흉내 내는 것으로 감정풀이를 하고 있었다.

월향이의 뒤로는 다른 기생이 고개를 살짝 수그린 채 따르고 있었다.

"인사 올리거라, 요시다 지배인님이시다."

월향이의 지시를 따라 새로 온 기생이 이마에 두 손을 올렸다. 그런데 월향이의 말을 입증이라도 하듯이 그 기생의 머리는 치렁하게 땋아내려져 있었다. 그 머리끝에 드리워진 빨간 댕기가 남빛 치마 위에서 핏빛으로 고왔다.

"으음⋯⋯."

요시다가 처녀기생을 올려다보며 보일 듯 말 듯 고개를 끄덕였다.

"자알되았어. 월향이 애썼네!"

이동만이 신바람 나게 외쳤다.

앳된 처녀기생은 얼굴이 갸름한 것이 퍽 예뻤다. 월향이는 이동만의 말에는 아무 대꾸도 하지 않고 처녀기생을 데려다가 요시다 옆에 앉혔다.

곧 안주가 그득그득 놓인 술상 두 개가 잇따라 들어왔다. 보료가 깔린 상석에는 요시다 혼자 버티고 앉았고 그 양쪽 옆으로는 두 기생이 자리잡았다. 그리고 나머지 사람들은 삼면으로 빼꼭하게 둘러앉았다.

"저어…… 지배인님 생신을 축하해서 저희들이 이것을……."

이동만이 요시다 앞에 빨간 종이로 싼 네모진 것을 내밀었다. 그건 담뱃갑 정도의 크기밖에 안 되었다.

"거 뭐 이렇게 술상을 차렸으면 됐지……." 요시다는 무표정하게 중얼거리고는, "이게 뭔가?" 앞에 놓인 작은 물건에 궁금증을 나타냈다.

"아 예에, 복 많이 받으시고 건강하시라고 금돼지를 장만했습니다."

"금돼지? 이거 너무들 과용한 거 아닌가."

요시다는 비로소 좌중을 둘러보았다. 그 얼굴에 적이 만족감이 드러나고 있었다.

"아닙니다, 과용은 무슨 과용입니까. 저희들이 입고 있는 은혜에 비하면 그까짓 건 너무 약소합니다. 이게 처녀니까 맘에 드시면 오늘밤……."

이동만은 자기네가 장만한 것이 금돼지만이 아니라는 걸 새삼 확인시키고 있었다.

"음, 이만하면 예쁘게 생겼어. 허허허허…… 자아, 다들 한잔씩 들지."

요시다는 너털웃음을 웃어대며 술잔을 들었다. 그들은 감지덕지해하며 모두가 술잔을 받쳐들었다.

"그런데…… 요새 공사장은 어떤가?"

술잔을 내려놓으며 요시다가 왼쪽으로 눈길을 돌렸다.

"예, 예, 아무 이상이 없습니다."

한 남자가 당황스럽게 대답했다.

"글쎄, 겉으로만 이상이 없는 건가 속까지도 이상이 없는 건가?"

부드러운 목소리와는 달리 요시다의 눈길은 날카롭게 건너편으로 날아가고 있었다.

"예, 노동자들 속에 심어둔 끈들이 계속 활동하고 있습니다. 헌데 아무 이상이 없습니다."

그 남자는 말에 힘을 주고 있었다.

"내가 지난번에도 말했지만 소작인들보다는 노동자라는 것들이 더 문제야. 내지 일본에서는 벌써 사회주의자라나 공산주의자라는 놈들이 노동자들 속에 파고들어 노동자들이 말썽을 일으키기 시작했어. 조선에도 작년에 조선노동공제회라는 게 생긴 이상 우리도 방심해선 안 된다 그 말이야. 노동공제회 놈들이 다 일본에서 사회주의 빨간 물 먹은 놈들이고, 그놈들이 생긴 지 벌써 1년이 되었으니 우리 공사장에도 손을 뻗칠 때가 됐다는 걸 명심해야 돼."

"예, 예, 명심하겠습니다."

그 남자가 힘있게 대답하며 일본식으로 두 번 세 번 머리를 조아렸다. 그 남자를 따라 옆에 앉은 다른 세 남자들도 머리를 깝신거렸다.

요시다가 담배를 빼들었다.

"죽향아!"

월향이가 처녀기생을 낮게 부르며 빠르게 눈짓했다. 어딘가 슬픈 기색이 깃들인 처녀기생이 아무 표정 없는 얼굴로 성냥갑을 집어 들었다.

"참, 이름이 뭐지?"

요시다가 코로 입으로 담배연기를 뿜어내며 물었다.

"예, 죽향이라 하옵니다."

월향이가 대답했다.

"쟤는 귀머거린가, 벙어린가?"

요시다가 월향이를 흘겨보았다.

"아 예, 일본말을 인제 배우고 있는 중이라서……."

"그렇겠군. 아직 나이 어리니까." 요시다는 속 넓은 듯 고개를 끄덕이며 웃음짓고는, "죽향이라, 대나무에서 향기가 나면 어떤 향기가 날까?" 죽향이 쪽으로 고개를 돌리며 코를 큼큼거렸다.

"예, 그 향기는 아무도 모릅니다. 이따가 지배인님께서 혼자 맡으셔야 아십니다."

월향이의 능란한 말장구였다.

"허허허허…… 그래, 그렇겠지 그렇겠지. 조선사람들이 기생 이름 하나는 아주 잘 짓는단 말야. 우리 일본사람들이 그건 못 따라간다니까."

요시다는 흔쾌하게 웃어대며 죽향이의 엉덩이를 두들겼다. 죽향이의 몸이 움찔하는 걸 그는 느끼고 있었다.

"지배인님, 제가 술 한잔 따라올리겠습니다."

이동만이 술주전자를 들었다.

"그러지. 자네들도 술 많이 마시도록 하게. 그간에 수고들 많이 했지."

요시다는 술잔을 들며 마치 자기가 사는 술이라도 되는 것처럼 말인심을 쓰고 있었다.

그들은 요시다가 금돼지에도 처녀기생에게도 만족해하는 것을 보고 마음이 놓이고 있었다. 돈은 돈대로 쓰고 효과가 별로 나지 않을까 봐 그동안 마음이 조마조마했던 것이다.

"에에 또, 술들 취하기 전에 한마디 더 하겠는데 말야, 다들 정신 똑바로 차리고 들어. 그동안 내가 누차 말했지만 금년부터는 우리 불이농장이 추진해야 할 일이 얼마나 막중한지 자네들도 잘 알 거야. 한마디로 말하자면 간척사업을 차질 없이 진행시켜야 하고, 아울러 쌀 수확도 더 올려야 한다 그 말이야. 다시 말하자면 자네들이 공사장에서는 노동자들을 잘 닦달해야 하고, 농장에서는 소작인들을 잘 닦달해야 한다는 말이야. 더구나 총독부에서는 작년 12월에 산미증식계획을 발표했고, 금년은 그 첫해라는 것을 모두 명심해야 돼. 우리 불이흥업주식회사에서는 총독부의 산미증식계획보다 앞서서 간척사업을 시작했으니까 총독부 정책에 십분 호응하게 된 것이야 더 말할 것도 없지만, 앞으로 더 박차를 가해서 우리 호남지역 불이농장이 얼마나 능력이 있는지를 대내외에 과시해야 된다 그 말이야. 그런데 대내외란 무엇이냐! 대외적으로는 다른 농장들에 비해 우리가 총독부 정책에 얼마나 모범적으로 호응했는지 시범을 보이는 것이고, 대내적으로는 조선땅에 불이농장이 우리만 있는 것이 아니니까 우리의 능력이 다른 데에 비해 얼마나 대단한가를 본사에 보여야 한다 그 말이야. 자네들도 다 알다시피 우리 불이농장은 조선땅에서는 제일 큰 농장이야. 그런데 또 240만 원의 거금을 투자해서 간척사업을 벌이고 있지 않나. 2,500정보, 750만 평이 계획대로 내년 말까지 개간되면 어찌 되는지 알겠지! 우리 불이농장은 그 누구도 따라올 수 없는 거대한 농장이 되는 거야. 어디 그뿐인가! 자네들은 어떻게 되지? 그야 더 말할 것 없이 공신들로 평생 편안하게 살게 되는 거야. 그렇지만 그 반대로 일을 계획대로 추진하지 못하고 차질이 생기거나 망치게 되면 어떻게 되지? 더 이상 긴말하지 않아도 잘들 알겠지."

요시다가 매서운 눈길로 부하들을 휘둘러보았다.

"예, 잘 알았습니다."

"예, 명심하겠습니다."

잔뜩 긴장한 그들은 맹세라도 하듯 제각기 머리를 조아리기 바빴다.

하! 똥강아지 같은 놈들. 네놈들 같은 것들이 있으니까 우리가 조선땅을 맘껏 짓밟을 수 있는 거다.

요시다는 작은 술잔을 느리게 기울이며 머리 숙인 것들을 눈 아래로 깔아보고 있었다.

"자아, 다들 내가 한잔씩 따라주지."

요시다가 술주전자를 들었다.

"아이고 이거 황송스럽습니다."

제일 먼저 몸을 벌떡 일으킨 건 이동만이었다. 잔을 두 손으로 받쳐든 그는 잔에 술이 차자 두 번 세 번 굽실거리고는 자리에 앉았다.

그들은 차례로 술을 받으면서 이동만이 한 그대로 흉내 내고 있었다.

"자아, 맘껏 술들 마시게."

요시다는 언제 살벌한 협박을 했느냐 싶게 흔쾌하게 말하며 술잔을 홀짝 비웠다. 그리고 그는 왼손을 죽향이의 치마 밑으로 디밀어 허벅지를 잡았다. 죽향이의 몸이 또 움찔 떨었다. 그 떨림에 요시다는 살이 화끈해지는 성욕을 느꼈다.

"헤헤헤헤…… 지배인님, 조선여자들은 어떻습니까?"

이동만이 간사스럽게 웃으며 요시다의 비위를 맞추고 들었다.

"조선여자! 글쎄에…… 나도 20년 가까운 세월 동안 조선여자들을 꽤나 겪어본 셈인데, 거 뭐랄까, 김치냄새 마늘냄새만 안 나면 말야, 조선여자들 쓸 만하지, 그래 쓸 만해."

요시다는 불콰해진 얼굴로 연상 고개를 끄덕거렸다. 그런 그의 왼손은 자꾸 죽향이의 허벅지 깊으로 파고들고 있었다. 죽향이는 그 손을 어찌해야 좋을지 모르는 채 반대쪽 허벅지를 꼭 오그려붙이느라고 애쓰고 있었다.

불이흥업에서 추진하고 있는 간척사업은 옥구군 해변에서 벌어
지고 있었다. 밀물과 썰물의 차이가 심한 서해안은 바닷물이 밀려
들고 빠져나갈 때마다 신비스러운 조화를 부렸다. 밀물일 때는 보
이지 않던 뻘 밭이 썰물이 되면 몇십 리 길이로 뻗치며 질펀하게
드러나는 것이었다. 그 경사도 거의 평지처럼 완만해 넓은 들판이
펼쳐진 것이나 마찬가지였다. 그 넓은 땅이 물에 잠겼다가 드러났
다 하는 것은 마치 바다가 심심풀이로 부리는 요술 같았다. 더러
바다를 본 사람이라고 하더라도 바다 밑에서 그리도 넓은 땅이 드
러난다는 것은 믿기 어려울 정도였다.

불이흥업에서는 그 버려진 뻘 밭을 농토로 만들 욕심으로 바다
를 막고 나선 것이었다. 그들은 작년에 인부들을 대대적으로 모집
했다. 그들은 세 가지 조건을 내걸어 가까운 지방마다 선전을 하고
다녔다.

첫째, 영구소작권을 준다. 둘째, 개간비를 따로 지불한다. 셋째,
소작료를 3년간 면제한다.

그 조건은 노동자들을 상대로 한 것이 아니라 전적으로 농민들
을 상대로 한 것이었다. 그들은 토지조사사업을 통해 농토를 빼앗
기고 소작도 제대로 얻지 못해 허덕거리고 있는 농민들이 도처에
수두룩하다는 것을 빤히 알고 있었던 것이다.

그 세 가지 조건은 논밭도 없고 소작도 없는 농민들에게는 너무

나 좋은 조건이 아닐 수 없었다. 그들의 예상대로 인부들은 쉽게 모아졌다. 외리와 내촌 사람들 중에서도 네댓 명이 나섰다. 외리의 남상명도 나섰고, 3·1만세 때 죽은 내촌의 김춘배의 아들 장섭이도 나섰다.

"아재, 건식이 성님도 불러오는 것이 어쩌겠소?"

김장섭은 몸을 피해 목포로 떠난 박건식을 생각해 낸 것이었다.

"글씨, 건식이가 어찌 생각헐랑가도 모를 일이고, 나스는 사람덜이 저리 많은 판에 오가다가 때릴 놓쳐불면 그것 낭패 아니겄는가."

남상명의 신중한 대꾸였다.

"야아, 아재 말씸도 맞구만이라. 군산경찰서가 가차운게 건식이 성님이 안 올라고 헐랑가도 모르겄구만요."

집을 떠나 간척지로 모여든 사람들은 3천 명이 넘었다. 그 사람들 중에는 날품팔이들도 끼여 있었다. 군산 부두며 역전을 배회하며 지게 하나에 목숨을 매달고 살았던 사람들이 모여든 것이었다. 그러나 그들도 결국은 농민이었다. 왜냐하면 그들 대부분도 땅을 빼앗기고 도회지로 흘러들어 막벌이꾼이 된 사람들이었다.

간척공사장은 철도공사장과 똑같은 형태였다. 기술자 몇십 명은 일본사람들이었고, 막노동을 하는 사람들은 전부 조선사람들이었다. 그리고 조장이며 감독들이 배치되어 있는 것도 똑같았다. 군대조직 그대로 편성된 인부들은 조장과 감독들의 철저한 통제 아래 매일 중노동을 치러내고 있었다.

그런데 공사가 시작되고 두 달이 지나면서 문제가 생겼다. 한 달에 10원씩 주기로 했던 임금인 개간비를 지불하지 않고 두 달을 넘긴 것이었다. 집에서 처자식들이 굶어죽게 생긴 판이었다. 인부들은 끼리끼리 모여 불만을 털어놓기 시작했다.

"요것덜이 어쩔라고 이렁고?"

"금메 말이여, 무신 씨다 달다 말이 있어야 할 것 아니라고."

"요것덜이 우리 홀릴라고 애초에 거짓말헌 것이 아닐랑가?"

"글씨, 이리 많은 사람덜 놓고 그러기야 허겄어?"

"무신 태평시런 소리여 시방. 나라도 생짜로 집어묵은 놈덜인디 우리 돈 띠묵기야 손바닥 뒤집기제."

"맞어. 하로 세 끄니 밥 믹여주고 소작 줄 참인디 돈언 무신 돈이냐 허고 낯짝 뒤집고 나올란지도 몰르제."

"아니, 뻘 밭에서 좆빠지게 일해 갖고 간기 배올르는 논 서너 마지기 소작 부치자고 이 지랄염병얼 혀? 이리 똥장군맨치로 입덜 닫고 있을 일이 아니여."

"그러기넌 헌디, 어째야 헐꼬?"

그들은 이 대목에서 말이 막히고는 했다. 막상 누가 앞장서 따지고 나서려고 하지 않았던 것이다. 또다른 두 가지 조건이 그들의 발목을 묶고 있었다. 괜히 남들 먼저 입바른 소리 하고 나섰다가 영구소작권과 소작료 3년간 면제의 혜택도 보지 못하고 공사장에서 쫓겨날 수도 있었던 것이다.

그러나 많은 사람들의 차츰 커져가는 불만이 조장이나 감독들의 귀에 들어가지 않을 리가 없었다. 어느 날 인부들을 모두 집합시켰다.

"내가 듣기로는 개간비를 안 준다고 뒤에서 불평들이 많은 모양인데, 여기가 맘에 안 드는 자들은 당장 여길 떠나라. 여기서 일하고 싶어하는 사람들은 얼마든지 있다. 에에 또, 개간비는 안 주는 것이 아니라 당분간 늦어지는 것이다. 왜냐하면 다들 눈으로 똑똑히 보고 있다시피 시설비가 너무 많이 들어가서 돈이 약간 달리기 때문이다. 돈이 여유가 생기는 대로 개간비는 곧 줄 것이다. 불평들하지 말고 일이나 열심히 하라. 만약 오늘부터 또 불평을 하는 자들이 있으면 모두 골라내 내쫓고 말 것이다. 모두 쓸데없는 불평하다가 내쫓기지 말고 3년 후면 영구소작권을 얻게 된다는 것을 생각하면서 참고 기다려라."

요시다의 일장 연설이었다.

3천 명이 넘는 인부들은 말 한마디 하지 못하고 말았다. 두 달치 임금을 받고 당장 내쫓기느니 조금 더 참고 기다리다가 임금을 받아가며 영구소작권을 얻는 게 나았던 것이다.

한 달이 또 지나 석 달이 꽉 차서야 임금이 나왔다. 그런데 한 사람 앞에 지급된 임금은 30원이 아니라 11원씩이었다. 한 달 식비가 3원씩, 석 달치 9원을 제하고, 나머지 21원에서 10원씩은 뒤로 미룬다는 것이다.

사람들은 10원씩을 또 뒤로 미룬 것도 미룬 것이었지만 생각지도 못했던 밥값을 뗀 것에 분을 터뜨렸다.

"아니, 밥언 공짜로 믹여주는 칙끼허등마 요것이 무슨 도적놈 심뽀여."

"요런 날도적놈덜 보소. 깡보리밥에 짠지만 밐여놓고 무신 밥값이 3원썩이냔 말이여."

"그려, 3원이면 1등미가 두 말이고, 보리로는 반 가마니가 넘는 엿 말이여, 엿 말. 우리가 많이 묵었어야 그 절반 묵었을 것 아니라고. 글먼 그 남치기 절반언 어디로 간 것이여."

"요런 지 딸년 붙어묵다가 좆대감지 뿌라져 뒤질 놈덜이 우리 밥값에서 절반얼 띠묵은 것이 틀림없덜 안혀."

"아니, 베룩에 간얼 빼묵고 모기다리서 피럴 뽈아묵을 일이제 우리덜 등얼 쳐! 요런 놈덜언 당장 좆대감지럴 뽑아죽여야 혀."

사람들은 말을 할수록 점점 더 분이 부풀어오르고 있었다.

그러나 그 분도 풀 길이 없이 가라앉혀야 했다. 감독들이 나서서 해명인지 으름장을 놓는 것인지 모를 말을 해댔던 것이다.

"아니, 밥언 그냥 되는 것이여? 낭구럴 때야 밥이 되고, 사람이 일얼 해야 밥이 될 것 아니겄어. 끄니때마동 꼬실라대는 장작값언 어디서 나오고, 물일허는 여자덜 품삯은 어디서 나오는 것이여? 하늘서 떨어지겄어 땅에서 솟겄어? 허고, 끄니때마동 맨밥덜만 묵었드랑가? 국에다 반찬덜언 안 묵었어? 그 돈언 또 어디서 나왔겄어? 앞뒤 생각도 안 해보고 무신 잔말덜이 그리 많혀. 지배인님도 주임님도 화가 나 기신게 더 따지고 잡은 사람덜언 이 앞으로 나와. 나가 당장 지배인이나 주임님 앞으로 모시고 갈 것잉게."

사람들은 그 공세 앞에서 벙어리가 될 수밖에 없었다.

감독들에게 그런 재빠른 공세를 취하게 한 것은 이동만이었다. 그는 식비 때문에 말썽이 일어나서는 안 되는 비밀을 감추고 있었다.

이동만은 취사문제에 그 누구도 개입시키지 않고 단독으로 처리하고 있었다. 식비가 인부들의 노임에서 나가는 거니까 요시다도 아무 관심이 없었다. 이동만은 그 기회를 이용해 마음대로 많은 돈을 착복하고 있었다. 식량에서부터 부식이며 장작을 사들이는 데까지 알뜰하게 돈을 붙여먹었다. 또 상인들에게는 따로 뒷돈을 받아챙겼다. 이동만은 그 쥐도 새도 모르는 새로운 돈벌이에 가슴이 부풀어 있었다. 3년 예정인 간척사업 동안 벌어들일 액수를 계산하면 엄청난 액수였던 것이다. 그리고 매달 돈이 들어올 때마다 고리채를 놓으면 새끼 쳐서 불어나는 돈 또한 대단했던 것이다. 그런 꿈을 꾸고 있는데 인부들이 말썽을 일으키면 그것처럼 고약한 일은 없었던 것이다.

"감독덜이 멀허는 사람덜이여! 자네덜 농감자리 안 놓칠라면 지끔보톰 그놈덜 꼼짝 못하게 닦달혀."

이동만은 감독들을 몰아쳤던 것이다.

인부들은 또 참고 기다리며 쉬는 날이라고는 없는 한 달을 중노동으로 채웠다. 그런데 밥값을 뗀 임금이 7원인데 4원밖에 나오지 않았다.

"돈얼 맡게놓는다고 썩어지는 것이여 닳아지는 것이여. 안 쓰고 애끼면 다들 당신네 재산 불어나는 것 아닌감. 맘덜 탁 놓고 회사에 돈이 풀릴 때꺼정 기둘리란 말이여."

감독들이 한 말이었다.

사람들은 기가 막혀했다. 그 돈으로는 처자식들의 굶주림을 막을 도리가 없었던 것이다.

"요런 사람 잡을 놈덜이 있능가. 제삿날 잘 묵자고 석 달 열흘 굶을 것이여. 안 되겄구만, 여그 떠야제."

"그려, 한 달에 10원을 다 줘도 우리가 허는 일에 비허면 하품 나는 돈 아니여. 미선소서 여자덜이 한 달에 받는 돈이 13원에서 15원이고, 대갱이에 피도 안 몰른 관청 소사새끼덜이 받는 월급이 15원에서 16원인 판 아니라고. 근디 일 중에 질로 심든 흙일에 뺄밭일얼 험스로 10원이고, 거그서 또 밥값 떼고, 거그다가 또 절반은 외상인지 짤라묵는지 허고. 어떤 넋빠진 개아덜놈이 요런 짓거리 허겄어. 가드라고, 날품 신세가 더 나슨게."

날품팔이했던 사람들이 마침내 반발하고 나섰다.

"머시여, 당장 돈얼 내라고? 기둘리란 말 못 들었어? 요것덜이 일얼 허기 싫으면 고이 떠날 것이제 어디다 대고 까불대고 이려."

밀린 임금을 달라는 그들의 요구는 통하지 않았다. 그들 앞에 나타난 것은 총을 든 경찰이었다. 그들은 잡초 뽑히듯 해서 공사장에서 쫓겨나고 말았다.

그들처럼 감정이 뒤틀려올랐던 다른 인부들은 그들이 맨주먹으로 쫓겨나는 것을 보고 그만 기가 수그러들었다. 경찰이 농장 편인 것은 번연히 알고 있었지만 그러나 그렇게까지 막무가내로 총을 들이댈 줄은 몰랐던 것이다.

"아재, 우리가 잘못 왔능갑소. 저 꼴 나다가넌 우리덜 밀린 돈도 영축없이 띠믹히고 말게 생겼소."

김장섭이 한숨을 토해내며 어깨가 처져내렸다.

"아니여, 그러기사 혈라등가, 시상 눈이 있고 귀가 있는디. 저 사람덜얼 저리 안 다루면 다덜 들고일어날랑가 무서와 저러는 것일 기여. 너무 걱정 말소."

남상명은 김장섭의 어깨를 다독거렸다. 그러나 그건 김장섭에게만 하는 말이 아니었다. 자신의 가슴속에 도사리고 있는 불안감을 씻어내려 하는 것이기도 했다.

그러나 미선소 여자들의 급료보다 적고, 관청 급사의 월급보다 적은 임금은 그 다음 달에도 4원밖에 나오지 않았다. 사람들은 맥이 빠질 대로 빠져 일할 맛을 잃어버렸다. 그러나 조장이나 감독들의 성화는 그들의 그런 기분을 전혀 아랑곳하지 않았다.

또 조장이나 감독들의 성화가 아니더라도 그들은 게으름을 피울 수가 없었다. 하루에 채워야 하는 전표의 수가 정해져 있었던 것이다. 돌을 나르는 사람이나, 돌을 다지는 사람이나, 흙을 퍼담는 사람이나, 흙을 나르는 사람이나 모두가 일한 만큼 전표를 받게 되어 있었다. 감독들은 그 전표를 날마다 나눠주고 거둬들이며 작업량을 조사했다. 전표가 모자라면 임금만 깎이는 것이 아니었다. 개간이 끝난 다음에 소작을 줄 때 그만큼 논을 적게 준다는 것이었다. 꼼짝달싹 못하도록 옭아맨 법이었다.

그 규정에 예외라고는 없었다. 몸이 아파도 어디를 다쳐도 그건 어디까지나 본인의 책임이었다. 그러니 몸살이 나도 일을 쉴 수가 없었고, 발목을 삐어도 돌짐을 지지 않을 수 없었다.

밀리는 돈은 매달 늘어가면서 해가 바뀌고, 공사가 시작된 지도 1년이 다 되어가고 있었다.

"아재, 아재, 요 약 잠 드시게라."

한 손에 사발을 든 김장섭이 거적 위에 누워 있는 남상명을 조심조심 흔들었다.

"으으응…… 응, 으응……."

눈을 꼭 감은 남상명은 몸을 바짝 오그려붙인 채 연상 앓는 소리를 내고 있었다.

"아재, 약이란 말이오, 약."

김장섭은 남상명을 좀더 세게 흔들며 목소리도 커졌다.

"이…… 약언 무신 약이라고……."

남상명의 눈꺼풀이 파르르 떨리면서 꽉 잠긴 목소리가 새나왔다.

"나가 약얼 지다가 대렸구만이라."

"머시여? 자네가……."

남상명은 정신을 가다듬으며 몸을 일으켰다. 손끝 마디마디며 머리털끝까지 저리고 쑤시는 것 같은 지독스러운 몸살이었다.

"따땃허니 딱 묵기 존께 쭈우욱 마셔부시요. 두 첩만 대래 묵으면 지아무리 독헌 몸살도 깨끔허니 낫는다드만이라."

김장섭은 손가락으로 약을 휘휘 저어대며 남상명의 앞으로 다가앉았다.

"허어 참, 자네가 무신 돈이 있다고 약얼 짓고, 대리기년 어디서 또 대랬다는 것이여. 몸살이야 앓을 맨치 앓고 지물에 지는 것이제 어디 약얼 묵을 병이나 되간디."

남상명은 꺼칠한 얼굴로 열적어했다.

"허, 꼭 우리 할메 겉은 소리만 허고 앉었소 이. 감기 몸살이 만병에 근원이란 것도 몰르요?"

김장섭이 약사발을 디밀었다.

"체, 자네 유식허네 웨. 근디, 이 약언 어디서 대랬어?"

약사발을 받아든 남상명은 너무 고맙기도 하고 너무 신통하기도 해서 또 같은 말을 꺼냈다.

"아, 고것이야 약 짓기보담 쉰 일이제라. 우리 밥해 주는 디에 밥 허고 남은 불뎅이가 이글이글헌디요."

"이, 그렇구만. 근디 둔갑술허는 홍길동이도 아니겠고, 약언 언제 진 것이여?"

곰방대만 빨고 있던 한기팔이가 용하다는 듯 말을 걸쳤다.

"참말로, 두 양반 다 영판 땁땁허시요 이. 거 밥허는 아짐메딜언 뒀다 어디다 쓴당게라."

"허, 자네 참말로 인자 봉게 비우 좋고 수완 좋네그려. 얼음판에 다 꿰벳게놔도 살아날 사람 아니라고."

한기팔이가 놀라워했고, 남상명은 고개를 주억거렸다.

"아따 벨것 아닌 일 갖고 그리 춰올리지 마시게라. 꼬라백힘서 코 깨지면 나만 아픈디." 김장섭은 겸연쩍어하며 빈 코를 들이마시고는, "아재, 약 다 식어부렀겄소." 직접 약을 먹일 듯이 그는 남상명에게로 다가앉았다.

"그려, 잘 묵겄네."

남상명은 약사발을 입으로 가져갔다.

"감기 몸살 약이 징허게 씨구만."

한기팔이 중얼거렸다.

그 말에 화답이라도 하듯 남상명이 약사발을 입에서 떼며 진저리를 쳤다.

"짜아, 인자 푹 지무시게라."

김장섭이 사발을 받아들었다.

"그 자석덜이 자네만 같애도 나가 그리 맘이 안 씨일 것인디……."

남상명이 손으로 입을 훔치며 혼잣말을 흘렸다.

"참, 갸덜헌티서넌 안직꺼정도 무신 소식이 없답디여?"

한기팔이 남상명을 쳐다보았다.

"금메 말이여, 어쩌크름 생게묵은 자석덜이 핀지 한 분 보낸 뒤로넌 3년이 다 돼가도록 함흥차사여. 에미 애비가 애가 타 죽는지도 모르고 자석덜이 그런 소견머리도 없이, 나이덜 처묵어도 꺼꿀로 처묵은 것이제."

남상명이 한숨을 내쉬었다.

"아이고 성님, 몸이 아픈게로 아덜덜이 그리워지는게비요 이. 근디 그리 서운허니 생각헐 것 없으시요. 돈벌이허겄다고 타관 떠돌다 보면 언제 핀지 쓸 새가 있겄소. 차일피일험서 1년 가고, 2년 가고 허는 것이 세월 아닙디여. 그러다가 돈 많이 벌어갖고 마당으로 척 들어설 것잉게 무소식이 희소식이다 허고 기둘리시게라."

한기팔은 평소에 속말을 별로 하지 않는 남상명이 두 아들 이야기를 꺼낸 심정을 헤아리며 위로하려고 들었다.

"돈얼 많이 벌어? 다 틀린 일이여. 요리 숭악헌 왜놈덜 시상에 즈그덜이 무신 재주로 돈얼 벌어. 허다못해 돌 쌓는 기술이라도 있으면 또 몰라. 빌어묵을 놈덜, 어디서 뒤지지나 안 했는지 몰르제."

남상명이 말하는 돌 쌓는 기술이란 간척공사장에서 방죽 쌓는 사람들을 일컫는 것이었다. 그들은 그 많은 인부들 중에서 유일하게 전표가 필요 없이 일을 했고, 보수도 세 배가 더 많으면서 밀리는 일 없이 제때제때 받았던 것이다.

"아이고, 성님도 인자 늙었는갑소. 자식덜 두고 속에 없는 억지소리나 퉁퉁 허능 것 봉게."

한기팔이 눈을 흘겼다.

"그려, 나도 늙었제. 요까진 일 못 이기고 몸살이 나는 판잉게."

남상명이 쓰러지듯 옆으로 누웠다.

남상명은 두 아들이 돈벌이를 떠나겠다고 나섰을 때 완강하게 잡아앉히지 못했던 것을 후회하고 있었다. 그때만 해도 빼앗긴 땅을 언제 되찾게 될지 모르면서 젊은것들을 그냥 빈둥거리며 세월 보내게 할 수가 없었고, 세상이 바뀌어 다른 젊은이들도 돈벌이를 떠나는데 두 아들도 힘 모아 한 이삼 년 돈벌이를 해오면 논 마지기나 장만할 수 있지 않을까 하는 기대도 가졌던 것이다. 그런데 두 아들한테서는 함경도 어디에선가 딱 한 번 소식이 왔을 뿐이었고, 풍문으로 듣기에 타관 돈벌이라는 것이 막노동인 경우에는 제 살 깎아먹기로 돈을 모을 수가 없다는 것이었다. 그 풍문을 설마설마했었는데 막상 간척지에서 노동을 해보니까 모든 것이 확연해졌던 것이다.

그 어디고 인부들 많이 쓰는 일터는 왜놈들이 주인일 것이고, 품 삯을 적게 주면서 그나마 뜯기고 미루고 하는 그놈들의 못된 짓에 걸려 돈을 벌기란 틀린 일이었다. 얼마나 고생을 하며 어디를 떠돌고 있는지, 두 아들을 생각하면 남상명은 가슴에 돌이 얹히고 또 얹혔다. 그런데 몸이 아프자 두 아들 생각은 더욱 절절해지고 있었다.

남상명은 밤새껏 앓는 소리를 냈다. 그러나 앓는 사람은 남상명만이 아니었다. 50명씩 기거하는 임시변통의 막사 안에서는 네댓 명의 앓는 소리가 끊임없이 이어지고 있었다.

날이 밝자 남상명은 자기 몸 같지 않은 몸을 커다란 바위를 떠밀듯 일으켰다. 눈앞이 어질거리고 전신이 조근조근 쑤시면서 조각조각 부서져나가는 것 같았다.

"아재, 밤새 잠 어쩌신게라?"

낯을 씻어 물 묻은 얼굴을 양쪽 소매로 씩씩 문질러대며 김장섭이가 물었다.

"어이, 잘 잤능가. 많이 낫네."

남상명은 억지로 웃어 보였다.

"아닌디요, 밤새 대들보 흔들리게 끙끙 앓튼디요?"

김장섭은 미심쩍은 얼굴로 남상명의 수척한 얼굴을 유심히 살펴보았다.

"아니시, 병 나가니라고 그런 것이네."

남상명은 걱정 말라고 손을 저었다. 말을 하다 보니 어쩌면 어젯밤 약을 먹기 전보다 좀 나아진 것 같기도 하고 아닌 것 같기도 했다.

"아재, 병 도지면 안 되게 남은 약 한 첩 더 잡숫고 오늘 하로 푹 쉬시는 것이 어쩌시겄소?"

"아니랑게, 암시랑토 안혀."

남상명은 벌떡 몸을 일으켰다. 그만 눈앞이 핑그르 돌았다. 그런 기색을 눈치채지 못하게 하려고 남상명은 어금니를 앙다물며 목에 걸친 수건을 머리에 질끈 동여맸다.

"그려, 심들드라도 어찌어찌 하로 때와넘게야제. 돈 깎이고 소작 깎이고 어디 손해가 한둘이라야 말이제."

한기팔이가 시름겹게 말하며 혀를 찼다.

남상명은 눈을 똑바로 뜨며 마음을 가다듬었다. 품삯이 몇십 전 깎이는 것은 별문제가 아니었다. 그러나 소작이 깎이게 할 수는 없었다. 영구소작권을 준다는데 한번 소작이 깎이면 그 손해는 두고두고 커지는 것이었다.

개간이 끝나면 논을 다섯 마지기씩 소작을 줄 거라고 했다. 한 마지기 소작을 얻으려고 서로 다투는 판에 그걸 깎일 수는 없는 노릇이었다.

그려, 나가 안직 이까진 몸살에 구둘장 지고 눌 나이넌 아니라고. 어디, 누가 이기능가 보자.

남상명은 저 어딘가 깊은 곳에서 뻗쳐오르는 오기에 몸을 의지하며 밖으로 뚜벅뚜벅 걸어나갔다.

"아재넌 어쩔라고 말기덜 않고 외레 부채질이오, 부채질이."

김장섭이는 퉁명스럽게 말하며 한기팔에게 눈총을 쏘았다.

"헤, 자네가 저 사람 고집이 얼매나 황소고집인지 몰라서 허는 소리여. 순헌 생김허고넌 달르단 말이시. 글고 말이여, 오늘 우리 조가 헐 일이 등짐 지는 것이 아니고 자갈다지기로 바뀐단 말이시. 긍게로 우리가 양쪽 옆이서 심 잠 더 쓰면 되덜 안컸어."

"아니, 오늘 일이 바뀌는 날입디여?"

김장섭은 반색을 했다.

"자네넌 날 가는지도 몰르고 살어?"

한기팔이 어이없어하며 헛웃음을 흘렸다.

"나가 원체로 모지랜게라." 김장섭이는 뒷머리를 긁적거리며 씨익 웃고는, "아재, 아조 잘되았소. 심언 나가 다 쓸라요." 그는 손바닥에 침을 튕겼다.

바닷물이 빠져나간 간척공사장의 뻘 밭은 어마어마하게 넓었다. 동쪽에서 서쪽으로 길게 드러난 검은 뻘 밭은 광활한 평원처럼 펼쳐져 있었다. 그 뻘 밭은 썰물이 된 바다와는 직선을 이루고 있으면서 반대쪽인 육지와는 여러 개의 반타원을 이루며 뻗어가고 있었다. 뻘 밭은 바닷물이 침범하지 못하는 육지와는 그 색깔로 확연하게 구분이 되었다. 그러니까 뻘 밭은 반육지이면서 반바다였고, 또한 육지도 아니고 바다도 아닌 셈이었다. 밀물이 되면 바다가 되었다가 썰물이 지면 육지가 되는 것이 뻘 밭이었다.

이런저런 조개들과 여러 가지 게들의 안식처일 뿐인 그 드넓은 땅을 농토로 만들려고 수많은 사람들이 노동을 바치고 있었다. 3천 명이 넘는 사람들의 움직임을 멀리서 바라보면 마치도 개미떼들이 분주하게 바글거리는 것 같았다.

뻘 밭을 농토로 만드는 가장 중요한 일은 바닷물막기였다. 그 방죽쌓기는 썰물이 된 바닷물을 경계로 동쪽과 서쪽에서 동시에 이루어지고 있었다. 양쪽에서 뻗어나가고 있는 방죽이 하나로 이어지게 되면 그 안에 갇힐 뻘 밭은 2,500정보, 750만 평이었다.

방죽은 3분의 1 정도 쌓여져 나가고 있었다. 남상명네 조는 오늘부터 방죽의 양쪽 돌벽이 높아짐에 따라 자갈과 흙을 뒤섞어 다지는 일로 작업교대가 되었다. 그 일은 공사장 작업 중에서 그래도 수월한 편이었다. 두 자 길이로 자른 아름드리 통나무를 세 사람이 방아 찧듯 하루종일 들어올렸다 내려놓았다 하는 그 일도 힘을 쓰지 않고는 되는 일이 아니었다. 그러나 흙짐 돌짐을 지는 것에 비하면 한결 나았고, 더구나 전표 채우기에 쫓기지 않는 것만으로도 마음이 느긋할 수 있었던 것이다. 그 일은 돌벽이 쌓여 올라오는 것에 맞추어 방아질을 하면 하루품을 쳐주었던 것이다. 인부들은 그 자갈다지기를 신선놀음이라고 불렀고, 누구나 그 일이 차례 오기를 기다렸다.

"아재, 기운 쓰덜 말고 설렁설렁 시늉만 허란 말이오."

김장섭은 불끈불끈 기운을 써대며 남상명에게 눈짓하고는 했다.

"어이, 알겠네. 자네나 너무 기운 빼덜 말어. 그러다 허리 가물 타 겄어."

남상명은 한기팔과 김장섭에게 짐이 되지 않으려고 힘을 쓸 만큼 쓰고 있었다. 약기운인지 어쩐지 그래도 기운을 쓰다 보니 누워서 앓을 때보다는 몸이 나았던 것이다.

점심때가 되었는데 종소리가 울리지 않고 사방에서 호루라기소리가 울리기 시작했다. 호루라기는 감독들이 달고 다니는 것이었다. 인부들은 반가운 종소리 대신 방정맞게 울려대는 호루라기소리에 얼굴들이 찌푸려지고 일그러졌다. 호루라기소리들이 울려대면 언제나 속상하고 귀찮은 일이 생겼던 것이다.

"집합이여, 집합!"

"얼렁얼렁 공터로 뫼여!"

조장들이 손나팔을 입에 대고 외치기 시작했다.

"또 무신 잔소리 깔라는 것이여."

"보나마나제. 우리헌티 존 일언 아닐 것잉게."

인부들은 일손을 놓으며 투덜거렸다. 그러면서도 그들은 모두 공터 쪽으로 빠른 발길을 옮기고 있었다.

인부들이 다 모이자 높직한 돌더미 위에 올라선 것은 요시다였다.

"에에 또, 지금부터 하는 말을 다들 똑똑히 들어라. 제군들은 아직 모르고 있는 사람들이 많겠지만, 조선총독부에서는 넉 달 전인 작년 12월에 산미증식계획을 수립하고 이제 그 정책을 실행하기 시작했다. 따라서 우리도 그 정책에 적극 호응하지 않으면 안 되게 되었다. 그런고로 제군들은 내일부터 하루에 두 시간씩 더 일하도록 한다. 다들 알아들었나!"

요시다는 오랜 세월 동안 조선사람들을 소작인으로 부려온 사람답게 조선말이 거침이 없었다.

"저것이 시방 먼 소리여?"

"몰러, 나도 못 알아묵겄는디."

"어허, 일얼 더 부레묵잔 것 아니라고."

여기저기서 사람들이 웅성거리기 시작했다.

"거 머시냐, 산미 머시랑가 허는 말이 머시다요?"

누군가가 목청 드높게 소리쳤다. 그 외침을 따라 웅성거림이 더 심해졌다.

"주딩이덜 닥치게 혀!"

이동만이 눈을 치뜨며 소리질렀다.

그 서슬에 감독과 조장들이 후닥닥 행동을 개시했다. 호루라기 소리들이 날카롭게 울리고, 조장들이 인부들 사이로 뛰어들며 고함치고 있었다.

"주딩이 닫어, 주딩이!"

"누구여, 주딩이 까는 놈이 누구여!"

"떠드는 놈덜 욜로 나와!"

인부들은 곧 잠잠해졌다.

요시다가 헛기침으로 목을 가다듬었다.

"에에 또, 누가 산미증식계획이 뭐냐고 물었다. 좋아, 지금부터 간략하게 설명할 것이니 잘들 들어라. 조선총독부가 새로 추진하는 산미증식계획이란 뭐냐! 그건 다른 말이 아니라 문자 그대로 앞으로는 쌀을 더욱 많이 수확하자는 것이다. 그러면 제군들은 농토가 똑같은데 어떻게 쌀을 더 많이 수확할 수 있느냐고 이상하게 생각할 것이다. 그러나 제군들은 그런 걱정을 할 필요가 없다. 조선총독부에서는 앞으로 장기계획을 세워 농토를 많이 늘려나가기로 했다. 그 농토확장계획이 바로 우리가 지금 벌이고 있는 간척사업이다. 그리고 또 한 가지는 전국적으로 농토가 될 수 있는 땅을 개간해서 농토를 넓히는 것이다. 그뿐만이 아니라 홍수와 가뭄의 피해를 미리 막아 지금 농사짓고 있는 농토에서도 쌀을 더 많이 수확하기 위해 수리사업을 대대적으로 벌일 것이다. 다시 말하면 산미증식계획은 두 가지 일을 해나가게 된다. 첫째 농토 확장, 둘째 수리사업 실시다. 그러면 조선총독부에서는 왜 그런 일을 시작하는 것인가 하는 것이다. 사이토 총독 각하께서는 조선사람들이 마음 편하게 살 수 있도록 문화정치를 실시하신 자애로운 분인 것은 제군들도 잘 알 것이다. 총독 각하께서는 그것으로 멈추지 않으시고 조선사람들이 배부르게 먹고살게 하기 위하야 바로 산미증식계획을 세우신 것이다 그 말이다. 이것이 그 얼마나 고마우신 뜻인가! 제군들은 총독 각하의 그 고마우신 뜻을 받들어 내일부터는 더욱 열성으로 일을 해야 한다. 제군들이 열성으로 일을 하면 그만큼 빨리 제군들이 원하는 농토를 갖게 되는 것이다. 농토를 하루라도 더 빨리 갖기를 원하지 않는 자들은 오늘 당장 공사장을 떠나라!"

요시다는 운집한 인부들을 왼쪽에서 오른쪽으로, 다시 오른쪽에서 왼쪽으로 천천히 훑어나갔다. 그의 싸늘하고 매서운 눈길 아래 정적만 흐르고 있었다. 그는 거만스럽게 아래로 내려오며 명령했다.

"좋아, 해산시켜라."

그때서야 점심때를 알리는 종소리가 딸랑딸랑 울리기 시작했다.

"아니, 우리럴 위헌다는 것이 무신 소리랑가?"

"낸들 알어, 그 요상시런 소리럴."

"아이고, 머시기넌 머시겄어. 괭이가 쥐새끼 생각혀 주는 것이겄제."

"참말로, 또 무신 꾀럴 쓰는지 원."

사람들은 조별로 밥을 타러 가면서 막혔던 말문을 틔웠다. 그러나 의문만 오히려 더 커지고 있었다.

"아재, 그 말 믿어도 되능게라?"

"아니여, 종놈 위허는 상전 봤능가?"

남상명의 반문은 싸늘했다.

"근디 어찌 그런 거짓말얼 헐게라?"

"긍게 왜놈덜 아니여."

한기팔이가 말을 받았다.

"참 징헌 놈덜이랑게. 일 많이 부레묵어 비용 애낄라는 심뽀로구만."

김장섭이 침을 뱉었다.

"그 속 알았으면 되았네. 말조심허소."

남상명이 더 파리해진 얼굴을 찡그리며 김장섭에게 눈길을 꽂았다.

"씨부랄 놈덜, 참말로 개좆겉으네."

김장섭은 또 침을 내뱉었다.

조선사람들을 위해 산미증식계획을 추진한다는 요시다의 말은 물론 당치도 않은 거짓말이었다. 조선총독부에서는 일본의 식량부족을 해결하기 위해서 장기적인 계획을 세운 것이 그 정책이었다. 일본에서는 제1차 세계대전을 계기로 공업생산력은 급속히 발전한 반면 농업생산력은 급격히 떨어지게 되었다.

그 결과 3년 전인 1918년에는 대규모의 쌀폭동이 일어났던 것이다. 공업생산력을 지속시키면서 모자라는 쌀을 손쉽게 충당할 수 있는 곳은 바로 식민지 조선이었다.

이미 토지조사사업을 통해 많은 농토는 빼앗아놓았겠다, 값싼 노동력은 얼마든지 있겠다, 그보다 더 좋은 식량공급지는 없었던 것이다. 그런데 요시다는 총독부의 그 정책을 끌어다가 자기네 회사의 사업에 이용하려고 들었던 것이다.

2

여자의 세월

백남일은 째보선창으로 들어섰다. 꽃샘바람결에 갯내음이 물씬 풍겨왔다. 포구로 아침밀물이 들어오고 있었다. 그는 코를 큼큼거리며 포구 쪽으로 눈길을 보냈다. 작은 배들이 밀물을 타고 통통거리며 금강으로 올라가고 있었다.

"배럴 한 척 부리는 것도 돈벌이가 짭짤헐 것인디……."

백남일은 문득 이 말이 떠올랐다. 생전에 아버지가 더러 했던 말이었다. 아버지는 면장자리에서 밀려난 다음부터 이상하다 싶게 돈벌이에 눈독을 들였던 것이다. 권세가 없어졌으니 돈이라도 더 많아야 새 권세가 된다고 생각했는지도 모를 일이었다. 아버지가 살아 계셨더라면 지금쯤 배를 부리고 있을지도 모른다 싶었다.

"빌어묵을 놈덜이 어째 이리 속터지게 말얼 안 듣고 이려. 기술 자놈덜 곤조통 드럽기넌 참……."

백남일은 화난 얼굴로 구시렁거렸다. 아버지 생각을 하자 허전한 슬픔과 함께 정미기계 기술자를 손수 부르러 다니는 자신의 몰골이 한심스럽게 느껴졌던 것이다.

백남일은 아버지를 생각할 때마다 아버지가 대단했다는 것을 새삼스럽게 느끼고는 했다. 아버지 살아생전에 그걸 몰랐던 것이 면구스러웠다. 자신은 그저 아버지의 간섭을 피하려 하고 꾸중만 지겨워했던 것이다. 그러나 아버지가 돌아가시고 보니 그게 아니었다. 아버지가 살아 계실 때는 모든 일이 막히고 걸리는 데가 없었는데 아버지가 돌아가시자 제대로 풀리는 일이 별로 없었던 것이다. 새로 배를 부리기는커녕 정미소와 미선소를 뜻대로 꾸려가기도 쉽지가 않았다. 거기다가 말썽 많은 소작인들까지 다루자니 너무 골치가 아팠다.

정미소 기계는 벌써 사흘째 돌지 않고 서 있었다. 사람을 몇 차례 보냈지만 기술자가 오지 않아 직접 나선 참이었다. 아버지가 자신의 이런 꼴을 보면 뭐라고 할까 싶은 자격지심까지 겹쳐져 백남일은 더 화가 부글거리고 있었다.

째보선창은 언제나처럼 너저분하고 북적거렸다. 나무장사에 떡장사, 생선장사에 잔술장사들이 난전을 벌이고 있다. 그곳에서 싸구려 잔술을 마시거나 떡으로 요기를 하는 사람들은 날품팔이 노동자들이거나 기계공장의 막일꾼들이었다. 그리고 가난한 조선사람들이 싼 맛에 모여들었다.

백남일은 자신이 그런 시궁창 같은 곳에 발걸음을 한 것도 기분

상하고 있었다. 그러나 기계공장들이 발동선들 수리에 편리하도록 그곳에 몰려 있으니 어찌할 수가 없는 일이었다.

백남일은 빠른 걸음으로 난전을 지나 기계공장 골목으로 접어들었다.

"아카시 상, 어찌 이럴 수가 있소!"

백남일은 공장으로 들어서며 대뜸 주인에게 쏘아댔다.

"아니, 왜 이러시오?"

주인 아카시가 기계부품들을 치우던 손길을 멈추며 백남일을 멀뚱하게 쳐다보았다.

"아니, 몰라서 묻소? 내가 사람을 몇 번씩이나 보냈으면 기술자를 보내줘야 할 것 아니오."

화가 나 있는데도 백남일의 일본말은 막히는 데가 없었다.

"아니, 사람을 여러 번 보낸 것은 백상 형편이고, 난 그때마다 일이 밀려서 기술자를 보낼 수 없으니 딴 공장에 알아보라고 했잖았소. 내가 할 도리는 다했는데 잘못한 것이 뭐가 있다고 화를 내고 이러는 거요?"

아카시의 얼굴은 냉정했다.

백남일은 그만 당황했다. 아카시의 말이 틀리지 않았고 다른 공장들을 돌아다녀 보았자 신통할 것이 없었던 것이다.

"이보시오 아카시 상, 화를 내는 것이 아니라 기계가 사흘째 못 돌아가고 있으니까 답답해서 그러는 거 아니오. 단골을 이렇게 박대하기요? 아카시 상, 나 좀 도와주시오. 수리비를 배를 내겠소."

백남일은 금방 태도를 바꾸며 주인의 손을 붙들었다.

"수리비야 뭐……."

"술도 한턱내겠소."

"글쎄, 일이 너무 밀려서……."

"그러지 말고 당장 좀 보내주시오."

주인은 마지못한 척 고개를 끄덕였다.

백남일은 주인이 괘씸하면서도 한편으로 만족을 느끼고 있었다. 어려운 일을 이렇게 거뜬하게 해결하는 수완을 아버지에게 보이고 싶은 심정이었다.

백남일은 한시름 던 느긋한 마음으로 공장 골목을 벗어났다. 그는 난전으로 들어서기 전에 걸음을 멈추고 담뱃갑을 꺼냈다. 그의 손에 든 것은 한 갑에 15전짜리 고급품인 해태였다. 난전사람들로 서는 구경조차 하기 어려운 담배였다. 담배에 불을 붙인 백남일은 성냥개비를 아무데나 휙 던져버리고 발길을 옮기기 시작했다.

"아니, 저, 저것이 누구여!"

백남일은 깜짝 놀라며 주춤 멈춰섰다. 그의 눈앞에 크게 확대되는 얼굴이 있었다.

"저, 저것이 그년 아니라고!"

백남일은 하나뿐인 눈을 부릅떴다. 그 옆얼굴이 틀림없이 그년 수국이었다. 백남일은 피가 치솟는 것을 느꼈다.

"야 이년아, 수국아!"

백남일은 고함을 치며 어느 떡장수 여자의 어깨를 잡아챘다.

"워메, 수국이?"

아이를 업은 떡장수 여자가 화들짝 놀라며 고개를 치켜들었다.

"아니, 요것이 누구여……."

백남일은 어리둥절해지고 있었다. 머릿수건이 벗겨진 눈앞의 여자는 수국이와 너무 닮았을 뿐 수국이는 아니었던 것이다.

"댁언 누군디 우리 수국이럴 아시요?"

보름이는 두근거리는 가슴으로 험상궂은 명씨박이 남자를 올려다보았다.

"우리 수국이라고? 글먼 수국이가 니년 동상이여?"

백남일은 한쪽 눈으로 보름이를 노려보며 숨을 씩씩거렸다.

"야아, 그런디요……."

보름이의 목소리가 떨리고 있었다.

"그려, 니년 잘 만냈다. 수국이 그년 시방 어딨냐! 아니여, 수국이 그년에다 그 남동상놈얼 찾아야 혀. 그 잡녀러 것덜이 어디 사는지 대!"

얼굴에 핏발이 오른 백남일은 보름이의 저고리 옷고름께를 틀어잡아 일으켰다. 보름이는 어쩔 수 없이 따라 일어서며 다급하게 대꾸했다.

"몰르는디요, 나도 몰르는디요."

무언가 느낌이 불길해 보름이는 모른다고 잡아떼야 한다고 생각했다.

난전사람들의 눈길이 전부 그들에게로 쏠려 있었다. 어떤 지게꾼이 백남일이가 팽개친 담배를 잽싸게 집어들고 있었다.

"요런 빌어묵을 년 보소. 니년 식구덜이 어디 사는지 니년이 몰른다고. 이 느자구없는 년아, 헐 거짓말얼 히야제. 니 뒤지고 잡냐, 뒤지고 잡어!"

열이 치받친 백남일은 곧 후려칠 기세였다.

"아니, 어째 이러시오. 갸덜이 무신 잘못얼 혔다고……."

"요런 잡년아, 주딩이 까덜 말어. 느그 동상놈이 내 눈얼 요리 맨든 것이여! 내 눈얼 말이여!"

백남일은 부르짖듯 소리치며 발 앞의 떡함지를 걷어찼다.

"아이고메 엄니, 내 떡, 내 떡……."

보름이는 땅바닥에 흩어지는 떡들을 보며 울부짖었다. 그리고 백남일의 손아귀에서 벗어나려고 몸부림쳤다. 그 바람에 등에 업힌 아이가 놀라 울음을 터뜨렸다.

"아이고, 어쩐디야……."

"저, 저 아까운 것얼……."

백남일의 발밑에 밟히고 있는 떡들을 보며 사람들은 혀를 차고 고개를 내두르고 있었다.

"이년아 얼렁 대. 요래도 안 대면 인자 니가 죽을 순서여. 니년 눈구멍에다 명씨럴 박을 챔이여."

백남일은 이빨을 갈아붙이며 독을 내뿜었다.

"저어…… 긍게로 머시냐, 만주로 떴다든디요."

보름이는 위기를 모면하려고 사실대로 대답했다. 만주로 가버렸는데 제놈이 어쩌랴 하는 생각도 했다.

"머시, 만주로 떴다고? 만주 어디여?"

하나뿐인 눈에 살기가 돌며 백남일이 다그치고 들었다.

"만주 어딘지넌 나도 몰르는디요."

"아니, 요런 씨부랄 년이 누구럴 놀리는 기여? 니 뒤져볼겨!"

백남일이 주먹을 치켜들었다.

"참말이랑게라. 나도 넘헌티 들어서 만주로 뜬지 알었단 말이오."

보름이는 울상이 되었다. 왼쪽 이마에 큰 흉터가 새겨져 있었다.

"요런 개잡년!"

백남일은 보름이를 사정없이 후려쳤다. 그리고 발로 배를 걷어
찼다.

아이를 업은 보름이는 땅바닥에 곤두박질쳐졌다. 아이가 진저리
치며 울어댔다.

"어메메, 저걸 어쩐댜……."

"남정네덜 멀혀, 생사람 잡겄구마……."

동무장사 여자들이 애달아했다.

"이년아, 대! 만주 어디여? 얼렁 대란 말이여! 만주 어디여?"

백남일은 소리지르는 것에 맞추어 쓰러진 보름이를 마구 짓밟고
있었다.

아이는 숨 자지러지게 울어대고, 보름이는 아이가 맞지 않게 하
려고 안간힘 쓰고 있었다. 그런데 보름이는 자신을 패고 있는 이
남자와 수국이가 어떤 관계였고, 왜 남동생 대근이가 이 남자의 눈

을 못 쓰게 만들었는지 답답하기만 했다. 그러나 대근이가 정말 이 남자의 눈을 명씨박이게 했다면 자신이 대신 맞을 수밖에 없다고 생각하고 있었다.

"야, 야, 족발 치워!"

"요것이 누구럴 패고 이려!"

사람들 사이에서 두 젊은이가 튀어나와 백남일을 가로막았다. 그들은 한눈에 주먹패라는 것이 표가 났다.

"이새끼덜, 느그덜언 머시여!"

백남일은 조금도 기가 꺾이지 않고 두 젊은이를 떠밀었다. 주먹패 둘 정도는 우습게 보는 헌병대의 가락이 아직 그에게는 남아 있었던 것이다.

"요것이 어디다 대고 욕질이여, 욕질이."

"니 저 아짐씨가 누군지나 알고 족발 놀리고 이러냐?"

두 젊은이는 백남일의 나이 같은 것은 아예 무시하며 막나오고 있었다.

"요런 싸가지없는 새끼덜이 사람 몰라보고 어디다 대고 개지랄이여, 이거. 저년이 느그놈덜허고 무신 상관이 있다고 넘 일에 골통 내밀어. 당장 안 비켜!"

"허, 요새끼가 시상 무서운지 몰르고 들뛰네. 저 아짐씨가 누구냐면 말이여, 우리 오야붕허고 그렇고 그런 사이였다 그 말이여. 인자 알아묵겄냐?"

한 젊은이가 이빨 사이로 침을 찍 내쏘았다.

"니넌 인자 죽었어. 저 아짐씨럴 저리 맹글어놨시니 니 남치기 눈깔에 명씨백이든지, 니놈 붕알이 터져나가든지 헐 것이여."

다른 젊은이가 말을 끝내는 순간 백남일의 주먹이 그 젊은이의 얼굴을 강타했다. 그리고 다른 젊은이의 배를 걷어찼다. 나머지 눈알에 명씨박이게 한다는 말에 백남일은 열이 치뻗쳤던 것이다.

느닷없이 공격을 당한 두 젊은이는 잠시 정신을 차리지 못하고 있었다. 그 틈을 타고 백남일은 도망치기 시작했다.

"저새끼 잡어라."

배를 걷어차인 젊은이가 뛰려고 했다.

"아니여, 아니여."

얼굴을 얻어맞은 젊은이가 동료의 팔을 붙들었다.

"어찌 그려. 니 겁묵었냐?"

"미친 소리 말어. 저 명씨백이가 누군지 나가 아는디, 우리 둘이서 패딲을 놈이 아니여. 잘못 손대면 오야붕헌티 우리가 당혀. 우선에 화나는 것 참고 저놈이 저 아짐씨 팬 것얼 얼렁 오야붕헌티 전히야 혀."

"저놈이 그리 씨냐?"

"시방 정미소도 허고, 헌병보조원도 해묵은 놈이여."

"글먼, 눈깔에 명씨백인 것언 보조원 허다가 다친 것이라냐?"

"아니여. 즈그 미선소에 있는 이쁜 시악씨럴 냠냠 맞게 입맛 다신 것언 좋았는디, 메칠 있다가 그 시악씨 남동상이 저리 맨글어부렀다드라."

남들의 부축을 받아 몸을 일으켜 아이를 달래고 있던 보름이의 귀가 번쩍 뜨였다. 바로 수국이와 대근이의 이야기였던 것이다.

"햐아, 그것 참 꼬시게 잘되았다. 근디 그 시악씨허고 남동상언 어찌 되고?"

"쥐도 새도 모르게 밤중에 도망얼 가분 것이여. 글고 저놈언 눈깔이 빙신 되았웅게 헌병대서 쫓겨나고."

"어허, 고것 참말로 꼬시고 달다."

"근디 아짐씨, 어찌서 그놈이 그리 무작시럽게 팼드랑가요?"

젊은이가 측은해하는 얼굴로 보름이에게 물었다.

보름이는 머리에 수건을 쓰며 고개를 저었다. 동생들의 이야기를 절대로 꺼내고 싶지 않았던 것이다.

"가자, 그것이야 차차 알게."

두 젊은이가 돌아섰다.

"빙신이 맘 고른 디 없드라고 떡함지넌 왜 차엎고 지랄이여."

"저 떡얼 아까와서 어찌까 이."

여자들이 혀를 차고 있었다.

흙이 묻고 짓이겨진 떡들은 개조차 먹을 수 없도록 되어 있었다. 보름이는 그 떡들을 내려다보며 새롭게 목이 메고 있었다. 집에 있는 두 아이의 얼굴이 어른거렸다. 걸신들린 듯 떡을 먹고 싶어하는 아이들에게 한 번도 넉넉하게 먹여보지 못했던 것이다. 못쓰게 된 떡을 보며 보름이는 두들겨맞은 아픔보다 마음이 더 아파오고 있었다.

"그놈허고 무신 웬수럴 졌다?"

"그놈허고 무신 곡절이 있는겨?"

동무장사들이 궁금증을 드러내기 시작했다.

보름이는 아무 대꾸 없이 엎어진 함지를 집어들었다. 그리고 고개를 떨군 채 걸음을 옮기기 시작했다. 그때까지도 모여서 있던 사람들이 길을 비켜주었다.

"참말로, 미인박복이라둥마 꼭 저 사람 두고 이르는 말이여."

"금메 말이여, 미색 타고나면 멀혀. 팔자럴 타고나야제."

"아니여, 사람 팔자 부모 팔자가 반이드라고, 저 사람도 가난헌 집서 태여서 애초에 피지도 못허고 꾀이기만 혔을 것이여."

"인물 좋고 얌전허고 나무럴 디가 없는디. 참 아까운 여자여."

"어디, 그것도 다 이마에 숭 잽히기 전 이얘기겠제. 이마에 숭이 커서 인물 베래분 것 아니겄어?"

"그렇기도 혀. 고것이 불에 딘 숭언 아니고, 어떤 못된 인종이 그리 맨글어났는지 원. 쯧쯧쯧쯧……."

"어떤 못된 인종이 그리혔는지, 어디서 다친 것인지, 그것이야 어찌 알겄드라고. 통 말얼 안 헝게 말이시."

"당연지사제. 궂은 팔자도 서러운디 무신 자랑이라고 콜콜히 이얘기허고 잡겄어. 신세타령혀 봤자 나느니 눈물이고 지느니 한숨이고, 넘덜 입질만 성허제."

"그려, 긍게로 속 찬 여자제."

여자들은 보름이가 비워놓고 간 자리를 이런 말로 채우고 있었다.

보름이는 혼자 걸으며 비로소 서러움이 사무치고 눈물이 쏟아지려고 했다. 그러나 눈물을 흘리지 않으려고 속입술을 깨물었다. 운다고 풀릴 서러움이 아니었고 울면 마음만 허물어질 뿐이었다. 세 자식을 생각해서 마음 옹골지게 먹어야 했다. 자신이 짱짱하게 버티지 않으면 어린것들은 그날로 배곯는 거지 신세가 될 수밖에 없었다. 그나마 나무장사들에게 아침장사를 하고 나서 떡함지가 엎어지게 된 것이 다행이라 싶었다.

보름이는 몸 여기저기가 결리고 아프면서도 마음 한구석이 시원한 것을 느끼고 있었다. 남동생 대근이가 그놈의 한쪽 눈이나마 멀게 만들어 수국이의 원수를 갚은 것은 잘한 일이었다. 그러나 어머니를 생각하면 그 시원함도 금방 스러지고 말았다. 신세를 망친 수국이를 데리고 만주로 떠나면서 어머니의 마음은 어떠했을 것인가.

판석이 아저씨나 부안댁이 수국이 일을 모를 리가 없었다. 그런데 자신에게는 여지껏 숨겨왔던 것이다. 알면 병이고 모르면 약이라고 했다. 그 속 깊은 마음을 헤아릴 수 있었다.

보름이는 오늘 일을 판석이 아저씨나 부안댁에게 알리지 않고 덮어넘기기로 했다. 또 그들 내외에게 걱정을 끼치고 싶지 않았고, 새삼스럽게 수국이가 당했던 일을 들춰내게 하고 싶지도 않았던 것이다. 아까 주먹패 총각 둘이서 나누었던 몇 마디 말로 모든 것을 다 짐작할 수 있었다.

그리고 판석이 아저씨나 부안댁이 오늘 당한 일을 알게 되면 또 속상해하고 분해할 거였다. 그동안에도 그분네의 마음을 괴롭힌

일이 너무나 많았던 것이다.

"허허 참, 나가 암도 쓰잘디없는 허깨비 아니라고, 허깨비."

자신이 세키야에게 쫓겨났을 때 판석이 아저씨는 어느 때보다 분해했었다.

"아니, 그놈이 어디 사람종자여. 아무리 인종 못된 것이 왜놈덜이라고 혀도 지 새끼 업혀 내쫓는 것도 어디헌디 땡전 한 닢도 안 주고 맨몸으로 내몰다니, 시상에 요런 법이 어딨당가."

부안댁도 너무 분해하며 가슴을 쳤던 것이다.

보름이는 아이를 추슬러올리며 얼굴을 찌푸렸다. 다시 생각하고 싶지 않은 마음과는 달리 그때의 일이 또 떠올랐던 것이다.

이마에 남은 흉터를 보고 보름이는 스스로 놀라지 않을 수 없었다. 상처가 심하기는 했지만 그렇게 큰 흉터가 자리잡을 줄은 몰랐던 것이다.

두 갈래로 갈라진 손가락 길이만한 흉터는 왼쪽 이마를 가득 채우다시피 하고 있었다. 머리카락으로 가려보려고 했지만 낭자머리라서 그것도 뜻대로 되지 않았다. 자신의 얼굴이 흉측스러워 보름이는 거울을 들여다보기도 싫었다. 그러나 보름이는 그때 학생을 숨겨주었던 것을 후회하지는 않았다.

세키야의 집에서 쫓겨난 것은 보름쯤 지나서였다. 어느 날 낯모르는 사람이 와서 집이 팔렸으니 집을 비우라는 것이었다. 보름이는 놀라지도 당황하지도 않았다. 벌써 그런 일이 닥치리라는 것을 알고 있었던 것이다.

치료가 끝나고 흉터가 드러나자 세키야의 태도는 더욱 표나게 달라졌던 것이다. 뭐라고 한마디 말이 없었고, 싸늘하게 눈길을 돌렸다. 그러더니 어느 날부턴가 발길을 끊었다.

"아니, 그 승이 어찌 된 것이여?"

어느 날 찾아든 서무룡이의 놀람이었다.

"……."

"어허, 그 아까운 인물 베래부렀구만."

서무룡은 방정맞다 싶게 혀를 차댔다.

"……."

보름이는 고개만 더 깊이 숙였다.

"단단허니 벌얼 받았구만그랴. 그렇게 멋났다고 학상놈얼 숭켜주고 그려."

서무룡은 화를 내듯 이 말을 남기고 돌아섰다. 그리고 보름이가 집을 쫓겨날 때까지 더는 나타나지 않았다.

"그냥 당허기만 헐 일이 아니시. 요 가시네럴 세키얀지 에미얀지 헌테 갖다줘 불소. 고상고상 험서 왜놈에 새끼 키워갖고 무신 영화럴 보겠능가. 정 지놈이 안 맡겠으면 무신 살 방도라도 맹글어줄 것 아니겠어."

부안댁이 분을 못 참고 한 말이었다.

보름이는 고개만 저었다. 매정하고 급한 성질로 횡포를 부렸으면 부렸지 조금이라도 책임을 느낄 세키야가 아니었던 것이다.

"아이고 이사람아, 자네넌 에랬을 적보틈 맘이 너무 순해서 탈이었어. 맘이 그리 순해 빠져갖고 이 삼허고 팍팍헌 시상얼 어찌 살아갈라고 그렁가. 맘 독허니 묵고 나랑 나서보세."

부안댁은 소매를 걷어붙이며 보름이 옆으로 다가앉았다.

"아니구만요, 저것이 지 자석이기도 헝게요."

"머시여? 자네가 무신 수로 저 두 새끼덜얼 키워낼라능가?"

부안댁은 어이없고 안타까워했다.

"다 지 묵을 것 타고난다고 허넝게⋯⋯."

보름이의 목소리는 가늘었다.

"아이고 이사람아, 그것이야 옛날 옛적 태평세월에나 허든 소리여. 땡전 한 닢 없이 여자 혼자 몸으로 고것이 될 일이 아니란 말이시."

"그만허소, 시끄럽네. 세키야 그놈 맘보야 보름이가 질로 잘 알 것 아니겠어. 산 입에 거무줄 치는 법 없응게 그리 걱정허덜 말어."

곰방대만 빨고 있던 손판석이 통을 놓듯이 말했다.

며칠이 지나 손판석은 보름이 앞에 돈을 내놓았다.

"요것이 20원인디, 자네가 세키야헌티 그리 당헌 소식얼 들었담서 서무룡이가 내놓등마."

"야아⋯⋯?"

보름이는 소스라치게 놀라며 가슴이 철렁 내려앉고 있었다. 서무룡이가 입을 놀렸으면 어쩌나 싶었다. 그전에 판석이 아저씨를 찾아가서 서무룡이가 못 오게 막아달라고 부탁을 하면서도 억지로 몸을 섞고 있다는 것은 차마 부끄러워 감추었던 것이다.

"그 사람이 행투넌 못쓰게 혀도 자네헌티넌 영판 지성이라넝게.

그 맘쓰는 것이 고맙덜 않으요?"

부안댁이 보름이와 남편을 번갈아 쳐다보았다. 그런 부안댁은 아무 눈치도 모르는 것 같았다.

"그렇기사 허제. 20원이면 작은 돈이 아닌디 그리 맘쓰기가 쉽지넌 않제." 손판석은 고개를 끄덕이고는, "자네 처지럴 딱허니 생각히서 내놓는 것이제 무신 흑심이 있는 것 겉지넌 않은게 받아도 괜찮헐 것 같구마. 그 사람이 본시 인정이 있는 사람이시." 그는 서무룡이와 보름이의 관계를 전혀 모르는 것처럼 말했다.

보름이는 소리 없이 안도의 숨을 내쉬고 있었다. 판석이 아저씨도 자신과 서무룡과의 깊은 관계를 전혀 모르고 있는 눈치였던 것이다. 보름이는 돈보다도 자신과의 관계를 발설하지 않은 서무룡에게 고마움을 느끼고 있었다.

"요 돈이면 우선에 무신 장사밑천이라도 헐 수 있덜 안컸다고."

부안댁은 돈을 보름이 앞으로 더 밀어놓았다. 보름이는 그 돈이 싫었다.

눈물이 쏟아지려고 했다. 그 돈은 몸값이나 다름없었다. 그러나…… 받지 않겠다고 할 수도 없었다. 그러려면 서무룡이에게 당해온 일을 털어놓아야 했다.

그건 판석이 아저씨가 없는 자리에서 부안댁을 상대로도 차마 꺼내기 창피스러운 이야기였다.

보름이는 눈물을 머금고 그 돈을 받아넣었다. 그날 밤 보름이는 아들 삼봉이를 껴안고 소리 죽여 흐느꼈다. 죄스러움 속에 남편과시아버지가 너무나 그리웠다. 그리고 삼봉이가 더없이 안쓰러웠다.

무주를 떠나오면서는 해마다 성묘를 가리라 했었다. 그러나 몇 년 동안 성묘는커녕 제사도 제대로 지내지 못했던 것이다. 시아버지와 남편의 제사 때가 되면 세키야의 눈을 피해 도둑제사를 지내고는 했었다.

아들 삼봉이를 생각하면 이마에 흉이 크게 남은 것이 오히려 천만다행이었다. 어린 삼봉이는 세키야의 매운 눈총 속에서 언제나 주눅들어 옆걸음질을 쳤던 것이다. 세키야와 서무룡이한테서 벗어난 것을 생각하면 이마의 흉이 고마울 뿐이었다.

보름이는 20원을 가지고 살 궁리를 마련했다. 우선 셋방부터 하나 얻었다. 그리고 나머지 돈으로 세 식구가 먹고 살아갈 일을 찾았다. 그 돈을 까먹지 않고 살아가려면 천상 장사를 하는 수밖에 없었다.

"그려, 맘만 강단지게 묵으면 이문 쏠쏠헌 장사가 괜찮허제. 장사해 묵자면 속창아리럴 다 빼놔야 헌다는 말도 있제만 그려도 농사꾼덜언 배곯코 살아도 장사꾼덜언 다 하로 세 끄니 찾아묵고 사는 법 아니여. 헌디, 무신 장사럴 해야 좋을랑고?"

손판석이 고개를 갸웃거렸다.

"떡장사가 어쩌겄소? 보름이 저사람 손끝도 매시랍고, 이문도 톡톡허다고 허든디. 글고 부두고 역전 앞이고 떡 사묵을 사람덜이 얼매나 많으요."

부안댁의 의견이었다.

"글씨…… 다 안 팔리고 남으면 으쩌라고. 삼동에넌 굳어서 못씨게 되고, 삼복에넌 쉬어서 못씨게 될 것 아니여?"

"아이고 참, 걱정도 팔자요 이. 누가 하로에 한 섬썩 떡얼 헌답디여? 쬐깨 모지랜다 허게 맨글어갖고 해전에 싹싹 팔리게 허고, 그래도 남는 것이야 아그덜 믹이면 한 끄니 때와지는 것 아니겄소."

부안댁의 자신감 넘치는 말이었다.

"글씨…… 장사야 묵는 장사가 질이라는 말도 있기넌 있는디……."

손판석이 고개를 주억거렸다.

떡장사를 시작하기로 하고 보름이는 부안댁을 따라나섰다. 떡장수들이 많은 데를 찾아가 이것저것을 알아보기 위해서였다. 하루에 얼마씩이나 만들어야 하는지, 떡은 몇 가지나 되는지, 어떤 떡이 제일 잘 팔리는지, 떡은 얼마나 커야 하는지, 떡값은 얼마씩 받는지, 어디가 장사가 잘되는지, 알아볼 것이 많았던 것이다.

"참, 아짐은 용허기도 허요 이. 떡장사도 안 해봤음서 어찌 그런 생각얼 다 해내고 그런다요."

보름이는 그런 빈틈없는 생각을 해낸 부안댁이 놀랍기만 했다. 그리고 그런 생각을 전혀 하지 못한 스스로가 딱하고 한심스럽게 느껴졌다.

"에이, 용허기넌 머시가 용혀. 나도 농사짓고 살 적에야 어디 그런저런 눈치 알었간디. 도회지물 묵고 살다 봉게 살살 여시가 돼가는 것이제. 도회란 것이 사람 여물게도 맹글고 백여시도 맹글고 그러는 것 아니여?"

부안댁이 살짝 눈웃음을 지었다.

나넌 안직도 무주 촌것이구만…….

보름이는 이런 생각을 하며 물큰 풍겨오는 산내음을 맡았다. 서늘하고 싱그러운 산내음에 몸이 부르르 떨렸다. 산 첩첩했던 그곳이 못내 그리웠다. 그러나 이제 성묘조차 갈 수 없도록 더럽혀진 몸이었다. 그 죄를 씻는 길은 아들 삼봉이를 잘 키우는 것뿐임을 보름이는 새롭게 깨닫고 있었다.

그려, 나도 인자 여시가 돼야 혀. 아니여, 백여시가 될 것이여.

보름이는 어금니를 맞물며 무주로 뻗치는 마음을 잡아챘다. 그리고 무슨 짓을 해서라도 아들을 장하게 키우리라고 또다시 마음을 다졌다.

나무장수 떡장수 들이 많이 몰려 있기로 이름난 째보선창부터 가보기로 했다. 째보선창에 들어선 보름이는 기가 질렸다. 떡장수들이 너무나 많았던 것이다.

"아이고메 안 되겠소!"

보름이는 무슨 신음처럼 이 말을 했다.

"머시가 안 돼야?"

부안댁이 얼른 고개를 돌렸다.

"떡장사가 이리 많은디…….'

"자네 그럴지 알었네. 이사람아, 자네 맘언 어찌 그리 순허고 물 텡잉가. 동무장사가 많애야 장사가 잘된다는 말도 못 들었능가? 장사가 잘된게 저 사람덜이 이리 몰린 것이란 말이시. 겁묵덜 말고 우선 구경이나 잘해두소."

부안댁이 보름이의 등을 다독거렸다.

부안댁과 보름이는 분주한 사람들 사이를 피해다니며 떡장사들이 장사하는 것이며 떡함지들을 유심히 살폈다.

"저어, 떡얼 사묵어 보는 것이 어쩌겄소."

보름이가 내놓은 의견이었다.

"떡얼……?"

"눈으로 보기만 해갖고야 어디 세세허니 알겄소. 떡얼 사묵어야 이것저것 물어볼 수도 있고라."

"이, 존 생각이시. 근디 돈이 아까와서 으쩌까?"

"고것도 밑천 덜이는 것인디 머시가 아까와라."

보름이는 부안댁의 등을 밀었다.

"음마, 금세 장사가 몸에 익은 것맨치로 말혀 부네."

보름이는 자기를 위해 애쓰는 부안댁에게 떡을 대접하고 싶은 마음도 없지 않았던 것이다.

보름이와 부안댁은 많은 떡장수들 중에서 나이 지긋하고 마음씨 좋아 보이는 여자를 골랐다. 떡을 고르고 있는데 왼쪽 편에서 여자들의 싸움이 일어났다.

"아이고, 저 예펜네가 또 말썽이시."

떡장수 여자가 그쪽을 힐끗 쳐다보며 혀를 찼다.

"같은 장사찌리 어찌 저런다요?"

부안댁도 그쪽을 쳐다보며 물었다.

"자리쌈허는 것이제라. 저놈에 예펜네가 어디서 새로 불거져갖고 염치없이 넘덜 틈으로 끼들라고 헝게 쌈이 안 일어나고 어쩌겠소."

"글먼 이 길바닥에도 니 자리, 내 자리가 말뚝 백혀 있단 말이다요?"

부안댁이 의아스럽게 물었다.

"무신 소리다요? 자릿세꺼정 톡톡허니 물고 있는디."

"아니, 관공서서 요런 시장시런 장사덜헌티도 세럴 뜯어가고 헌단 것이요?"

"아이고 참, 몰르면 말얼 허덜 마시게라. 요 길바닥 쥔이 누군지 아시요? 군산바닥 왈패덜 아닌게라. 왈패덜헌티 꼬박꼬박 자릿세럴 바쳐야 허요."

"아이고 잘되았네!"

부안댁이 불쑥 말하며 보름이의 팔을 쳤다. 그런 부안댁의 얼굴은 더없이 환했다.

"머시가 잘되아라?"

떡장사 여자의 목소리가 금방 달라졌다.

"아니, 암것도 아니오. 우리찌리 그냥 허는 소리요."

부안댁이 얼버무렸다. 부안댁이 서무룡이를 두고 하는 말인 것을 알고 있는 보름이는 민망스러워 고개를 수그렸다.

역시 떡장사는 째보선창이 가장 잘된다는 것이었다.

"자리야 걱정 말고 아무때고 나오라등마."

손판석이 보름이와 부안댁에게 전해준 서무룡의 말이었다.

보름이가 떡함지를 이고 나가는 날 서무룡은 얼굴을 비치지 않았다. 그의 부하 둘이 보름이를 맞이해서 자리를 잡아주었다. 그 자리가 제일 좋은 길목이라는 것을 보름이는 나중에야 알았다.

주먹패들은 보름이한테서는 자릿세를 받아가지 않았다. 벌써 떡장수 여자들 사이에서는 보름이와 서무룡의 관계에 대해 구구한 수군거림이 오가고 있었다. 그러나 보름이는 일체 귀를 닫고 떡 팔기에만 마음을 모았다.

더구나 보름이는 누구에게도 말 못할 근심을 안고 있었다. 서너 달째 꽃이 안 비치더니만 기어코 아랫배가 뽀속하니 불러오르기 시작했던 것이다. 또 애비 없는 자식이 뱃속에서 커나고 있는 것을 생각하면 보름이는 도무지 살고 싶지가 않았다. 그것이 세키야의 자식이라 해도 애비 없는 자식이었고, 서무룡의 자식이라 해도 애비 없는 자식이기는 마찬가지였다.

"참말로 하늘도 무심허시제. 사람 팔자럴 어찌 이리 험허게 맨드시능고. 아니여, 아니여, 세키야 그놈이 천벌을 받아 꼬드라질 것이여. 하면, 천벌을 받고말고."

아이를 받아낸 부안댁이 목메는 소리로 분을 씹었다.

보름이는 사무쳐오는 서러움 속에서 어머니를 생각했다. 그리움으로 서러움이 더 커지며 눈물이 쏟아지고 있었다.

보름이는 집에 들어서자마자 자리에 쓰러졌다. 온몸이 아프고 무거워 더는 견딜 수가 없었던 것이다. 그러나 마음은 놓이지 않았다. 그 명씨박이 눈이 언제 또 앙갚음을 하려 들지 모를 일이었다. 그 사내는 주먹패 총각들의 힘에 쫓겨간 것뿐이지 수국이와 남동생이 만주 어디에 사는지 알아내지 못했던 것이다. 그것을 알아내려고 또 찾아올 것만 같았다.

설핏 잠이 들었던 보름이는 밖에서 부르는 소리에 잠을 깼다.

"누구다요?"

"우리요, 우리. 째보선창 터줏대감."

보름이는 지게문을 밖으로 밀었다. 툇마루에 주먹패 총각 둘이 앉아 있었다.

"얼렁 병원에 갈 채비허시게라."

"병원이라? 나 병원에 갈 맨치 아프지넌 않은디요……."

보름이는 의아스럽게 두 사내를 쳐다보았다.

"그런 말 허덜 말고 얼렁 나스시오. 다 우리 오야붕이 내린 영이신게."

"아그덜 밥도 해믹여야 허고……."

"허 참, 어찌 그리 우리 오야붕이 미리 헌 말허고 딱 들어맞어분다요? 그나저나 해결 볼 일이 남었응게 우리 오야붕이 시키는 대로 허랍디다. 아그덜이야 어디다 맽기면 될 일 아니겄소."

"그려, 손샌집에 맽기라고 헙디다. 병원에 안 가면 우리가 졸갱이 치요."

다른 사내가 그냥 돌아가지 않겠다는 뜻을 분명히 했다.

보름이는 서무룡이가 무슨 일을 꾸미고 있다는 것을 느꼈다. 그
것이 어떤 일인지는 몰라도 병원에 가는 것을 피할 수는 없을 것
같았다. 그리고 서무룡이가 설마 자신에게 해 입힐 일이야 꾸미랴
싶었다.

보름이는 두 아이를 부안댁에게 맡기기로 하고 젖먹이는 업고
집을 나섰다.

"아니, 얼매나 아프간디 병원꺼정 간다?"

부안댁이 놀라움과 함께 의아해했다.

"갔다 와서 세세허니 말허겠소."

보름이는 서무룡이가 미리 잡아놓은 병실에 입원해서 진찰을 받
게 되었다.

다음날 보름이의 진단서를 받아든 서무룡은 똘똘한 부하 셋을
골라 백남일에게 보냈다.

"어지께 째보선창서 떡장시럴 개 패디끼 혔담서요?"

주먹패 셋 중에 키가 호리호리하고 얼굴에 독기가 지르르 흐르
는 사내가 백남일에게 물었다.

"근디, 그것이 어쨌다는 것이여?"

백남일은 대뜸 반말을 내뱉었지만 그 기색에는 겁이 실려 있었다.

"좆도, 혓바닥이 반절뿐이여?" 사내는 사무실 바닥에 침을 찍 내
뱉고는, "우리 구역서 사람얼 친 디다가, 그 떡장시가 무지허게 상
해서 시방 병원에 입원 중이라 우리 오야붕이 화가 지독시리 나셨
다는 것얼 명심혀. 우리 오야붕이 화럴 참고 전허는 말잉게 똑똑

허니 듣고 그대로 혀. 첫째로 그 떡장시 치료비에다가 손해럴 물고, 둘째로 우리 오야붕 찾아가서 잘못혔다고 빌어." 그는 독기 흐르는 얼굴에 사르르 웃음을 띠었다.

"머시 어쩌고 어쩌? 그년 동상놈이 내 눈얼 요 꼴 맹근지나 알고 그런 개잡소리 치는 것이여 시방!"

백남일은 몸을 벌떡 일으키며 주먹으로 책상을 내리쳤다.

"헹, 고것이야 떡장시 동상허고 풀 문제제 우리는 모를 일이고. 오늘 점심때꺼정 우리 오야붕 안 찾아오면 어찌 되는지 알겄어?"

"하늘이 무너져봐라, 나가 가나."

백남일은 주먹을 부르쥐었다.

"되았어. 글먼 쇠고랑 차야 될 것이로구만."

"머시여?"

"폭행범으로 진단서가 경찰서로 넘어가게 되야 있응게. 자아, 가자."

주먹패 셋은 유유하게 백남일의 사무실을 나갔다.

서무룡은 백남일이 자신에게 빌러 오지 않을 것을 잘 알고 있었다. 부하들을 보낸 것은 폭행범으로 쇠고랑을 채울 것이라는 걸 알리는 것이었다. 백남일의 아버지 백종두가 죽고 없는 형편에 결정적인 증거인 상해진단서로 백남일을 잡아넣기는 식은 죽 먹기였다. 일단 쇠고랑을 차게 되면 백남일은 몸이 달아 굽히고 들어올 것이었다. 그때, 그전에 백종두가 살아 있을 적에 실패했던 정기상납액을 정하고 그리고 보름이의 일도 해결해 줄 작정이었다.

서무룡은 부하들을 백남일에게 보내고 자신은 바로 경찰서로 들어갔던 것이다.

백남일은 어떻게 해야 좋을지 몰라 줄담배를 피워대며 우왕좌왕했다. 아버지가 살아 계셨어야 하는데, 아버지가……. 그는 그 어느 때보다도 아버지가 간절하게 느껴졌다.

백남일은 경찰서에 손을 쓸 만한 사람들을 몇 번이고 더듬어보았다. 그러나 마땅한 사람이 잡히지 않았다. 장칠문이만 있으면 간단할 것인데 개똥도 약에 쓰자면 안 보이더라고 그는 아직까지도 시골 주재소에 박혀 있었다. 헌병대만 그대로 있었더라도 그 싹수머리없는 서무룡이놈을 되잡아칠 수 있었을 것이다. 그런데 그놈의 문화정치인지 뭔지 때문에 헌병대는 슬쩍 자취를 감추고 낯모르는 순사들만 부쩍 늘어났던 것이다.

백남일은 시간만 자꾸 흘러가는 초조감 속에서 또 3·1만세를 욕해 대고 있었다. 그 빌어먹을 놈의 3·1만세 때문에 자신은 이래저래 등 비비고 기댈 권세며 바람막이를 다 잃어버린 것이었다.

백남일은 정말 점심때가 가까워 쇠고랑을 차고 말았다.

"이거 왜들 이러시오. 내가 누군지 아시오? 내가 친화회 회장이오, 친화회 회장!"

백남일은 쇠고랑을 차지 않으려고 자신의 감투를 내세우며 몸부림했지만 두 일본순사는 들은 척도 하지 않았다.

백남일은 잡혀가면서 서무룡이에게 이를 갈고 있었다. 그러나 한편으로는 서무룡이에게 사람을 보낼까 말까 망설이기만 했던 것을 후회하고 있었다. 사람을 보내자니 그까짓 서무룡이놈에게 굽히는 꼴이 되었고, 자신이 친화회 회장인데 경찰에서 어쩌랴 싶은 믿음도 있었던 것이다. 그런데 결국 경찰은 서무룡의 주먹패 조직인 일심회 편을 든 것이었다. 백남일은 경찰이 자신의 친화회보다 서무룡의 일심회를 더 대단하게 여기는 것이 너무 분했다.

백남일을 유치장에 가두게 한 서무룡은 느긋해져 있었다. 백남일이 재판까지 받게 될 리는 없었다. 그러나 그가 아무리 손을 쓴다 해도 제멋대로 풀려날 수는 없게 되어 있었다. 피해 당사자인 보름이와 화해를 한다고 끝나는 일이 아니었다. 고발자는 어디까지나 자신이었다. 고발을 취소시키게 하려면 백남일은 자신의 요구를 듣지 않고는 안 되었다.

"똑같은 말 자꾸 할 게 없단 말이오. 빨리 나가고 싶으면 어서 당사자와 고발자, 양쪽에 화해를 하라잖소."

경찰의 대꾸는 이렇듯 사무적이었다.

결국 서무룡이 그런 놈한테……? 아니야, 백남일은 몇 번이고 고개를 저었다. 그런 불상놈한테 어찌 잘못했다고 할 것인가. 그러나 아무리 머리를 짜보아도 그 궁지에서 벗어날 수 있는 다른 묘안은 떠오르지 않았다.

"서무룡이를 좀 만나게 해주시오."

점심도 굶은 백남일은 해질녘에 결국 입을 열었다. 차마 유치장에서 밤을 새울 수는 없는 노릇이었다.

"서무룡이가 없소. 급한 일로 아까 이리에 갔다는 거요."

담당순사가 백남일에게 전해준 말이었다.

"뭐요? 날 그럼 내보내주시오."

백남일은 벌컥 화를 냈다.

"그건 안 되오."

"그럼 나보고 유치장에서 밤을 새란 말이오?"

"별수 없잖소. 내일까지 기다리시오."

순사는 돌아서 버렸다.

"요런 오살육시혀서 잘근잘근 씹어묵을 놈이! 나럴 골탕믹일라고 역부러 안 맨낼라는 것이여."

백남일은 쇠창살을 붙들고 부르르 떨며 이빨을 갈아붙였다.

백남일의 생각은 틀림없었다. 서무룡은 이리에 간 것이 아니라 자리를 피해 술집에 앉아 있었다. 백남일을 몸달게 하고 기를 꺾기 위해 유치장에서 하룻밤 쓴맛을 보게 하려는 것이었다.

서무룡은 다음날 아침 일찌감치 경찰서로 나갔다.

"어지께 날 찾었담서, 용무가 머시요?"

서무룡은 백남일과 마주 앉자마자 거만스레 내질렀다.

"자네 나허고 평상 원수지고 살 챔이여?"

백남일이 외눈으로 서무룡을 노려보았다.

"그것 따지자고 만내자고 혔소? 원수 될 맘 없응게 딴소리 말고 허고 잡은 말이나 얼렁 허씨요. 나 바쁜게."

서무룡은 네놈 속을 다 안다는 듯 백남일을 마주 노려보며 비웃고 있었다.

"원수 될 맘 없으면 되았구만. 경찰에서 화해럴 허라는디 자네 생각언 어쩌?"

백남일은 급하게 마음을 드러냈다.

"화해? 그것 나쁠 것 없는디, 화해 조건이 머시요?"

서무룡의 얼굴이 더 거만스러워졌다.

"그 여자 치료비럴 나가 다 물제."

"고것이 다요?"

"고것말고 머시가 또 있간디?"

"더 중헌 것이 우리 구역서 난장판 지긴 죄요. 그 벌금으로 다달이 정미소 자릿세럴 내야 허요."

"머, 머시여? 택도 없는 소리 치워!"

백남일이 버럭 소리질렀다.

"되았소, 이얘기 끝났응게 앞으로 재판이나 오지게 받아보씨오."

서무룡은 냉정하게 몸을 일으켰다.

"아니, 아니…… 그것이 아니고 말이시, 그 이얘기가 그렇게…….''

당황한 백남일은 서무룡을 붙들었다.

"피차 원수 되잠서 멀라고 붙드요?"

서무룡은 백남일을 사납게 꼬나보았다.

"아니여, 그것이 아니고……. 그전보톰 그 이얘기럴 해쌓는디, 대체 얼마썩얼 보태도라는 것이여?"

백남일은 서무룡이를 자리에 앉히며 자릿세를 낼 뜻을 비쳤다. 그러나 그는 이번 일로 자릿세를 내는 것이 아니라 그전부터 도와달라고 했으니까 보태줄 수도 있다고 말을 슬쩍 돌려 자기 체면을 세우려 하고 있었다.

보태줘!

서무룡은 그 말이 귀에 거슬림과 동시에 백남일의 속셈이 무엇인지 직감했다. 기분이 사르르 꼬였지만 참새도 죽으면서 짹 하더라고 그 정도 체면 세우려고 하는 것은 그냥 넘어가 주기로 했다.

"한 달에 100원씩 내시오."

서무룡이 내지르듯 말했다.

"머, 머시여? 10원이 아니고 100원?"

놀란 백남일이가 말을 더듬었다.

"10원? 누구럴 동냥아치로 알어?"

서무룡의 입에서 반말이 튀어나갔다.

"아니 이사람아, 100원이면 쌀이 몇 가마닌지나 알어? 2등미가 시무 가마니여. 나가 정미소 혀서 한 달에 그맨치도 못 번단 말이여."

물론 서무룡이는 그 돈을 다 받아내자고 100원을 부른 것이 아니었다. 깎일 것을 생각해서 미리 양껏 불러댄 것이었다.

"글먼 얼매럴 내겄다는 것이요?"

"그려, 자네도 일심회 끌어가자면 비용이 들겄제. 나가 일심회 후원비로 다달이 20원씩 내놓기로 허겄네."

백남일은 또 머리를 써서 주먹패에게 눌려 돈을 뜯기는 게 아니라는 명분을 찾아내려 하고 있었다.

"일심회 후원금? 그것 좋소. 근디, 근사헌 이름에 비해 돈이 쥐좆만 해서 어디 쓰겄소. 주고받는 사람 체면이 있제, 두말 말고 그 배로 내시오.”

“40원얼? 이사람아, 나가 흙 파서 정미소 돌리는지 알어? 다달이 40원이면 1년이면 얼맨지나 알고 그려?”

“나허고 친허게 지내면 그보담 큰 이문이 돌아가게 될 것인디요?”

“여러 말 말고 30원으로 짤러.”

“30원? 심에넌 안 차제만 말대접으로 그리허겄소.” 서무룡은 결정을 알리듯 손바닥을 찰싹 맞때리고는, “그 여자 치료비넌 홍정이고 머시고 없이 딱 30원이오. 치료비에, 골병든 것에, 떡값에, 우세산 것이 다 들어간 것잉게, 요 돈얼 깎을라고 들먼 이적지 헌 이얘기넌 다 작파요.” 백남일을 쏘아보고 있는 그의 태도는 단호했다.

“나넌 한 20원 생각혔는디, 그리 말허먼 뻴수 있겄다고.”

백남일은 어물거리며 고개를 끄덕였다. 하룻밤을 유치장에서 보낸 그는 한시라도 빨리 경찰서를 벗어나고 싶은 생각뿐이었다.

서무룡과 백남일은 화해조서에 손도장을 눌렀다. 서무룡의 얼굴에는 웃음기가 어려 있었고, 백남일의 얼굴은 잔뜩 찌푸려져 있었다.

서무룡은 백남일에게 자릿세를 받아내게 된 것만이 기쁜 것이 아니었다. 보름이에게 30원을 챙겨주게 된 것도 마음 가벼웠다. 자식을 끔찍하게 생각하는 보름이에게 보탬을 준 것은 누구에겐가 자랑이라도 하고 싶은 기쁨이었다.

“이쁜 꽃에넌 독이 들었다고 허등마 수국이 그년 보지에넌 독이 들어도 지독시런 독이 들었는갑서. 아니여, 그년 보지넌 귀신단지여, 귀신단지. 귀신단지가 아님사 그년 보지 한분 묵고 요리도 두고 두고 재수가 드러울 수가 있간디."

백남일은 경찰서를 나서며 누가 듣거나 말거나 이렇게 투덜거리고 있었다.

보름이는 다음날 서무룡의 부하가 가져온 30원을 받아가지고 퇴원했다.

"참말로 이리 고마울 디가 어디 있당가. 서무룡이 그 사람이 진짜배기 주먹패 오야붕은 오야붕이시. 진짜배기 주먹패넌 의리럴 지킨다고 안 그러등가."

보름이와 서무룡의 관계를 모르는 부안댁은 서무룡의 칭찬이 늘어졌다.

"어이 보소, 요 돈 30원에 셋방 돈얼 보태면 어디다가 방 딸린 쬐깐헌 점방 하나 채릴 수 있딜 안컸다고? 아무리 작아도 어디다 점방 채래서 떡장사 신세 면허도록 허소. 우리 당장 널보톰 점방 구허로 나스세."

부안댁은 신바람을 냈다.

"저어…… 아니구만이라. 요 돈으로 따로 헐 일이 있는디요."

보름이의 말은 조심스러웠다.

"딴 일? 그보담 더 급헌 일이 머시여?"

부안댁은 멀뚱하게 보름이를 쳐다보았다.

"저어…… 오월이가 너무 고상얼 허고 있는디……."

보름이는 부안댁의 눈치를 보며 어색스럽게 웃음지었다.

"오월이? 오월이야 미선소서 돈벌이 안 허고 있다고?"

"근디, 미선소 일언 심들고 벌이넌 션찮고, 날마동 몸 더트는 힘헌 꼴 당허고……. 소문난 지옥살이힘스로도 움막 신세넌 언제 면헐란지 모르고 헝게……."

"그려서 어쩔라는 것인디?"

부안댁의 기색은 싸늘했다.

"……."

보름이는 눈길을 떨구었다.

"참말로, 자네넌 어찌 그리 맘이 순허고도 부처님 가운데토막잉가. 그리 곱게 맘쓰는 것이야 시상에 존 일이제. 근디 보쏘, 자네 발등에 떨어진 불이 급헌가, 오월이 발등에 떨어진 불이 급헌가? 자네넌 새끼덜이 싯이고 오월이넌 한나여. 그 새끼덜 안 굶기고 살리자면 자네가 오월이보담 세 곱얼 더 벌어야 헌단 말이시. 나 말 야박허니 생각허지 말소. 자네 앞질이 너무 팍팍허고 고단허게 생게서 허는 소링게."

"야아, 알겠구만이라."

"그러고 말이시, 시방 돈얼 쪼개서 서로가 이도저도 안 되고 고상만 허느니 자네가 먼첨 자리잡은 담에 오월이럴 생각혀 줘도 안 늦는단 말이시. 나 말 알아묵겠능가?"

"야아, 명념허겠구만이라우."

보름이는 밤늦게까지 부안댁의 말을 골똘히 생각해 보았다. 부안댁의 말도 속 깊은 데가 있었다. 그러나 미선소에서 시달리며 사는 오월이를 생각하면 차마 그럴 수가 없었다. 오월이가 다른 벌이로 고생을 하면 도와주는 것을 뒤로 미룰 수도 있었다. 그런데 오월이는 미선소에서 날마다 몸뒤짐을 당하고 있었다.

오월이는 그동안에도 서너 차례나 몸뒤짐당하는 괴로움으로 눈물을 흘렸었다. 오월이는 혼자 울다가 들킬 때마다 아무것도 아니라고 잡아떼고는 했다. 그러다가 캐묻고 들면 마지못해 희롱당한 이야기를 짤막하게 하곤 했다.

보름이는 그때마다 조금만 더 참고 기다리라고 했었다. 보름이는 자신이 마음에도 없는 남자들에게 당해보아서 오월이의 마음이 어떨지 너무나 잘 알고 있었다. 오월이에게 기다리라고 한 것은 임시변통의 헛말이 아니었다. 어떻게 해서든 떡장사를 열성으로 해서 돈을 모아 오월이를 미선소에서 빼낼 작정이었던 것이다. 그러나 오월이에게 떡장사시킬 밑천은 마음처럼 그리 쉽게 모아지지 않았다. 오월이는 벌써 1년이 다 되도록 미선소에 묶여 있었다.

보름이는 오월이한테서 동무의 정만 느끼는 것이 아니었다. 오월이는 오빠가 좋아했던 여자였다. 오월이를 보면 하와이로 떠나 소식이 없는 오빠를 느끼고는 했다. 오월이는 말이 없었지만 눈 그 깊은 곳에 변함없이 오빠를 간직하고 있었던 것이다.

병든 시어머니를 잃은 뒤로 혼자 살아가던 오월이가 어린 자식을 데리고 자신을 찾아왔을 때 그 마음을 헤아릴 수 있었다. 오월이는 동무의 정만 믿고 찾아온 것이 아니었다. 그보다 더 깊은 마음으로 의지해 온 것이었다.

보름이는 오월이를 도와야 한다고 마음을 작정했다. 오빠를 생각해서도 미선소에 더 둘 수가 없었다. 그리고 동무로서 오월이가 자신처럼 애비 없는 자식을 갖게 될지도 모를 위태로운 처지에 더 두어서는 안 되었다. 보름이는 홀가분한 마음으로 잠자리에 누웠다.

3

새 길을 열어라

4월 한낮의 들녘은 아지랑이로 가득 차 있었다. 햇발이 진해질수록 아지랑이의 아롱거림은 더 현란하게 어지러워지고 있었다. 헤아릴 수 없이 많은 아지랑이의 실줄기들은 멀고 먼 들녘끝까지 겹쳐지고 겹쳐지고 또 겹쳐지며 아른거리는 몸짓으로 끝없이 하늘로 피어오르고 있었다. 그 겹겹의 아른거림 속에서 멀리 있는 사람들도 아른거리고, 푸른 들녘도 아른거리고, 맑은 하늘도 아른거렸다.

천지에 가득한 그 아른거림은 꿈결인 양 황홀하면서도 서러운 하소인 양 슬픔이 깃들어 있기도 했다. 그 슬픔은 서러움 깊은 사람들의 탄식 같기도 했고, 한 많은 사연 품은 넋들의 승천 같기도 했다. 그건 기실 굶주려 배고픈 사람들의 한숨이고 한탄이기도 했다. 아지랑이가 그리도 숨막히게 흐드러지면 보릿고개의 배고픔도 병이 되도록 사무쳤다. 이미 죽으로도 끼니를 때울 수 없게 된 사람들은 부황이 들고 어질병을 앓았다. 그 배고픈 병이 든 눈으로는 아지랑이를 제대로 바라볼 수가 없었다. 아지랑이의 아롱거림은 어질병을 더 도지게 했다. 그 사람들은 속 메스꺼운 어지럼증에 휘둘리며 하늘을 향해 한숨짓고 한탄을 토했다. 배곯고 사는 기구한 팔자를 쓰라려하고 아파하는 그 한숨과 한탄은 풀릴 길 없는 채 아지랑이에 실려 멀고 먼 하늘로 스러져갈 뿐이었다.

아지랑이의 어질거리는 춤사위 속에 유별나게 고운 꽃밭이 들녘 여기저기 펼쳐져 있었다. 싱그러운 초록빛 잎들이 풍성하게 바다를 이룬 가운데 선연하게 붉은 꽃들이 보석을 뿌린 듯 낭자하게 피어나 있었다. 싱싱하게 돋아오르는 초록빛 위에 점점이 찍힌 붉은 꽃들은 핏빛으로 고왔다. 넓게 펼쳐진 초록빛은 붉은 꽃들을 더 붉게 받쳐올리고, 수없이 많은 붉은 꽃들은 초록빛을 더욱 풋풋하게 북돋우면서 극치의 조화를 이루어내고 있었다. 그 들판에 펼쳐진 꽃밭은 바로 자운영의 모습이었다.

자운영의 붉은 꽃 하나하나는 그다지 화사하지도 않았고 크지도 않았다. 진달래가 그렇고 개나리가 그렇듯이. 그러나 무리지어 핀 진달래나 개나리의 아름다움에 누구나 절로 감탄하듯 자운영도 집체미가 곱고 곱게 돋보이는 꽃이었다.

자운영 붉은 꽃들은 논들을 뒤덮고 있었다. 그런데 농부들은 그 꽃밭 속에서 쟁기질을 하고 있었다. 소가 쟁기를 끌며 더딘 걸음을 옮길 때마다 흙이 뒤집히면서 자운영은 초록빛 잎이고 붉은 꽃이고 무참하게 땅속에 파묻혔다. 그것이 어쩔 수 없는 자운영의 운명이었다. 자운영은 거름에 좋아 길러진 것이었다.

자운영 붉은 꽃이 넘실거리는 논둑에서 송아지들이 가끔 긴 울음을 울고는 했다. 그건 쟁기질을 하고 있는 어미소에게 배고픔을 알리는 소리였다. 그러나 자운영을 뜯어먹지 못하도록 입에 주둥망이 씌워진 어미소는 새끼의 배고파하는 소리를 들은 듯 만 듯 그저 묵묵히 걸음을 옮겨놓을 뿐이었다. 송아지는 그런 어미소를 따라 논두렁을 돌며 아지랑이에 취한 듯 맥없는 울음을 길게 울고는 했다. 어미소는 쟁기질이 힘겨워 끈끈한 침을 질질 흘리면서도 아랫배에는 탱탱하게 불어난 젖을 풍만하게 매달고 있었다.

"이려, 이려!"

차득보는 소를 몰며 또 하늘을 힐끗 올려다보았다. 중천에 옮겨와 있는 해를 따라 배가 출출했던 것이다.

움머어어―.

논두렁에서 송아지가 목을 길게 늘이며 또 배고프다고 보채고 있었다.

차득보는 자꾸 잦아지는 송아지 울음소리에 속이 더 출출해지며 코를 큼큼거렸다. 쟁기질에 줄기들이 부러지고 잎들이 상하면서 자운영 풋내음이 물큰물큰 풍겨오고 있었다. 그 풋풋한 향기는 시장기를 더 동하게 했다.

"요것 잠 받아줄랑게라?"

등뒤에서 들리는 여자 목소리였다. 차득보는 후딱 고개를 돌렸다. 느낌대로 저쪽 논두렁에 월엽이가 광주리를 이고 서 있었다. 차득보는 얼굴이 화끈 달아오르는 걸 느끼며 쟁기야 넘어지든 말든 논을 가로질러 뛰기 시작했다.

"호, 혼자서 어쩐 일이다요?"

차득보는 광주리를 받아내리며 물었다. 또 말이 더듬거려지는 것이 그는 속상하면서도 안타까웠다.

"엄니도 아부지랑 전주에 가시기로 혀서 안 기시는구만요."

월엽이가 사르르 웃으며 손등으로 이마를 훔쳤다.

"아니, 아짐씨도 다 행차럴 허셔라?"

차득보는 뜻밖이라는 얼굴로 월엽이를 바라보았다. 월엽이와 눈이 마주치는 순간 그는 또 가슴이 찌릿 울리는 것을 느꼈다. 그는 당황스럽게 눈길을 돌렸다.

"야아, 아부지 말씸이 그래야 사둔댁에 지대로 인사 채리는 것이 된다등마요. 시장헌디 얼렁 드시게라."

월엽이는 광주리에서 보자기를 걷었다.

"야아, 요 무거운 것얼……."

차득보는 광주리 옆으로 다가앉으며 말을 얼버무렸다. 이 무거운 것을 혼자 이고 오느라고 얼마나 힘이 들었느냐는 말이 속에서는 환한데 입 밖으로는 나오지 않았던 것이다.

그때 소가 커다란 소리로 울었다. 그리고 몸을 흔들어댔다. 멍에와 봇줄이 따라서 흔들렸다.

"아이고메, 저 쟁기 풀어줘야 쓰겄소."

월엽이가 눈치 빠르게 말했다.

밥때라 일을 쉬게 된 것을 안 소는 쟁기를 풀고 여물 주기를 바라고 있었다. 어미소의 울음에 답하듯 송아지가 어리광스럽게 울었다. 그러면서도 송아지는 논으로 뛰어들지 않았다.

"요런, 이놈에 정신 잠 보소." 차득보는 멋쩍은 얼굴로 뒷머리를 긁적이고는 "그려, 니도 묵어야 살겠다 그것이제. 미안타, 기둘려라아." 그는 타령조로 가락을 붙이며 자운영 꽃밭을 무질러가고 있었다.

월엽이는 그런 차득보의 건장한 뒷모습을 살짝 훔쳐보았다. 얼굴이 화끈해지는 걸 느끼며 얼른 고개를 돌렸다.

월엽이는 그에게 마음쓰는 것이 스스로 부끄러워 몸을 움츠렸다. 차득보가 언제부턴가 자신을 색다르게 대한다는 걸 느껴오고 있었다. 그러나 그런 눈치를 모르는 척 덮기만 했다. 여자의 몸가짐을 바르게 하려고 그런 것만이 아니었다. 차득보의 이도저도 아닌 처지가 마음에 걸렸던 것이다.

차득보는 머슴도 아니고 그렇다고 객도 아니었다. 그러면서 2년이 다 되도록 한솥밥을 먹으며 살아오고 있었다. 그는 낮에는 아버지를 따라 농사일을 돕고 밤에는 공부를 배웠던 것이다. 그 생활대로 하면 그는 절반은 학생이었고, 절반은 일꾼이었다. 그러나 동네 사람들은 그를 머슴으로만 대했다. 그런데 그는 속 좋게도 그저 머슴인 척해 가며 웃어넘길 뿐이었다.

"아이고, 뱃속에 동냥아치 삼시랑이 들었다냐 어쩐다냐. 어찌 이리 배가 고프고 이려."

차득보는 둘이만 마주하게 된 어색스러움을 없애려고 일부러 이렇게 혼잣말을 하며 논두렁으로 올라섰다.

월엽이는 논두렁에도 핀 자운영꽃 하나를 따며 파리 쫓는 시늉을 했다. 파리 아닌 벌 한 마리가 논두렁의 들꽃에 앉으려다 말고 황급히 날아갔다.

차득보는 광주리 안에서 술이 든 호리병부터 집어들었다. 마음 같아서는 월엽이가 한잔 따라주면 술맛이 꿀맛일 것 같았다. 그러나 그건 쌀 앉히기도 전에 밥 먹으려 덤비는 어림없는 욕심이었다. 차득보는 실없는 자기 욕심에 비식 웃으며 술병을 기울였다.

차득보는 막걸리 두 사발을 연거푸 비웠다. 목마름과 배고픔을 함께 다스리기에는 그보다 더 좋은 방법이 없었다. 그는 느긋해진 기분으로 된장에 무친 나물을 듬뿍 집어 입에 넣으려다 말고 아차 싶어 월엽이를 쳐다보았다. 젓가락을 쓰지 않고 손가락으로 나물을 집어든 것이 문득 마음에 걸렸던 것이다. 그러나 월엽이는 이쪽으로 등을 돌리고 앉아 자운영꽃을 따고 있었다.

그 다소곳하면서도 암팡진 모습이 어찌나 아리따운지 차득보는 그만 와락 끌어안고 싶은 마음이 동했다. 길게 땋아내린 머리끝에 달린 빨간 댕기가 풀섶에 닿을락 말락 하는 것이 꽃보다 더 고왔다. 그 빨간 댕기가 차득보의 마음을 더욱 휘감아들었다.

차득보는 설렁거리는 마음을 짓누르듯 나물을 입에다 몰아넣었다. 꼭 저 빨간 댕기의 임자가 되고 싶었다. 그러나 그의 눈앞에 떠오른 것은 스승 신세호의 엄한 모습이었다. 그는 그만 가슴에 찬바람이 끼쳐오는 것을 느꼈다.

"그 흔허디흔헌 꽃얼 멀라고 따고 그려요?"

차득보는 그 찬바람을 막아내려는 것처럼 월엽이에게 말을 걸었다.

"그냥 땅에 묻히게 허기가 아깝고 짠헌제라. 다른 꽃덜언 안 그런디……."

월엽이는 뒤돌아보지 않고 그냥 꽃을 따면서 대꾸했다.

"자운영이야 애초에 거름에나 씨일 팔자로 태였응게 벨수 있간디요."

차득보는 이렇게 뚱하니 말하면서도 흔해빠진 꽃이 땅에 묻히는 것을 가엾어하는 월엽이의 고운 마음을 새롭게 느끼고 있었다.

월엽이는 더 말이 없었다. 차득보는 뒤늦게 자신이 말재주가 없다는 것을 깨닫고 있었다. 말을 오래 나누고 싶으면 상대방의 말이 풀려나오도록 말의 매듭을 만들어야 했다. 그런데 자신이 한 말은 그 반대로 월엽이의 말을 막아버린 꼴이 되고 말았던 것이다.

밥을 한입 가득 떠넣으며 차득보는 고개를 갸웃거렸다. 여동생을 찾아 동냥질로 몇 년을 떠돌면서 남다르게 익힌 것이 세 가지가 있었다. 눈치가 빨라졌고, 비위가 두꺼워졌고, 말솜씨가 늘어난 것이었다. 그런데 어째서 그리 멍청하게 말을 했는지 모를 일이었다. 그게 다 월엽이 탓이었다. 월엽이 앞이라 너무 마음쓰다 보니 말이 엉뚱하게 나가는 것이었다.

차득보는 다른 말거리를 생각해 보았지만 마땅한 게 떠오르지 않았다. 그는 부산하게 밥을 먹어대며 다른 생각으로 빠져들고 있었다. 댕기도 새것으로 사주고 싶었고, 빗도 사주고 싶었고, 거울도 사주고 싶었고, 분도 사주고 싶었다. 아니, 그런 것들보다도 제일 먼저 고무신을 사주고 싶었다. 월엽이의 발에서 어서 짚신을 벗겨버리고 그 야들야들하고 보들보들한 고무신을 신기고 싶었다. 그러나 야속하게도 돈이라고는 한푼도 없었다.

차득보는 문득 공허 스님이 야속하게 느껴졌다. 사람 노릇을 하고 살려면 글을 배우고 농사짓는 것도 배워야 한다고 했다. 그러니 2년 동안 농사를 열성으로 했지만 돈 구경은 할 수가 없었다. 공허 스님이 1년에 쌀 두세 말 정도만 용돈으로 돌려주게 했더라면 얼마나 좋았을 것인가. 그러나 그것이 순간적으로 떠오른 면목 없는 욕심이라는 것을 깨달으며 차득보는 고개를 저었다. 신세호 선생님이 가르쳐주는 글값은 한푼도 안 내면서 그런 욕심을 부리는 것은 사람 도리가 아니었던 것이다. 그동안 배운 공부는 너무 많아 돈으로 치자면 얼마를 선생님 앞에 바쳐야 할지 모를 판이었다.

"아이고, 잘 묵었다. 배터지네."

차득보는 배를 쓸며 트림을 했다.

월엽이는 꽃따기를 멈추고 곧 돌아섰다. 왼손에는 빨간 꽃들이 가득 들려 있었다. 월엽이의 얼굴에는 꽃처럼 밝은 웃음이 담겨 있었다.

"그 꽃 머헐라요? 금세 시드는디……"

차득보는 뚜벅 말했다.

"음마, 담배 피우요?"

월엽이는 광주리 옆에 앉으려다 말고 눈이 동그랗게 커졌다.

"나도 인자 어런이단 말이오."

종이에 담배를 말고 있던 차득보는 월엽이를 힐끗 쳐다보았다.

"아이고메……."

월엽이는 입을 가리며 쿡쿡 웃었다.

"머시가 우습소. 이팔청춘 넘어 2년이 더 지냈으면 외상 없이 어런이제."

열여덟 살이니까 성인이 됐다는 것인데, 월엽이는 그 말이 영 억지는 아니라고 생각했다. 그 나이에 담배를 피우지 않는 남자는 별로 없었던 것이다.

"근디, 아부지도 아시요?"

월엽이는 그릇을 챙기며 물었다.

"에이, 선상님 앞이서야 안 태우제라."

당치도 않은 소리 하지도 말라는 듯 차득보는 고개를 내저으며 시원스럽게 담배연기를 내뿜었다.

월엽이는 이상한 것을 느꼈다. 담배 피우는 것을 보자 차득보가 한결 더 실하고 듬직하게 여겨지는 것이었다.

"근디 말이요, 월엽이라는 이름이 무신 뜻이라요?"

차득보는 월엽이를 곁눈질하며 물었다.

"그야…… 달 월에 잎 엽 잔게요."

"글면 달잎인디, 달에 무신 잎이 달렸다요? 이 그려, 계수나무 잎이다 그런 뜻이구만이라."

차득보는 자기 해석에 만족해하며 고개를 끄덕끄덕했다.

"음마, 꿈보담 해몽이 좋으시요."

그 색다른 해석이 썩 그럴듯해 월엽이는 생긋 웃었다.

"아니 글먼, 나가 헛짚었소?"

차득보가 당황한 기색을 드러냈다.

"저어, 아부지가 말씸허시기로넌, 달빛에 젖은 나뭇잎이라등마요."

"그렇구만이라. 나가 원체로 무식해 논께 선상님 짚은 뜻얼 알 수가 있간디요."

차득보의 얼굴이 일그러졌다.

"아닌디요. 계수나무 잎이란 뜻도 아조 존디요."

자기도 모르게 불쑥 나간 말이었다. 월엽이는 그만 얼굴이 화끈 달아오르는 것을 느꼈다.

"아니, 그려라?"

차득보는 금방 환해진 얼굴로 월엽이를 쳐다보았다. 그 눈이 이글거리고 있었다. 월엽이는 그 뜨거운 눈길을 피해 서둘러 광주리를 이며 일어섰다.

차득보는 자욱한 아지랑이 속으로 멀어져 가는 월엽이의 모습을 망연히 바라보고 있었다. 오늘따라 더 예뻐 보이는 월엽이가 손 닿지 않는 데 핀 꽃처럼 멀게만 느껴졌다. 올라가지 못할 나무는 쳐다보지도 말라는 말을 차득보는 또 곱씹고 있었다. 그러나 열 번 찍어서 안 넘어가는 나무 없다는 말도 있었다. 차득보는 다시 담배를 말며 뒷말이 더 옳다고 생각하고 있었다. 열 번 아니라 백 번도 더 찍어야 한다고 마음을 다지며 담배 말기에 꽁꽁 힘을 쓰고 있었다.

그러나 차득보는 마음 한구석이 허전하게 빈 느낌을 지울 수가 없었다. 월엽이와 짝이 되자면 자기는 기울고 모자라는 것이 너무나 많았던 것이다. 먼저 집안의 지체부터가 맞지 않았다. 신씨와 차가는 금에 무쇠 비하기요, 비단에 무명 견주기였다. 그리고 자신은 부모도 형제도 없는 외톨이였다. 그렇다고 학식이 있는 것도 아니었고, 어디에 땅뙈기가 있는 것도 아니었다. 남의 집 딸을 넘보면서 어느 것 하나 갖춘 것이 없었다.

차득보는 담배연기를 한숨으로 내뿜었다. 그러면서 그는 공허 스님을 생각했다. 화통한 공허 스님에게 도와달라고 하면 어떨까 싶었던 것이다. 공허 스님은 양반과 상것 가르는 것을 못마땅해했고, 신세호 선생님은 공허 스님을 아주 대단하게 여겼던 것이다. 공허 스님은 주막을 찾아가 여동생 옥녀의 일을 해치우듯 속시원하게 이 일도 풀어줄지 몰랐다.

주막을 찾아갔던 일은 지금 생각해도 속이 후련하고 통쾌하기만 했다. 몇 년 동안에 더 살이 찌고 개기름이 지르르 흐르는 주모는 득보고 옥녀고 그런 아이들 모른다고 몇 번이고 잡아뗐다.

"요런 사람 열두 번 잡을 년 보소. 요런 불지옥에 떨어질 못된 인종아, 밥허고 술이나 고이 팔아묵고 살 일이제 부모 없는 불쌍헌 아그덜 꾀다가 팔아묵는 천하에 못된 짓얼 어디서 배와묵었냐. 그러고도 당자가 눈앞에 있는디 몰른다고 잡아띠여. 에라 이 잡것!"

그만 화가 난 공허는 주모의 머리채를 낚아챘다.

"아이고메, 중놈이 사람 잡네에!"

주모는 있는껏 소리를 질러댔다.

"온냐, 더 소리질러라. 나넌 인종 못된 것덜 죽이기럴 예사로 허는 중놈이다. 니넌도 죽여서 주막허고 함께 불 싸질를 챔이여. 안 뒤질라면 얼렁 말혀, 옥녀 어디다 팔아묵었어!"

공허는 주모의 머리채를 휘둘러댔다.

주모는 죽는 소리를 하고, 아침이 어중간해 손님은 하나도 없고, 부엌데기 여자는 어쩔 줄을 몰라 행주치마를 쥐어짜며 발을 동동거리고 있었다. 그때 사립을 들어서던 개가 으르릉거렸다.

"워리, 워리, 물어라! 이놈 물어!"

주모가 개에게 손짓하며 외쳤다. 그러자 개는 우왕 괴성을 토하며 공허를 향해 뛰었다.

공허는 주모의 머리채를 놓고 잽싸게 피해 섰다. 이빨을 드러내고 달려오던 개가 그대로 지나쳐갔다. 공허는 민첩하게 마루 밑에 쟁여 있는 장작개비 하나를 빼들었다. 그 사이에 개가 더 사납게 으르릉거리며 다시 달려오고 있었다.

개가 공허를 향해 몸을 날렸다. 그때 공허가 장작개비를 휘둘렀다. 개는 숨넘어가는 소리를 지르며 마당에 곤두박였다. 그리고 머리에서는 곧 피가 흐르기 시작했다. 주모는 마루의 기둥을 붙든 채 입이 헤벌어져 질려 있었다.

"니넌도 저리 골통이 깨지고 잡겄제?"

공허는 장작개비를 들고 토방으로 올라서며 싸늘하게 내뱉었다.

"아이구만이라, 잘못혔구만이라. 다 말허겄구만이라, 잘못혔어라우."

주모는 떨면서 손바닥을 맞비벼댔다.

"잡소리 말고 얼렁 대기나 혀!"

"야아, 떠돌이 놀이패헌티 넘겠는디, 지끔은 어디 있는지 몰르는구만이라우."

"하, 요런 백여시가 앞막음 먼첨 허는 것 보소. 니년이 몰르면 누가 알어!"

공허는 눈을 부릅뜨며 곧 내려칠 듯이 장작개비를 치켜들었다.

"아니 참말이구만요, 참말이어라. 그 놀이패가 몇 달에 한 분썩 지내간게 쬐깨 여유럴 주시면 꼭 알아내겄구만요."

주모는 연상 손을 싹싹 비볐다.

"옥녀 갸가 누군지 아냐? 내 조카여. 갸럴 안 찾아내면 니년이 죽어. 글고 나럴 피해 어디로 뜰 생각도 말어. 나넌 사방천지 골골이 발 안 닿는 디가 없응게. 그랬다가 잽히는 날에는 진짜배기로 오살육시당헐 것잉게. 알겄어!"

공허는 갑자기 빽 소리지르며 장작개비로 마루를 쳤다.

"야아, 야아, 명념허겄구만이라우."

주모는 와들와들 떨었다.

"여그 국밥 두 그럭 내와." 공허는 장작개비를 마당으로 내던지며 말하고는, "득보야, 이리 오니라. 밥 묵자." 그때까지 토방 한쪽에 불안하게 서 있는 차득보에게 손짓했다.

국밥을 다 먹고 난 공허는 돈을 냈다.

"아니 저어, 돈 그만두시씨요."

주모가 당황해서 말했다.

"잔말 말어. 나넌 니넌 심뽀가 아닝게. 옥녀나 후딱 찾아내."

공허는 또 주모를 쏘아보았다.

"야아, 그리허겄구만이라우."

주모는 얼른 손바닥을 맞비볐다.

"인자 더 떠돌아댕길 것이 없다. 동상언 꼭 찾게 될 것이고, 니도 나이들고 혔응게 사람값허고 살아얄 것 아니겄냐. 나가 시키는 대로 혀라."

주막을 나선 공허가 득보의 어깨를 어루만지며 말했다.

그래서 월엽이네 집에서 기거하게 되었다. 그동안 공허 스님은 옥녀의 소식을 두 차례 가지고 왔었다. 경상도 진주 근방에서 놀이패에 끼여 있는 것을 본 사람이 있다고 했고, 그 다음에는 전라도 어딘가로 소리공부를 하러 들어갔다는 것이었다.

차득보는 공허 스님만 생각하면 그 고마움에 가슴이 저려왔다. 여동생이 살아 있다는 소식만 들어도 찾은 것이나 마찬가지 마음이었다. 무서우면서도 정이 많은 공허 스님은 월엽이 일도 꼭 성사시켜 줄 것만 같았다.

한편, 신세호는 2년형을 살고 출감하는 사위를 맞으려고 전주 걸음을 하고 있었다. 송중원은 만세운동을 주도했던 동료들과 함께 상해로 빠져나가고 싶어했다. 그러나 어머니의 반대로 뜻을 굽히지 않을 수 없었다. 그의 어머니 안씨는 아들마저 중국땅으로 보내고 싶어하지 않아 완강하게 반대했던 것이다.

그래서 신세호는 사위를 공허에게 부탁해 어느 산 깊은 절로 피신시키기로 했었다. 그러나 경찰의 손이 먼저 뻗치고 말았던 것이다.

신세호는 사위가 체포된 그날부터 지금껏 하루도 마음이 편치 못했던 것이다. 안사돈에게 죄지은 마음에 시달려야 했다. 피신을 더 서두르지 못한 것은 자신의 불찰이었다. 그리고 정작 고생을 하고 있는 사위를 생각하면 그 죄지은 마음은 그만 바윗덩어리가 되고 말았다. 면회를 다니면서도 제대로 얼굴을 들지 못했다. 그 우환 중에서도 그나마 천만다행이었던 것은 딸이 아들을 낳은 것이었다. 만약 딸을 낳았더라면 우환이 더 깊어질 뻔했다. 아들손자를 본 안사돈은 웃음이라고는 없던 얼굴에 웃음을 피울 만큼 기뻐했던 것이다.

그러나 안씨는 안씨대로 자기 잘못을 후회하며 애를 태웠을 뿐 바깥사돈 신세호를 탓하는 마음은 조금도 없었다. 신세호가 면목 없어 할 때마다 안씨는 자기 잘못이 커지는 걸 느끼고는 했다. 자신이 하루만 일찍 서둘렀더라도 아들은 변을 당하지 않을 수 있었던 것이다. 설마 하며 집 가까운 친척집에 둔 것이 큰 잘못이었다.

형무소 앞에는 많은 사람들이 모여 있었다. 신세호는 사람들 틈에서 기쁨보다는 비애감이 더 커지고 있었다. 만세 부른 것이 무슨 죄라고 그 당시에는 각 도에 있는 형무소마다 사람들이 넘쳐 잠을 앉아서 잘 지경이라고 했었다. 그동안 형기가 다른 사람들이 많이 풀려났을 텐데도 2년 옥살이를 하고 나오는 사람들을 기다리는 사람들은 너무나 많았던 것이다.

신세호는 사람들 사이에 아이를 업고 서 있는 딸 하엽이를 물끄러미 바라보았다. 그 누구보다도 마음고생 몸고생이 컸던 것은 하엽이었던 것이다.

"옥문이 열렸네에!"

"저그 사람덜이 나오는구마!"

이런 환성이 울림과 함께 사람들이 형무소 철문 앞으로 와르르 쏠려가고 있었다. 그 사람들 틈바구니를 송중원의 어머니 안씨가 헤쳐나아가고 있었다. 그 뒤를 아이 업은 하엽이가 따르고 있었다. 그리고 신세호의 아내 김씨는 외손자를 보호하려는 듯 두 팔을 벌린 채 딸 하엽이의 뒤에 바짝 붙어서 있었다.

신세호는 몸 빠른 그 모습들을 물끄러미 지켜보고 있었다. 그는 세 여자가 이루고 있는 순서에 묘한 느낌을 받고 있었다. 그러면서 그는 자신은 어떻게 해야 할 것인지 머뭇거리고 있었다.

안사돈은 한시라도 빨리 아들을 만나고 싶은 마음으로 앞장서 가고 있었다. 딸은 시어머니를 모시는 입장을 잊지 않고 그 뒤를 따르고 있었다. 아내는 혹시 외손자가 다쳐 딸의 처지가 옹색해질까 봐 애쓰고 있었다. 그건 참 묘한 조화였던 것이다. 신세호는 그 조화 속에 자신이 끼어들 자리가 없다는 것을 느끼고 있었다.

그러나 신세호는 사람들 사이에 섞여 걸음을 옮기기 시작했다. 자신도 어서 사위가 보고 싶기도 했고, 괜히 뒤처져 있다가 서로 찾느라고 분주해져서는 안 될 일이었던 것이다.

철문 앞에서는 벌써 반가움에 넘친 울음소리들과 함께 액막이질이 벌어지고 있었다. 액막이질은 철문을 나선 사람이 미처 정신을 차릴 새도 없이 벌어지는 것이었다. 철문을 나선 사람 입에 무작정 두부를 틀어넣듯이 하고는 그 머리 위에다가 소금을 세 번 뿌려댔다.

"거그 액땜질언 저짝으로 나가서 허드라고. 어째 넘덜 못 나오게 앞덜 가로막고 그려!"

"공자님 말씸이여. 문 앞 티워!"

이쪽저쪽에서 소리치고 있었다.

철문을 나오는 사람들에 비해 밖에 와글거리고 있는 사람들이 훨씬 많이 줄어들고 있었다. 한 사람을 마중 나온 사람들이 예닐곱씩은 되었던 것이다. 바깥 사람들이 반나마 줄어들었을 즈음에 송중원의 모습이 철문 밖으로 드러났다.

"중원아, 아니, 아범아!"

문 앞에 바짝 붙다시피 하고 있었던 안씨가 아들의 손을 덥석 잡았다. 안씨는 아들을 '아범'으로 고쳐 부르고 있었다.

"예, 어무님……." 송중원은 핏기 없이 핼쑥한 얼굴에 웃음을 지으며 인사를 하고는, "빙장 어른, 아니 빙모님꺼정……." 장모까지 마중 나온 것을 알고 그는 놀라는 기색을 나타냈다.

"아나, 니 얼렁 요것 묵어라."

안씨가 아들을 옆으로 끌며 큼직한 두부를 내밀었다.

"요것이 머신디요?"

송중원의 얼굴이 마뜩찮아졌다.

"다시넌 옥살이허지 말라고 액매기허는 거이다."

안씨가 두부를 더 가까이 디밀었다.

"그런 것 다 미신이구만요."

송중원이 눈살을 찌푸렸다.

"아니다, 다덜 허는 대로 따르는 것이 존 일인 거이다."

신세호는 사위에게 눈짓하며 말했다. 신세호의 눈에는 말보다 더 많은 의미가 담겨 있었다.

어머니의 마음을 상하게 하지 말라는 장인의 눈짓말을 알아들은 송중원은 두부를 받아들어 듬뿍 베물었다. 그때 안씨는 아들의 머리 위에다가 넓게 소금을 뿌렸다. 한 번, 두 번, 세 번, 그러면서 안씨는 아무도 알아들을 수 없는 입안엣소리를 하고 있었다. 그 얼굴이 숙연하고도 간절했다.

"인자 니 아덜얼 봐야제. 쟈가 니 아덜 준혁이여."

안씨가 밝아진 얼굴로 그때까지 뒤물러나 있던 하엽이 쪽으로 아들을 끌었다.

"아, 예에…… 거 머……."

입가에 묻은 두부부스러기를 손등으로 문지르며 송중원은 어물어물했다. 그는 어색한 얼굴로 쑥스러워했다. 하엽이도 가까이 다가서지 않고 머뭇머뭇하고 있었다.

"자아, 어디 가서 요기보톰 허세."

신세호는 사위를 이끌었다. 젊은 날의 자신의 경험을 미루어 그는 사위의 쑥스러워함을 이해하고 있었다.

그러나 신세호는 딸과 사위의 그 서먹서먹함에 얼핏 신경이 쓰였다. 아니, 어른들 앞이라서 정을 드러내지 못하는 것이겠지. 그것이 옳은 예절이라고 가르치고 익혀왔으니까. 신세호는 스스로 답을 찾아내며 고개를 끄덕였다.

"얼굴이 영 못됐는디, 어디 아픈 디넌 없다냐?"

안씨가 핏기 없는 아들의 얼굴을 유심히 살피며 불안한 기색이었다.

"예, 암디도 아픈 디 없구만요." 송중원은 어머니에게 눈길도 돌리지 않고 짧게 대꾸하고는, "만주서넌 무신 소식이 있는가요?" 그는 어머니의 다른 물음을 막듯 장인에게 말을 걸었다. 그는 아버지 송수익의 소식을 묻고 있었다.

"글씨…… 세세헌 것언 이따가 집이 가서 허기로 허고, 공허 스님이 그간에 두 행보 허셨는디 어디로 옮기셨는지 뵙지럴 못했다는 것이네."

신세호의 목소리는 낮고 우울했다.

"혹여 무신……"

말꼬리를 흐리는 송중원의 얼굴에 근심의 빛이 드러났다.

"아니시, 그럴 일언 없을 것이네. 공허 스님 말로넌 부대가 다 이

동혀서 아라사땅 연해주로 일시 옮긴 것이라고 허데. 너무 걱정 안
해도 될 것이네."

신세호는 사위를 쳐다보며 자신감 있게 말했다.

"예에…… 무사허셔야 될 것인디요."

송중원은 고개를 주억거리며 먼 하늘로 눈길을 보냈다.

신세호는 부친의 안부를 염려하고 있는 사위의 모습을 바라보았
다. 눈부신 햇볕에 드러난 그 얼굴은 더 창백하고 파리해 보였다.
그런데도 2년 전보다 한결 달라진 느낌이었다. 남자답게 듬직해졌
는가 하면 어른스럽게 든든해 보이기도 했다. 그전에 드러나 보였
던 앳되고 나약한 듯한 감은 거의 가셔지고 없었다. 신세호는 그게
단순한 신체적 변화라고만 생각하지 않았다. 갇혀서 보낸 세월 동
안 마음이 더 실해졌음을 느끼고 있었다.

사위가 면회 때마다 은근히 말을 돌려가며 제 아버지의 안부를
묻곤 했던 것도 생각이 깊어지는 마음의 표현이었던 것이다. 사위
는 갇혀 지내면서 무슨 생각인가를 많이 하고 있는 눈치였다. 제
아버지가 있는 만주땅으로 신속하게 피하지 못한 것을 후회하는
것도 같았고, 감옥살이로 허송세월하는 것을 분하고 안타까워하
는 것도 같았고, 앞으로의 일을 골똘하게 생각하고 있는 것 같기도
했다.

"자네, 참말로 어디 아픈 디가 없능가? 어디 아픈 디가 있으면
말허소. 어여 치료보톰 혀야 된게. 맘에 뜻이 있을수록 몸이 천하
인 법이시."

신세호는 아까 안사돈이 물었던 말을 사위에게 다시 물었다. 예로부터 옥살이 반년이면 반골병이 들고 1년이면 온골병이 든다고 했었다. 그런데 사위는 취조과정에 고문까지 당한 몸으로 2년을 살아낸 것이었다.

"예, 배만 고프고 암디도 아픈 디넌 없구만요."

송중원은 어머니에게 대답했던 것처럼 분명하게 대답하며 고개까지 저었다.

"삭신 어디가 절리고 쑤시고 허는 디가 없단 말이여?"

신세호는 오른손으로 자신의 몸을 두루 더듬듯 해 보이며 재차 물었다.

"예, 아지랭이고 햇발에 눈만 시리제 삭신 아픈 디넌 없구만요."

송중원은 장인에게 웃어 보였다.

"그려? 참 천만다행헌 일이시. 젊은 몸이라 그런가 어쩐가⋯⋯."

신세호는 뒷말을 흐리며 고개를 끄덕끄덕했다. 그는 사위의 건강에 안심해서 고개를 끄덕이는 것이 아니었다. 건강에 이상이 없으면 안사돈과 상의해 놓은 일을 곧 실행할 수 있겠다고 생각하고 있었다. 안사돈은 아들이 딴 길로 들어서지 못하도록 일본으로 유학 보내기를 원하고 있었다.

신세호는 밥집을 골라 들어갔다. 이제 전주 시가지에도 일본인들의 나무신인 게다짝 울리는 소리가 요란했다.

"아나 아범아, 인자 아덜 한분 보듬어보도록 혀야제."

며느리한테서 손자를 받아안은 안씨가 행복스러운 얼굴로 말했다.

"어무님언 차암……."

송중원은 겸연쩍게 웃었다.

"아범얼 많이 탁했다. 어여 보듬어봐."

안씨는 손자를 아들에게 안겨주었다.

"누구 탁했는지 잘 모르겠는디요."

아이를 어설프게 안은 송중원이 쑥스럽게 중얼거렸다.

"첨에넌 다 그런 법이여."

안씨의 얼굴에서는 그전에 볼 수 없었던 밝은 웃음이 피어나고 있었다. 송중원은 아까와는 달리 눈 맑은 아이를 유심히 살펴보고 있었다.

"본시 젊은 아범 눈에넌 그리 뵈는 법이시. 안직 애기도 너무 에리고."

신세호의 아내 김씨가 조심스럽게 말했다.

신세호는 아내의 그 눈치보듯 하는 조심스러움에서 딸 가진 부모의 마음을 역연하게 느끼고 있었다. 딸 가진 부모로서는 외손자가 사위를 많이 닮아야 마음이 편하지 딸을 많이 닮아서는 그것도 근심이었다. 자식이 외탁을 많이 했대서 시집살이가 매워지는 경우가 적잖았던 것이다.

사위야 어쨌거나 안사돈이 손자의 친탁을 믿는 것은 다행이라 싶었다. 꼭 딸의 시집살이를 생각해서 그런 것만이 아니었다. 손자를 본 다음부터 안사돈의 얼굴에서는 그늘이 걷혔던 것이다. 남편에 대한 근심 걱정으로 늘 어두웠던 안사돈의 마음에 손자가 등불이 된 것이 분명했다.

"저어, 감옥 안에도 만주서 독립군덜이 일으킨 전쟁 이야기가 떠돌았구만요."

점심을 마치고 밥집을 나서며 송중원이 신중하게 꺼낸 말이었다.

"으음, 그랬든가……."

신세호는 그때서야 왜 사위가 면회 때마다 제 아버지의 안부를 알고 싶어했었는지를 깨달았다. 발 없는 말이 천리만 가는 것이 아니었다. 그 감시 삼엄한 형무소 안에까지 뚫고 들어간 것이었다. 그런데 사위는 단순히 그런 사실을 알리고 있는 것이 아니었다. 자신이 갇혀 있었던 동안에 만주에서 일어난 일들을 어서 알고자 하고 있었다.

마차정거장까지는 한참을 걸어야 했다. 신세호는 걸어가는 동안에 그 이야기를 해주기로 했다.

"그려, 들어보소. 자네가 갇히게 된 담으로 그짝 사정이 어찌 됐능고 허니……."

신세호는 공허한테서 전해 들은 이야기들을 간추려서 해나갔다.

"……글면 아부님도 연해주로 이동허신 것으로 봐야 허능가요?"

장인의 이야기를 묵묵히 다 듣고 난 송중원의 물음이었다.

"그리 생각허는 것이 좋겄제. 공허 스님도 그리 생각허시데."

송중원은 가늘게 한숨을 내쉬며 더 말이 없었다. 그는 한동안 걷다가 입을 열었다.

"그리됐으면 인자 그짝에넌 아무도 없고, 그 땅도 이놈덜 차지가 되야분 것인가요?"

송중원의 말에서는 만주며 독립군 왜놈들 같은 말들이 다 감추어지고 없었다.

"아니시, 그 쌈에 안 나슨 축덜언 서편 짝으로 안직 많이 있고, 금년에도 발써 수십 차 강얼 넘나들고 있다는 소문이시. 그러고, 이놈덜도 그 땅얼 차지허지 못허고 군대럴 도로 조선땅으로 빼냈다는 것이네. 거 얼매라고 허등가…… 소부대럴 잔류시키고 말이시."

"아, 그리됐구만요. 그러면 얼매든지 가망이 있는디요."

송중원의 얼굴이 밝아지면서 목소리에도 생기가 돌았다.

신세호는 그만 가슴이 철렁했다. 사위의 말이, 제 아버지가 다시 만주로 무사하게 돌아오게 되었다는 것인지, 아니면 제가 만주로 갈 수 있게 되어 잘되었다는 것인지 모호했던 것이다. 그러나 신세호는 사위가 만주로 가고 싶어하는 것으로 직감했다.

그 직감과 함께 신세호는 자신이 그렇게 말한 것을 후회했다. 그건 사실 그대로였지만 사위가 그 말을 듣고 만주로 갈 생각을 더 굳힌다면 그거야말로 자신의 실언이 아닐 수 없었다. 자신은 사위의 걱정을 덜어주기 위해 그렇게 말했던 것이다.

"자네 몸 아픈 디가 없다고 혔제. 얼매간 쉬었다가 곧 일본으로 뜨도록 허소."

신세호는 명령하듯이 말했다. 마음이 급해 사위의 의사를 묻고 어쩌고 할 겨를이 없었다.

"예에? 일본으로 뜨다니요?"

송중원은 걸음을 멈출 만큼 놀랐다.

"놀랠 것 없네. 그전보톰 생각혀 왔든 유학얼 떠나라는 것잉게."

신세호의 어조는 태연하면서도 무게가 실려 있었다.

"집안 형편이 일본에 유학 가기넌 에로운디요. 동상도 있고……."

"그런 걱정언 안 해도 되네. 나도 심얼 보탤 것잉게."

"아니, 무신 말씸이신가요?"

송중원은 놀라 목소리가 커졌다.

"나 겉은 가난뱅이가 무신 돈이 있냐 그것이제? 그만헌 돈이야 다 있제."

신세호는 나직하게 소리내어 웃었다.

"아니구만요, 그리넌 못허겄구만요."

송중원은 완강하게 고개를 내저었다.

장인은 살림이 가난한 것만이 아니었다. 양반 신분을 무릅쓰고 손수 농사를 지었던 것이다. 도저히 그런 돈을 축낼 수는 없었다.

"겉보리 서 말만 있어도 처가살이넌 안 헌다는 그런 맘이겄제?"

"아니구만요, 그것이 아니고 저어, 그렇게 빙장 어런께서……."

송중원은 어떻게 말을 해야 좋을지 몰라 말끝을 맺지 못했다.

"그려, 나가 손수 농사럴 짓고 사는 형편이라 맘이 씨인다 그것이겄제? 그런 생각 말고 내 말 잘 듣게. 나가 어찌서 손수 농사럴 짓게 된지 아능가? 머심 한나 못 부릴 만치 가난해서가 아니시. 자네 춘부장 어런께서 저짝으로 뜨신 후로 나넌 춘부장 어런맨치로 당당허니 나스지넌 못해도 혼자 편케 살아서넌 안 된다고 생각헌 것이네. 손수 농사짓고, 가장이 집을 비운 자네 집안얼 도와야 헌다고 맘묵은 것이제. 자네가 내 사우가 안 되었어도 나넌 자네 학비에 돈얼 보탰을 것이여. 헌디 사우꺼정 됐시니 얼매나 잘된 일인가. 자네 자당님허고넌 다 상의럴 끝낸 일인게 자네넌 그리 알고 새 맘으로 공부에 나스도록 허게. 알아듣겠능가?"

송중원은 아무 할 말이 없었다. 장인이 고맙기도 했고, 마음이 무겁기도 했다. 그러나 어머니까지 뜻이 합해진 일이라면 어찌할 수 없는 일이었다.

신세호는 할 말을 해버려 속이 후련했다. 다른 말이 없는 사위의 태도는 일본유학을 수긍하는 것이 틀림없었다. 사위를 일본으로 보내는 것은 자신이 떠맡은 짐이었던 것이다.

"아니, 요것이 누구여? 중원이 아니라고?"

송중원은 생각에서 깨어나며 고개를 들었다. 그는 멋부린 차림새의 젊은이를 얼핏 알아보지 못했다.

"나 재균이야, 김재균이."

젊은이가 자기의 가슴을 벌려 보이며 웃었다. 혈색 좋은 얼굴에 자신감인지 자만인지 모를 기운이 넘치고 있었다.

"이, 재균이. 어쩐 일이여? 너무 변해서 어디 알아보겠다고?"

송중원이 반가운 기색을 드러내며 상대방의 모습을 다시 훑어보았다.

"자네 그간에 어디 있었능가? 어디가 아픈 것이여?"

김재균이란 사내도 송중원의 모습을 훑고 있었다.

"어디 있기넌. 시방 형무소에서 풀려나오는 질이제."

송중원의 얼굴에 쓴웃음이 스쳐갔다. 송중원은 김재균의 물음에 순간적으로 불쾌했던 것이다.

"글먼 그때 일로 2년간이나 징역살이럴 했다는 것이여?"

김재균은 놀라는 얼굴이 되었다.

송중원은 그 무관심에 맥이 빠져서 대꾸할 말이 없었다. 같이 학교를 다녔고, 만세운동을 주도하지는 않았지만 시위에 참여했던 자가 어찌 저럴 수 있을까 싶었다.

"자넨 멀허나?"

송중원은 할 말이 마땅찮아 그저 형식적으로 물었다.

"이, 보통학교 선생질 허네."

김재균이 웃으며 대답했다. 그 웃음에는 만족스러움과 거드름이 배나고 있었다.

"보통학교 선생?"

송중원의 목소리가 싸늘하게 치올라갔다. 그는 놀라움과 함께 심한 배신감을 느끼고 있었다. 보통학교 선생이야말로 또다른 헌병이고 순사였다.

"자네도 될 것도 아닌 일로 헛고상허고 허송세월만 헌 것이여. 그놈에 만세 불러 달라진 것이 머시가 있능가. 애시당초 안 될 일에 뎀비덜 말고 한시상 그작저작 사는 것이여. 자네도 인자 정신 채리소."

김재균은 부끄러워하기는커녕 사뭇 훈계조였다.

저런 죽일 놈이 있나!

송중원은 분노를 느꼈다. 그러나 기가 막힌 심정이 분노를 눌렀다. 분노대로 하자면 그놈의 낯짝에 침을 내뱉어야 했다. 그러나 그놈은 이미 돌이킬 수 없는 친일파였다. 아니, 바로 정보원이고 끄나풀이었다.

"알겠네, 나도 인자 나이가 들었응게. 저그 식구덜이 기둘링게, 또 만내세."

송중원은 여유롭게 웃었다.

"앞으로 멀헐랑가?"

"멀허기넌. 몸이나 보해야제."

송중원은 돌아서며 대꾸했다.

"사장(査丈) 어런께서 에로운 일 매듭 풀어주셨구만요. 참말로 고마와서……."

아들이 일본유학을 떠나기로 했다는 것이 너무 반가워 안씨는 눈물까지 글썽였다. 안씨는 그동안 사돈 신세호에게 그 일을 부탁해 놓고 줄곧 불안감에 사로잡혀 왔었다. 아들이 남편처럼 외곬으로 제 뜻을 꺾지 않으려고 할 수 있었던 것이다. 그런 예감 때문에 안씨는 마음을 더욱 단단하게 먹었었다. 남편은 남편이라서 만류 한번 제대로 해보지 못하고 만주로 떠나보냈었다. 의병대장으로 만주길이 피할 수 없는 것이라면 자식들을 데리고 따라가고 싶었다. 그러나 시어머니 앞에 감히 꺼내지도 못할 말이었다. 남편은 그리 허망하고 안타깝게 보냈지만 아들마저 그럴 수는 없었다. 아들은 아들이었던 것이다. 어머니로서의 뜻을 절대 굽히지 않으리라 했다. 그렇게 마음먹을수록 불안감은 자꾸 커져갔던 것이다.

안씨는 바깥사돈의 수고도 고마웠지만 말을 들어준 아들이 한결 더 고마웠다. 불안감이 일순간에 마음을 빠져나가면서 그만 눈물이 핑 돌았다.

"여그서넌 안직 내색얼 안 허시는 것이 어떨까 싶구만요."

김재균과 헤어져 이쪽으로 걸어오고 있는 사위를 보며 신세호가 말했다.

"예, 그래야제요."

안씨가 빠르게 대꾸했다.

아이를 받쳐업은 하엽이는 고개를 수그린 채 아무도 듣지 못하는 한숨을 짓고 있었다. 일본으로 유학을 떠나면 또 몇 년이 걸릴 것인가……. 하엽이는 또 가슴에 시름이 쌓이고 있었다. 혼인을 한 뒤로 한 달을 제대로 함께 지내보지 못한 남편이었다. 학생이라서 한 달에 두어 번 다녀갔다. 그것도 대개 하룻밤을 자고 가는 것이었다. 그런 남편은 언제나 서먹서먹한 손님이었다. 하룻밤을 자고 나면 서먹거림이 가시면서 남편이라는 정이 피어났다. 그러나 남편은 또 떠나버리고, 열흘이나 보름쯤 되어 다시 서먹서먹한 손님으로 나타나는 것이었다. 남편은 방학 때에도 집에 머물러 있지 않았다. 공부를 보충한다고 전주에서 보내는 날이 더 길었다. 그러다가 잡혀가게 되었고, 아이가 들어선 것이 신기할 지경이었다. 그런데 또 일본으로 떠나고 말면…… 하엽이는 저 멀리 짙게 아롱거리는 아지랑이를 보고 있으면서도 가슴에서는 낙엽 지는 찬바람이 불고 있었다.

마차에 오르기 직전에 안씨가 안사돈 김씨 옆에 다가서 뭐라고 귓속말을 하고 있었다. 김씨는 가만가만 고개를 끄덕이고 있었다.

전주와 군산을 오가는 마차는 신작로를 달리고 있었다. 송중원은 마차가 덜컹거리고 흔들리는 대로 몸을 맡긴 채 들녘을 바라보고 있었다.

"그간에 저것덜 집이 더 늘었구만요."

송중원의 눈길은 일본농가에 고정되어 있었다.

"어쩌겠능가, 피헐 수 없는 일이제……."

신세호의 대꾸에 한숨이 묻어났다.

송중원의 머릿속에는 김재균의 모습이 그대로 남아 있었다. 김재균의 그 뻔뻔스러운 꼴과 장인의 맥없는 한숨은 너무 대조적이었다. 어쩌겠능가…… 하는 장인의 체념적인 대꾸는 김재균 같은 자들이 왜 생겨나는지를 알려주는 더없이 좋은 설명이기도 했다.

"조선일보 동아일보는 여그꺼정 배달이 되는가요?"

"이, 되제."

"보는 사람이 많은가요?"

"어디 많기야 허겄능가."

송중원은 마차를 내릴 때까지 더는 말이 없었다.

송중원의 집에는 한약 달이는 냄새가 진하게 퍼져 있었다. 그리고 가까운 친척들 열댓 명이 송중원을 맞이했다.

신세호는 사위에게 중요한 말도 다 했고, 사돈네 친척들도 있고 해서 곧바로 발길을 돌리기로 했다. 그는 잠깐 사위를 불렀다.

"나 한마디만 허고 가야겠네. 자네 저 약 댈이는 냄새 알제? 자네 몸 보허잔 것잉게 저 약 다 묵을 때꺼정언 딴 방 써야 허네. 그것이 효도허는 것잉게."

자네 어머니가 그렇게 하라고 한다는 말을 '효도하는 것'이라고 돌렸다. 그러고도 민망해 신세호는 얼른 몸을 돌렸다.

"……시어무님 뜻이 그렇게 서방이 머시라고 혀도 못 들은 칙끼 험서 박절허니 혀야제 맘 풀어져서넌 안 된다, 잉!"

같은 시각에 김씨는 딸에게 이르고 있었다. 하엽이는 귓불이 붉어진 채 고개만 수그리고 있었다.

4

알 수 없는 소문

"저어, 그 소문이 어찌 된 것이다요?"

수국이가 밥상을 놓으며 물었다.

"무신 소문?"

양치성이 웃음 벙글거리는 얼굴로 수국이를 올려다보며 되물었다. 그는 수국이와 함께 있을 때는 언제나 얼굴에 웃음꽃이 피어나 있었다.

"아, 그 독립군덜 소문 말이오. 연해주로 피해간 독립군덜이 아라사군대헌티 총질당혀서 수도 없이 죽고 잽히고 혔다는 소문도 못 들었소?"

수국이의 얼굴에는 화가 돋아나고 있었고, 그 얼굴만큼이나 목소리에도 빳빳하게 풀기가 서 있었다.

"이, 그 소문 들었제. 근디?"

양치성은 수국이의 눈치를 살폈다.

"참말로, 그 소문 듣고도 생각나는 사람이 아무도 없어서 그리 묻소? 밤낮 나만 생각험서 산다는 말이 다 헛소리구만이라."

수국이는 맵게 쏘아대며 방바닥에 주저앉았다.

"넘 속도 몰르고 무신 억지소리여. 나도 넘덜 알게 표넌 못 내고 속으로 처남 걱정얼 태산겉이 허고 있는 사람이란 말이여."

양치성은 뒤늦게 수국이의 마음을 알아차리고는 아차 당황했다. 그러나 그는 잽싸게 덫을 건너뛰며 능청스럽게 도배질을 했다.

"참말이다요?"

수국이는 양치성을 쏘아보았다. 그 눈길에는 풀리지 않은 성깔이 담겨 있었다. 그러나 포동하게 살이 오르고 혈색이 좋은 얼굴은 그 어느 때보다도 고왔다. 몇 달 동안의 편한 생활이 숨김없이 드러나고 있었다.

"남정네가 그런 일얼 맘속에 진득허니 담고 있어야제 초라니 방정으로 촐싹촐싹혀야 되겄어?"

양치성은 점잖게 말하며 숟가락을 집어들었다.

"괴기넌 씹어야 맛이 나고 말언 해야 속얼 안다는 말도 못 들었소. 속에 진득허니 담고 있을 말이 따로 있제."

수국이는 입을 삐쭉거리며 눈을 흘겼다. 그러나 얼굴에 화난 기색은 가셔져 있었다.

"처남이야 원체로 몸이 날래고 똑똑헝게 벨일 없을 것잉마."

양치성은 수국이를 바라보며 진정스럽게 위로의 말을 했다. 그러나 그 말이야말로 건성이었다. 그는 러시아땅 자유시인 알렉세예프스크에서 러시아 적군(赤軍)이 독립군들을 공격해서 죽이고 생포하며 무장해제시킨 것을 더없이 통쾌하게 생각하고 있었다. 그건 참으로 손 안 대고 코 푼 격이었던 것이다.

"근디 저어, 거그서 무사허니 살아난 독립군덜이 만주땅으로 피해들고 있다는 소문도 들었제라?"

"그런갑등마."

"장사허로 돌아댕김서 혹시 그런 사람덜 못 만내봤소?"

"이, 못 만냈는디. 그 사람덜이야 항시 넘덜 눈 피해 사는 사람덜인디 어찌 만내보겄어. 그전보담도 더 몸덜 숨킬 판인디."

동생 대근이를 찾고자 하는 수국이의 마음을 꿰뚫고 있는 양치성은 아예 그 생각을 단념시키려고 완강하게 고개를 저었다.

"그렇기넌 헌디…… 그려도 그 사람덜이 또 독립군으로 싸우사면 우리 동포덜허고 어울러지덜 안컸소. 여그저그 산 짚은 동네로 돌아댕김서 우리 대근이 소식 잠 알아냈시요."

수국이는 양치성 쪽으로 다가앉으며 말했다. 그 얼굴에 수심이 가득했고 목소리는 간절했다.

"이, 대근이? 나도 진작보톰 그리 생각허고 있었구만." 양치성은 우물거리던 밥을 삼키고는, "근디 작년에 왜놈덜이 원체로 사람덜얼 무작시럽게 많이 죽여서 누가 또 독립군덜얼 수발헐라고 헐랑가 몰라?" 그는 슬쩍 자신이 피해 설 자리를 마련하고 있었다. 그건 수국이의 기대를 한풀 꺾는 것이기도 했다.

"수발얼 또 허고 안 허고넌 나중 일이고 대근이만 먼첨 찾아내면 될 것 아니겄소. 찾아주기 싫으요?"

수국이의 기색이 싸늘하게 변했다.

"무신 소리여? 처남이먼 같은 성제간인디. 걱정허덜 말어. 나가 꼭 소식 알아내고 말팅게."

양치성은 수국이를 똑바로 쳐다보며 장담했다.

"갸가 한나뿐인 동상인디, 갸럴 못 만내먼 나가 무신 낯으로 엄니럴……"

수국이는 울먹이며 목이 메고 있었다.

"알어, 알어. 나가 다 알어서 헐 것잉게 맘 푹 놓고 있어."

양치성은 수국이를 달래듯 정겨운 소리로 말했다.

그러나 양치성은 겉으로 태연한 것과는 달리 속으로는 놀라고 있었다. 소문이라는 것은 정말 바람보다 빠른지도 모른다 싶었다. 집에만 붙어 있는 수국이가 그 소문을 들었으리라고는 미처 생각지도 못했던 것이다. 영사관이나 군부대에서는 그 소문이 자꾸 퍼지는 것을 원하지 않았다. 은밀한 상태에서 잠입해 오는 독립군들을 색출해 내도록 지시하고 있었다. 그 소문이 넓게 퍼질수록 조선사람들이 독립군들을 숨겨주고 도와주게 된다는 것이었다.

그동안 그 소문이 퍼지는 걸 막으면서 숨어드는 독립군을 색출해 내는 것이 새 임무였다. 그런데 수국이가 그 소문을 알고 있을 정도면 소문은 퍼질 대로 다 퍼진 것이나 마찬가지였다. 그 소문이 막을 도리 없이 그렇게 퍼지고 있는 것은 아주 고약한 징조였다.

만주의 조선사람들이 겉보기와는 다르게 아직도 독립군들에게 마음을 쓰고 있다는 증거였다. 그리고 또 하나는, 독립군이란 것들이 어디론가 자꾸 숨어들고 있다는 조짐이었다.

그런데 이해할 수 없는 것이 있었다. 어째서 아라사 적군들이 조선독립군들을 공격하고 무장해제까지 시켰는가 하는 점이었다. 일본군과 아라사 적군은 서로 적이었다. 일본군이 시베리아로 출병을 했던 것은 그 적군을 무찌르기 위해서였다. 그런데 적군은 조선독립군을 공격해 일본군이 할 일을 대신 해준 것이었다. 어째서 그렇게 된 것인지 영문을 알 수가 없었다. 왜냐하면 혁명의 붉은 깃발을 올리고 있는 적군은 세계 약소민족의 해방을 공언했던 것이고, 적군과 조선독립군은 한통속인 줄 알았던 것이다. 그 까닭을 상관에게 물어보았지만 신통한 대답은 들을 수가 없었다.

그러나 그 내막이야 어찌 되었거나 간에 발등에 떨어진 불은 다시 잠입해 들어오고 있는 독립군들의 색출이었다. 청산리 일대에서 싸움이 붙었을 때처럼 영사관에서 그 일에 열을 올리는 것은 그럴 만도 했다. 독립군들을 일망타진해 버리려고 작년에 만주에 출병했던 그 많은 일본군들이 금년 1월에 보병 2개 대대만 잔류시키고 모두 조선땅으로 철수했던 것이다. 북간도의 독립군들 거의가 연해주로 이동해 버린 형편에 일본군은 더 이상 만주땅에 주둔할 명분이 없었던 것이다. 중국 측의 철군 요구로 두만강을 다시 건너갈 수밖에 없었다. 그건 청산리 일대에서 빠져나간 독립군들이 귀신같이 빠르게 중국땅을 벗어나버린 이동작전에 일본군이 꼼짝없이 걸려든 것이었다. 결국 일본군은 청산리 일대에서 막대한 피해를 입은 것과 함께 독립군들에게 두 번째 당한 셈이었다. 그런데 일본군들이 만주땅에서 철수하게 되자 곧 문제가 발생했다. 서간도 일대에서 독립군들이 다시 활개를 치며 압록강을 건너 총질을 시작했던 것이다. 그들은 일본군의 서간도 토벌에도 북간도 쪽으로 피하지 않고 산악지대에 분산되어 은신해 있다가 다시 일어난 부류들이었다. 그런 데다가 북간도에도 또 독립군들이 잠입하고 있는 것이었다. 병력이 2개 대대뿐인 형편에 영사관으로서는 큰일이 아닐 수 없었다.

연해주로 이동한 독립군들은 3천여 명이라고 했다. 그중에서 아라사 적군의 공격으로 270여 명이 죽고, 900여 명이 포로가 되었다는 것이 영사관의 파악이었다. 만주땅으로 다시 숨어드는 자들을 1천 명으로 잡더라도 그건 어마어마한 수였다. 넓고 넓은 만주땅은 그들의 편이었다. 넓은 땅에 그들이 숨어들기는 쉬워도 이쪽에서 찾아내기는 그만큼 어려운 것이었다.

그들은 만주땅 곳곳에서 합류해 또 총을 들 판이었다. 그럼 일본군의 만주출병은 도로아미타불 아닌가. 하긴 어차피 만주출병은 실패한 작전으로 책임자 문책설이 은밀하게 떠돌았던 것이다. 불령선인들의 토벌에 소기의 성과를 올리지 못했을 뿐만 아니라 만주 조선인들의 민심만 악화시켰다는 것이 상부의 평가라고 했다.

이런저런 생각들이 잇따라 일어나서 양치성은 그만 밥맛이 떨어졌다. 그러나 그는 생각을 재빨리 바꾸었다. 상황이 나빠지는 건 어디까지나 영사관과 군부대일 뿐이었다. 오히려 자신에게는 공을 세울 수 있는 좋은 기회였다.

그래, 이 기회에 공을 세워 고향으로 돌아가자!

양치성은 숟가락을 힘있게 잡았다.

"근디, 저어……."

수국이는 양치성의 눈치를 보며 말을 꺼내지 못하고 망설거렸다.

"이, 무신 헐 말이 또 있는감? 우리 새에 못헐 말이 머시여. 무신 말인지 얼렁 히보드라고."

눈치 빠른 양치성은 정이 넘치게 말했다. 또 대근이의 이야기라면 귀찮은 생각이 들었지만 그는 그런 내색은 전혀 하지 않았다. 어쨌거나 수국이의 마음을 서운하게 해서는 안 되었던 것이다.

"저어…… 한 가지 부탁이 있는디……."

고개를 숙임막한 수국이는 눈을 올려떠 양치성을 쳐다보며 목소리가 잦아들었다. 그 수심이 어린 듯한 얼굴은 더 예쁘고 고혹스럽게 보였다.

"무신 부탁인디 그려. 멋이고 간에 다 들어줄팅게 어여 말이나 허랑게."

양치성은 가슴에서 이는 화끈한 바람에 휩쓸리며 나오는 대로 말을 쏟아냈다. 그는 또 저 아리따운 것을 품고 싶은 충동을 느끼고 있었다.

"참말로 다 들어줄라요?"

침을 삼키는 수국이의 눈이 반짝 빛났다.

"나가 언제 안 들어준 말 있었간디?"

양치성이 뽐내듯 웃었다. 그러나 그건 그의 착각이었다. 그동안 수국이는 그에게 부탁한 것이 아무것도 없었고, 그가 수국이에게 이런저런 것들을 사다 준 것은 환심을 사려고 제멋에 한 일이었다.

"저어, 우리 이사 갔으면 좋겄소."

"이사? 어디로?"

양치성의 얼굴에 주춤 놀라는 기색이 드러났다.

"저어, 우리가 살았든 마실로."

"어디, 춘명향?"

"야아."

"안 돼야!"

양치성이 날카롭게 내쏘았다. 그러나 양치성은 그 순간 후회했다. 그런 감정 노출은 지극히 어리석은 짓이었다. 직무를 생각해서 그리된 것이지만, 자신의 본색이 드러나지 않게 하고 수국이의 감정을 상하지 않게 하기 위해서도 그건 잘못된 것이었다.

"그려, 그리 이사 가고 잡아허는 수국이 맘언 알겄는디, 그려도 그리 앞짜른 생각얼 허면 되간디. 저분에 봤디끼 그 동네넌 인자 사람 살 디가 아니여. 사람덜언 다 죽고 귀신만 바글바글헝게. 그러고 거그 살다가넌 우리 굶어죽어. 물건을 어디서 대다가 장사럴 헐 것이냔 말이여. 나가 무신 수럴 써서라도 동상 소식얼 알아낼 것잉게 맘 푹 놓고 기둘리도록 혀."

양치성은 위로하듯 달래듯 부드럽고 나긋나긋하게 말해 나갔다.

수국이는 뭐라고 더 할 말이 없었다. 처음부터 그 부탁이 꼭 받아들여지리라고 생각한 것은 아니었다. 그런데 그쪽으로 가면 장사를 못해 굶어죽게 된다는 데야 다른 말은 더 하나마나였다.

"알겄구만요……."

수국이는 고개를 떨구었다.

"서운허니 생각털 말어."

"……."

수국이의 눈에는 눈물이 번졌다. 흐린 눈앞에 어머니와 대근이의 모습이 겹쳐졌다. 동생이 무사하게 만주땅으로 되돌아온다면 틀림없이 집으로 찾아올 거였다. 동생을 다시 만나자면 옛집에서 기다리는 것이 가장 확실한 방법이었다. 그러나 혼자서는 갈 수가 없었다.

"요분에도 한 닷새 있다가 올 것잉마."

양치성이 밥상에서 물러나 앉으며 말했다.

수국이는 아무 대꾸 없이 밥상을 들고 일어섰다. 양치성은 성깔 돋은 눈초리로 수국이의 뒷모습을 치올려보았다. 자신의 출타에 줄곧 무관심한 수국이에게 양치성은 쾌씸함을 느끼고 있었다. 자신은 그렇게 잘해주는데도 수국이는 이상하게도 냉랭하기만 했다. 특히 잠자리에서 수국이는 몸이 뻣뻣하게 굳어진 채로 찬바람이 돌았다. 보기 좋은 떡이 먹기도 좋다는 말이 잘못된 것만 같았다. 얼굴 예쁜 것에 비해 잠자리 재미는 너무 썰렁하고 싱거웠던 것이다. 얼굴 못났어도 잠자리 재미 좋은 여자하고는 살아도 인물 잘나고 잠자리 재미 없는 여자하고는 못산다는, 나이든 남자들의 말이 생각나기도 했다. 자신을 좋아하게 하려고 온갖 애를 다 써왔지만 아직까지도 별다른 효과가 없었다.

"문단속 잘허고."

양치성은 집을 나서며 말했다.

"야아, 댕겨오시씨요."

수국이가 한 인사였다.

양치성은 깜짝 놀랐다. 그건 수국이가 처음으로 한 인사였던 것이다. 그러나 반짝 밝아졌던 양치성의 마음은 금방 어두워지고 말았다. 그건 자신에게 마음이 열리고 정을 느껴 하는 인사가 아니었던 것이다. 제 동생 대근이 일을 잘 보아달라는 부탁이었다.

양치성이가 장사를 떠나버리자 수국이는 오히려 홀가분함을 느꼈다. 그동안 낯을 익힌 주변 사람들은 새댁이 외로워서 어찌 사느냐고 입들을 모았다. 돈벌이도 좋지만 임의 품안에서 자는 것만 하겠느냐고 했다. 젊은 내외 사는 맛은 호의호식이 아니라 한 이불 속에서 자는 것이라고도 했다. 세상에는 이런 재미 저런 재미가 많기도 하지만 잠자리 재미에는 당할 게 없다는 것이었다.

수국이는 부끄럽고 창피스러울 뿐 도무지 그런 말을 이해할 수가 없었다. 남자와 잠자리를 함께하는 것이 세상 사는 맛이고 재미이기는커녕 두려움이고 고통일 뿐이었다. 양치성과의 잠자리는 옛날 미선소집 아들에게 당한 것이나 영사관 지하실에서 형사에게 당한 것과 하나도 다를 것이 없었다. 조금 다른 것이 있다면 양치성이는 강제로 덤비지 않고 살갑고 조심스럽게 대한다는 것이었다.

그런데 남자들을 겪으면서 한 가지 알아낸 것이 있었다. 남자들은 그 일을 하면서도 여자가 처녀인지 아닌지 모른다는 점이었다. 그전에는 처녀가 몸을 버리면 점이 박히듯 표가 나고, 남자들은 잠자리를 해보고 그걸 단박에 알아내는 줄 알았던 것이다. 남자들이 눈뜬장님이라는 것이 다행하면서도 한편으로 어이없기도 했다. 그런데 어째서 어머니나 아주머니들은 처녀들이 몸을 버리면 떡판 찍듯이 표가 나고, 남자들이 그걸 금방 알아내는 것처럼 겁을 주었는지 모를 일이었다.

장사를 나선 양치성은 대엿새 간격으로 집에 돌아오고는 했다. 그리고 하루나 이틀을 쉬고는 또 나섰다. 며칠 만에 돌아온 양치성은 마치 배곯은 짐승 같았다. 하룻밤에 세 번이고 네 번이고 괴롭히고 드는 것이었다. 양치성이가 장사를 떠나면 그 지겨움에서 벗어날 수 있어서 그리 좋을 수가 없었다.

수국이는 두 무릎을 세우고 쪼그리고 앉아 동생을 찾을 수 있는 길을 골똘히 생각해 보았다. 양치성에게만 의지해서는 안 될 것 같았다. 그러나 아무리 머리를 짜보아도 신통한 생각은 떠오르지 않고 그저 막막할 뿐이었다.

수국이는 마음을 잡지 못하고 집을 나섰다. 혼자 속을 태우느니 어떤 새로운 소문이 없는지 귀동냥을 하는 게 나았던 것이다. 장터 거리 경상도 아주머니를 찾아가면 이런저런 소문을 얻어듣기가 쉬웠다.

"그 말이 옳소꼬망."

"앙이, 어떻게 알겠음둥."

"이젭꼬망."

고샅에서 서너 여자가 무슨 말씨름을 하고 있었다.

수국이는 그 여자들 옆을 지나가며 또 낯선 땅에 외따로 떨어져 있는 것 같은 서먹함과 외로움을 느꼈다. 그 함경도말은 너무 귀설어 같은 조선사람이면서도 말하기가 쭈뼛거려지고 가깝게 느껴지지가 않았다.

함경도말은 말투나 말꼬리만 전라도말하고 다른 것이 아니었다. 전혀 알아들을 수 없는 말도 너무 많았다. '아무려면' 하는 말이 '간대루'였고, '거짓말'이 '도삽'이었다. 그 사람들의 말을 이쪽에서 못 알아듣는 것만이 아니었다. 전라도말을 그쪽에서도 알아듣지 못하는 것이 많았다.

수국이는 그 사람들과 이야기를 하면서 묘한 증상을 느끼고는 했다. 저 사람이 내 말을 제대로 알아듣나 어쩌나, 내가 저 사람 말을 잘못 알아듣는 것은 아닌가 하는 걱정과 함께 머리가 어지러운 것 같기도 하고, 자신이 헛소리를 하고 있는 것 같기도 하는 것이었다. 그러다 보니 말은 자꾸 더듬거려지고 목소리는 커지고는 했다.

어머니가 계실 때는 느끼지 못했던 점이었다. 서간도에서 평안도말이 이상하다고 느꼈던 그 정도로 느꼈을 뿐이었다. 그런데 어머니가 돌아가시고 말상대가 없어지자 함경도말이 그리도 귀설고 이상스러울 수가 없었다.

그런데 알 수가 없는 일은 북간도에 와서 전라도사람들을 하나도 만나지 못한 것이었다. 용정의 큰길이며 장터에 나다닐 때마다 유심히 귀를 기울여도 전라도말은 들을 수가 없었다.

서간도에는 전라도사람들이 그래도 심심찮게 있었는데 북간도에는 어찌 된 것인지 이상하기만 했다. 그나마 양치성이가 없었더라면 낯설고 귀설음이 더 심해져 어찌 됐을까 싶기도 했다. 그런데 양치성은 전라도말을 영 마땅찮아하는 것이었다.

"요놈에 말얼 고칠라고 허는디 영 안 된단 말이여. 머시고 맘묵은 대로 다 되는디 어째 보들보들헌 쎗바닥이 그리 말얼 안 듣는지 몰라. 요놈에 말 땜세 사람꺼정 촌시러와지고 추접시럽게 되는디. 어쩠그나 고쳐질 날이 있겄제."

양치성이 투덜거리는 말이었다.

그런데 어느 날 장터거리에서 만난 것이 경상도 아주머니였다.

"사이소, 순대 사이소. 둘이 묵다가 하나가 죽어도 모리게 맛이 좋심더."

초라하게 좌판을 벌이고 있는 여자가 손님을 부르고 있었다.

수국이는 그 경상도말에 퍼뜩 귀가 뜨였다. 서간도에서부터 귀에 익은 경상도말은 평안도말이나 함경도말에 비하면 못 알아들을 말이 없었고, 또 한결 친근했던 것이다.

"아짐씨, 경상도서 오셨구만이라?"

수국이는 반가움으로 좌판 앞에 주저앉으며 물었다.

"맞소, 거그넌 전라도말씨 아닝교?"

경상도 여자가 눈치 빠르게 말을 받았다.

"야아, 지년 전라도서 왔구만이라우."

수국이는 울음이 담긴 듯한 얼굴로 고개를 끄덕였다.

"아이고 반가와라. 전라도 경상도야 이웃사춘 아닝교."

그래서 친한 사이가 되었다.

골목을 벗어난 수국이는 영사관 쪽으로 뻗은 큰길을 건넜다. 수국이는 자기도 모르게 고개를 왼쪽으로 돌렸다. 영사관은 멀리서도 쳐다보기가 싫었던 것이다. 어쩌다가 영사관이 얼핏 스치기만 해도 온몸에 소름이 끼쳤다. 그때 형사에게 당했던 일이 끈질기게도 꿈에 나타나고는 했다.

수국이는 용정이 싫었다. 용정은 어쩌면 그렇게 군산과 똑같은지 몰랐다. 군산에는 조선사람, 중국사람, 일본사람이 묘하게 섞여 살았다. 그런데 주인 행세를 하는 건 일본사람들이었다. 용정에도 세 나라 사람들이 사는 게 똑같았고, 일본사람들이 주인 행세를 하는 것도 똑같았다. 수국이는 중국땅인 용정마저 왜 그런 꼴이 되었는지 이해할 수가 없었다.

서간도에 살 때부터 용정에는 독립운동하는 사람들이 얼씬도 할 수 없다는 말을 들었던 것이다. 수국이는 용정에 살면서 그 까닭을 깊이 알 수 있게 되었다. 중국관헌들을 제쳐놓고 일본의 경찰이며 군인들이 그리 멋대로 활개를 치며 조선사람들을 닦달해 대고 있으니 독립운동하는 사람들이 숨어들 틈이 없는 건 너무 당연했다.

수국이는 용정을 떠나고 싶었다. 서간도 통화, 송수익 선생님이 계시고 필녀가 있는 그곳으로 가고 싶었다. 낮에 일하고 밤이면 송수익 선생님한테 여러 가지 교설을 듣던 그때가 그래도 행복한 시절이었다. 송수익 선생님의 가르침으로 여자도 독립운동을 해야 된다는 마음을 다지게 되었고, 일본군 국경수비대의 장교 마누라들이 총 쏘는 훈련을 받는다는 소문을 듣고 얼마나 놀라고도 열이 올랐던가. 송수익 선생님 몰래 필녀와 자신에게 총쏘기를 가르쳐 준 마음 넉넉한 삼출이 아저씨가 있는 그곳으로 돌아가고 싶었다.

"새댁, 우에 이리 걸음이 일찍나?"

경상도 아주머니가 수국이를 먼저 알아보고 알은체를 했다.

"야아, 멀 잠 살라고……."

수국이는 어물거리며 엷게 웃었다.

"앉소. 와 이리 덥노."

여자는 팔을 저어 파리를 쫓았다.

"날이 이리 더와서 어쩔께라?"

수국이는 여자 옆에 앉으며 순대를 내려다보았다.

"그러이 쪼매썩 삶아내니라고 봄가을보담 심이 더 드는 기제."

여자는 낡은 머릿수건 아래 기미 낀 얼굴로 뜳은 듯한 웃음을 지었다.

"여그 한 접시 주시게라."

"아이라, 우리 새에 인사 채릴 기 머 있나. 그리 안 해도 다 팔린다 아이가."

"아니구만이라. 나 순대 좋아허는 것 암스로도 그러요? 딴 디 가서 사묵어도 좋겄소?"

"알제, 새댁 맘 내사 다 알제."

여자는 중얼거리며 칼을 들었다. 그 목소리에 물기가 젖은 듯싶었다.

"아짐씨, 무신 새 소문 없등게라?"

수국이의 목소리가 낮아졌다.

"그래, 새로 들은 기 있구마. 그저께라카등가……, 그 사람덜이 서넛 잽히왔다카능기라. 그럴 리가 없겠지만도 혹시 몰르니께네 그 보톰 알아보는 것이 어쩔랑가 싶구마넌."

"그려라? 어쩌다가 서넛썩이나……."

수국이는 목소리가 커지려는 것을 얼른 눌렀다. 가슴이 쿵쿵 울리고 있었다.

"그기 어데 왜순사덜 솜씨가. 중국관리덜 손에 잽혔다는 소문인기라. 그 사람덜이 속은 기지."

"원 시상에나……!"

수국이는 가슴이 내려앉는 절망을 느꼈다. 중국관리들이 독립군을 잡아 넘겨주면 일본영사관에서 상금을 준다는 것은 헛소문이아닌 모양이었다. 그런 소문이 떠돌았지만 수국이는 설마설마했던 것이다.

"글면 영사관서 상금 준다는 소문이 참말인갑소 이?"

"참말이 다 뭐꼬? 중국관리덜이 돈벌이헐라꼬 눈에 불얼 키고 싸댄다는 말 듣도 몬했는강."

"중국관리덜이 참 무정허구만요."

수국이의 한숨이 먹구름처럼 짙었다.

"그것덜 사람도 아이라. 옛적에 조선관리덜 썩은 것맨쿠로 중국 관리덜도 푹푹 썩어삐린 기라."

여자는 제 목소리에 놀라 좌우를 빠르게 살폈다.

수국이는 순대를 먹을 수가 없어서 종이에 싸가지고 일어났다.

"새댁, 너무 걱정 마소. 내 겉은 사람도 사는데 새댁이사 상팔자 아이라."

경상도 아주머니의 말을 등뒤로 들으며 수국이는 서글프게 웃었다. 그 아주머니가 보기로는 남편이 벌어다 주는 돈으로 사는 자신이 상팔자일 수 있었다. 그 아주머니도 팔자는 어지간히 기구했다. 왜놈들한테 논밭을 다 빼앗기고 3년 전에 만주로 왔다가 남편이 병들어 죽었다고 했다. 남편이 죽자 중국인 소작도 떨어지고, 네 자식을 먹여살리려고 용정으로 왔다는 것이었다.

수국이는 영사관으로 잡혀온 것이 동생일 리 없다고 고개를 저었다. 동생은 돈에 눈먼 중국관리들에게 잡힐 정도로 둔하지도 않았고 약하지도 않았다. 신흥무관학교에서도 소문이 날 만큼 영리하게 공부를 잘했고, 기운이 세면서 무술이 뛰어났던 것이다. 괜히 송수익 선생님이 '백두산 호랑이'라는 별호를 지어주었을 리가 없었다.

어쨌거나 독립군을 잡아오면 상금을 주기로 한 왜놈들은 흉악

한 놈들이었다. 또 그렇다고 독립군들을 잡으려고 나서는 중국관리놈들도 고약하고 더러운 인종들이었다. 수국이는 문득 관리들만이 아니라 중국사람들도 돈 욕심에 그 짓을 하고 나서는 게 아닐까 하는 생각이 떠올랐다. 제 손으로 독립군을 잡을 수 없는 중국사람이 관리에게 밀고를 하고, 관리가 받은 돈에서 얼마를 얻어먹고……. 얼마든지 그럴 수 있는 일이었다. 이제 중국사람들도 믿을 수 없게 세상은 무섭게 변해가고 있었다. 그게 다 왜놈들이 꾸며내고 있는 수작이었다. 수국이는 부르르 몸서리를 쳤다.

만주에 퍼져 있는 일본영사관들이 독립군을 잡아 넘겨주는 중국관리들에게 상금을 주기로 한 것은 사실 그대로였다. 독립군 토벌에 실패하고 군대까지 철수시킨 그들은 중국관리들을 이용하고자 했다. 그 계획이 바로 이화제한(以華制韓)이었다. 중국의 힘으로 한국을 제재하자는 것이었다. 그전의 이한제한(以韓制韓)의 수법에다 하나를 더 첨가한 것이었다. 조선인 친일파와 밀정들을 투입하여 독립투쟁 세력을 파괴하고 제거하는 것이 이한제한이었다.

수국이는 버릇처럼 해란강 쪽으로 발길을 옮겼다. 해란강가에 가면 그래도 마음이 풀리곤 했던 것이다.

수국이는 용문교가 바라다보이는 강변에서 걸음을 멈추었다. 저 멀리 모아산이 양쪽으로 야트막하면서도 길고 긴 산줄기를 거느리고 오똑하게 솟아 있었다. 그 형상이 모자 모양으로 생겼다고 해서 모아산이었다. 모아산은 산 같지 않게 나지막했다. 꼭 고향 들판의 산처럼 자그마해서 정다웠다. 비암산도 그렇고, 용정 근방에는 높고 큰 산이 없었다. 그 대신 넓은 들녘이 펼쳐져 있었다.

해란강 건너에서부터 저 멀리 모아산까지는 그대로 질펀한 들녘이었다. 그 들녘은 한창 자라난 나락으로 짙푸르러 있었다. 수국이는 있는껏 숨을 들이켜며 사르르 눈을 감았다.

고향의 드넓은 들판이 환하면서도 아련하게 떠올랐다. 풋풋하고 알케하며 쌉싸름한 냄새도 풍겨왔다. 큰언니 작은언니 그리고 동무들…… 그리운 얼굴들도 떠올랐다. 아아, 가고 싶은 곳. 불현듯 눈물이 솟았다. 수국이는 입 안으로 입술을 맞물며 눈물을 삼켰다. 그러나 언제 돌아가게 될지 모를 땅이었다. 어머니가 그리도 허망하고 억울하게 돌아가셨고, 동생을 찾을 길은 막막하기만 했다. 어떻게 동생을 만나게 된다고 해도 돌아갈 수 있는 고향이 아니었다.

수국이는 손등으로 눈물을 훔쳤다. 용정에 중국사람들보다 조선사람들이 훨씬 더 많듯 눈앞에 펼쳐져 있는 넓디나 넓은 들녘은 다 나락이 자라는 논이었다. 조선사람들은 만주땅 그 어디든 발닿는 데마다 꼭 논을 풀었고, 초가집이 눈에 띄기 전에 논을 보면 그 근방에 어김없이 조선사람들의 마을이 있었다.

그 넓은 들녘에 벼들이 탐스럽게 자라도 그러나 그 논들은 조선사람들의 것이 아니었다. 거의 다 중국사람들의 땅이었고, 조선사람들은 소작인이었다. 몇 안 되는 중국지주들에게 수많은 조선사람들이 매달려 살았다. 고향에서도 그랬듯 땅 넓은 곳은 사람살이가 어쩌면 그리도 똑같은지 몰랐다. 장사를 하고 사는 조선사람들은 중국지주들이 내놓는 쌀을 사먹어야 했다.

수국이는 들녘의 서쪽을 하염없이 바라보고 있었다. 들녘은 그쪽으로 끝도 없이 펼쳐져 나아가고 있었다. 용정을 감싸고 있는 들녘이 용정들이었고, 서쪽으로 펼쳐진 것이 평강벌이었다. 평강벌 그 북쪽으로 올라가면 어머니가 묻혀 있는 곳이었다.

수국이는 눈길을 거둬 용문교를 바라보았다. 해란강을 가로지른 용문교를 따라 넓은 길이 들녘 가운데로 곧게 뚫려 있었다. 그 길은 모아산 중턱을 넘어 국자가로 뻗어나가고 있었다. 모아산 너머가 바로 국자가였고, 모아산이 양쪽으로 거느린 야트막한 산줄기는 용정과 국자가를 구분짓는 담이나 다름없었다. 그 길을 따라서 가면 걸어서라도 며칠이면 어머니 옆에 갈 수 있었다.

그러나 마음대로 떠날 수 있는 처지가 아니었다. 수국이는 흘러가는 물줄기를 물끄러미 바라보았다. 자신의 가슴에서도 그 강물처럼 서러운 물줄기가 흐르고 있었다. 용문교 왼쪽으로 물줄기 하나가 해란강과 합해지고 있는 것이 바라다보였다. 명동촌을 거쳐 흘러내리는 육도하였다. 육도하가 해란강에 흘러드는 것처럼 수국이는 자신의 가슴에서 흐르는 서러움을 해란강에 띄워보내고 있었다. 물 맑은 해란강은 평강벌과 용정들을 지나 두만강으로 흘러간다고 했다.

"엄니이…… 동상얼 살펴주시씨요……."

수국이는 북쪽 먼 하늘을 바라보며 간절하게 뇌고 있었다.

한편, 방대근은 일행 두 명과 함께 밀산에서 300리쯤 떨어진 의란 근처의 야산에 머물러 있었다. 그들의 얼굴은 수척해 있었고 옷도 군복이 아니었다. 얼핏 보기에 집도 절도 없이 떠도는 부랑자들의 모습이었다. 지난해 청산리전쟁 때 군복과 군모에 총을 들었던 당당한 모습과는 너무나 대조적이었다.

"저 사람 무슨 병 같은가?"

노병갑이 근심스런 얼굴로 속삭였다.

"글씨, 설사에 열이 저리 나는디……"

방대근이 침울하게 고개를 갸웃거렸다.

"갈수록 심해지고 있잖은가."

"당연지사제, 약도 못 쓰고 지대로 묵지도 못험서 날마동 걸어대니……"

"큰일인데. 어디로 의원을 찾아갈 수도 없는 일이고……"

노병갑이 한숨을 내쉬었다.

방대근은 나무그늘 아래서 정신을 잃은 듯 널브러져 거친 숨을 쉬고 있는 이유석을 바라보고만 있었다. 의원을 찾아갈 수는 없었다. 러시아국경이 가까운 만주땅에 조선의원이 있을 리 없었다. 중국의원이라도 찾아가자면 중국사람들이 많이 사는 번화한 곳에 발길을 해야 했다. 그러나 그런 곳은 영락없는 함정이었다. 중국관헌들의 눈길을 피하기가 어려울 것이었다.

"……그러니까 중국관헌들은 왜병들과 똑같다는 것을 명심하라. 그리고 중국민간인들도 그전처럼 믿어서는 안 된다. 그전에는 중국사람들이 우리 독립군들을 많이 도와주었지만 왜놈들이 돈으로 이간책동을 하고 있으니 마음이 변한 사람들이 적지 않다는 것을 또한 명심해야 한다."

대원들을 소조로 분산시켜 출발을 앞두고 참모장이 강조했던 다짐이었다.

그래서 방대근은 밤에만 움직이기로 했다. 그건 안전을 지키기에도 좋았지만 대륙의 숨막히는 무더위를 피하기에도 안성맞춤이었다. 그러나 행동의 불편함과 방향을 잘못 잡을 위험도 있었다.

러시아국경이 가까운 북쪽 만주땅일수록 동포들의 마을이 드물었다. 낮에 산속에 숨어 쉬면서 중국인 마을을 보아두었다가 해가 질 무렵 밥때에 맞추어 찾아 들어가곤 했다. 저 멀리 산동성에서 돈벌이를 나선 떠돌이로 행세했다. 별로 잘하는 중국말은 아니었지만 거뜬하게 눈속임 귀속임을 할 수 있었다. 중국이 워낙 넓어서 중국사람들은 자기네들끼리도 말이 잘 통하지 않는다는 것을 익히 알고 있었고, 러시아에 가까운 만주 끝과 산동성은 까마득하게 멀다는 것으로 통하지 않는 말은 덮어졌던 것이다.

"저러다가 큰일당할지도 모르는데 어디서 동포 부락을 찾아내면 맡기고 가는 게 어떨까?"

노병갑의 말이었다.

"글써, 그리될 수 있었으면 좋겄는디. 아무리 동포라고 혀도 누가 병자럴 맡을라고 혈랑가 몰라. 무신 병인지도 몰르는디⋯⋯."

방대근의 말이 무거웠다.

"그렇기도 하지, 먹고살기도 힘든 사람들한테⋯⋯." 노병갑은 시무룩하게 말하고는, "이놈의 만주땅은 사람 살 데가 못 돼. 겨울에는 늑대도 얼어죽게 춥고 여름에는 개도 더위를 먹게 덥고 말이야." 그는 이마의 땀을 뿌리며 짜증을 부렸다.

"허, 더운 것 타박허덜 말어. 이리 안 더우면 만주사람들 다 굶어죽응게."

방대근이 피식 웃었다.

"굶어죽어?"

무슨 소리냐는 듯 노병갑은 방대근을 빤히 쳐다보았다.

"겨울이 질고 여름이 짧은디, 거그다가 여름이 사람 살기 좋게 서늘서늘혀 봐. 밭농사고 논농사고 되겠어? 여름이 짧아도 농사가 다 되는 것언 이리 숨맥히게 푹푹 쪄대는 덕이제. 다 하늘이 알아서 부리는 조환게 그저 고맙습니다 허고 참아내는 것이 도리여."

"참, 농사만 짓는 사람처럼 모르는 게 없네."

노병갑이 멋쩍게 웃었다.

"그려, 나가 에렸을 적보톰 우리 아부님이 허신 말씸이제. 나라가요 꼬라지가 안 되았드람사 나넌 시방 농사꾼으로 땅얼 파묵고 살고 있겄제."

방대근의 얼굴이 무슨 생각엔가 잠겨들고 있었다. 그의 눈앞에는 아버지의 모습과 함께 고향이 떠오르고 있었다. 그리고 어머니와 형제들의 얼굴도 줄줄이 떠오르고 있었다. 그는 콧등이 매워지면서 가슴이 먹먹해지는 걸 느끼고 있었다. 어머니와 수국이 누나의 얼굴이 다른 형제들의 얼굴을 밀치고 앞으로 다가들었다. 어머니와 수국이 누나의 걱정이 마음에서 떠난 적이 없었다.

경신참변의 소식은 혹한 속의 밀산을 더 춥게 만들었었다. 만주 땅에 가족이 있는 독립군들은 근심 걱정으로 풀이 죽고 기가 꺾였다. 그건 바로 독립군의 사기저하였다. 그렇다고 독립군들이 다시 청산리 쪽을 진격할 수는 없었다. 일본군들은 중무장한 대병력으로 추격해 오고 있었고, 독립군들은 청산리 일대 전투에서 탄환을 많이 소모한 데다가 여름옷을 입은 채 월동준비가 전혀 안 된 상태였다. 천릿길 밀산으로 이동한 것도 일본군의 보복공격을 피하는 동시에 탄환을 보충하고 월동준비를 하려는 것이었다.

"또 식구들 걱정이야?"

노병갑의 착잡한 어조였다.

"아니여, 그냥……."

방대근이 고개를 저었다. 그러나 가라앉은 목소리에는 물기가 젖어 있었다.

"너무 걱정하지 말어. 누나가 눈치 빠르니까 별일 없이 무사할 거야."

"……."

고개를 떨군 방대근은 풀잎만 잡아뜯고 있었다.

"그래, 걱정이 안 된다면 말이 아니지. 일단 동녕현까지 가서 집에 찾아가 보도록 해."

가족 걱정이 없는 노병갑은 너무 입에 발린 위로 같아 다시 이렇게 말을 덧붙였다.

"그려, 그래야겄제."

방대근은 마음을 추스르며 고개를 치켜들었다. 목이 아프게 울음덩이를 삼키며.

"난 말이야, 아무리 생각해 봐도 총재님을 이해할 수가 없어."

노병갑은 일부러 말머리를 돌렸다. 또한 총재 서일의 자결은 풀리지 않는 의문으로 마음속에 맴돌고 있었던 것이다.

"총재님얼……?"

방대근은 어리둥절하고 의아스런 얼굴로 노병갑을 쳐다보았다. 노병갑의 말이 갑작스럽기도 한 데다가 그 말뜻이 얼핏 잡히지 않았던 것이다.

"응, 총재님이 왜 그렇게 허망하게 자결하신 것인지 도무지 이해할 수가 없단 말이네."

자리를 고쳐앉는 노병갑의 얼굴이 진지했다.

"이해헐 수가 없다면…… 총재님이 잘못허시기라도 혔다는 것이여?"

예사로 들어넘길 말이 아니라 싶어 방대근은 노병갑의 의중을 짚어내려 했다.

"그렇지. 자넨 그런 생각이 안 들던가?"

노병갑의 눈에 더 윤기가 돌았다.

"글씨…… 앞으로도 허실 일이 태산이고 헌디 그리 돌아가셔서 애석허고 한시럽다는 생각언 혔어도……."

"그래, 바로 그거란 말이네. 앞으로 해야 할 중대한 일이 얼마나 많은데 그런 일로 자결을 하시느냔 말이야. 병사들의 억울한 죽음에 책임을 통감하신다는 총재님 심정도 모르는 건 아니야. 허나, 마적들의 습격이 총재님의 잘못은 아니잖은가. 또 죽어버린 몇십 명의 목숨이 중한가, 살아 있는 몇백 명의 목숨이 중한가. 그리고 또 있어. 총재님이 자결한다고 해서 죽어버린 병사들이 살아나느냔 말야. 난 모르겠어, 총재님 같으신 분이 왜 그런 결정을 내리신 것인지 난 도무지 이해할 수가 없어."

노병갑은 일그러진 얼굴로 고개를 저어대고 있었다.

방대근은 새삼스럽게 노병갑을 바라보았다. 노병갑이가 그렇게 깊은 생각을 하고 있는지는 몰랐던 것이다. 자신은 서일 총재의 갑작스러운 자결에 놀라고 슬퍼하고 앞날을 걱정했을 뿐 노병갑처럼 여러모로 생각하지는 않았던 것이다. 총재님의 자결은 충격이 너무 컸던 것이고, 또한 그런 결단이 높게 우러러보일 뿐이었던 것이다. 그러나 노병갑의 말을 듣고 보니 그 말도 일리가 있다는 생각이 들기도 했다.

"그려, 자네 말도 일리는 있네. 허나 총재님도 얼매나 많이 생각 허셨을 것잉가. 그런 것얼 다 못 생각허실 분이 아닌디, 우리가 그분 깊은 속얼 어찌 알겄어. 인자 그분 명복이나 빌어야제 그런 생각 헌다고 그분이 환생허는 것이 아니딜 안혀."

방대근은 노병갑의 어깨를 잡았다.

"그래, 다시 살아 돌아오실 리가 있나. 그분이 많이 생각하셨을 줄 알면서도 그 일만 생각하면 너무 속이 상해 그런 생각을 안 할 수가 없단 말일세."

노병갑이 쓸쓸한 빛으로 말했다.

러시아에서 다시 국경을 넘어온 북로군정서 일부는 밀산의 당벽진에 머물러 있었던 총재 서일의 부대와 합류했다. 자유시에서 독립군 부대들이 무장해제를 당했다는 소식을 들으며 북로군정서는 앞으로의 길을 모색하고 있었다. 그런데 어느 날 느닷없이 마적떼가 습격을 해왔다. 그 기습으로 독립군 수십 명이 생명을 잃게 되었다. 그런데 다음날 아침에 또 소동이 일어났다. 총재 서일이 마을 뒷산에서 자결한 시체로 발견된 것이었다. 다수의 병사들을 무고하게 희생시킨 책임을 통감한다는 유서가 자결의 이유를 밝혀놓고 있었다.

서일의 죽음은 단순한 개인의 죽음이 아니었다. 그의 죽음은 또 하나의 독립운동 기지로 삼으려 했던 밀산이라는 곳에서 결성된 대한독립군단의 완전한 해체를 의미했다.

청산리 일대의 전투에서 합동작전으로 큰 승리를 이룩해 낸 여러 독립군 부대들은 밀산으로 이동해서 통일된 조직체를 탄생시켰다. 더욱 효과적인 투쟁을 위한 그 조직체가 대한독립군단이었다. 대한독립군단의 탄생은 두 가지 큰 의미를 가지고 있었다. 첫째, 무정부상태에서 어쩔 수 없이 종교 중심적이거나 신분 중심적으로 이루어질 수밖에 없었던 각 독립군 부대들이 그 한계를 극복한 점이었다. 둘째, 그동안 분산되었던 힘을 군사적 통일과 단합으로 투쟁을 보다 강력하게 확대하는 효과를 발휘할 수 있게 된 것이었다.

그러나 러시아로 이동한 독립군 부대들이 자유시에서 참변을 당하고 무장해제까지 되면서 대한독립군단은 허물어지기 시작했다. 그런데 군단의 총책임자인 총재 서일마저 자결하고 만 것이다. 그건 대한독립군단의 완전한 해체였다.

"해가 많이 기울었네. 해가 뭔지 더위도 많이 가시고."

노병갑은 나뭇잎들 사이로 서쪽하늘을 바라보았다.

"그려, 한낮에만 덥제 발써 아침저녁으로넌 선들선들 안 혀. 담 달보톰언 추수가 시작될 것 아니여."

방대근도 하늘로 눈길을 보냈다.

"우리가 제대로 가고 있기는 한가?"

"그러겄제. 아라사 쪽으로 가는 것언 아닝게."

"아라사 쪽으로 잘못 가는 사람들도 있을까?"

"글씨, 조럴 짤 적에 중국말얼 쬐깨라도 허는 사람덜얼 골라넣었는디, 어쩌다 그런 사람덜이 있을지도 몰르제."

"동녕현에 가면 그전처럼 부대를 잘 꾸미게 될까?"

"무신 소리여?"

방대근의 어조가 달라지며 노병갑을 쳐다보았다.

"만약 거기에 조선사람들이 왕청현이나 화룡현 같은 데처럼 많지 않으면 부대를 다시 일으키기가 곤란하지 않겠느냔 말야."

"이, 무신 소리라고. 그런 디보담언 동포들이 많지넌 않을 것이여. 그려도 동포들이 날로 달로 불어나고 있응게 벨 걱정언 안 해도 될 것이구만."

"동포들이 조선땅에서 살기 힘들어 만주로 자꾸 건너오는 것은 안됐지만, 독립군을 위해서는 더 많이 와야 해."

"꼭 그런 것도 아니시. 너무 많이 오면 여그 만주서 동포들찌리 서로 살기가 에로와지고, 조선땅이 빌수록 왜놈덜만 좋아지는 것 잉게. 거그서 고상덜 험서 사는 것도 조선땅얼 지키는 것이고, 왜 놈덜허고 싸우는 것이란 말이시."

"으음, 그게 그럴 수도 있겠는데. 왜놈들이 제놈들 백성들을 자꾸 조선땅으로 이주시킬수록 우리 동포들이 밀리게 되는데, 그건 참 곤란한 문제지."

"바로 그것이여. 그 심에 밀리면 우리 조선언 영영 왜놈덜 땅 되야부는 것이제. 그렇게 거그서 버팀서 지키고, 여그서 또 심 모아 싸우고 혀서 양수겸장얼 쳐야 허는 것이여."

"자네 말이 맞네. 이제 슬슬 움직여야 되지 않겠나?"

"그래야제. 해가 다 빠져가는디."

방대근이 주변을 살피며 몸을 일으켰다.

"지금이 추수철이라면 얼마나 좋겠어. 애써서 얻어먹을 것 없이 닥치는 대로 따먹고 캐먹고 할 텐데 말야."

노병갑도 일어서며 마른 입맛을 다셨다.

"그리됐으면 더 좋을 것이 없제."

방대근이 중얼거리며 이유석에게로 다가갔다. 이유석은 그때까지도 맥이 다 풀려버린 몸으로 잠에 빠져 있었다. 그의 초췌한 얼굴에는 병색이 완연했다.

"이 동지, 이 동지, 인자 일어나야겄소. 떠야 헐 시각이 다 되았소."

방대근은 이유석을 가만가만 흔들었다.

"아으…… 으응……."

이유석은 앓는 소리를 내며 몸을 떨었다. 그러나 감시를 피해야 하는 사람답게 그는 곧 눈을 떴다.

"곧 출발해야 하는데 좀 어떻소?"

노병갑이 이유석의 이마에 손을 대보며 물었다.

"무시기, 벌써 그리됐음둥?"

이유석이 당황하며 몸을 일으키려고 했다. 그의 고개와 어깨가 들리는가 싶더니 그는 몸을 가누지 못하고 도로 누워버렸다.

"자아, 그리 급허니 허지 말고 찬찬히 일어나도록 허시요."

방대근이 이유석의 머리와 한쪽 어깨를 받쳤다. 노병갑도 이유석의 등 밑으로 손을 넣었다.

"이리 짐이 돼서리…… 미안합꼬망, 미안합꼬망."

이유석은 부축을 받아 몸을 일으키며 쉰 소리로 중얼거리고 있었다.

"미안키넌 머시가 미안허다고 그러요. 그런 맘 쓰덜 말고 심얼 내시요."

방대근은 다정하게 말했다. 그러나 이유석의 병세가 어제보다도 더 심해진 것을 느끼고 있었다. 노병갑과 눈길이 마주쳤다. 노병갑이 근심스러운 얼굴로 고개를 갸웃거렸다.

"자아, 저것은 내가 다 들도록 하지."

노병갑이 풀섶을 헤쳤다. 그는 긴 나무토막 같은 것들을 집어들었다. 그건 헌 천으로 둘둘 감싼 총이었다. 출발 때부터 모든 대원들은 그렇게 위장했고, 총은 어떠한 일이 있어도 목적지까지 휴대하라는 명령이었다. 그만큼 값비싸고, 구하기 어렵고, 소중한 물건이었다.

"총을 목숨처럼 귀하게 여겨야 한다."

모든 부대장들이 부하들에게 시시때때로 강조하는 말이었다. 방대근도 부하들에게 그 말을 얼마나 많이 했는지 헤아릴 수조차 없었다.

총은 단순히 적을 무찌르는 무기만이 아니었다. 일본돈 50원에서 100원까지 하는 그 물건은 만주에서 고생고생하며 살아가는 동포들의 피땀의 덩어리였다. 총값처럼 시세가 오르락내리락하는 것도 없었다. 관의 눈을 피하는 뒷거래라서 암상들의 농간이 심했던 것이다. 50원이면 쌀이 열 가마가 넘었다. 만주의 동포들은 벼농사를 지으면서도 순 쌀밥을 1년에 몇 그릇이나 먹을 수 있는지 모를 일이었다. 독립군들은 왜 총을 소중히 해야 하는지 그 속 깊은 뜻을 잘 알고 있었다.

방대근은 이유석을 부축하고, 노병갑은 총 세 자루를 들고 산비탈을 내려가기 시작했다. 석양빛 속에 중국인 마을이 멀리 보였다. 그 마을에 가까워지면 어둠살도 퍼질 즈음이 될 것이었다. 그들이 발을 옮길 때마다 풀벌레들이 연약한 소리를 내며 포르르 날아오르거나 튀어 달아났다.

방대근은 걸음을 옮길수록 걱정이 커져가고 있었다. 이유석의 다리가 자꾸 휘청거리면서 숨을 헐떡거리고 있었다. 입에서는 단내가 심하게 풍겨났고, 얼굴에서는 진땀이 흐르고 있었다. 이래 가지고는 밤에 길 떠나기가 어려울 것 같았다. 이유석에게 맞추어 걸음도 자꾸만 늦어지고 있었다.

"어이 병갑이, 총 두 자루 날 주고 자네도 이 동지럴 부축해야 되겠네."

밥때를 놓쳐서는 안 되기 때문에 방대근은 앞서 걷고 있는 노병갑을 불렀다.

"왜, 이 동지가 심한가?"

노병갑이 서둘러 다가왔다.

"밥때가 지내불면 안 된게."

총을 달라고 손을 내밀며 방대근은 말을 돌려서 했다. 아픈 사람이 마음의 부담까지 느끼게 하지 않으려는 것이었다.

방대근의 말뜻을 알아차린 노병갑이 눈짓말을 하며 총 한 자루를 내밀었다.

"왜 이려. 한나 더 내."

"괜찮아. 어서 가세."

"안 괜찮은디. 병자 또 생기면 안 된게 얼렁 내."

"또 키 작다고 그러는 거지."

"키만 작간디, 기운도 딸리제."

"자네보다 반 뼘밖에 안 작아."

"허! 반 뼘이면 몇 치나 되는지 알어? 세 치에서 네 치여. 사람 한 치 키 차이에 쌀 서너 말 들 기운이 왔다갔다헌다는 말도 못 들었어?"

"그래도 자네 머리통이나 내 머리통은 똑같다는 걸 모르나?"

"아니, 어찌서 머리통이여? 아래짝 물건이 똑같다고 허제."

"그것이야 더 말할 것도 없으니까."

노병갑이는 키득 웃었다.

"그려어? 그러니 작은 몸떵이가 얼매나 심들겄어. 우아래로 그것 덜이나 잘 달고 댕기도록 허고 총 얼렁 내."

"자네 입심에는 못 당해."

노병갑은 총 한 자루를 더 내밀었다.

그들은 이유석을 양쪽에서 부축하고 다시 걷기 시작했다. 그래도 마을에 가까워졌을 때는 생각보다 어둑발이 진하게 퍼져 있었다.

"이보게, 어차피 총도 감춰야 하고 재빨리 움직여야 하니까 이 동지를 여기 두고 갔다 오는 것이 어떻겠나?"

노병갑이 내놓은 의견이었다.

"이, 그것도 존 생각이시."

"이 동지, 우리가 금방 먹을 것 얻어가지고 올 테니까 이 동지는 여기서 쉬면서 기다리시오."

이미 늘어져 누워 있는 이유석을 흔들며 노병갑이 말했다.

"무시기? 나만 두고 간단 말임둥? 아니 됩메, 동지들 아니 됩메."

놀란 이유석이 눈을 홉뜬 채 노병갑의 팔을 붙들고 늘어졌다.

"이 동지, 정신 채리시요. 이 동지럴 내불고 우리만 간다는 것이 아니고 이 동지넌 아픈게 여그서 쉬고 있으면 우리가 얼렁 가서 밥얼 얻어오겄다 그 말이요. 이 동지넌 여그서 쉼서 총얼 지키고 있으시오. 총 세 자루 여그 있소, 여그."

방대근은 총 세 자루를 이유석의 팔에 안기듯 해주었다.

"알았소꼬망, 알았소꼬망……."

이유석은 총들을 꼭 끌어안으며 눈을 감았다.

방대근은 그런 이유석을 내려다보며 콧날이 시큰해졌다. 노병갑은 이유석의 이마를 짚어보고 몸을 일으켰다.

그들은 중국사람들의 마을로 들어갈 때는 미리 총을 감추고는 했었다. 헝겊으로 싸서 위장을 했지만 완전한 눈속임을 하기엔 무리였던 것이다.

그들은 한 집에서 셋이 먹을 것을 다 얻으려고 하지 않았다. 소작인이 많은 중국농부들도 가난하기는 동포들과 별로 다를 것이 없었던 것이다. 그러니 그저 한 집에서 만두 몇 개, 종이두부 몇 장, 조밥 한 덩이 하는 식으로 모으는 게 빨랐다. 중국사람들은 가난해도 인심은 후한 편이었다. 길손을 박대해서는 복 받지 못한다는 오랜 풍속 탓이었다. 그건 조선사람들이 나그네를 후하게 대하는 것이나 똑같은 미풍이었다.

그들은 네 집째에서 셋이 먹을 만큼 음식을 모았다. 의심받은 눈치는 없었지만 그래도 만일을 몰라서 그들은 이유석이 있는 데까지 곧장 가지 않고 빙 돌아가면서 뒤를 살폈다.

"자네 중국말이 갈수록 느는데."

"또 농허잔 것이여?"

"농하려는 게 아니라 부러워서 하는 소리지. 그런 선견지명이 어디서 나왔나?"

"송수익 선생님의 혜안이시네."

"역시 그렇군. 말이 얼마나 중한 것인지 이번에 단단히 느꼈네. 나도 바로 중국말을 배워야 되겠어."

"자네야 맘만 묵으면 쉽제. 귀가 열려서 에진간헌 말언 다 알아들응게."

"그게 쉽게 될까?"

"겁내덜 말어. 신흥무관학교꺼정 나오신 학식 든 분네가."

"아이고, 또 입심 나오네."

이유석은 불만 벌컥거릴 뿐 음식을 거의 먹지 못했다.

"왜 이러시오, 이 동지. 입맛이 없어도 억지로 먹어야 되오."

짙어지는 어둠 속에서 노병갑이 걱정스럽게 말했다.

"굶어 심쓰는 장사 없고 배곯아 나슬 병 없다는 말도 못 들었소? 이 동지, 묵는 것이 약이고, 묵어야 기운 채래 걸을 수 있응게 꼭꼭 씹어서 넴기시요. 꼭꼭 씹으면 안 단 음식이 없고, 안 넘어갈 음식이 없는 법잉게."

방대근은 어머니에게 들곤 했던 말을 그대로 옮기며 만두를 이유석의 손에 쥐여주었다.

풀벌레들이 가늘고 고운 소리들로 울고, 별들이 돋아나고 있었다. 낮의 더위와는 달리 밤바람이 서늘했다.

그들은 다시 북서쪽으로 걷기 시작했다. 그러나 이유석 때문에 걸음은 느리기만 했다. 이유석은 아까보다도 더 심하게 숨을 헐떡거렸다. 그리고 다리도 더 휘청거리고 있었다. 그를 양쪽에서 부축하고 있는 방대근과 노병갑은 팔에 얹혀오는 무게가 아까보다 한결 무거운 것을 느끼고 있었다.

10여 리쯤 걸었을 즈음에 이유석의 몸이 축 처져내리며 신음소리를 냈다. 방대근과 노병갑은 당황해서 이유석을 붙들어 앉혔다.

"이 동지, 어디가 아프요?"

"왜 이러시요?"

방대근과 노병갑은 동시에 물었다.

이유식은 아무 대답도 못하고 토하기 시작했다. 노병갑이 이유석의 어깨를 붙들었고 방대근은 그의 등을 살살 두들겨주었다.

"억지로 먹어 체한 모양이네."

노병갑의 말에 방대근은 아무 대꾸도 하지 않았다. 방대근은 불길한 생각에 잡혀 있었다. 병자가 음식을 넘기지 못하거나 넘긴 음식을 토해내면 위태롭다는 것이었다.

힘겹게 토하기를 끝낸 이유석은 픽 쓰러지고 말았다. 방대근은 이유석의 이마를 짚어보았다. 몸이 너무나 뜨거웠다.

"안 되겠네, 쉬게 혀야제."

"어디 쉴 만한 데를 찾아야 되지 않겠나? 여긴 들판인데."

"그래야제. 자아, 나헌티 업혀주소."

노병갑은 말없이 이유석을 끌어안아 일으켜 방대근의 등에 업혔다.

그들은 이유석을 번갈아 업어가며 20리 남짓 걸어 야산에 이르렀다. 그들의 몸은 땀으로 범벅이 되어 있었다.

이유석을 풀섶에 눕히고 노병갑과 방대근도 쓰러지듯 눕고 말았다.

언제 잠이 들었는지 몰랐다. 방대근은 소스라쳐 잠이 깼다. 어둠이 걷히고 있었다. 방대근은 이유석 쪽으로 엉금엉금 기었다. 이유석은 편안히 잠들어 있었다. 그런데 이상한 느낌이 들었다. 가까이 다가갔다. 이유석은 이미 숨이 끊어져 있었다.

"어이, 얼렁 일어나. 이 동지가 죽었네."

방대근의 목소리가 울고 있었다.

한편, 러시아의 혁명군대인 적군(赤軍)에 소속된 이광민은 말 못할 고민에 빠져 있었다.

내가 조선의 독립군인가, 러시아의 적군인가. 이것이 이광민이가 풀지 못하고 있는 의문이고 고민이었다.

그 의문과 고민의 뿌리는 흑하사변이라고 이름 붙여진 자유시참변에 닿아 있었다. 자유시에서 무엇이 어떻게 된 것인 줄도 모르고 독립군들이 죽어가고 체포되는 것을 목격했었다. 그리고 적군에 소속되어 두 달쯤 지나 그 내막을 알게 되었다.

흑하사변은 두 가지 이유가 동시에 작용해 일어난 사건이었다.

첫째는 내부의 원인이라고 할 수 있는 조선인 공산당의 상해파와 이르쿠츠크파의 대결이었다. 둘째는 외부의 원인이라고 할 수 있는 러시아 혁명정부와 일본이 합의한 조선독립군의 무장해제였다.

청산리 일대에서 전쟁을 한 독립군들이 밀산을 거쳐 러시아땅 이만으로 들어선 것이 3월이었다. 거기서 러시아 적군에 소속된 한인부대의 안내를 받아 독립군들은 자유시로 이동했다. 독립군을 안내한 한인부대는 사할린부대였다. 그런데 자유시에는 적군에 소속된 또다른 한인부대인 자유대대가 있었다. 사할린부대와 자유대대의 두 지휘관은 3천여 명을 헤아리는 독립군들을 놓고 주도권 다툼을 벌이게 되었다.

그 주도권 다툼은 단순한 지휘권 장악이 아니었다. 그것은 이동휘의 상해파 고려공산당과 그에 비판적으로 맞서고 있는 이르쿠츠크파의 대결이었던 것이다. 그러니까 사할린부대는 상해파였고, 자유대대는 이르쿠츠크파였다. 그 대립을 조정하기 위해서 국제공산당 조직인 코민테른의 동양비서부는 러시아인을 의장 겸 사령관으로 한 고려혁명군정의회를 결성했다. 그러나 그 회는 이르쿠츠크파의 영향력으로 생겨난 것이었다.

그 회에서는 코민테른의 결정을 앞세우며 사할린부대도 고려혁명군정의회의 지휘 아래 들어올 것을 명령했다. 그러나 실제로 독립군들을 자기 영역에 두고 있는 사할린부대 지휘관은 그 명령을 거부해 버렸다.

그러나 일은 그것으로 끝난 것이 아니었다. 사할린부대 지휘관의 행위는 일방적인 것이었지 그가 독립군들의 지휘권을 가진 것이 아니었다. 또한 독립군의 여러 부대장들도 그것을 인정하지 않았다. 독립군 부대장들은 사할린부대 지휘관의 결정을 무시하고 자기들의 자유로운 판단에 따라 행동하기 시작했다.

홍범도부대가 사할린부대를 떠나 자유대대 쪽으로 갔다. 안무의 부대도 그 뒤를 따랐다. 그런 상황변화 속에서도 사할린부대 지휘관은 끝내 설득을 받아들이지 않았다. 설득을 포기한 고려혁명군 정의회 사령관은 병력을 동원하기에 이르렀다.

적군 29연대와 자유대대는 탱크와 기관총으로 사할린부대를 공격했다. 사할린부대와 그때까지 사할린부대에 남아 있던 독립군들은 소총뿐이었다. 화력에 밀린 사할린부대와 독립군들은 죽고 잡히고 하면서 무장해제를 당하고 말았다.

사건의 전모를 몰랐을 때는 이광민은 조선사람들끼리의 무모하고 어리석은 파쟁에 분노하고 절망했었다. 그러나 사건의 내막을 다 알고 나서는 체념을 할 수밖에 없었다. 그런 파쟁이 없었더라도 독립군들은 러시아 적군에게 무장해제를 당할 수밖에 없는 상황에 처해 있었다. 왜냐하면 소비에트 정부는 러시아땅에 있는 항일세력들의 무장을 해제시키겠다고 일본과 합의를 한 것이었다.

러시아혁명의 방해군으로 시베리아에 출병한 일본군들은, 다른 방해군인 영국이나 프랑스군들은 다 철수했는데도 혼자만 버티고 있었다. 오랜 혁명전쟁으로 국력을 소모한 소비에트 정부는 어떻게 해서든지 전쟁 없이 일본군을 몰아내야 할 입장이었다. 그러나 반대로 일본군은 무엇이든 트집을 잡는 입장이었다. 러시아땅의 조선 독립군은 일본이 트집 잡기 좋은 대상이었고, 소비에트 정부로서는 그런 빌미를 주어서는 안 되는 것이었다.

결국 소비에트 정부는 파쟁에 휘말린 독립군의 일부를 체포해 수용소에 가두고, 나머지 독립군들을 적군 제5군단에 소속시켜 러시아땅에서 조선독립군이란 실체를 말끔히 없앤 것이었다. 어차피 적군에 소속될 수밖에 없었던 상황을 이광민은 체념했다. 그러나 앞으로 어떻게 해야 할 것인지가 문제였다. 그걸 마음 놓고 의논할 사람이 없어 이광민은 고민에서 헤어나지 못하고 있었다.

5

밤기차

땅거미가 어스레하게 퍼지고 있는 거리에 눈발이 날리고 있었다. 맵싸한 바람에 거칠고 칙칙한 구름이 두꺼운 것으로 보아 많이 내릴 눈이었다. 몸을 움츠린 행인들이 잰걸음질을 치고 있었고, 인력거꾼들이 채찍이라도 맞는 듯 다급하게 달려가고 있었다.

"눈이 와도 많이 올 기민다……."

도림이 누더기 승복의 깃을 여미며 하늘을 흘끗 올려다보았다.

"눈이라도 많이 와야제 내년 농사가 지대로 되제."

공허의 뚱한 말이었다.

"누구 존 일 시키라고."

"아니여, 큰 잔치에 속이야 아프지만 잔치가 커야 콩너물대가리라도 더 얻어묵드라고 풍년언 아니라도 평작언 돼야 불쌍헌 작인 덜헌티 한 됫박이라도 더 돌아가제."

"자네도 다 통했네그랴."

"뜬금없이 무신 소리여?"

"없이사는 불쌍헌 사람덜 그리 생각허는 맘얼 늘 품고 사니 그 것이 부처님 맘이 아니고 머시여."

"체, 싱건지 묵고 트림허는 소리 말어. 부처님이 박장대소허실 것 잉게."

"나넌 그런 생각이 맘에 들었덜 않으넌게 허는 소리제."

"그런 생각이야 다 때때로 들고나고 허는 바람이시. 자네도 금강 산으로 뜰라고 맘묵은 것만으로도 중질 지대로 허고 있는 것이여."

"몰르겄네. 금강산으로 가봐도 조선 안에 절이기넌 매일반 아니 겄어."

"그려도 풍광만으로도 이놈에 한성인지 경성인시보담이야 낫겄제."

"어디서 요기나 허고 가야제?"

"아니시, 역전에 가서 헐라네."

"이사람, 참말로 오늘 갈 참이여?"

도림의 목소리가 커졌다.

"나가 언제 두말허는 것 봤능가."

공허의 나직한 대꾸였다.

"자네, 아덜놈 보고 잡아 그러제?"

도림은 억지소리를 것질러댔다.

"어디가, 마누래 보고 잡아 그렁마."

공허는 이렇게 받아넘기며 능글맞게 웃었다.

"나가 말얼 말아야제." 도림은 어이없어하는 웃음을 흘리고는, "어이, 그러지 말고 나 말 다시 한 분 생각해 보소. 유신회에넌 안 들어도 만해 시님얼 한분 만내보는 것이야 나쁠 것이 머시가 있능가." 그는 은근하게 말했다.

"체, 자네도 이놈에 경성서 수돗물잉가 쇠대롱물잉가 멫 년 묵등마 말솜씨가 아조 미끈덕허니 잘도 넘어가네 이. 화적대장인 삼춘 만내로 갔다가 화적 되드라고 나넌 맘이 약혀 만해 시님만 만내보고 몸얼 뺄 재주가 없는 사람이시."

"머시여? 자네가 맘이 약혀?"

도림이 기가 막혀했다.

"이사람, 어째 말이 금세 달라지고 이려? 불심 지닌 중놈이 맘이 안 약허면 누가 맘이 약허겄능가?"

"자네넌 어찌서 유신회도 안 들겄다, 만해 시님도 안 만내겄다 그렁가? 자네 맘얼 알 수가 없단 말이시."

"잡새가 봉황에 뜻얼 어찌 알랴."

장삼깃을 펄럭이며 공허는 후적후적 걷고 있었다. 어스름에 실린 눈발은 더 촘촘해져 있었다.

"딴소리 말고 말이나 속시언허니 혀봐."

도림이 팔꿈치로 공허의 팔을 툭 쳤다. 일본 여자와 남자가 조센징 어쩌고 하며 종종걸음으로 그들의 옆을 지나쳐갔다.

"저년이 저거 우리 욕허능 거 아니여?"

공허가 걸음을 우뚝 멈추었다.

"좌측통행을 안 지킨다고 흉보네."

도림이 공허의 팔을 끌며 말했다.

"좌측통행? 그것이 머신디?"

"문자 그대로 질얼 왼짝으로만 댕기라는 것이네. 석 달 되았능가, 9월보톰 실시헌 것잉게."

"참 왜놈덜, 벨놈에 짓 다 시키네."

공허는 침을 내뱉으며 다시 걷기 시작했다.

"걷다가 스면, 저것덜얼 멱살이라도 잡을 챔이였능가?"

"우리보고 욕얼 허는디 그리 못헐 것언 머시여."

"그럼서도 맘이 약혀?"

"허 이사람, 고것허고 요것허고 어디 같으간디?"

공허가 피식 웃었다.

"내년보톰 한성에 오면 좌측통행 잘 지키소. 요새야 계몽기간잉게 괜찮혀도 해가 바뀌고 위반허면 벌받는다네. 승복 입고 왜놈헌티 벌받는 꼬라지가 어쩌겠능가? 그것 가관 아니겄어."

도림이 키득키득 웃었다.

"벌? 무신 벌얼 주는디?"

공허의 목소리가 곤두섰다.

"볼기럴 치든, 길바닥에 꿇어앉히든 그야 나가 알겄능가. 궁금허면 경무청에 가서 알아보소."

"드런 놈덜, 인자 질도 지맘대로 못 댕기게 맨드는구만."

공허는 또 침을 내뱉었다.

"침이 보약 중에 보약이란 말 못 들었능가. 그리 뱉어댄다고 왜놈덜언 끄떡도 안 헝게 아까운 침 뱉지 말고 삼키소."

"침이 무신 놈에 보약이여."

공허가 벌컥 화를 내듯 했다.

"사람 무식허기넌. 동의보감에 그리 적혀 있네."

"어이, 자네 유식허시!"

공허는 또 침을 내뱉었다.

"공연시 그놈에 좌측통행 통에 이얘기가 샛길로 흘렀네. 어여 그 대답이나 허드라고."

"원 그사람 참 쬘기기넌. 불교유신회고 불교 뜯어고치기고 뜻이야 다 존디, 만해 시님이 헛기운 빼는 일이란 말이시."

"그리 무시 짤르디끼 밑도 끝도 없이 말허덜 말고 차근허니 말해야 이 땡초가 알아들을 것 아니겄어."

"이사람아, 조선중놈덜 썩은 꼬라지 더 못 보겄어서 금강산으로 들어간다고 험스로 나 말 못 알아묵어? 만해 시님이 아무리 불교 유신회 맨들어 불교계 정화럴 허고 청정허니 헐라고 혀봤자 똥바다에 일엽편주 띄우기란 말이시. 다 괴기맛 보고 환장덜 혀부렀는디 만해 시님이라고 무신 재주로 불교계 친일을 막을 것이여. 사명대사 서산대사가 환생얼 허셔도 고치기는 틀려묵은 일이네."

"그려도 젊은 중덜이 막고 나스면 썩어도 덜 썩을 것 아니겄어?"

"몰르겄네. 나야 왜놈덜헌티 죄진 것 많은 몸이라 부엉새맨치로 밤에만 댕기는 처진께 그런 표나는 단체에 낄 입장도 아니시."

도림은 더 할 말이 없었다. 공허는 또 만세 사건의 주모자로 지목되어 여지껏 피해다니는 처지였던 것이다. 그리고 만주를 오가고 있는 공허에게 불교계의 정화란 하찮게 보일 수도 있었다. 자신의 생각으로는 공허와 만해 한용운 같은 분이 뜻이 합해지면 좀 큰일을 해낼 수 있지 않을까 기대했던 것이다. 만해는 마침 불교유신회 창립을 위해 사람을 모으고 있었다.

"만해 그 양반 총 맞은 자리넌 더 탈이 없능가?"

공허가 뚜벅 말했다.

"어디, 또 삼동이 됐응게 그 자리가 시리고 절리고 허겄제. 평상목이 삐딱허니 틀어져 살아야 허는 고상도 고상인 디다가 삼동만 되면 뼛속꺼지 아픈 것도 얼매나 큰 고상이겄어."

"그 몸으로 고문당허고 감옥살이꺼정 허셨으니 장헌 분이시제. 좌우간 그만허기 천행이제 그적에 승헌 일 당했드라먼 어쩔 분혔어."

공허는 쯧쯧 혀를 찼다.

"그러고 보면 부처님 가피란 것이 있기넌 있는 것 아니여?"

"글씨……."

그들이 하는 말은 한용운이 10여 년 전에 만주에서 독립군의 총에 맞은 사실을 일컫는 것이었다. 나라를 완전히 빼앗기게 되자 한용운은 만주로 건너갔다. 봉천이며 여기저기를 살피고 다니던 한용운은 유하현에 이르게 되었다. 그곳에는 1년 전에 이주해 온 이회영 형제들이 경학사를 만들어 독립군을 양성하고 있었다. 한용운은 거기서 며칠 머물고 다시 길을 떠났다. 그런데 혼자 고갯마루를 넘는 한용운을 잠복경계를 하고 있던 독립군이 쏘고 말았다. 혼자인 그를 밀정으로 오해했던 것이다. 사실 그 지역에 오는 사람은 압록강 건너 안동에서 다 선이 닿아 연락하게 되어 있었고, 단독으로 오가는 사람이란 있을 수 없었던 것이다. 그런데 한용운은 그런 것도 모르고 혼자서 왔다가 혼자서 떠나는 길이었다. 한용운은 수술을 받고 요행히 목숨을 건지게 되었다. 그러나 삐딱하게 틀어진 목은 다시 바르게 되지 않았다. 한용운이 3·1운동의 민족대표의 한 사람으로 알려지게 되자 이회영이 그 얼굴을 알아보고, 이런 큰 인물을 그때 죽였으면 어떻게 됐겠느냐고 소스라쳤다는 소문이 퍼지기도 했다.

"이짝으로 가세. 그짝언 자네가 싫어허는 진고개 본정통이시."

도림이 공허의 장삼자락을 잡았다.

"지기럴, 눈도 오는디 피해갈 것 머 있다고. 그냥 질러가세."

공허의 퉁명스러운 말이었다.

"본정통얼 질러가면 전등불도 밝고 혀서 좋기넌 헌디, 자네가 침막 뱉어댈 것이 걱정이구마."

"거 또 무신 소리여?"

"거그야 왜놈덜 모자리판잉게 자네 눈꼴실 일이 천지고, 자네가 침 퉤퉤 뱉어대면 왜놈덜헌티 조선사람 욕믹이게 된단 말이시."

"조선사람얼 욕믹여? 그렇다면야 침 안 뱉어야제. 아무 걱정 말소."

"어디 보세."

일본사람들이 제멋대로 이름 붙인 혼마치(본정통)의 전등불빛은 진고개에 이르기 전부터 휘황하게 빛나고 있었다. 일본사람들은 통감부와 그 부속기관들이 자리잡은 남산 아래로 모여들었던 것이다. 진고개 일대에 제일 먼저 터를 잡기 시작한 것이 일본상인들이었다. 사람들이 자꾸 불어나면서 상권이 형성되자 통감부에서는 진고개를 중심으로 한 남산 아래를 집중적으로 개발했다. 그리고 진고개 중심가에는 30여 개의 가로등까지 가설하여 그야말로 불야성을 만들어놓았다. 그것이 1901년의 일이었다. 그리고 합방을 시키고 총독부가 제멋대로 붙인 이름이 혼마치였다.

한성에 산다 해도 조선사람들은 등잔불도 아껴 쓰느라고 급급하는 형편에 가로등을 달고 20년이 넘는 세월을 번창해 온 진고개가 왜색 일색으로 흥청거리는 것은 너무 당연한 일이었다. 진고개에는 특히 고급 요릿집들과 환락가가 번창해 있었다.

어둠이 짙어지고 있었다. 가로등불빛에 눈송이들의 난무가 날이 밝을 때보다 더 곱고 선연하게 드러나고 있었다. 바람결을 따라 휘돌고 휘감기고 뒤엉키고 흩어지는 어지러운 춤을 추며 눈송이들은 전등불빛에 반짝거리고 있었다.

"닌장맞을, 눈발도 전등불빛얼 받응게 아조 근사허니 뵈네그랴. 눈언 푸지게 오고 술맛 나게 생긴 밤이시."

공허가 쩝쩝 입맛을 다셨다.

"여그 소문난 요릿집에 기생집덜이 수두룩헌디 한잔 걸게 마시제그려."

도림의 능청스러운 말이었다.

"그랬으면 좋겄는디 나가 시방 배탈이 나부렀단 말이시."

공허가 점잖은 목소리로 말했다.

"이사람 참, 이리 늦게 오면 어쩌나."

"미안허이, 길을 잘못 들어서……."

"하야시 상이 먼저 와 기다리면 큰일 아닌가."

"이거 참, 자네가 말 좀 잘하게."

양복을 빼입은 두 남자가 공허와 도림의 앞을 가로질러 다급하게 샛길로 들어가고 있었다.

"저 조선놈덜이 왜 저리 똥줄이 타?"

공허가 그들 쪽으로 눈길을 보냈다. 그들이 가고 있는 널찍한 샛길은 더 휘황찬란했다. 유리문을 큼직큼직하게 단 상점들은 불빛이 눈부시게 밝았고, 일본글씨의 크고 작은 간판들이 요란하게 붙어 있었다. 그리고 이쪽과 이어진 저쪽 샛길로 인력거들이 부산스럽게 오가고 있었다. 밤인데도 오히려 활기가 넘치고 있었고, 그 어디에서도 조선 티나 냄새는 찾을 수가 없었다.

"보나마나 아니여? 어떤 왜놈헌티 술상 바치로 가는 것이제."

도림이 걸음을 옮겨놓으며 말했다.

"자알덜 헌다."

공허가 침을 내뱉었다.

"자네, 침 안 뱉기로 혔음서!"

"어? 나가 그랬능가?"

"어디서 새든 바가지 어디라고 안 새겄어."

공허가 허허 하며 헛웃음을 흘렸다.

"침 뱉고 말고 헐 것 없네. 술값 비싸기로 소문난 여그서 술판 질로 걸게 벌이는 것언 다 조선놈덜이랑게."

"그려……."

공허는 어금니를 꾹 맞물었다. 불끈 치솟는 욕을 누르고 있었다. 그의 눈앞에는 만주땅의 동포들의 모습과 독립군들의 모습이 떠오르고 있었다.

"여그 송병준이 왜년 첩이 허는 요릿집도 있담서?"

공허는 그 모습들을 지우려고 생각나는 대로 불쑥 물었다.

"이, 그 말이 맞을 것잉마."

"못된 놈, 돈얼 얼매나 많이 퍼대면 왜년이 첩으로 붙었겄어. 일진회 해묵은 것도 모지래서 또 조선소작인상조회럴 맨들고 나스다니. 그런 놈얼 못 죽이고……."

조선소작인상조회란 송병준이가 지난 8월에 조직한 또 하나의 친일단체였다.

"그런 소리 말어. 야쿠샤덜이 너댓썩이나 호위하고 댕긴다든디."

"그려, 지도 죽을 날이 있겄제."

공허가 고개를 젖히며 한숨을 토해냈다.

경성역 앞길에는 불을 환하게 밝힌 전차가 땡땡 종을 울리며 오가고 있었다. 휘날리는 눈발 속을 달리는 전차는 낭만적이었다. 기차가 경적을 울리는 소리도 눈발 속에서 먼 느낌으로 퍼지고 있었다.

"어디서 요기허드라고."

도림이 주위를 두리번거렸다.

"중생덜 앞에서 괴기 든 밥얼 묵을 수넌 없고. 날 따라오소."

공허는 앞장서서 걸었다.

공허는 어둠침침한 뒷골목으로 들어갔다. 얼마 멀지도 않은데 진고개와는 너무 대조적이었다. 공허가 찾아 들어간 음식점은 국숫집이었다.

"이 집 수제비가 묵을 만허시."

공허가 바랑을 벗으며 말했다.

김이 서린 좁은 식당 안에는 예닐곱 명의 손님들이 식사를 하거나 술을 마시고 있었다. 그들은 모두 노동자 형색이었다.

"자네 수제비 묵고 되겠능가?"

도림이 등받이 없는 걸상에 앉으며 공허를 건너다보았다.

"부처님 말씸이, 맘이 청정헐라면 어쩌라고 허등가? 저런 심진 일 허는 사람덜도 묵는 음석이시."

"허는 말마동 도통허신 대사시여."

도림이 피식 웃었다.

"아짐씨, 여그 수제비 두 그럭 주시요."

공허가 깍듯한 존댓말로 음식을 시켰다.

"우리도 한바탕 들고일어나야 된다니까."

"그래, 부산처럼 한바탕해야 돼."

"헌데, 우리가 부산 노동자들처럼 그리 단합이 잘될래나?"

"무슨 소리. 다 배가 고픈데."

"그래, 맘들이 다 같으니까 잘될 거야."

구석자리에서 술을 마시고 있는 세 사람의 이야기였다.

공허의 귀는 그들의 이야기에 쏠려 있었다. 술기운 묻어나는 그들의 목소리가 크기도 했지만, 공허는 그들의 이야기를 금방 알아들을 수 있었던 것이다. 그들이 말하는 부산의 일은 지난 9월 말에 일어났던 부두노동자들의 총파업이었다. 석탄운반 노동자 5천여 명은 임금인상을 요구하며 닷새 동안이나 총파업을 일으켰다. 신문들은 그 사건을 크게 보도했다. 그런 대규모 총파업은 최초로 일어난 일이었던 것이다.

"눈 오시는 날 시님네덜이 오셨으니 우리 집 복 받겠사와요."

주인여자가 김이 무럭무럭 피어오르는 수제비그릇을 탁자에 옮겨놓으며 흥겨워하고 있었다.

"예에, 나무관세음보살……."

공허가 의연하게 합장을 했다.

도림은 푹 웃음이 터지려는 것을 간신히 참아내고 있었다. 눈을 사르르 내려감으며 합장을 하는 모습이라니……. 어쩌면 그리도 능란하고 능청스럽고 비위 좋은지 모를 일이었다. 공허가 그런 식으로 대처할 줄은 자신은 전혀 생각지 못했던 것이다. 그러나 승려로서 그보다 더 좋은 대처는 없었다. 나무관세음보살은 여러 가지 군말을 압도하는 것이었다. 주인여자가 바라는 복을 축원하는 것은 물론이고 승려로서의 품위도 의연하게 보여주고 있었다.

"참, 그런 넉살이 어디서 나오능가?"

숟가락으로 국물을 뜨며 도림이 낮은 소리로 말했다.

"자네 겉은 학승이야 고상허기만 허제 중생덜 맘얼 멀 알어? 나 겉은 잡승이야 세파에 시달리다 봉게 그런 넉살이 몸에 붙는 것이제."

공허는 씨익 웃으며 수제비를 한입 가득 떠넣었다.

도림은 그런 공허를 물끄러미 바라보며, 나는 왜 저렇게 안 되나 하고 생각하고 있었다.

저쪽 사람들은 계속 파업에 대해 이야기하고 있었다. 도림은 그 이야기가 자꾸 귀에 담기고 있었다.

"어이, 저 사람덜 이얘기 들은게 생각나는 것인디 말이시, 자네 그 공산주의라는 것이 먼지 아는가?"

도림은 속삭이듯이 물었다.

공허는 수제비를 입에 떠넣다 말고 도림을 빤히 쳐다보고 있었다.

"어찌 그려?"

도림이 미간을 찡그렸다.

"누가 자네헌티 손 뻗치등가?"

"아니여, 그냥 궁금해서. 새로 퍼지고 있는 사조라니께 말이시."

"그려? 나도 말로만 들었제 짚은 속이야 몰르네. 인자 알아볼 챔이시."

"고것이 알아볼 만헌 것일랑가?"

"하면, 알아서 나쁠 것 있겄능가."

"아니, 중 노릇 못허게 되지넌 안컸냔 말이제."

"참, 구데기 무서와 장 못 담구네. 중 노릇 못허게 되는 것이 무신 대수여? 사람 노릇 잘허는 것이 중 노릇 잘허는 것이제."

"그것언 또 무신 고승 선문답이여?"

"체, 모를 소리가 머시여. 중옷만 걸치고 있다고 중 노릇 허는 것이여? 부처님이 중생 중에서 부처 난다고 안 허셨어? 중생도 사람 노릇얼 지대로 허고 살면 부처가 된다는 것인디, 시방 이 지옥살이 중에서 사람 노릇얼 지대로 허는 것이 머시겄능가? 알제?"

공허가 목소리를 더 낮추며 빠르게 눈동자를 좌우로 굴렸고, 도림은 씹던 것을 삼키며 고개를 빨리 끄덕였다.

"글먼, 지옥얼 정토로 맨글어야 허는 중덜이 중 노릇얼 지대로 헐라면 어쩌야 되겠능가? 임란 때가 따로 없는 것이네. 다 나서야 제. 여그서 안 되면 만주로라도 가야제. 근디 시방 어쩌고덜 있능가? 그런 중 노릇 혀서 멀혀. 안 허니만 못허제. 닌장맞을, 무식헌 놈이 설법허고 앉었네."

공허는 혀를 차며 씁쓰름하게 웃었다.

"허, 연좌(蓮座)가 없어서 그렇제 설법 중에 명설법이구마."

"흐흐흐…… 부처님도 앉는 자리마동 연좌였응게 따로 연좌 걱정언 말소."

공허는 어깨를 들썩이며 키들키들 웃었다.

도림은 수제비만 연거푸 떠넣었다. 여그서 안 되면 만주로라도 가야제. 공허의 이 말이 쇠북의 울림처럼 가슴에서 파장짓고 있었다. 식민지·종살이·지옥…… 수도·득도·해탈……. 공허가 집어든 화두는 너무나 명쾌하고 분명했다. 그는 이미 중이 아니면서 가장 중다운 길을 가고 있는지도 모를 일이었다.

경성역의 이마에 박힌 크고 둥근 시계는 눈을 맞으면서도 돌아가고 있었다. 눈은 뜸해졌지만 바람은 더 세차게 불고 있었다. 짐들을 이고 진 사람들이 부산스럽게 모여들고 있었다. 추위를 아랑곳하지 않는 그 발 빠른 움직임들이 밤 기차역의 분위기를 돋우고 있었다. 행상들이 쉰 목소리로 제각기 손님들을 불러대고 있었다.

"인자 들어가소. 금강산에서나 만내질랑가?"

"나가 그리 들어간다면 어디 만내지겠다고?"

도림이 시무룩하게 말했다.

"무신 소리여? 산 사람 인연인디."

"자네가 그냥 중이 아닌게……."

"나도 금강산 귀경이 소원이고, 자네도 금강산서 늙어죽으란 법 없응게."

"그렇기넌 허제. 중 팔자도 사람 팔잔게 지 맘묵기에 달린 것이제. 그나저나 몸조심허소."

"그려, 다 부처님 손바닥 안이시."

공허는 서운한 마음을 그렇게 표현하며 도림의 손을 잡았다.

공허는 기차마저도 밤기차를 타야 안심이 되었다. 만세시위의 주모자로 전주경찰서의 지목을 당하면서 그렇게 된 것이었다. 전라북도 일대에 수배령이 내렸으니 야행마저 조심하지 않을 수가 없었다. 경찰의 수사를 혼란시키고 단념시키려고 전주와 그 근방에다가 공허란 중은 상해로 빠져나갔다느니, 만주로 건너갔다느니 하는 소문을 퍼뜨리기도 했었다.

공허는 어두운 창밖을 내다보며 한용운을 생각했다. 도림을 생각했다. 진고개에서 흥청거리는 조선사람들과 항시 모자라는 독립운동 자금을 생각했다. 송수익을 생각했고, 앞으로의 만주 투쟁을 생각했다. 그러다가 잠이 들었다.

기차는 오산 근방을 달리고 있었다. 승객들은 절반 이상이 잠들어 있었다. 승객들은 남자가 많았고, 그들은 거의가 한복에 갓을 쓰고 있었다. 임금이 시범적으로 단발을 하고, 개명세상이라는 바람이 분 지도 오래되었지만 옷과 머리 모양을 고집스럽게 지켜내고 있었다.

한 남자가 벌써 서너 차례나 공허의 의자 옆을 지나갔다가 되돌아오곤 했다. 그러면서 그 남자의 눈길은 줄곧 공허에게 박혀 있었다.

그 남자가 공허의 의자 옆에 멈춰섰다. 그리고 갑자기 큰소리로 불렀다.

"공허 시님, 공허 시님!"

"어, 엉? 누, 누구여!"

공허는 얼떨결에 잠이 깨며 두리번거렸다.

"공허 시님, 나요 나."

"누, 누구신게라?"

"누구넌 누구여, 순사제!"

남자가 외치며 공허의 멱살을 틀어잡았다.

공허는 순간적으로 속았다는 것을 깨달았다. 이름을 불러 신원을 확인하는 잔꾀였는데 잠결에 그만 넘어가고 만 것이었다.

"요런 느자구없는 중놈아, 얼렁 일어나. 그간에 니가 아무리 잘 피해댕겼어도 결국 이 장칠문이 손에 잽힌 것이여."

그 사복을 입은 남자는 바로 장칠문이었던 것이다. 그는 공허의 먹살을 잡아끌며 자신의 이름을 과시할 정도로 황홀한 기분에 젖어들고 있었다. 그렇게 잡으려고 해도 못 잡았던 거물 중놈을 자신이 잡았으니 군산으로 영전하는 것은 더 말할 것도 없었던 것이다.

공허는 통로로 끌려나가면서 재빨리 좌우의 문을 살폈다. 오른쪽이 훨씬 가까웠다. 공안원이 나타나기 전에 일을 해치워야 했다. 공허는 통로로 나서자마자 몸에 불끈 힘을 모으며 상대방의 얼굴을 들이받았다.

"아크……"

퍽 소리와 함께 장칠문이 비명을 토하며 비틀거렸다. 공허의 주먹이 그의 얼굴에서 또 퍽 소리를 냈다. 그는 더 비명도 지르지 못하고 푹 고꾸라졌다. 공허는 놀란 사람들의 눈길을 등뒤로 받으며 오른쪽 출입문을 열어젖히고 있었다.

공허는 통바람과 함께 석탄냄새가 끼쳐오는 기차 승강대에서 어둠을 응시했다. 들판이 희미하게 느껴졌다. 공허는 심호흡을 했다. 그리고 기차에서 뛰어내렸다.

"시님이 바랑도 모자도 두고 가셨네."

"시님이 무슨 죄를 졌을꼬?"

"그 기운이 황소로구만."

"호랭이도 때래잡겠는디."

여자고 남자고 슬슬 눈치보아 가며 한마디씩 하고 있었다. 그런데 통로에 쓰러진 장칠문은 정신을 잃은 채 일어날 기척도 보이지 않고 있었다. 그의 입과 코에서는 피가 심하게 흘러나오고 있었다.

뒤늦게 공안원이 나타나고 사람들은 두서없이 공안원의 물음에 대꾸하고 있었다. 공안원은 사태를 대충 파악했다. 통로에 쓰러져 있는 것은 순사고, 범인인 중은 열차 어딘가에 숨어 있다는 것이었다.

"나, 나 순사요, 순사. 중놈, 중놈을 얼렁 잡아야 허요."

정신을 차린 장칠문은 피가 흐르는 것을 아는지 모르는지 공안원에게 다급하게 말했다. 그도 공허가 열차 안에 있다고 생각하는 것이었다.

"알겠소. 피가 많이 나니까 피부터 막도록 합시다."

공안원이 장칠문을 붙들었다.

"요까진 놈에 피넌 문제가 아니오. 얼렁 중놈얼 잡아야 헌단 말이오."

장칠문이 소리쳤다. 입에서 핏방울들이 튕겨지고 있었다.

"그야 너무 걱정 마시오. 열차가 정거할려면 아직 멀었소."

공안원의 대꾸는 느긋했다.

그제야 장칠문은 두 손으로 코와 입 부분을 감쌌다. 욱신거리고 쿡쿡 찌르는 통증이 심했던 것이다. 그리고 사람들에게 창피스럽기도 했다.

　장칠문은 공안원을 따라가며 너무 방심했던 것을 후회하고 있었다. 군산으로 영전하는 것에 정신을 팔지 말고 그놈의 허리끈부터 풀어 압수해야 했던 것이다. 그저 영전하는 기분에 들떠 그 수칙을 지키지 않은 것이 안타까운 불찰이었다.

　급한 대로 코를 막고 피를 닦아내고 한 장칠문은 공안원과 보조원 셋이서 열차 안을 뒤지기 시작했다. 그러나 중의 모습은 어디서도 찾을 수가 없었다.

　"이거 뛰어내려 버린 것 아니오?"

　공안원이 맥빠진 소리로 말했다.

　"택도 없소. 지까진 놈이 홍길동이니 도술을 부리겠소, 까마구니 날아럴 갔겠소. 새로 뒤져야 허요."

　통증으로 얼굴을 잔뜩 찡그린 장칠문은 단호하게 말했다.

　"중이니 도술을 부렸는지 누가 아오?"

　"더 뒤지기 싫다 그것이오? 알겠소, 나 혼자 허겠소."

　장칠문은 거칠게 내쏘았다.

　그들은 다시 기차 안을 샅샅이 뒤졌다. 그러나 역시 중의 모습은 흔적도 없었다.

　"이래도 내 말이 틀리오?"

　공안원이 장칠문을 쏘아보았다.

　"되았소, 지놈이 급헌 짐에 뛰어내리다 뒈졌을 것이오."

　장칠문은 피 섞인 침을 내뱉었다.

"그놈 잡을 생각 말고 천안에 내려서 병원에나 가시오. 피가 줄 창 나오는데."

공안원이 딱하다는 듯 말했다.

"에이 잡것, 재수가 없을랑게……."

장칠문은 또 피가 목으로 넘어가려는 것을 참아내며 양쪽 코를 막은 종이를 빼냈다. 작은 종이뭉치는 핏덩어리나 마찬가지였다. 그리고 양쪽 코에서는 피가 주르르 흘러내리고 있었다. 기차 안을 뒤지면서도 종이를 몇 번이나 갈아 피막이를 했는지 몰랐다.

장칠문은 한층 더 콧등과 입 안이 욱신거리고 쑤셔대는 통증을 느끼기 시작했다. 그의 콧등은 양쪽의 광대뼈와 거의 구분이 안 될 정도로 부어올라 있었다. 그리고 속입술이 터지고 앞니들이 욱신거려 말을 하기도 힘들고 입을 다물기도 어려웠다. 피가 멎지 않는 것도 그렇고 견디기 어렵게 아픈 것도 그렇고, 장칠문은 예삿일이 아니라고 생각했다.

"천안에도 병원이 있소?"

"예, 철도병원이 있어요."

"빌어묵을, 피럴 한 말얼 더 쏟은 것 겉소."

"내가 보기엔 코뼈가 부러진 것 같소."

그 말에 놀란 장칠문은 얼른 콧등을 눌러보았다.

"아이구구 나 죽네……."

장칠문은 숨 자지러지는 소리를 지르며 허리가 접히고 있었다.

코와 입을 모자로 덮은 장칠문은 천안에서 내렸다. 그는 분하고도 화가 나서 견딜 수가 없었다. 어쩌다가 그런 실수를 했는지 생각할수록 안타까워 미칠 것만 같았다. 그러나 달리 생각하면 꼭 자신의 실수만도 아닌 성싶었다. 자신이 방심하지 않았더라면 어찌 되었을까……. 그놈이 그리도 기운이 셀 줄은 몰랐던 것이다. 못내 기분 더러운 일이지만, 경계를 철저히 하고 있었더라도 그놈의 공격을 제압했으리라는 자신감은 서지 않았다.

이럴 줄 알았더라면 그놈을 못 본 척 그냥 지나쳤어야 했다. 그러나…… 그럴 수는 없었다. 저놈이 공허란 놈일지도 모른다 하는 생각이 떠오른 순간 얼마나 가슴이 벌떡거리고 눈앞이 환해졌던가. 그건 꼭 잡아야 할 놈이었다.

결국은 경성에 자주 오르내린 것이 병이었다. 뒤늦게 아버지가 야속하고 미웠다. 돈도 벌 만큼 벌었으면서도 아버지는 걸핏하면 자신을 불러댔다. 욕심나는 물건이 잘 확보되지 않거나 무슨 일이 막히고 꼬이면 아버지는 경성에 어서 올라가서 그 일을 해결하라고 성화였다. 돈도 또 하나의 권세이고, 자신이 올라가 주재소 차석임을 은근히 과시해 가며 교섭하면 일이 잘 풀리는데 마다고 할 수도 없는 노릇이었다. 그리고 경성에서 여자를 맛보는 재미도 고소했던 것이다. 주재소장한테야 돈으로 때우면 며칠 비우는 것쯤이야 출장으로 거뜬하게 해결되었다.

찬바람을 쐬자 통증이 더 심해졌다. 코가 내려앉으면 어떡하나! 장칠문은 덜컥 겁이 났다. 그리고 순간적으로 떠오른 얼굴이 있었다. 한쪽 눈에 명씨박인 백남일이었다. 코가 내려앉으면 나도 백남일처럼 쫓겨나는 것이 아닐까. 불현듯 떠오른 생각에 장칠문은 이를 맞물었다.

"으으으으……."

장칠문은 신음을 흘리며 몸을 부르르 떨었다. 앞니의 위아래 이뿌리가 어쩌나 아픈지 눈에서 불똥이 튀었던 것이다.

어디 두고 보자. 나가 니놈얼 지옥꺼정 쫓아가서라도 잡고 말 것잉게.

장칠문은 주먹을 부르쥐며 부들부들 떨었다.

공허는 왼쪽 발목을 삐어 걷기가 꽤나 힘이 들었다. 겨우겨우 신작로까지 나와 나뭇가지를 꺾어 지팡이를 삼았다. 어둠 속을 아무리 둘러보아도 어디가 어딘지 알 수 없었다.

공허는 민머리에 찬바람을 맞으며 어떻게 해야 할 것인지 한참을 생각했다. 그러나 마땅한 생각이 떠오르지 않고 엉뚱한 생각만 불쑥불쑥 일어났다.

여기는 눈이 안 와서 다행이구나. 그놈이 죽었을까 살았을까. 어쩌다가 발목이 삐었지. 중놈이 핏줄을 가졌으니 볼장 다 본 것 아닌가. 그놈이 내 얼굴을 확실하게 알아버렸지.

공허는 이런 엉뚱한 생각들을 물리치려고 애썼다. 우선 어느 방향으로 가야 할 것인지를 정해야 했다. 그 다음에 어디다 몸을 숨기고 발목을 치료해야 했다. 그 정도로 그놈이 죽었을 리는 없고, 내일 아침부터라도 이 지역을 수색하게 될지 모를 일이었다. 이 지역에서 빨리 벗어나는 것이 급선무였다. 공허는 발을 절룩이며 걸음을 옮기기 시작했다.

공허의 발길은 아까 기차가 간 방향으로 옮겨지고 있었다. 그러면서도 마음 한쪽은 발길을 거머잡으며 반대쪽으로 돌려놓으려 하고 있었다.

돌아서라. 돌아서서 수원까지는 가야 안전하다. 물론 절을 찾아 들어가서는 안 된다. 아니야, 다시 한성으로 가는 것이 더 안전하다. 그래야 치료하기도 더 쉽고. 그 마음이 속삭이고 있었다.

그러나 이미 씨름에서 이긴 마음이 가만히 있지 않았다.

잔소리 마라. 허를 찔러야 한다, 허를. 그쪽으로 가는 건 개도 생각해 내는 방법이다. 그놈들이 그쪽으로 조사를 나설 건 너무나 뻔하다. 그러니까 그 반대쪽으로 가야 한다. 한성 쪽으로는 이삼백 리를 가도 위험하지만 그 반대쪽으로는 사오십 리만 가도 안전하다. 침은 아무데서나 다 맞을 수 있다.

공허는 한성 쪽으로 발길을 돌리라는 속삭임을 또다시 뿌리쳤다. 신작로를 따라가면 밤이 새기 전에 기차역이 있는 어느 도회지가 나올 터였다. 거기서 경부선이든 호남선이든 아무것이나 타버리면 위험에서 완전히 벗어날 수 있는 것이었다.

공허는 윗저고리의 속주머니에 손을 넣어보았다. 그는 빙긋 웃었다. 돈은 그대로 있었다.

공허는 걸음을 옮길 때마다 자신도 모르게 신음소리를 물었다. 수십 개의 긴 바늘로 마구 쑤셔대는 것 같으면서 헛놓이는 듯 힘을 쓸 수 없는 발목은 삐어도 많이 삔 모양이었다. 그러나 공허는 어디 뼈가 부러지지 않은 것이 천만다행이라고 생각하며 발목의 아픔을 비웃듯 걸음을 빨리 하고 있었다.

불빛은 뜻밖에도 빨리 나타났다. 한 20리쯤 걸었을까 싶었는데 등잔불빛이 아닌 크고 밝은 불빛들이 보였던 것이다. 공허는 우선 방향을 잘 잡았다고 생각했다. 이쪽이 불빛에 가까우면 반대쪽 도회지는 그만큼 멀 것이기 때문이었다.

불빛 밝은 그곳은 평택역과 그 부근이었다. 공허는 바로 역으로 들어가지 않고 시든 모닥불을 쬐고 있는 행상들에게 열차시간을 물었다. 호남선은 떠났고 두어 시간 있다가 경부선이 지나갈 거라고 했다.

아이고 부처님, 나무관세음보살!

공허는 안도의 숨을 내쉬며 시장기를 느꼈다. 그는 주위를 두리번거리며 국밥집을 찾았다. 배도 채우고 발목도 좀 들여다보고 싶었던 것이다.

밤이 깊을 대로 깊었지만 밤기차를 타고 내리는 손님을 기다리며 문을 열어놓은 국밥집이 두엇 있었다. 공허는 한 걸음이라도 가까운 집으로 들어갔다.

"아니, 어디를 다치셨나 보지요?"

어서 오라고 인사를 하고 난 주모가 몸을 일으키며 공허를 새로운 눈길로 쳐다보았다.

"예에, 밤눈이 어두와서 허방얼 잘못 딛어 발목얼 삐었구만요."

"에구, 저걸 어쩌나. 부처님도 무정하시지, 시님 발목을 삐게 허시구." 주모는 정말 안됐다는 듯 빠르게 혀를 차대고는, "발목을 삔데는 우선 찬물에 담구고 주무르는 게 젤인데." 행주를 집어들며 걱정스럽게 말했다.

"어디, 보살님이 보시 한분 허실라요?"

공허는 주모의 마음을 낚아챘다.

"아이고, 아녀자가 어찌 시님 발목을……."

주모가 화들짝 놀랐다. 공허는 아차 싶었다. 그런 뜻이 아니었던 것이다.

"아니, 아니, 그런 말이 아니구만요. 찬물 한 저박지 얻자는 것이제."

공허는 서둘러 말뜻을 밝혔다.

"아 예에, 물이야 얼마든지 드립죠."

공허는 국밥을 후딱 먹어치우고 주모가 떠온 찬물에다 왼쪽 발을 담갔다. 퉁퉁 부어오른 발목은 손을 댈 수가 없도록 아팠다. 그러나 임시방편으로 냉수찜질이 좋다는 말은 전부터 들어왔던 터라 아픔을 무릅쓰며 발목을 주물렀다.

공허는 대전에서 기차를 내렸다. 먼동이 터오고 있었다. 공허는 너무 발목이 아파 가까운 여관에 들어갈까 생각했다. 그러나 돈이 아까웠다. 여기쯤은 안심할 수 있으니까 포교당을 찾아가야 잠자리도 밥도 공짜였다. 먹물옷을 걸치고 다녀서 좋은 것 중의 하나가 삼천리땅 어느 절 어느 포교당을 찾아가나 숙식이 거저인 점이었다. 포교당을 찾아가야 침 맞기도 쉽고 편할 것이었다.

공허는 닷새 동안 침을 맞으며 발목을 치료했다. 완치는 되지 않았지만 그런대로 걸을 만해서 대전을 떠났다.

공허는 밤이 깊어 홍씨네 사립을 살짝 들어서 밀었다. 사립은 소리 없이 열렸다. 홍씨는 언제나 사립을 걸지 않았다. 담을 넘다가 다치니 사립으로 다니라는 것이었다. 그러나 사립을 걸지 않는 건 언제나 기다림으로 열려 있는 홍씨의 마음이기도 했다.

공허는 뒤란으로 살금살금 걸어 안방의 봉창을 세 번 두들겼다.

"……오시었소?"

주저하는 듯한 그러나 잠기 없이 말끔한 목소리가 봉창가에서 낮게 들렸다.

"나요, 왔소."

공허는 언제나 똑같은 말로 대꾸했다. 그리고 다시 뒤란을 돌아 나왔다.

그동안에 방을 나선 홍씨는 토방에 내려서 있었다. 어둠 속에 오롯이 서 있는 그 모습에서 공허는 그녀의 냄새를 물큰 맡았다.

"추운디 멀라고 나왔소."

공허는 홍씨의 어깨를 감쌌다.

"아니구만요, 먼 질 오신……."

미처 말을 맺지 못하고 홍씨의 어깨가 바르르 떨리는 것을 공허는 느꼈다. 그 떨림이 공허의 가슴에 뜨거운 파도를 일구었다. 멀리 간격을 두고 있으면 잊혀진 듯하다가도 어쩌다 만나게 되면 새로움으로 가슴을 뒤흔들어 달구는 여자였다.

홍씨는 공허의 발길을 따라 마루로 올라서고 방으로 들어섰다. 그녀는 남자의 출렁거리는 가슴을 느끼고 있었다. 그 출렁거림으로 자신의 마음도 흔들리는 것을 느끼고 있었다.

문고리를 건 공허는 홍씨를 와락 끌어안았다. 가녀린 몸이 품에 안겨들며 비릿하고도 싸아한 냄새를 상큼하게 풍겼다. 치자꽃냄새일까, 구절초냄새일까……. 그 야릇한 냄새를 여전히 꼭 짚지 못하며 공허는 혼곤한 뜨거움에 휩쓸리고 있었다.

공허는 몸이 타는 다급함으로 여자의 옷을 벗기기 시작했다. 여자는 잔잔하고 부드러운 몸놀림으로 옷 벗기는 것을 거들었다. 기약도 없이 어둠을 타고 떠났다가 기별도 없이 어둠을 헤치고 표연히 나타나는 사람. 어디로 가느냐고, 어느 때쯤 오느냐고 물을 수도 없는 사람. 바람이듯 왔다가 구름처럼 떠나버리고는 하는 허망 속에서도 인연의 씨를 뿌려 남편이 된 사람. 그러나 떠남을 붙들 수 없는 것처럼 남편이라고 부를 수 없는 사람. 그래서 기다림은 더 목마르고 그리움은 더 사무쳐 가슴에서 응어리로 뭉치고, 행여 짐이 될까 하여 그런 마음을 말로 풀어내지도 못하는 처지. 오로지 품에 안기는 그 짧은 밤에 기다림의 목마름도 풀고 그리움의 사무침도 풀어야 했다. 홍씨는 알몸인 채로 서서 알몸이 되어가는 남자를 흐릿한 어둠 속으로 바라보며 알 수 없는 힘에 휘말리고 있었다.

알몸이 된 공허는 두 팔로 젖가슴을 가리고 선 여자를 끌어안았다. 뜨거운 여자의 몸에서 아까보다 훨씬 더 진한 살냄새가 물큰 풍겼다. 여자의 몸을 으스러지도록 꼭 껴안으며 부르르 떨었다. 여자도 진득한 신음을 흘리며 남자의 등을 끌어안았다.

남녀는 한덩어리로 요 위에 허물어져 내렸다. 남자는 이글거리는 불덩어리였고, 여자는 나비가 앉기를 기다리며 벙그러지고 있는 한 떨기 빨간 꽃이었다. 호랑나비는 긴 침으로 꽃의 씨방을 더듬었다. 꽃은 활짝 벙그러지며 씨방 언저리를 넓혔다. 호랑나비의 긴 침은 꽃이 열어놓은 길을 따라 씨방문을 찾아냈다. 침은 씨방의 진액에 빨려들 듯 씨방 안으로 파고들었다.

"아으으……."

꽃이 파르르 경련을 일으켰다.

"으흐, 으흐……."

호랑나비가 큰 날개를 퍼득거렸다.

수없이 많은 꽃들이 흐드러지게 핀 꽃밭이었다. 아니, 아득하게 넓은 푸르른 들판이었다. 아니, 그것도 아니었다. 물결 눈부시게 반짝거리는 아슴한 바다였다. 꽃밭이었다가 들판이었다가 바다였다가 그것들이 한덩어리로 뒤엉키며 흔들리고 출렁거리고 소용돌이치고 있었다. 홍씨는 그 혼미한 황홀함 속에서 기다림의 응어리도 그리움의 응어리도 흔적 없이 녹아내리는 것을 느끼고 있었다.

석류의 신맛도 아니었다. 홍시의 단맛도 아니었다. 그렇다고 유자의 향그러운 맛도 아니었다. 안개에 묻힌 것인가. 구름에 실린 것인가. 바람을 타고 솟는 것인가. 공허는 형용할 수 없는 맛에 도취하며 어딘가로 붕붕 떠가고 있었다.

활활 타오르는 불길이었다. 억세게 쏟아져 내리는 폭포수였다. 땅을 박차며 뛰는 황소였다. 그 불길에 타는 황홀함이여. 그 물줄기에 부서지는 아련함이여. 그 발굽에 짓밟히는 후련함이여. 더 타올라라, 더 쏟아져라, 더 뛰어라……. 여자는 온몸이 저릿거리고 간질거리고 부풀어오르는 절묘함에 취하고 또 취하며 남자의 동작에 맞추어 몸짓하고 있었다.

온몸을 태우는 굴이었다. 온몸이 빨려 들어가는 굴이었다. 온몸이 녹아내리는 굴이었다. 끝이 어디인지 모를 굴이었다. 그 크지 않은 몸에 이리도 깊은 굴이 있을 수 있는가. 남자는 화끈거리고 옴죽거리고 짜릿거리는 굴의 오묘함에 마취되면서 마침내 폭발하고 있었다.

"으흑, ㅇㅇㅇㅇ……."

"……."

그 터져오르는 불길에 여자는 온몸이 산산이 부서지는 막바지 황홀감에 휩쓸리며 남자를 부둥켜안고 떨었다. 수없이 많은 불똥들이 튀고 있었다. 하얀 천들이 무수히 나부끼고 있었다.

공허는 거친 숨을 몰아쉬며 홍씨 위에 무너져내렸다. 온몸의 피가 다 빠져나간 것 같았다. 온몸이 재가 되어버린 것 같았다. 그러나 그 후련하고 말끔한 기분은 어떤 일에서도 느낄 수 없는 흡족함이었다.

불똥들이 서서히 사라져가고 있었다. 하얀 천들이 시나브로 처져내리고 있었다. 홍씨는 질긴 아쉬움을 떼치며 공허의 넓은 가슴을 떠받쳐올렸다.

"편허니 누시제라."

공허의 가슴은 땀으로 끈적하게 젖어 있었다. 그 땀이 자신의 젖가슴을 다 적신 것을 홍씨는 뒤늦게 느끼고 있었다.

이 문풍지 떠는 추운 밤에도 땀이 저리 나는가!

홍씨는 새삼스럽게 그 일이 남자의 몸을 태우고 피를 받게 하는 것임을 깨닫고 있었다. 그 뜨겁게 끓는 힘으로 자신의 몸이 달구어지고 그리 걷잡을 수 없이 불붙어 올랐다는 것도 다시 느끼고 있었다.

"괜찮혀, 쬐깨 더 있다가……."

쉰 듯한 공허의 목소리가 홍씨의 귓바퀴에 담기고 있었다.

"아니구만요, 찬물 잡수셔야제라."

홍씨는 아쉬움이 말끔히 걷힌 마음으로 공허의 가슴을 또 떠받쳤다. 남자의 몸에서 나오는 그것은 피보다도 서너 곱이 더 진한 진액이라고 했다. 그리고 여름땀은 몸에 좋으나 겨울땀은 몸에 해롭다고 했다.

"미안혀, 아무 심도 못 되고……."

너무나 뜻밖의 말이었다. 홍씨는 깜짝 놀람과 동시에 가슴이 뭉클한 것을 느꼈다. 그 감격스러움은 눈물로 솟구쳤다.

"아니구만요, 아니구만요……."

홍씨는 울먹이며 공허의 등을 와락 끌어안았다. 그 한마디 말이 모든 고적감과 수심과 괴로움을 풀어내리고 있었다. 애초에 짐이 되고자 한 것도 아니었고 짐을 지우고자 한 것도 아니었다. 그러나 아버지 없는 자식을 키우는 마음에는 탓할 데 없는 고적감이 쌓이고 수심이 깊어지고 괴로움이 커갔던 것이다. 아버지를 모르고 자라나는 아이에게 죄스러움도 자꾸 늘고 있었다. 그런데 미안한 마음을 지니고 있다니……. 그것만으로 고맙고 흡족한 일이었다.

"그리 생각허지 마시게라. 허시는 일에 우리가 걸거치면 그것이야 지 뜻이……."

욕심으로 붙들어둘 수 있는 사람이 아니었다. 붙들어두려고 하면 오히려 다시는 만나지 못할 사람이었다. 붙들어두려고 욕심부리지 않는 것은 그나마 오랜 만남을 지키려는 욕심이었다. 홍씨는 그 슬픈 욕심을 슬퍼하지 않았다. 애초에 큰일을 하던 사람이었고, 자신에게 핏줄을 남겨주었으니 그것을 슬퍼하면 불행이 커질 뿐이었다.

"목타실 것인디요……."

홍씨는 또다시 공허의 가슴을 떠받쳤다. 공허의 몸뚱이는 요 위로 뒹굴어졌다. 홍씨는 왈칵 밀려드는 허전함을 떠밀며 윗몸을 일으켰다.

공허는 홍씨가 떠온 찬물 한 사발을 단숨에 들이켰다. 이가 시린 찬물에 갈증이 씻겨 내려가면서 온몸의 나른함이 깨어났다. 공허는 이불을 끌어다가 덮으며 홍씨를 품었다. 그리고 홍씨가 걸친 홑치마 저고리를 벗겨버렸다.

공허는 팔다리로 홍씨의 온몸을 가득 끌어안았다. 공허의 가슴팍에 얼굴을 묻은 홍씨는 더없이 아늑함을 느끼고 있었다. 공허도 홍씨의 따스한 체온을 느끼며 말없이 누워 있었다.

방 안에는 고요만 가득했다. 방문 창호지 절반쯤에 달빛이 은은하게 젖어들고 있었다. 그 위로 처마 그림자가 드리워져 달빛은 더 선연했다. 달빛맞이라도 하는 듯 문풍지가 울고 있었다.

창호지에 젖어든 달빛이 방 안을 어렴풋하게 밝히고 있었다. 문풍지 떨리는 가녀리고 애잔한 소리는 방 안의 고요에 잔 파문을 일구고 있었다.

홍씨는 문풍지 우는 소리에 마음을 빼앗기고 있었다. 긴긴 겨울밤을 우는 그 소리에 마음 적시며 잠 못 이룬 밤이 헤아릴 수가 없었다. 그 애처로운 소리는 슬픈 울음만이 아니었다. 약하게 떨릴 때는 흐느낌이다가 강하게 떨릴 때는 통곡이 되곤 하는 그 소리는 한정도 없이 마음을 휘감고 들면서 슬픔이 겨워 설움이 되게 했고, 설움이 겨워 탄식이 되게 만들었다. 슬픔으로 가슴 먹먹해지고 설움으로 눈시울 뜨거워지다가 끝내는 탄식으로 눈물 떨구며 기다림과 그리움의 응어리를 키우게 했다. 그러나 그 애절한 울음소리마저 없으면 긴긴 겨울밤을 누구와 동무했을 것인가.

"달이 밝을 때든가⋯⋯."

공허는 무심하게 말했다.

"예, 그믐달이구만요."

홍씨는 등 돌아 누워서도 달을 보고 있는 것처럼 대답했다.

"시절이 어찌 가는지 원⋯⋯."

"시절이야 절로 가니께요."

"그렇제. 사람 사는 세월이 팍팍허고 답답헌 것이고."

"……"

"아덜언 무병허니 잘 큰가?"

"예, 시상천지 몰르고 저리 잘 자덜 않은게라."

"그려, 무병허니 잘 커야제."

"누구 탁했는디 잔병치레허겄소."

"아니여, 자네가 다 건사 잘헝게 그렇제."

공허는 홍씨를 더 꼭 끌어안았다. 홍씨는 콧등이 시큰해졌다. 아들을 마음에 담고 있는 것이 그리도 고마울 수가 없었다. 하긴 어글어글한 생김이나 무뚝뚝한 말투에 비해 정이 깊은 사람이었다. 만삭이 되었을 때 찾아와 불쑥 내밀었던 탱자나무 비녀와 대추나무 노리개. 그것들을 손수 깎은 마음에 얼마나 감복했던가. 그 비녀는 금 수천 냥보다 더 값지고 소중했던 것이다. 혼자서 그것이 혼인예물이거니 생각했었다. 그리고 노리개를 손수 깎은 마음에 보답하느라고 아이는 아들이 태어났다. 아들은 그 노리개를 빨고 핥으며 다른 아이들보다 이빨이 더 빨리 솟았다.

"작인덜언 어쩌는고?"

"그냥저냥 잘허고 있구만요."

"야박허니 혀서넌 안 되제만 단속언 잘혀야 헐 것이여. 여자 혼자라고 간보고 뎀빌지도 몰릉게."

"소작 얻기가 심들어진 시상잉게 그리 못허는구만요."

"사람언 갤쳐야 사람잉게 지끔보톰 그 준비럴 차근허니 혀얄 것이여."

"예, 그리허고 있구만요."

"나가 심언 하나도 못 됨서 입만 놀리고 있구만."

"무신 말씸이신게라. 그런 말씸이 다 심이 되고 기둥이 되는구만요."

홍씨는 말에 힘을 주었다.

공허는 팔다리를 풀며 바르게 누웠다.

"인자 주무셔야제라."

홍씨는 이불을 공허의 턱밑까지 끌어올렸다.

"요새 징허게 많이 잤소."

"허시는 일언 잘되시는가요?"

"글씨, 잘돼얄 것인디……"

"왜놈덜언 자꼬 불어나는디요."

"글씨, 고약시런 일이제……"

공허의 눈앞에는 휘황한 불빛 속에 흥청거리던 진고개가 떠올랐다. 다급하게 샛길로 들어가던 조선사람 둘의 모습도 떠올랐다.

"우리 동걸이가 핵교럴 가게 될 적에넌 시상이 바뀔랑가요?"

동방의 큰 인물이 되라고 공허는 아이의 이름을 '동걸'이라고 지었던 것이다.

"그래야 되겠제. 그리되게 맨들어야겠제. 하먼 그래야제."

공허의 말에는 차츰 힘이 들어가고 있었다. 공허는 아이가 일본말로 공부를 해야 하는 것이 끔찍스럽고 치떨렸던 것이다.

"그런 말 그만 허소."

공허는 홍씨 쪽으로 돌아누웠다. 홍씨는 괴로워하는 공허의 마음을 알아차렸다. 공허는 이 집에서만큼은 어두운 앞날을 잊고 싶었다. 그는 홍씨의 탐스러운 젖가슴을 움켜잡았다.

6

지주는 왕이다

"저어 어르신네, 요것이 지리산서 딴 진짜배기 꿀이구만이라우."

무릎을 꿇고 엎드린 한 서방은 꿀단지를 조심스럽게 앞으로 밀며 연신 머리를 조아렸다. 어찌나 허리를 바짝 낮추고 머리를 조아리는지 이마가 곧 방바닥에 부딪힐 지경이었다.

"무신 얄랑궂인 소리여 시방?"

정상규는 팩 내쏘며 콧방귀를 뀌었다.

"야아? 무, 무신 말씀이신게라우?"

바짝 엎드린 채 고개를 든 한 서방의 눈이 휘둥그레져 있었다. 젊은 얼굴에 두려움과 불안이 가득 실려 있었다.

"느그 애비가 꿀 따서 살어?"

나이에 어울리지 않게 긴 담뱃대를 입에 문 정상규가 또 차갑게 내쏘았다. 상투머리에 헐어빠진 망건을 쓴 그의 얼굴에는 사납고도 거만스러운 기가 느적이고 있었다. 그가 상투머리에 긴 담뱃대를 문 것은 양반의 체통이나 지주로서 권위를 세우자는 것도 아니었고, 단발을 거부하는 유림의 계율을 지키자는 것은 더구나 아니었다. 그는 비싼 궐련값이 아까워 담뱃대를 버리지 못하는 것이었고, 단발을 하면 자꾸 들어가야 하는 이발비가 아까워 상투를 자르지 못하는 것이었다.

"아니 저어…… 지 아부지넌 진작에 시상얼 뜨셨……."

"그렇게 나가 허는 소리여. 꿀언 부자지간에도 속한단 말 못 들었어? 요것이 어떤 시러베아덜놈이 딴 꿀인지도 몰름서 진짜배기넌 무신 놈에 진짜배기여."

정상규는 매몰차게 내지르며 발끝으로 꿀단지를 밀쳐버렸다. 꿀단지는 바짝 엎드려 있는 한 서방의 머리에 부딪힐 것처럼 주르르 밀려났다.

"아이고메 어르신네……."

대꾸할 말이 없어진 한 서방은 정상규를 멀거니 올려다보았다.

"꿀단지 아니라 새끼 밴 암소를 끌고 와도 다 끝막음된 일잉게 아무 소양이 없다. 썩 물러가그라!"

정상규는 긴 담뱃대로 놋쇠재떨이를 치며 호령했다.

"아이고메 어르신네, 이놈 잠 살래주시게라우. 다 늙은 노모에 동상덜 새끼덜 혀서 딸린 입이 일곱이구만요. 소작얼 띠이먼 다 굶어죽을 판인디, 불쌍허니 생각허시고 살펴주시게라우. 소출 더 많이 나게 농사짐서 그 은공 두고두고 갚겄구만요. 어르신네, 손이 발이 되게 빌겄구만요."

울상이 된 한 서방은 두 손을 싹싹 비비대며 애걸하고 있었다.

"어허, 다 듣기 싫여. 손이 발이 아니라 대가리가 붕알이 되게 빌어도 소양없는 일이여. 썩 물러가!"

정상규는 또 담뱃대로 재떨이를 내리쳤다. 그러면서 그는 어깨를 으스스 떨었다. 아랫목에 방석을 깔고 앉아 있으면서도 방 안의 냉기가 옷 속을 파고들었던 것이다. 그는 아랫목에 앉아서도 방바닥의 냉기를 막느라고 방석을 깔고 있으니 한 서방이 무릎 꿇고 있는 윗목이 얼마나 냉골인지는 더 말할 것도 없었다. 방고래가 탈이 나서 방이 그리 추운 것이 아니었다. 정상규는 만석꾼이 될 꿈을 해가 갈수록 단단하게 다지고 있었다. 왜냐하면 형한테 재산을 나눠 받은 다음해부터 모든 살림을 맵고 짜게 살아 해마다 농토를 늘려왔던 것이다. 방이 그리 추운 것도 나무를 아끼느라고 군불을 제대로 때지 않은 탓이었다.

"아이고메 어르신네, 지가 무신 잘못얼 헌 것도 아닌디 살래주십소사. 지가 헐 수 있는 일이면 무신 일이고 다 헐 것잉게 소작만 띠지 말아주시게라우. 어르신네, 우리 식구덜 불쌍허니 생각허시고 지발 적선허신다고…… 어르신네…… 어르신네……."

온 얼굴에 울음이 번진 한 서방은 계속 빌어대며 목타는 간절함으로 애원하고 있었다.

"시방 머시라고 혔제? 니가 헐 수 있는 일언 머시고 다 허겄다고?"

정상규는 옆눈질로 한 서방을 쏘아보았다.

"야아, 무신 일이고 간에 시키시면 다 해내겄구만이라우. 야아, 해내겄어라우."

금세 얼굴이 밝아진 한 서방은 굳은 맹세를 하듯 다짐까지 해 보였다.

"그려어? 고것이 아무리 에롭고 맘에 안 차도 해내겄다는 것이여?"

이번에는 정상규가 다짐을 놓았다.

"야아, 기연시 해내겄구만이라우."

한 서방은 마른침을 삼키며 또 다짐했다.

"정 그러면 방 서방헌티 가부아."

정상규가 반쯤 돌아앉으며 말했다.

"야아……?"

정상규가 고개를 홱 돌렸다. 그 서슬에 한 서방은 고개를 떨구며 다급하게 대꾸했다.

"야아, 알겄구만이라우. 당장 가겄구만요."

한 서방은 쫓기듯 몸을 일으켰다.

다리를 절룩이듯 하며 정상규네 대문을 나선 한 서방은 막혔던 숨을 토해내며 몸을 부르르 떨었다. 냉골에 오래 꿇어앉았던 두 다리는 너무 저려 제대로 걷기가 어려웠고, 옷을 실하게 입지 못해 몸에서는 한기가 돌았다.

지랄! 당대 천 석언 몰라도 당대 만 석언 죽었다 깨어나도 못 된단 말 듣지도 못했냐. 그리 불도 안 때고 지독시리 혀봐라. 만 석언 새로 5천 석도 못 채우고 붕알이 얼어터져 꼬드라질 것잉게.

한 서방은 다리를 주무르며 화풀이를 하고 있었다.

정상규가 만석꾼이 되려고 독하게 자린고비짓을 하며 사는 것은 이미 널리 알려져 있었다. 사시장철 쌀밥이라고는 먹지를 않고, 3월이라 하지만 아직도 끝추위가 남아 있는데 냉골에서 버티는 지경이니 소작인들을 모질게 다루는 것은 너무 당연한 일이었다.

한 서방은 걷기 시작하며 의문이 더 커지고 있었다. 왜 방 영감에게 가보라고 하는 것인지 영 짚이는 것이 없었다. 방 영감이 마름 노릇을 하게 되었나? 그럴 리가 없었다. 마름 노릇을 하기에는 방 영감은 너무 늙어 있었다. 그리고 의심 많고 그리 인색한 정상규가 방 영감 같은 사람에게 마름을 시킬 리가 없었다. 방 영감은 입이 빠르고 간사스러워 나이 대접을 못 받고 사는 사람이었다. 그러나 정상규에게 물어볼 수도 없었다. 일이 풀릴 듯한데 긁어 부스럼을 만들 수 없었던 것이다.

도대체 무슨 일을 시키려는 것일까……. 한 서방은 생각을 할수록 아리송하기만 했다. 그러나 아리송한 것은 그것만이 아니었다. 자신의 소작을 왜 떼려고 하는지도 도무지 알 수가 없었던 것이다. 무슨 잘못을 한 일도 없었고 그렇다고 비위를 거스른 일도 없었던 것이다. 그러나 소작을 떼고 붙이는 것이야 언제나 지주의 멋대로였다. 꼭 이쪽이 무슨 잘못을 하거나 밉보여서가 아니라 누군가가 뒷손을 쓰면 엉뚱한 사람이 당하게 되는 것이었다.

"아니 자네가 우리 집 걸음을 다 허고, 어쩐 일이다야?"

한 서방은 삐걱거리는 좁은 마루로 올라서며 눈길은 방 영감에게 쏘고 있었다. 그러나 방 영감의 쪼글쪼글 주름진 얼굴에서는 아무런 낌새도 챌 수가 없었다.

"아랫목이라고 혀야 썰렁허기넌 매일반인디, 그려도 욜로 내래 앉소."

방 영감이 꾀죄죄하게 때 전 이불을 들치며 자리를 권했다. 그나마 마음쓰는 것이 정상규보다 낫다고 생각하며 한 서방은 방바닥에 털퍽 주저앉았다.

"나 시방 어르신네 집서 오는 질이오."

한 서방은 또 무언가 눈치를 알아내려고 이렇게 불쑥 말했다.

"어르신네 집?"

방 영감은 멀뚱하게 한 서방을 쳐다보았다. 전혀 아무런 기색도 나타내지 않는 그 얼굴에 한 서방은 오히려 어리둥절해지고 당황했다.

그러나 방 영감은 일부러 그렇게 시침을 떼며 능청을 떨고 있었다. 자기로서는 몸달 게 없었고, 뒤에 덤터기를 쓰지 않기 위해서였다.

"아, 나헌티 어르신네먼 누구겠소. 지주 어런이 영감님얼 찾어가 보라고 허시드랑게라. 나 말 못 알아묵겠소?"

더 이상 눈치를 캐보고 어쩌고 하기를 포기한 한 서방은 답답한 마음을 그대로 드러냈다.

"거 무신 자다가 봉창 뚜딜기는 소리여 시방? 나넌 무신 소린지

통 못 알아듣겠웅게 조단조단 말혀 보드라고."

방 영감은 눈곱 낀 눈을 끔벅끔벅하며 곰방대끝으로 쌈지를 끌어당겼다.

"아니, 나 소작 띠고 붙이는 일로 우리 지주 어런허고 오고가고 헌 무신 이야기가 없다는 것인게라?"

한 서방은 목소리가 커지며 방 영감 쪽으로 바싹 다가앉았다.

"무신 소리랴? 그런 지체 높은 양반이 나 겉은 거보고 무신 그런 이야기럴 허고 그러신당가. 밑도 끝도 없이 그리 말허덜 말고 앞뒤가 맞게 조단조단 말혀 보랑게 그러네."

요놈아, 애가 달지야? 그려, 애가 많이 달수록 존게 어여 달아라.

방 영감은 한 서방의 마음을 빤히 들여다보며 속으로 킬킬거리고 있었다.

"참말로 요상시러운 일이시." 한 서방은 불안한 얼굴로 고개를 갸웃갸웃하다가는, "긍게, 고것이 무신 이야긴고 허니 말이오, 지주 어런이 뜸금없이 나가 짓고 있는 소작얼 올해보틈 띠겠다고 안 허요. 그래 나가 쫓아가서 손이 발이 되게 빔서 살래도라고 통사정얼 허는디……."

"헌디, 맨손언 아니었을 것이고, 멀 싸들고 갔드랑가아?"

방 영감은 말허리를 자르며 삐딱하게 고개를 틀어 한 서방을 치떠보았다.

"와따, 어찌 그리 말얼 토막침서 사람 심얼 요리도 빼고 그요."

한 서방이 바락 신경질을 부렸다.

"그려, 멀 갖고 갔등가?"

방 영감은 한 서방이 기분 나빠하는 것은 아랑곳하지도 않고 비위 좋게 씨익 웃으며 또 물었다.

"몰르겄소."

아무것도 안 가지고 갔다고 할 수는 없고, 한 서방은 퉁명스레 내쏘았다.

"이잉, 그런 말도 안 혈람서 나넌 멀라고 찾어와."

방 영감은 토라지듯 고개를 돌렸다.

"지기럴, 꿀 한 단지 가지갔소, 꿀!"

한 서방의 화난 목소리였다.

"꾸우울? 에이, 사람이 눈치가 있어야제. 그런 양반이 꿀 없어서 못살겄능가. 인삼 녹용얼 내놔도 눈얼 돌릴지 말지 헐 것인디."

방 영감은 곰방대 문 입으로 끌끌끌끌 혀를 차댔다. 방 영감은 일부러 말을 중단시켰던 것이고, 그 대목에다 쐐기를 박아 한 서방의 기를 꺾고 있었다.

"야아, 영감님 말이 맞구만이라."

한 서방의 맥풀린 말이었다.

"그려서 어찌 되았어?"

"긍게 머시냐, 지주 어런이 꿀얼 퇴험서 안 된다고, 물러가라고 호령이드만이라. 그려서 지가 헐 수 있는 일언 무신 일이고 다 헐 것잉게 소작만 부치게 히도라고 통사정얼 혔구만이라. 그렁게 지주 어런이 아무리 에롭고 맘에 안 차도 참말로 그리허겄냐고 다짐얼 놓드만이라. 나가 그러겄다고 심지게 답헝게 지주 어런 말씸이 영 감님얼 찾아가 보라고 허시드랑게요. 지주 어런 대신혀서 영감님이 나헌티 시킬 일이 머시당가요?"

한 서방은 내친김에 마음에 담고 있던 말까지 쏟아놓았다.

"그 양반 대신혀서 나가 시킬 일? 글씨이…… 그런 일이 없는디, 고것이 무신 말잉고? 그 양반허고 나허고 자주 내왕험서 사는 사이이기넌 헌디, 자네 일얼 나헌티 맡긴 일언 없구마."

방 영감은 담배연기를 내뿜으며 완전히 시침을 떼고 있었다. 그건 또 하나의 덫놓기였다. 한 서방의 몸을 더 달게 하면서 자기와 정상규가 꾸민 일을 위장하자는 것이었다.

"아니, 그러지 말고 잘 생각혀 보랑게요. 지주 어런이 공연시 영감님 찾어가 보라고 허셨겄소."

한 서방은 몸이 단 기색이 역연했다.

"글씨이…… 나가 늙었어도 안직꺼정언 기억이 총총헌디, 그런 일이 없구만."

방 영감은 고개를 짤짤 흔들었다.

"아이고 영감님, 그리 없다고만 말고 찬찬히 생각혀 보란 말이오."

한 서방은 한층 더 몸달아했다.

"글씨이…… 근디 말이시, 그 양반이 아무리 에롭고 맘에 안 차는 일도 허겄냐고 물었다고 그랬능가?"

"야아……."

"아무리 에롭고 맘에 안 차는 일이라…… 고것이 머신고? 고런 일이 머시가 있능고?"

방 영감은 곰방대를 뻑뻑 빨아대며 고개를 이리 갸웃 저리 갸웃 하고 있었다. 그는 이제 뜸을 들이고 있는 참이었다.

한 서방은 담배쌈지를 꺼내려다가 도로 넣고, 입술에 침을 축이고 하면서 애가 타고 있었다.

"아, 그려그려! 그 말이 바로 그것이로구만!"

방 영감은 드높은 목청을 터뜨리며 무릎을 쳤다.

"머시요, 고것이 머시요?"

얼굴에서 근심과 불안이 싹 걷히며 한 서방의 목소리도 다급하고 커졌다.

"아니여, 아니여. 그 일이 틀림이 없기넌 헌디, 나 입으로넌 자네헌티 그 말 차마 못허겄구만."

방 영감은 시무룩해진 얼굴로 설레설레 고개를 저었다.

"아니, 무신 말인디 그려요. 무신 일이고 다 헐 것잉게 말만 허시게라. 무신 일이요. 얼렁 말허란 말이오."

한 서방은 방 영감의 팔을 흔들었다.

"아니여, 사람이 나잇살이나 묵어갖고 헐 말이 따로 있고 안 헐 말이 따로 있제. 나넌 그 말 못혀."

방 영감은 한 서방의 손을 뿌리치며 돌아앉았다.

"아이고 영감님, 어째 이러시오. 시방 우리 일곱 식구가 다 굶어 죽을 판인디 나가 듣고 못 듣고 헐 말이 머시가 있다요. 나가 죽는 것만 빼놓고 무신 일이고 다 허라고 작심혔응게 아무 말이고 다 허랑게라. 나가 들었다는디 영감님이 못헐 것이 머시가 있소."

한 서방은 방 영감의 팔을 다시 붙들며 다가앉았다.

"아니여, 나가 공연시 베락 맞을라고."

"무신 베락얼 맞어라?"

"아, 나가 허는 말 듣고 분통이 터져 자네가 나헌티 베락 친단 말이시."

"아니, 영감님이 무신 죄가 있다고 그러겄소. 무신 소리럴 들어도 화 안 낼 것잉게 얼렁 말이나 허랑게라."

"참말로 화 안 낼 것이여?"

"야아, 약조허겄구만이라."

"나 타박도 안 허고?"

"야아, 약조헌당게라."

"그려, 두 번썩 약조했네 잉?"

방 영감은 한 서방을 똑바로 쏘아보며 다짐을 놓았다.

"야아, 약조혔소."

한 서방은 힘찬 소리로 응답하며 어금니를 맞물었다. 온몸이 팽 팽하게 긴장되고 있었다.

"요리 가차이 오소."

방 안에 단둘이뿐인데도 방 영감은 한 서방을 끌어당겼다. 그리 고 한 서방의 귀에 입을 바짝 붙였다.

"긍게 말이시, 그 양반이 자네 안사람얼 아조 맘에 있어허드란 말이시."

한 서방은 얼핏 이게 무슨 소린가 싶었다. 그러나 다음 순간 정신이 번쩍 들었다.

"머, 머시여!"

한 서방은 가슴에서 치솟는 불길을 그대로 토해냈다. 성난 그의 외침이 좁은 방 안을 찌렁 울렸다.

"어, 어, 약조헌 것 잊어부렀능가, 약조."

방 영감이 물러나 앉으며 다급하게 주워섬겼다.

"아이고메에, 떡얼 칠 것!"

한 서방이 방바닥을 내려치며 울부짖듯 소리쳤다. 그리고 벌떡 몸을 일으켰다.

"씨부랄 눔에 시상, 팍 엎어불고 뒤집어불고 혀야 혀!"

한 서방은 방문을 박차고 나갔다.

"다 목구녕이 포도청이고, 한강에 배 지내가긴게로."

방 영감이 한 서방의 뒤에다 대고 느릿한 가락을 뽑았다.

"아이고 개좆겉은 놈덜, 맷돌 속에 쑤셔박아 다글다글 갈아불어야 혀!"

한 서방이 마당을 가로지르며 분을 토해내고 있었다.

"얼씨구나 자리헌다. 그런 결기 한 자락 없음사 고것이 어디 붕알 단 사내자석이다냐. 허나 니가 멫 조금이나 가는지 어디 두고보자 잉."

방 영감은 혼자 중얼거리며 묘한 웃음을 키들거리고 있었다.

한 서방은 이틀 동안 애꿎은 외상술만 마셔댔다. 그의 어머니나

아내도 근심 짙은 얼굴로 그의 눈치만 보며 살얼음을 걸었다. 한 서방은 아내의 얼굴을 제대로 쳐다볼 수가 없었다. 꼭 죄진 기분이었다. 어쨌거나 아내의 예쁘장한 얼굴이 탈이라면 탈이었다.

한 서방은 생각하고 또 생각해 보았다. 그러나 살아갈 길은 막막하고 암담하기만 했다. 만주로 뜰까? 그러나 일손이 많지 않으면 굶어죽기 딱 알맞다는 소문이었다. 논을 새로 일궈야 하기 때문에 일손이 많지 않고서는 터를 잡을 재간이 없다는 것이었다. 그런데 자신의 여덟 식구 중에 장정 일손이란 자신 하나뿐이었다. 억지로 아내까지 친다 해도 둘뿐이었다. 어머니는 이미 허리가 꼬부라졌고, 두 여동생이 시집가고 남은 세 동생들은 먹새 좋은 장난꾼들일 뿐이었고, 자신의 두 자식은 젖비린내 나는 어린것들이었다. 산골로 들어가 화전을 일굴까? 그러나 일손이 턱없이 모자라기는 마찬가지였다. 도회지로 나가 막품팔이를 할까? 그러나 입이 많고서는 죽도 못 먹는 형편이고, 제 집이 없으면 푸성귀도 사먹어야 한다는 것이었다. 일본으로 돈벌이를 가볼까? 그러나 집 팔아 여비를하면 식구들은 어디서 살며, 돈 벌어오는 동안 무엇을 먹고 살 것인가. 그리고 제 입치다꺼리며 옷치다꺼리 겨우 하다가 일이 년 만에 빈주먹으로 돌아오는 것이 예사였다.

사흘째 되는 날 밤 술이 취한 한 서방은 방 영감의 집으로 들어섰다.

"아이고, 술 한잔 걸쳤구만. 어여 오소, 어여 와."

방 영감은 한 서방을 반갑게 맞이하며 자기 할멈에게도 눈짓했다.

"하면, 술도 젊어서 마시야 지맛이제. 한 서방, 욜로 오소, 욜로. 여그 아랫목이 따땃허시."

잔주름투성이인 얼굴에 웃음을 담뿍 담으며 할멈이 한 서방을 붙들어 아랫목에 앉혔다. 석유등잔도 아닌 접시등을 밝힌 방 안은 어둠침침했다.

한 서방은 푹 한숨을 내쉬었다. 어깨가 늘어진 채 고개를 떨구고 있는 그는 풀이 죽을 대로 죽어 있었다.

히히히히…… 니가 나럴 안 찾아오고 배길 것이냐. 니까징 것이 뛰어야 베룩이고, 날라야 포리새끼제.

방 영감은 터지려는 웃음을 참아내며 또 할멈에게 눈짓했다. 할멈이 마주 눈짓하며 고개를 까딱거렸다.

"다 한강에 배 지내가기고, 금강물에 자갈 던지기여. 자네가 맘만 정허면 납치기 일이야 이 할망구가 나서서 쥐도 새도 모르게 뚝딱 해치울 것잉마."

한 서방이 풀죽어 찾아든 이상 방 영감은 여러 군소리 생략하고 한 서방을 회유하기 시작했다.

"하면, 한 서방이야 몰른 칙끼허고 있으면 나가 금산댁 살짝 만내 일이 쫙허니 풀리게 맨글어놓겄구마. 당자덜말고 시상에 아는 사람덜이 누가 있간디. 아조 깨끔허제."

할멈은 빈틈없이 장단을 맞추었다.

"두 번도 아니고 딱 한 번이여. 아부지 눈 띄우자고 심청이넌 목심도 내났는디, 그 일 한 번으로 온 식구 살게 되면 그보담 더 수월

헌 일이 어딨어. 요런 일이야 옛적보톰 있어온 일잉게 맘쓸 것 하나
도 없당게로."

방 영감의 사설이었다.

"하먼, 큰애기니 흠이 되겄어, 음행이니 죄가 되겄어. 죽으먼 다
썩어질 살 그리 좋게 한분 쓰고 목간해 불먼 깨끔해지는 것이제."

할멈이 또 장단을 맞추었다.

"어쩔랑가? 이 할망구가 나스네 이!"

방 영감이 마침내 한 서방을 몰아쳤다.

"아이고, 나 죽겄소."

한 서방이 황소울음 같은 소리를 토해내며 뒷머리로 벽을 들이
받았다. 흙벽이 쿵 소리를 내며 울렸다.

"이사람아, 눈 딱 감고 있어. 메칠 새로 일이 안 되먼 소작 영영
띠이네. 발써 농새철이 시작 아니여."

방 영감은 마지막 못을 쳤다.

"그려, 그려, 맘 잘 묵었어. 다 살아야제 어쩔 것잉가."

할멈이 한 서방의 어깨를 토닥거렸다. 머리를 벽에 기댄 채 눈을
꼭 감고 있는 한 서방의 얼굴에는 눈물이 흘러내리고 있었다.

"아이고, 나 미쳐불겄소."

한 서방이 방을 뛰쳐나갔다.

늙은 내외는 흐린 불빛 속에서 마주 보며 웃고 있었다.

나흘 뒤에 정상규는 어둠을 밟으며 방 영감네 집으로 들어섰다.
지게문에는 여자의 낭자머리 그림자가 흐릿하게 어려 있었다.

"어험, 으흠⋯⋯."

정상규는 헛기침으로 인기척을 내며 방문을 열었다. 젊은 티가 묻어나는 목소리와 어울리지 않는 헛기침이었다.

윗목에 한쪽 무릎을 세우고 앉았던 여자가 움찔 놀랐다. 여자는 약간 옮겨앉는 듯했을 뿐 고개는 들지 않았다. 방바닥에는 이불이 깔려 있었고, 다른 때와는 달리 촛불이 밝혀져 있었다.

정상규는 이불 한쪽을 젖히고 요 위에 앉았다. 방 안에 들어서면서부터 그의 눈길은 여자에게 박혀 있었다. 동그스름한 여자의 얼굴은 예쁜 편이었다. 정상규는 벌써 샅이 뻐근하고 화끈거리는 것을 느끼고 있었다.

"요리 내래오니라."

정상규는 왼손으로 샅을 쓸었다.

무겁게 몸을 일으킨 여자가 옆걸음질로 정상규 가까이 와서 멈추었다.

"에로와헐 것 없다. 요것도 다 연분잉게 맘 푹 놓고 앉거라."

여자는 말에 따라 움직였다.

여자가 앉자마자 정상규는 여자를 덥석 끌어안았다. 그리고 여자의 옷고름을 풀었다.

"아니, 저 저 불⋯⋯."

여자가 소스라치며 옷깃을 여몄다.

"몰르는 소리 말어. 불얼 써놓고 혀야 재미가 더 오지고 맛이 나는 법이여."

정상규는 옷깃을 잡은 여자의 두 손을 헤치며 저고리를 벗기려 들었다.

"이러먼 나 갈랑마요."

여자의 목소리가 울먹였다.

"머시여, 가아? 그려, 니 좋을 대로 히봐. 소작언 소작대로 띠이고, 나허고 배맞췄다는 소문얼 낼 아칙에 쫙악 퍼지게 히줄팅게."

"엄니이……."

여자가 얼굴을 두 손바닥에 묻었다.

"기왕지사 여그 온 것잉게 나가 시키는 대로 혀. 불 쓰고 허는 꼬신 새 맛얼 뵈줄 것잉게."

정상규는 끈적거리는 소리로 말하며 여자의 턱을 받쳐올렸다. 그리고 저고리를 벗기기 시작했다. 쌀 두 말 없엔 본전을 찾으려면 적어도 네댓 번은 맛을 보아야 한다고 작정하며.

그 일은 쥐도 새도 모르게 한다고 약속한 것이었다. 그러나 한 달이 못 되어 그 이야기는 입에서 입으로 건너다니기 시작했다. 그런데 그 속삭임과 수군거림은 다른 소문과는 다르게 아이들의 귀를 피해가며 어른들끼리만 은밀하게 이루어졌다. 그래서 동네어른들은 다 알고 있는데도 정작 당사자들만 모르고 있었다.

그런데 동네사람들은 한 서방이나 금산댁을 흉보지 않았다. 그런 일을 당한 것을 딱해하고 안쓰러워했다. 그 대신 정상규에게 욕이 돌아갔다. 어쩌면 그들 자신이 소작인 신세이기 때문인지도 몰랐다. 그러지 않아도 못된 지주, 악독한 지주로 욕을 먹어오던 정상규는 또 욕거리 하나를 덧붙이게 된 것이었다.

그 소문은 자꾸 퍼져나가 두 달쯤 지나서는 정도규의 귀에까지 들어가게 되었다. 정도규는 너무 믿을 수가 없어서 아내에게 확인을 해보았다.

"야아, 진작 알고 있었구만요."

그의 아내는 언짢은 기색을 드러냈다.

"그럼 왜 나한테 알려주지 않았어."

정도규는 화를 냈다.

"다 엎질러진 물인디 알린다고 무신 소양 있간디요. 글고 손웃사람 승인 디다가, 입에 담기도 싫은 추접시런 일잉게요."

아내의 싸늘한 대꾸였다.

정도규는 더 할 말을 잃고 말았다. 아내의 말은 빈틈이 없었고, 더구나 시아주버니를 경멸하고 있었던 것이다. 정도규는 아내한테도 창피스러움을 느꼈다.

"작인덜헌티 모질게 혀서 욕묵는 것도 모지래서 그런 승헌 일꺼정 해대니, 그리 인심 잃어갖고 어찌 살라는지 원. 참 남세시러와서……"

아내가 밖으로 나가면서 중얼거린 말이었다. 아내의 말은 바로 자신의 심정 그대로였다. 정도규는 다시 창피스러움과 함께 분노를 느꼈다.

정도규는 몇 번이고 생각했다. 아내의 말마따나 이미 엎질러진 물이었다. 작은형을 찾아간다고 해서 소문을 막을 수 있는 것도 아니었고, 일이 돌이켜지는 것도 아니었다. 그렇다고 그냥 지나칠 수도 없는 일이었다. 소문이 얼마나 나쁘게 퍼져 있고, 또 얼마나 심하게 욕을 먹고 있는지 알게 해서 더는 그런 일을 저지르지 못하도록 해야 될 것 같았다.

큰형이나 작은형을 생각하면 너무 창피스러워 얼굴을 들고 다닐 수가 없었다. 왜 그 지경들로 세상을 사는지 알 수가 없었다. 큰형과 작은형이 정반대인 것부터 이해가 되지 않았다. 큰형은 주색잡기로 재산을 탕진하는 버릇을 누구한테 배웠는지 모를 일이었고, 작은형은 만석꾼이 되겠다는 어이없는 욕심을 어떻게 갖게 되었는지 알 수가 없었다. 둘이는 하는 짓이 서로 달랐지만 사람들한테 손가락질당하고 욕먹기는 마찬가지였다.

"무신 바람이 불었드라냐? 니가 우리 집에럴 다 오고."

동생을 대하자마자 정상규는 대뜸 이렇게 내질렀다. 무언가 마땅찮아하는 기색이 역력했다.

"형님이 그리워서 왔어요."

정도규는 씁쓰름하게 웃었다.

"헹, 칡덩쿨얼 삶아묵었냐?"

정상규는 그래도 동생의 비꼬는 말을 금방 알아들었다.

"기왕 삶아먹으려면 남자가 참대를 삶아먹어야지요."

정도규는 한 번 더 비꼬았다.

"니 경성으로 이사 간다등마 말씨도 아조 경성놈 다 되야부렀구나?"

정상규는 아니꼬운 얼굴이었다.

"아니, 경성으로 이사는 왜 가요?"

정도규는 그만 어리둥절해졌다.

"못 가게 안 헐 것잉게 속힐라고 헐 것 없다. 동경유학꺼정 혔응게 당연허니 경성 가서 출세허고 살아야제."

정상규는 콧방귀를 뀌었다.

"그게 도대체 무슨 소리요? 나는 꿈도 안 꾸고 있는 일인데."

정도규는 오히려 작은형에게 당하려고 온 입장이 된 것을 느꼈다. 무슨 뜬소문이 돌고 있는 것을 알았다.

"아 글씨, 안 붙들 것잉게 여러 소리 말고 그냥 뜨란 말이여."

정상규는 새 쫓는 손짓을 했다.

"됐어요, 두고 보면 알 일이니까 더 말할 것 없어요."

정도규는 말을 잘랐다. 사실도 아닌 일로 더 이상 부질없는 입씨름을 할 필요가 없었던 것이다.

"아니, 글먼 이사 간다는 것이 헛소문이란 것이여?"

정상규는 그때서야 동생을 의아스럽게 건너다보았다.

"어떤 소문이 퍼졌는지는 나도 모를 일이고요. 요새 형님 소문이 너무 나쁘게 돌고 있는데, 그게 어떻게 된 건가요?"

정도규는 제 똥 구린 줄 모르고 남의 뜬소문에 엉뚱한 오해나 하고 있는 작은형이 괘씸해 곧바로 대질렀다.

"나 소문이 퍼져? 무신 소문?"

정상규는 아무것도 모르는 척했다. 그러나 가슴은 뜨끔했다. 동생이 갑자기 발걸음을 했을 때부터 무언가 낌새가 좋지 않았고, 도규는 동생이면서도 대하기가 늘 만만찮은 터였다.

"글쎄요, 등하불명일 수도 있지요." 정도규는 작은형을 똑바로 쳐다보고는, "아무리 땅 가진 지주지만 소작인들을 그런 식으로 대해서는 안 된다는 걸 똑똑히 알아두세요." 그는 차마 소작인의 아내를 범하지 않았느냐고 직설은 할 수가 없었다. 그래도 형이었고, 그 체면을 짓밟을 수는 없었던 것이다.

"무신 소리여 시방? 나가 작인놈덜얼 구어묵든 삶아묵든 나 알아서 헐 일인디 니가 나서서 어쩌 배 놔라 감 놔라여? 옳여, 듣자 허니 니가 동경서 신풍조에 물들어 와갖고 경성서도 무신 회럴 조직허고, 이 근동서도 사람덜얼 모아덜이고 그런담서? 니가 그 신풍조에 맞춰서 작인덜얼 곱게 대허라는 것인디, 고런 훈계넌 나헌티 애시당초 꺼낼 생각도 말어. 작인놈덜이 사람새끼덜인지 아냐. 다 도적놈떼여, 도적놈떼! 눈에 쌍불얼 키고 지켜도 논에서 나락 빔서 볏단 빼돌리고, 타작험서 나락 숨키고, 말질로 소작료 받으면 말질 속이고, 저울질로 소작료 받으면 모래 퍼넣고, 고런 도적떼덜얼 놓고 머시가 어찌고 어찌여? 고런 말 겉지도 않은 소리 더 듣기 싫은 게 당장 가, 나가."

정상규는 두 팔을 휘저으며 몸을 일으켜버렸다. 그는 동생 입에서 소작인 마누라를 범한 이야기가 나오지 못하게 하려고 엉뚱한 것을 트집 잡아 그렇게 퍼부어대고는 자리를 피하려는 것이었다.

정도규는 작은형의 그런 속셈을 들여다보며 비웃음을 흘렸다. 마루로 나오는데 제비 한 마리가 날아들었다. 정도규의 눈길은 제비를 따라갔다. 제비는 처마밑에 집을 짓고 있었다. 제비집은 아직 반도 안 지어졌는데 그 아래로는 벌써 판자쪽이 붙여져 있었다. 그 판자쪽은 두어 달 지나서 제비새끼들의 똥을 받아내는 데 필요한 것이었다.

정도규는 쓰게 웃었다. 서둘러 붙인 그 판자쪽에는 놀부에게 지지 않을 작은형의 심보가 담겨 있었다. 작은형은 놀부처럼 금은보화를 바라지는 않았을지 모르나 길조인 제비가 찾아들어 집을 짓기 시작하니까 재산이 더 불어날 길운이라고 생각해서 남들보다 먼저 판자쪽을 붙이는 부지런을 떤 것이 분명했다.

"이것 한 가지는 기억해 두시오. 소작인들은 짐승이 아니라 사람이오. 또, 세상이 변했어요. 소작권 가지고 그렇게 원수지는 짓 했다간 언제 무슨 일 당할지 몰라요. 인심 잃은 지주들이 갑오년 난리 때 어떻게 당했는지 알지요?"

정도규는 이 말을 남기고 돌아섰다.

"야 이놈아, 머시가 어찌고 어쩌? 신풍존지 지랄인지에 놀아나는 니 겉은 놈덜 땀시 시상이 망쪼가 드는 것이여. 이놈아, 시상이 지 아무리 변해도 작인놈덜이야 지주 종이제 벨수 있냐. 작인놈덜이 지주 덕에 묵고 사나, 개 종자가 주인 덕에 묵고 사나 머시가 달르냐. 빌어묵을 놈이 동경서 못된 물만 묵고 와갓고 어디다 대고 느자구없는 주딩이 놀리고 나대, 나대기럴!"

정상규는 빈 하늘에다 마구 삿대질을 해대며 고래고래 소리를 지르고 있었다. 그는 동생의 시건방진 말에 화가 나서 그러는 것만이 아니었다. 동생이 다시는 그런 말을 꺼내지 못하게 하려는 뜻도 있었고, 집 밖을 오가는 소작인들도 들으라고 일부러 목청껏 소리를 질러대고 있었다.

정도규는 작은형의 외침을 뒤로 들으며 자신이 잘못 생각했다는 것을 다시금 확인하고 있었다. 그리고 어쩌면 작은형은 생전에 만석꾼이 될지도 모른다는 생각이 들기도 했다. 망건이나 무명옷은 더 낡아 있었고, 발에 뀐 짚신도 차마 보기 민망할 정도로 헐어 있었던 것이다. 그런데 2천 석 정도로 분가한 농토는 해마다 불어나고 있었다. 그럴 수밖에 없는 것이 작은형 자신부터 그리 지독하게 아끼고 살면서 집안살림도 지푸라기 한 올 함부로 못하게 닦달을 한다는 것이었다. 그리고 재산이 불어나는 가장 큰 몫은 소작료와 장리빚놀이였다. 작은형네 소작료는 다른 지주들보다 1할이 더 높았고, 장리빚은 그보다 더 이자가 높다고 소문나 있었다. 그러니 해마다 농토가 불어나지 않을 수가 없는 일이었다. 그렇게 억척을 부려 5천 석이 넘게 되면…… 만석꾼이 되는 것은 결코 꿈이 아닌 것이었다. 그러나 정작 만석꾼이 되어서 무얼하겠다는 것인가…….정도규는 그 마음을 도무지 이해할 수가 없었다.

들녘에는 논일이 바쁘게 돌아가고 있었다. 논들은 쟁기질이 다 끝나 있었고, 물을 대고 있는 논들도 꽤나 많았다. 머지않아 모내기가 시작될 판이었다. 수많은 제비들이 경쾌하게 날고 있었다. 물 댄 논에서 진흙을 찍어다가 집들을 짓느라고 제비들은 바쁜 날갯짓을 하느라고 분주했다.

정도규는 흙냄새 풀냄새 물씬거리는 논길을 바삐 걸으며 가끔씩 심호흡을 하고 있었다. 그럴 때마다 가슴을 가득가득 채워오는 흙냄새와 풀냄새를 깊이 음미하고는 했다. 들녘은 어렸을 때부터 밟아왔던 그 들녘 그대로였다. 흙냄새나 풀냄새도 달라진 것이 없을 터였다. 그런데 이제서야 흙냄새와 풀냄새를 새롭게 느끼게 되었다. 그전에는 흙냄새가 어떤지 풀냄새가 어떤지 전혀 느껴본 기억이 없었다. 그건 마음이 닫힌 것과 열린 것의 차이였다. 그 차이는 농부들에 대해서도 마찬가지였다. 그전에는 농부들이 들에 있는데도 눈에 보이지 않았던 것이다. 그런데 동경에서 그 책들을 접하게 된 다음부터 농부들이 보이기 시작했던 것이다. 개안(開眼)이라는 말을 절실하게 깨달을 수 있었다.

정도규는 유승현네 마을로 들어서며 또 자신도 모르게 얼굴을 찌푸렸다. 잘려버린 당산나무 밑동이 눈에 띄었던 것이다. 어느 동네나 마찬가지지만 그 당산나무도 마을로 통하는 외길목에 있어서 그 처참한 모습을 피해갈 도리가 없었다.

실히 몇 아름은 될 당산나무 밑동에는 무수한 도끼자국이 찍혀 있었고, 가운데 부분에는 나무의 윗부분이 넘어지면서 찢겨져 나간 생살이 수십 갈래를 이루고 있었다. 그런데 그 상처투성이의 당산나무 밑동에는 여전히 빨간 헝겊, 파란 헝겊, 흰 헝겊 들이 끼워진 굵은 새끼줄이 둘러져 있었고, 그 사방으로는 탱자나무 가지들을 기둥 삼아 새끼줄이 드리워져 있었다. 누가 보거나 접근을 금지하고, 불경한 짓을 하지 못하게 하는 경고표시였다. 그리고 이미 죽어버린 나무인데도 살아 있는 나무와 똑같이 신령스럽게 받들고 있다는 표시이기도 했다.

그 당산나무가 잘린 것은 벌써 4년째가 되었다. 만세 사건이 일어나고 서너 달 뒤에 잘린 것이었다. 그 마을 사람들이 만세 사건에 많이 가담했다는 것이 이유였다. 그때 이미 유승현을 비롯한 열댓 명이 잡혀 들어간 뒤였다. 마을 아낙네들은 울고불고 야단을 했지만 총을 들이댄 주재소 순사들 앞에서 당산나무를 지킬 수는 없었다.

정도규는 금줄이 쳐진 당산나무 밑동을 볼 때마다 마을사람들의 가슴에 응어리진 분노와 원한을 절절히 느끼고는 했다. 어쩌면 왜놈들이 당산나무를 잘 자른 것인지도 모른다는 생각이 들기도 했다. 아이들에게도 그보다 더 좋은 반일감정의 교육장은 없었기 때문이다.

유승현은 책을 읽고 있다가 정도규를 맞이했다.

"당산나무는 여전히 살아 있군그래."

정도규가 건넨 인사말이었다.

"그래야제. 동네사람덜이 살아 있으닝게."

유승현은 당연하다는 듯 대꾸했다.

"그러지 말고 나무를 새로 하나 심으면 어떨지 모르겠네."

정도규는 자리잡고 앉으며 말했다.

"어디가. 왜놈덜 몰아낼 때꺼정 그대로 둬야 허네."

유승현은 책을 밀어놓으며 완강하게 고개를 저었다. 눈썹 짙고 눈매 날카로운 그의 얼굴이 더 강직해 보였다.

정도규는 고개를 끄덕였다. 이미 죽어버린 당산나무를 그렇게 살아 있는 것처럼 치장시키는 것은 유승현의 뜻인지도 모른다는 생각이 들기도 했다. 유승현은 야학을 하고 있을 때부터 마을사람들에게 영향력이 컸던 것이다. 아니 당산나무 치장을 그가 종용하지는 않았더라도 마을사람들의 그런 마음을 옹호하고 있는 것만은 틀림없었다.

"몸은 좀 좋아졌나?"

정도규는 아직도 병색이 남아 있는 것 같은 유승현의 안색을 살피며 물었다.

"이, 언제라고 아팠간디."

유승현은 두 손으로 얼굴을 훔치며 가볍게 웃었다.

그 말에 어울리는 그 웃음에서 정도규는 유승현이라는 마음폭 넓고 의지 강한 사내를 느끼고 있었다. 유승현은 야학을 하다가 잡혀 들어가 고초를 당했고, 만세 사건으로는 2년 6개월형을 살고 나왔던 것이다. 고문을 심하게 당해 출감할 때는 몸이 무척 쇠약해져 집에까지 달구지를 타고 올 형편이었다고 했다.

"그 책은 다 읽었나?"

정도규는 궐련을 권하며 물었다.

"아니시, 나 안 태울라네. 안직 담배가 안 받네." 유승현은 담배를 사양하고는, "그작저작 다 읽었는디, 머시라고 혀야 헐랑가…… 시상이 생판 달리 보이고, 나가 얼매나 큰 죄인인지럴 알고 밤잠얼 못 잤구만. 아라사왕가가 어찌서 무너져부렀는지 알았고, 그 기운

얼 어찌서 신풍조고 신사조라고 허는지도 알았네. 자네 덕에 나가 개안헌 것이네." 그는 묻기를 기다리기라도 한 것처럼 진지하게 말을 해나갔다.

"덕은 무슨, 아무튼 자네가 개안을 했다니까 반갑고 고맙네. 나도 개안이라는 것이 무엇인지 알 것 같았는데 자네 느낌도 나와 똑같군그래."

정도규는 흡족하고도 친근한 웃음을 유승현에게 보냈다.

"이, 개안도 개안이제만 아라사 혁명정부가 약소민족의 해방얼 지원해 준다니께 더 맘이 동허네."

"그렇지, 그게 바로 금상첨화라는 것 아니겠나. 동경유학생들이 자기들의 신분을 초월해 가면서 사회주의에 경도되고 있는 것도 바로 그 점 때문이네."

"그려, 그래야 옳제. 그리 맘묵덜 않으면 조선 젊은 놈덜이 아니제. 우리 젊은 사람덜이 눈얼 뜨나 감으나 생각혀야 헐 것이 해방 말고 머시가 또 있겄능가. 인자 허는 말이네만, 나넌 자네가 동경유학얼 떠날 적에 젊은 놈 친일파 하나 또 생긴다 생각허고 동무 하나 없어진 걸로 맘얼 닫아불덜 안했드라고. 근디 일본이 반일파럴 맨들어 보냈단 말이시. 그 묘리가 아조 신통허고, 나가 생각이 짧었든 것이네."

유승현의 얼굴에 화색이 돈아나고 있었다.

"맞는 말이네. 그 사상이 없었드라면 친일파가 됐기 십상이겠지. 일본식 공부도 그렇고, 동경이고 대판이고 조선 젊은 놈들 기죽고 주눅들기 딱 좋으니까."

"근디, 유학생덜 중에 그 사상을 가진 학생덜이 많은가?"

"글쎄, 아직 초창기니까 그리 많지는 않지만 앞으로 몇 년 사이에 많이 늘어날 거네. 유학생들이 자꾸 많아지고 있으니까."

"그러겄구만. 그런디 말이시, 그 사상이 자꼬 퍼져나가는 것얼 왜놈덜이 그냥 보고만 있지넌 않을 것 겉은디?"

"그럴 거네. 재작년에 조선노동공제회가 생기고, 작년에 서울청년회가 생긴 데다가 금년에 들어 1월에 무산자동지회가 결성되고, 또 2월에 동경에 있는 조선인 고학생동우회 간부들이 경성에 와서 조선일보에 동우회 선언을 발표하지 않았나. 사회주의 단체들의 활동이 그렇게 활발해지게 되니까 경무국에서 본격적으로 단속할 방침을 세우고 있다는 소식이 들리기도 하네."

"그렇겄제. 왜놈덜이 어떤 놈덜인디 즈그헌티 해로운 것얼 보고만 있겄어. 나럴 고문험서도 불온사상 관계 여부럴 캐고 또 캐고 그랬는디."

유승현의 얼굴에 적의가 드러났다.

"서방님, 여그 약 드시라고……."

부엌데기 처녀가 쟁반에 약사발을 받쳐들고 토방 아래 서 있었다.

"그려, 마침 잘 왔다. 손님이 오셨응게 드실 것 내오고, 점심 채래라."

유승현이 처녀에게 일렀다.

"나 요것 좀 마실라네. 안 묵어도 되는디 어무님이 하도 성화시라……."

약사발을 들며 유승현이 어색스러운 듯 민망한 듯 웃음지었다.

"무슨 말인가. 몸이 강건해야 무슨 일이든 하지. 몸이 천하라는 어른들 말씀이 맞네. 천천히 어서 들게."

정도규는 유승현의 마음을 편하게 해주기 위해서 이렇게 말한 것이 아니었다. 유승현에게 위로의 뜻을 표하고 싶었고, 그에게는 언제나 죄책감 같은 미안함을 느끼고 있었다. 만세운동 때 자신은 동경에서 아무것도 한 것 없이 위험을 피해 있었던 것이나 마찬가지였던 것이다.

유승현이 약을 마시는 동안 정도규는 마당가의 화단을 바라보고 있었다. 여러 가지 꽃들이 포근한 봄볕 속에서 제각기 망울지고 벙글고 흐드러져 어우러지고 있었다. 여러 꽃들 중에서 유난히 돋보이는 것이 수국과 작약이었다. 짙고 옅은 색색의 보랏빛 작은 꽃들이 수없이 모아져 부글부글 거품 일 듯하며 둥글고 큰 하나의 꽃덩어리를 이루고, 그 온갖색 보랏빛 꽃덩어리들이 가지가 휘도록 수없이 달린 수국은 그 아름답기가 그지없이 환상적이었다. 수국은 향기마저 짙어 멀리까지 그 냄새가 아련하게 풍겨오고 있었다. 선명하게 붉고 넓은 꽃잎들로 사발 모양의 큰 꽃송이를 흐드러지게 피워내고 있는 작약은 그 곱고 화사하기가 다른 꽃들을 압도하고 있었다. 작약의 그 붉고 커다란 꽃송이는 고우면서도 넉넉하고 화사하면서도 의연해 그 자태가 더없이 귀풍스러웠다. 한낱 꽃이면서도 꺾기가 주저되는 꽃이었다. 벌과 나비들이 꽃에서 꽃으로 분주하게 날아다니고 있었다.

"무신 생각얼 그리허고 있나."

유승현이 약사발을 놓고 접시에 놓인 대추를 하나 집어들며 정도규를 바라보았다.

"아니, 꽃구경을 하고 있었네."

정도규가 천천히 고개를 돌렸다.

"그려, 사람 사는 시상은 변해 살육이 자행되야도 꽃이 사는 시상은 태평세월 호시절이제."

유승현이 가느다랗게 한숨을 쉬었다.

부엌데기 처녀가 식혜를 내왔다.

"자아, 목 축이소. 그런디 말이시, 저 책에서 잘 모를 대목이 더러 있든디."

유승현은 어떻게 하면 좋으냐고 눈으로 묻고 있었다.

"그건 나하고 차차 학습을 하세."

"그려, 그리 해주먼 고맙제."

"그런데 말이야, 자네가 만세운동을 벌이면서 어떤 조직을 짰었던가?"

"글씨, 그게 조직얼 짰다고 헐 수도 없고, 안 짰다고 헐 수도 없고 그런디……."

"그게 무슨 소린가?"

"그렇게…… 독립선언서럴 전해받고, 구호럴 써붙이고, 봉화 올릴 사람덜얼 모으고 허는 망이 있었는디, 그것얼 조직이라고 헐 수 있을랑가 어쩔랑가 모르겠단 말이시."

"그야 당연히 조직이지. 그 조직을 새로 움직일 수 있겠나?"

"글씨…… 당헌 사람덜이 많어서 그간에 맘덜이 안 변허고 그대로 있는지 어쩌는지 잘 모르겄구마."

"그렇기도 하겠지. 다시는 딴맘 먹지 못하게 하려고 왜놈들이 혹독하게 했으니까."

정도규는 신중하게 고개를 끄덕거렸다.

"그려도 틀림없이 믿을 수 있는 사람언 멫이 있네."

"우리 사상을 접한 사람들인가?"

"다 그저 풍문으로 귀동냥허고 있는 것이제 그럴 새가 어디 있었간디?"

"책을 읽고 학습을 받으면 동조할 사람들인가?"

"십중팔구 그럴 거이네."

"십중팔구는 곤란하고, 십중십인 사람들만 골랐으면 하네."

"그렇제, 개미구녕으로 방죽 무너지는 법잉게."

"바로 그거네. 한 사람 잘못 골라 열이고 백이 상하게 되네."

"우선에 일당백 허는 사람 한나럴 소개혀야 되겄네."

"일당백 하는 사람?"

"이, 그런 사람이 있네. 중이시."

"주우웅?"

"공허라고, 아조 무서운 사람이시."

7

드러난 정체

온갖 나무들의 어린 잎사귀들이 황초록 청초록 연초록으로 피어나고, 포근한 바람이 스칠 때마다 가볍게 하늘거리는 그 잎사귀들 위에서 햇살이 금빛 은빛으로 눈부시게 빛나는 화창한 날씨 속에 단옷날이 찾아왔다. 긴긴 겨울추위가 자취 없이 사라진 만주들녘을 온갖 풀들이 진초록빛으로 물들이고 있었다. 많은 풀들 중에서도 쑥은 유난히 짙은 초록빛으로 싱그러웠다.

북쪽 지방의 큰 명절답게 단옷날을 맞이해서 용정도 평시와 다른 활기와 술렁임이 넘치고 있었다. 거리에는 옷을 말끔하게 차려입은 여자들이 부쩍 많이 나들이길을 나서고 있었고, 아이들은 깔깔거리고 뛰고 하면서 신바람이 나고 있었고, 남자들은 대낮부터 술을 마시고 흥겨운 것인지 슬픈 것인지 모를 가락을 흥얼거리며 비틀거리고 있었다.

북쪽에서는 단옷날이 추석보다 큰 명절이었고, 또 설에 못지않은 큰 명절로 쇠고 있었다. 남쪽에서 추석을 큰 명절로 치는 것과는 반대였다. 단오가 북쪽으로 갈수록 번성하고 남쪽으로 갈수록 덜하며, 추석이 남쪽으로 갈수록 번성하고 북쪽으로 갈수록 덜한 것은 그럴 만한 까닭이 있었다. 혹독한 추위에 오래도록 시달린 북쪽사람들은 단오를 맞이하면서 비로소 엄동을 무사하게 넘긴 기쁨과 함께 한 해가 바뀌었다는 사실을 확실하게 느끼는 것이었다. 그런데 여름이 긴 남쪽에서는 단오면 벌써 더위가 고개를 드는 절기였고, 무더위를 무릅써가며 논농사를 지어 알곡을 거둬들이는 추석맞이를 단오보다 더 기뻐하고 흥겨워할 수밖에 없었다.

여자들이 끼리끼리 동무 삼아 그네뛰기 구경을 가네, 약쑥뜯기 들놀이를 가네 발길 가볍게 어깨춤이 이는데 수국이는 혼자 외떨어져 명동촌 가는 길을 걷고 있었다. 어디에 볼일이 있어서가 아니었다. 함께 어울릴 사람들이 없어서도 아니었다.

수국이는 꼼짝을 하지 않고 집에 들어앉아 있고 싶었다. 그러나 양치성이가 이상하게 생각할까 봐서 속마음을 들키지 않으려고 일부러 흥겨운 듯해 가며 집을 나섰던 것이다.

수국이는 가슴속에 칼을 품고 있었다. 오늘 밤에 양치성을 죽일 작정이었다. 벌써 반년 전부터 벼르고 별러왔던 일이었다.

양치성이가 바로 밀정이라는 것을 안 것은 전혀 뜻밖의 일 때문이었다. 어느 날 이웃집 아주머니가 계란 한 꾸러미를 가지고 찾아왔다. 자기 아들이 술을 마시고 사람을 패서 붙들려 들어갔으니 손을 좀 써달라고, 이웃사촌이니 도와주면 인심 얻고 얼마나 좋으냐고 사정이었다. 그때까지도 수국이는 그 말의 속뜻을 알아차리지 못했다. 그러자 그 아주머니는 서운해하면서 경찰서일 보고 있는 것이야 이웃들이 다 알고 있는데 뭘 감추려고 하느냐고 했다.

그 순간 수국이의 머리와 가슴에서는 천둥이 치고 있었다. 양치성이가 밀정! 믿을 수가 없었다. 그러나 장사꾼으로 가장한 밀정은 흔한 일이었다. 다만 이웃사람들은 다 알고 있었는데 자신만 모르고 있었을 뿐이었다. 어떻게 해서 그 아주머니를 보냈는지 정신이 없었다. 자신이 지하실에 갇혔던 것과, 어머니가 돌아가신 것과, 자신이 풀려난 것과 양치성이가 뒤죽박죽되면서 너무 어지러워 방구석에 머리를 박았다.

수국이는 하룻낮 하룻밤을 몸을 가누지 못하고 꼬박 앓았다. 온몸이 펄펄 끓고 혀가 말리도록 목이 타면서도 물조차 넘길 수가 없었다. 물을 넘기고 나면 되받쳐 토악질이 일어났다.

수국이는 새벽녘에 꿈을 꾸었다.

"그놈이다, 바로 그놈이여. 그놈이 니 웬수고 이 에미 웬수다. 그놈언 느그 동상도 죽일 놈이여. 웬수럴 갚어라."

어머니는 나무에 묶여 총 맞아 죽은 그때 그대로의 모습으로 말하고 있었다.

수국이는 어머니를 부르며 소스라쳐 일어났다. 어머니의 모습은 간 곳이 없고 매서운 겨울바람만 몰아치고 있었다.

"엄니이…… 알겄구만이라. 그놈이 우리 웬수란 것 인자 알었구만이라. 야아, 웬수럴 갚아야제라, 웬수럴 갚아야제라."

수국이는 꺾어세운 두 무릎에 얼굴을 묻고 흐느끼며 어머니 말에 이렇게 대답했다.

그런데 이상한 일이었다. 그리도 펄펄 끓었던 몸이 언제부터인지 모르게 가라앉아 있었다. 그리고 어머니에게 다짐을 하고 나자 지난날 총쏘기를 배울 때처럼 온몸이 긴장되면서 새 기운이 솟는 것이었다.

수국이는 양치성이가 꾸민 모든 흉계를 거울 들여다보듯 환히 알 수 있었다. 그의 정체를 알게 되면서 자신이 잡혀온 것부터 어머니의 장례를 치른 것까지 모든 일이 실꾸리에서 실이 풀리듯 자명하게 풀리는 것이었다. 형사놈이 자신을 범한 것은 그놈이 한패거리인 양치성이를 속인 것임도 밝혀냈다.

그런 인종에게 동생을 찾아달라고 했으니 찾아줄 리가 없었다. 아니 동생을 찾게 되면 어머니 말마따나 동생도 죽일 놈이었다. 수국이는 치를 떨었다. 꼭 죽이고 말겠다고 이를 앙다물었다.

그런데 문득 또 하나의 사실이 수국이의 머리를 스쳤다. 어느 날 갑자기 자취를 감춘 김시국이었다.

그 사람도 양치성이가 죽인 것이 아닐까!

이 생각과 함께 수국이는 그때의 정황을 다시 되짚어보았다. 김시국은 자신을 찾아서 간도에서부터 먼 길을 온 사람이었다. 그 사람은 더 이상 다른 데로 갈 이유가 없는 사람이었다. 그런데 갑자기 모습이 보이지 않았다. 동생과 몇 사람이 김시국을 찾아나섰다.

그는 엄연한 북로군정서군이었던 것이다. 그러나 며칠 동안 찾아도 김시국의 행방은 묘연했다. 그는 결국 행방불명으로 처리되었다.

그런데 김시국이 행방불명되기 직전에 등짐장수 양치성이가 나타났던 것이다. 양치성이도 김시국처럼 자신을 찾아온 귀찮은 물건으로만 생각했었다. 그리고 양치성에게 자신의 거처를 알려준 필녀만 얄밉게 생각했었다. 김시국의 행방을 알아내려고 하면서도 그 누구도 장사꾼 양치성은 전혀 의심하지 않았던 것이다.

그러나 양치성은 밀정이었다. 그런 놈이라면 자기가 맘먹고 있는 일을 앞질러 방해하고 다니는 김시국을 감쪽같이 죽일 수 있는 놈이었다. 아니, 자신과 어머니에게 한 짓을 보면 그놈은 틀림없이 김시국을 죽인 것이었다.

그런데 수국이는 뒤늦은 안타까움으로 제 가슴을 마구 쳐댔다. 밀정이나 끄나풀들을 색출해 내는 귀신이었던 삼출이 아저씨가 어찌해서 양치성이가 밀정인 것을 밝혀내지 못하고 그냥 지나쳤는지 모를 일이었다. 발가벗기기까지 해서 조사를 했는데도 양치성은 용케도 그 그물을 벗어난 것이었다. 그만큼 양치성은 약삭빠르고 빈틈없는 놈이었다.

수국이는 양치성에게 원수를 갚고 도망칠 계획을 냉정하게 세워 나갔다. 그놈을 죽이는 것은 별문제가 아니었다. 술을 마시고 그 짓까지 한 다음에 잠에 곯아떨어진 그놈을 죽여버리는 것쯤은 자신이 있었다. 그런데 잡히지 않고 재빠르게 멀리 도망가는 것이 문제였다. 멀리 몸을 피하자면 먼저 돈이 있어야 했다. 그러나 그럴 만한 목돈이 없었다. 양치성이가 돈을 넉넉하게 주지도 않았지만, 돈을 달라고 해본 적도 없었던 것이다.

그 다음에 중요한 것이 원활한 교통편이었다. 목돈을 가졌어도 마차들이 제대로 운행되지 않으면 멀리 피신할 수가 없었다. 그런데 계절은 한겨울이었다. 소가 얼어죽는 혹독한 추위 속에서 말이라고 무사할 리가 없었다. 그런 추위에 눈보라까지 쳐대면 으레껏 마차들은 끊기게 마련이었다.

어차피 목돈을 만들어가면서 날이 풀리기를 기다려야 했다. 수국이는 이렇게 마음을 정한 다음부터 양치성을 대하는 태도를 조금씩 바꾸어나갔다. 정이 드는 척 부드럽게 웃고, 정다운 말도 하고는 했다. 밤일은 더욱 끔찍하게 싫어졌지만 좋은 척하려고 애를 썼다. 그런 변화를 양치성은 너무나 좋아했다.

수국이는 기다리고 있었던 기회를 놓치지 않았다. 이것저것 살림살이 장만할 돈을 달라고 했고, 옷 살 돈을 달라고 콧소리를 내기도 했다. 그럴 때마다 양치성은 좋아죽겠다는 듯 웃음을 벙글거리며 돈 내주기를 주저하지 않았고, 어느 때는 밖에 나가 구해오기도 했다. 수국이는 철저하게 눈속임을 하느라고 자기가 말한 살림살이들을 다 구해들이고, 옷도 해입었다. 그러나 속으로는 돈을 차근차근 모아나가고 있었다.

4월이 되면서 마차들이 끊기는 일 없이 다닐 수 있게끔 날이 풀렸다. 그러나 돈이 아직 마음먹은 대로 모아지지 않았다. 수국이는 단오 때까지 돈을 더 모으기로 작정했다. 단옷날에는 양치성이도 쉬면서 맘껏 술을 마실 것이었다. 그리고 이웃사람들의 눈을 피해 용정을 빠져나가기도 수월할 터였다.

명동촌으로 가는 길은 국자가로 가는 길처럼 달구지 두 대가 서로 편안하게 비켜갈 만큼 넓었다. 길 왼쪽으로는 나지막한 산줄기가 바로 잇대어져 있었고, 오른쪽으로는 길폭보다 넓은 육도하가 흘러내리고 그 옆의 잡초 우거진 땅이 낮춤한 산줄기로 이어지고 있었다.

양쪽 산줄기에는 나무들이 울창했고, 길을 따라 곧바로 흐르기도 하고 굽이돌기도 하는 육도하의 물은 무척이나 맑았다. 육도하 옆으로는 수양버들이 줄지어 서서 그 치렁치렁한 가지들을 흘러가는 물에 적실 듯 휘늘어져 있었다.

육도하 건너에는 나들이 나온 여자들이 물가에 자리를 펴놓고 이야기를 하거나 잡초 우거진 데서 무엇인가를 뜯고 있었다. 그건 약쑥을 뜯는 것이었다. 길에는 용정에서 명동촌으로 가는 사람들은 드물었고, 명동촌에서 용정으로 나가는 사람들은 심심찮았다. 그 말쑥한 차림새들이 명절나들이를 가는 것이었다.

그 수양버들 늘어진 길을 버들방천이라고 했다. 수국이는 수양버들 아래로 천천히 걷고 있었다. 휘늘어진 수양버들나무들이 정답고, 버들방천이란 이름이 꼭 고향 어디의 이름만 같아 가끔 혼자 찾아오곤 하는 길이었다.

파릇파릇 돋아난 수양버들의 잎들이 갓난애의 손가락마냥 귀엽고 예뻤다. 치렁거리는 실가지들과 함께 그 어린 잎들이 수국이의 얼굴을 스치기도 하고 목을 간지럽히기도 했다. 그러나 수국이는 그런 것을 느끼지 못한 채 무표정하게 굳어진 얼굴로 걸음만 옮기고 있었다. 수국이는 줄곧 오늘 밤에 할 일에 정신이 붙들려 있었다.

갑자기 터진 웃음소리에 놀라 수국이는 걸음을 멈추었다. 물줄기 건너 저쪽에서 예닐곱의 여자들이 쑥을 뜯다 말고 허리 굽어지게 맘껏 웃어대고 있었다. 오랜만에 맘놓고 나선 나들이라서 그 웃음소리들도 아무 거침이 없었다. 평소 같으면 욕먹고 흉잡힐 그런 짓도 오늘 하루만큼은 아무도 탓하지 않았다. 남자들이 먼저 귀 막고 눈 돌리는 것이 단옷날의 풍습이었다. 그래서 속곳이 보이거나 말거나 온몸으로 그네를 굴러대며 맘껏 그네도 탈 수 있는 거였다.

수국이는 그 여자들을 하염없이 바라보았다. 필녀의 얼굴과 함께 여러 아주머니들의 모습이 떠올랐다. 통화에서 쇠었던 단옷날이 아련한 그리움으로 다가왔다. 아무리 기를 써도 그네뛰기를 필녀한테 당할 수가 없었다. 필녀는 산머슴애라는 별명답게 바느질 같은 것은 서툴러도 몸이 날래고 기운 쓰는 것은 그 누구보다도 앞질렀다. 그네뛰기를 잘하는 여자는 1년 중에 양기가 제일로 승한 단옷날의 양기를 받아 잔병치레를 하지 않고 아들을 낳게 된다는 것이었다. 처녀들은 그 말이 부끄러워 귓불이 붉어지면서도 그네뛰기는 마다하지 않았다. 시집가기 전에 더 많이 양기를 모아둘 욕심인지도 몰랐다.

수국이는 그 생각이 쑥스러워 엷게 웃었다. 어머니는 그네 탈 나이도 아니었지만 유독 쑥뜯기에 열성이었다. 1년 중에서 양기가 제일 승한 날이 단옷날이고, 단옷날 중에서도 오시(午時)라고 했다. 그래서 단옷날 오시에 뜯는 쑥을 약쑥이라고 했다. 어머니는 점심 먹는 것도 잊고 치마로 몇 보자기씩 약쑥 뜯기에 정신을 팔고는 했다. 어머니는 그 쑥으로 아무리 적게라도 꼭 떡을 했다. 그 떡을 먹어야 종기도 나지 않고, 더위도 안 먹고, 배탈도 안 나며, 1년 액운을 물리친다는 것이었다. 그런 효험이야 어쨌든지 간에 그 약쑥떡은 색깔이 고운 데다가 쑥향내가 어찌나 짙은지 차마 먹기가 아까울 지경이었다.

수국이는 길가에 자라난 쑥잎을 하나 뜯었다. 냄새를 맡아보았다. 진한 쑥내음과 함께 외로움이 왈칵 밀려들었다. 건너편 여자들이 또 까르르 웃고 있었다. 수국이는 자신도 모르게 쑥잎을 엄지와 검지손가락으로 뭉개며 다시 걷기 시작했다.

수국이는 선바위가 멀리 바라보이는 곳에 이르러 발길을 멈추었다. 선바위는 이름 그대로 엄청나게 큰 바위가 한쪽을 기대고 서 있는 것처럼 산줄기 끝부분이 뭉툭하게 솟아오르면서 갑자기 뚝 끊겨 벼랑을 이루고 있었다. 그 봉우리로부터 깎아지른 벼랑 아래까지가 어마어마하게 큰 바윗덩어리였다. 선바위 그 안쪽이 조선 사람들만 모여사는 명동촌이고 장재촌이었다. 그러니까 선바위는 명동촌으로 들어가는 대문이면서, 명동촌과 장재촌을 지키는 수문장이기도 했다.

수국이는 한숨을 쉬며 물가로 걸어갔다. 명동촌을 생각하면 떠오르는 것이 불타버린 명동학교였다. 작년 가을에 명동촌 나들이를 한 일이 있었다. 경상도 아주머니가 발길할 일이 있으니 함께 구경이나 가자는 것이었다. 그 아주머니의 길동무를 해줄 겸 구경도 하고 싶은 곳이었다. 그러나 그 이름난 명동학교는 불타서 흔적도 없었다. 경신년 대학살 때 일본군들이 불지른 것이었다.

학교는 불타고 없었지만 그러나 수국이는 명동촌이 마음에 들었다. 산줄기가 사방으로 크고 큰 동그라미를 그리며 둘러싸고 있는 명동촌과 장재촌은 그지없이 아늑했던 것이다. 산줄기가 울을 쳐주고 있는 그곳은 한눈에 보아도 사람 살기에 딱 좋은 곳이었다. 평지가 넓고 넓었고, 그 한가운데로 폭넓은 개울이 흘러 내려가고 있었다. 그 물줄기가 육도구에서 흘러나오는 물과 선바위 아래서 합쳐져 육도하를 이루고 있었다.

그 개울을 따라 양쪽으로 논들이 펼쳐져 있었다. 그리고 약간 비탈진 데서부터는 밭이 일구어져 있었다. 선바위와 이어진 산줄기는 낮으면서 부드러워 마치 여자 같은 느낌이었고, 맞은편 산줄기는 높직하면서 억세서 흡사 남자 같기도 했다. 두 산줄기가 서로 마주 보며 커다랗게 동그라미를 그려내고 있는 것은 남자와 여자가 두 팔을 한껏 벌려 서로 마주 잡고 있는 것 같은 형상이기도 했다. 그런데 장재촌과 명동촌은 부드러운 산줄기 쪽으로 자리잡고 있으면서 서로 멀찍하게 떨어져 있었다. 그 마을 사람들은 그 두 개의 산줄기에 아늑하게 에워싸여 가까운 논밭에서 농사를 지으며 오붓하게 살아가게 되어 있었다.

버들방천의 길은 선바위를 감도는 물줄기를 건너 장재촌과 명동촌 앞의 개울을 따라 뻗어가다가 남쪽의 억센 산줄기 속으로 사라져가고 있었다. 명동촌 남쪽으로는 첩첩이 싸인 억센 산들이 멀리 바라다보였다. 그 앞줄기의 억센 봉우리들이 오봉이었고 그 뒤로 뻗어나가고 있는 산줄기가 오랑캐령이었다. 그 너머에 두만강이 있다고 했다.

물가에 다리쉼을 하고 앉은 수국이는 흘러가는 물줄기를 하염없이 바라보며 풀잎을 뜯어 띄워보내고 있었다. 제법 빠른 물살을 타고 풀잎들은 잘도 떠내려갔다. 수국이는 지향 없는 슬픔과 그리움에 젖어들며 풀잎을 자꾸 뜯어 띄웠다.

"보이소 예, 말 쫌 물읍시더."

등뒤에서 들려오는 느닷없는 경상도말에 수국이는 후딱 고개를 돌렸다.

"혹시 용정 사시는교?"

머리에 큰 짐을 인 여자가 길을 건너오며 묻고 있었다.

"야아, 그런디요……."

수국이는 치마를 털며 일어섰다. 그런 수국이의 눈길은 여자를 스쳐 길 건너편으로 빠르게 옮겨가고 있었다. 길 저쪽에는 짐을 이고 진 남녀들과 아이들이 열서넛쯤 몰려서 있었다. 그 행색으로 보아 그들이 고향을 떠나 만주땅으로 건너오는 것임을 수국이는 금세 알아보았다.

"용정이 여서 얼매나 먼기요?"

"얼매 안 남았구만요. 한 시오 린게……."

수국이는 메마르고 기미 낀 여자의 얼굴을 안쓰럽게 바라보았다.

"보래, 내가 머라카드나. 다 왔다 안카드나. 시오 리 남았다는 기라."

재빨리 몸을 돌린 여자가 길 건너편에다 대고 소리쳤다. 그리고 몸을 다시 돌려 머리에 인 짐을 내리려고 했다. 수국이는 얼른 그 짐을 받쳐주었다.

"아이고 고맙심더. 저눔에 아아덜이 배고프다 다리 아프다 해싸 아서 어데 그냥 가겠능교. 물배라도 채와서 쉬어가야제."

여자는 때 전 머릿수건을 벗어 이마의 땀을 훔치며 수국이를 보고 어색한 웃음을 지었다.

"밥때가 지냈는디…… 아그덜헌티야 시오 리도 먼 질인디요."

수국이는 그 웃음을 받으며 말했다. 아이들을 앞세우고 사람들이 우르르 길을 건너오고 있었다.

"이 문둥이새끼덜아, 배고프다꼬 타령 그만 허고 뻐떡 물덜 묵으라. 물배 채와야 남은 시오 리 갈 거 아이가."

이런 여자의 말보다 빠르게 네댓 명의 아이들이 다투어 물가로 달려갔다. 그리고 아이들은 엉덩이를 치켜들며 머리를 물 쪽으로 박았다. 수국이는 그런 아이들을 바라보며, 그래도 북간도 물이 서간도 물보다 좋아 끓이지 않고 그냥 마셔도 배탈이 안 나 다행이라고 생각하고 있었다.

"용정 사신 지 오래됐능교?"

여자가 수국이에게 말을 걸었다.

아이들한테서 눈길을 거둔 수국이는 여자를 바라보며 고개를 저었다.

"우째 이리 인물이 좋노. 인물이 고와 그런강, 시집 잘 가 호강허고 사는갑네요."

머리에서 짐을 내려놓은 다른 여자가 부러운 얼굴로 수국이의 모습을 위아래로 훑어보았다.

수국이는 그저 웃음만 지었다. 그런데 그 웃음은 쓸쓸한 듯 스산했다.

"보이소, 용정 어데 우리가 발붙이고 살 만한 데 없겄능교?"

처음의 여자가 물었다. 그 여자의 눈에는 어떤 기대가 어려 있었다.

"저어, 나넌 잘 모르겄는디, 명동촌서 무신 말 못 들었는게라?"

수국이는 대답하기 난처해서 명동촌을 끌어다 댔다. 그들은 명동촌이나 장재촌에서 하룻밤을 묵지 않았을 리 없었고, 그렇다면 거기서 그런 이야기는 어지간히 들었을 것이기 때문이었다.

"듣기야 들었지만도 그 이바구야 다 심 파허는 소리뿐인 기라요. 용정 근동이야 사람이 다 찼으께네 사오백 리 우로 올라가라카는데, 참 앞길이 막막허고 답답한 기라요."

다른 여자가 어깨를 늘어뜨리며 한숨을 내쉬었다.

그 진한 한숨 앞에서 수국이는 아무 말도 할 수가 없었다. 북간도에 와서 알았지만, 북간도는 서간도보다 새로 옮겨오는 동포들이 자리잡기가 훨씬 더 어렵게 되어 있었다. 북간도에는 벌써 사오십 년 전부터 함경도 사람들이 자리잡고 살아온 탓으로 빈 농토라고는 없었던 것이다. 자신이 서간도를 떠나오기 일이 년 전부터 그곳에서도 더 논을 풀 땅이 마땅찮아 새로 옮겨오는 동포들을 길림 쪽으로 올려보내고 있었던 것이다.

"글먼 나 먼첨 갈랑게 쉬었다가덜 오시게라."

수국이는 무거운 마음으로 인사했다.

"야아, 살펴가이소. 고맙심더."

처음 여자가 풀섶에 주저앉으며 인사했다. 그 소리에 한숨이 묻어 있었다.

명절에도 저리 고단한 걸음을 해야 하다니……. 수국이는 그들의 가난한 입성과 볼품없는 짐들이 슬프기만 했다. 강물로 배를 채우느라고 엉덩이를 치켜든 아이들의 모습이 눈앞을 가로막고 있었다. 수국이는 쫓기기라도 하듯 잰걸음을 치기 시작했다.

수국이가 집에 들어섰을 때는 해가 서쪽으로 기웃해져 있었다. 아침에 옷을 차려입고 나간 양치성은 집에 돌아와 있지 않았다.

그려, 그려, 술얼 코가 삐뚤어지게 마셔라. 수국이는 또 이렇게 속으로 뇌며 밤에 해야 할 일을 떠올렸다. 가슴이 두근두근해졌다. 수국이는 나무에 묶인 채 숨이 끊어져 있었던 어머니의 모습을 떠올리며 이를 사리물었다.

수국이는 다시 돈주머니를 확인했다. 간추린 옷보따리도 살펴보았다. 그러나 마음은 가라앉지 않았다. 부엌으로 나갔다. 그때서야 점심을 먹지 않았다는 생각이 났다. 때를 거르지 말고 기운을 모아야 했다.

수국이는 부엌에 선 채로 살강에 놓인 찬밥을 떴다. 그러나 배는 고프면서도 밥맛은 전혀 없었다. 밥에다 물을 말았다. 억지로 몇 숟가락 넘기다가 그만두었다. 저녁밥이나 제대로 먹기로 했다. 수국이는 부엌에서 나와 해를 가늠해 보았다. 저녁밥을 짓기에 아직 일렀다. 지루하고 더디게 가는 하루였다.

양치성은 술이 만취해 밤늦게 돌아왔다. 그는 일본노래를 흥얼거리고 들어오다가 수국이를 보자 뚝 그쳤다.

"저녁 잡수셔야제라?"

수국이는 그가 일본노래 흥얼거린 것을 전혀 못 들은 척하며 생긋 웃었다.

"나 저녁 묵었구마. 자아, 맛난 사탕!"

양치성은 사탕봉지를 기세 좋게 꺼냈다.

"음마, 멀라고 요런 것얼."

수국이는 눈을 살짝 흘기며 사탕봉지를 받아들었다. 그 눈언저리에 교태가 사르르 물결짓고 있었다. 양치성의 취한 눈길은 그 교태에 휘말려 들고 있었다.

"아이고, 요, 요 이쁜 것. 그네 많이 탔드랑가?"

양치성은 살에서 불길이 화끈 일어나는 것을 느끼며 수국이를 얼싸안았다.

"야아, 많이 탔구만이라."

"그려, 그려, 아조 잘혔어. 단웃날 양기 받어 얼렁 내 아덜 한나 낳야제."

양치성은 치마 위로 수국이의 불두덩 아래 깊은 곳을 더듬고 있었다.

"아이…… 불이나 꺼야제……."

수국이는 콧소리를 내며 양치성을 살짝 밀쳤다.

"아이고메 이쁜 거, 요거 이쁜 거."

양치성은 더욱 억세게 수국이를 끌어안으며 아랫도리를 비비댔다. 그는 수국이가 바라는 대로 말려들고 있었다.

발가벗은 양치성은 술냄새 진동하는 숨을 헐떡거리며 제정신이 아니었다. 수국이는 그런 양치성의 방아찧기를 받아내며 이를 앙다물고 있었다. 귓가에서 꽹과리를 쳐대도 모르게 잠에 곯아떨어지게 하려면 술이 취한 것만으로는 불안했다.

일을 끝낸 양치성은 찬물 한 사발을 벌컥거리고는 곧 코를 골아대기 시작했다. 수국이는 가슴에 걸쳐진 양치성의 팔을 뱀처럼 느끼며 그가 더 깊이깊이 잠들기를 기다리고 있었다. 이제 모든 준비는 끝난 것이었다. 마지막 남은 한 가지 일만 해내면 되는 것이었다.

엄니이…….

수국이는 기도하듯 간절하게 어머니를 부르고 있었다. 수국이는 그 일이 잘되게 해달라고 어머니에게 빌고 있었다. 가슴이 뛰는 소리는 차츰차츰 더 크게 울리고 있었다.

양치성이가 무슨 잠꼬대를 하며 돌아누웠다. 가슴에 걸쳐졌던 그의 팔이 옮겨가자 수국이는 살 것 같았다.

양치성은 코를 골아대다가, 이쪽저쪽으로 돌아눕다가, 이빨을 갈아대다가, 네활개를 펴고 누웠다가, 입을 불어대다가 하며 세상 모르고 자고 있었다. 수국이는 오래전부터 양치성의 그런 꼴을 지켜보고 앉아서 흘러가는 시간을 어림하고 있었다. 일을 끝내고 먼동이 틀 무렵에 떠나는 첫 마차를 타야 했다.

새벽녘이 가까웠다는 계산을 한 수국이는 소리 없이 움직이기 시작했다. 속옷을 갈아입고 돈주머니를 찼다. 겉옷을 입고 옷보따리를 꺼냈다. 그리고 숨겨두었던 칼을 찾아들었다.

수국이는 살금살금 양치성에게로 다가갔다. 양치성은 바르게 누워 코를 골아대고 있었다. 팔과 다리가 이불 밖으로 나와 있었다. 이불을 걷어차고 잤으면 얼마나 좋았으랴 싶었다. 그러나 이불을 걷어낼 수는 없었다. 그 순간 잠을 깰 것만 같았던 것이다.

수국이는 가슴을 겨냥하며 칼을 든 두 팔을 치켜들었다.

엄니이!

수국이는 어머니를 외쳐부르며 칼을 내리찍었다. 양치성의 몸이 꿈틀하며 무슨 소리를 냈다.

수국이는 질끈 감았던 눈을 뜨며 옷보따리를 집어들었다. 방을 나서는데 뒤에서 신음소리가 들리는 것 같았다. 그러나 양치성이가 거머잡을 것만 같아 수국이는 뒤를 돌아볼 수가 없었다.

수국이는 희붐한 새벽어둠 속을 뛰어 고샅을 벗어났다. 길거리에는 손수레나 들것으로 물건을 옮기는 장사꾼들이 드문드문 오가고 있었다. 수국이는 마차역까지 줄기차게 뛰었다.

수국이는 서간도 쪽으로 가는 마차에 올라탔다. 먼동이 터오는 속에 마차는 용문교를 건너 달리기 시작했다. 수국이는 옷보따리에 얼굴을 묻은 채 꼼짝도 하지 않고 있었다.

한편, 방대근은 두 번째로 통화현에 와 있었다. 그는 이번에는 누나만을 찾으려고 온 것이 아니었다.

"참말로 하늘도 무심허시제. 요 일얼 어찌야 쓰까 잉."

필녀는 이렇게 말하며 목이 메었다.

방대근은 먼 산만 바라보았다. 필녀의 말은 첫 번째와는 정반대였다.

"아니여, 아무 일도 없을 것이여. 수국이가 얼매나 눈치 빨르고 똑똑타고. 필시 여그로 찾아올 것잉게 기둘려."

그리 장담했던 말은 간데가 없고 필녀는 하늘도 무심하다며 눈물을 글썽였던 것이다. 그 말은 어머니와 누나가 이 세상 사람이 아닐 것이라는 뜻이었다. 그건 거의 틀림없는 말이었다. 자신이 통화를 다녀간 작년 10월부터 치더라도 아홉 달이었고, 경신년 대학살 때부터 계산하면 1년 반의 세월이 지난 것이었다. 그동안 걸어서 왔더라도 통화까지는 열 번도 더 올 수 있는 세월이었던 것이다.

방대근은 어머니와 누나가 살아 있을지도 모른다는 기대를 단념하지 않을 수가 없었다.

"그려, 어쩔 것잉가. 가심에 한이 맺혀도 우선에 참고, 왜놈덜헌티 더 씨게 웬수갚음허는 것으로 한풀이럴 삼아야제."

지삼출의 침통한 말이었다.

방대근은 그 다음 문제를 생각하기로 했다.

"으음, 의열단이라고? 어찌 그런 생각을 하게 되었나?"

송수익은 중국옷에 무릎을 꿇고 앉은 방대근을 물끄러미 바라
보았다.

"예, 지금 형편에서 독립투쟁얼 더 열렬허니 전개허자면 그리허
는 것이 첩경이라고 사료되는구만요."

단정한 앉음새만큼 방대근의 대답은 명료했다.

"그래? 지금 형편이라면…… 어떤 형편을 말하는 것인가?"

송수익은 그 짤막한 대답에서 방대근의 정신적 성장을 직감했
다. 또한 그 말뜻도 충분히 파악하고 있었다. 그러나 그 판단력을
확인해 보려고 다시 질문을 던졌다.

"예, 서간도넌 어쩐지 모르겠습니다만 북간도넌 동포덜 인심이 전
에 비해 많이 달라졌구만요. 독립군에 대한 믿음이 헌저허니 약해
지고, 협조가 잘 이뤄지지럴 않는구만요. 그 원인이 바로 경신참변
에 있다고 생각되는구만요. 독립군헌티 물심양면으로 협조럴 혔는
디 결과넌 동포덜이 수도 없이 왜놈덜 손에 학살당헌 것잉게요. 그
일로 동포덜언 두 가지 생각얼 품고 있구만요. 한 가지넌 왜놈덜 세
력 앞에 해방이 에롭다는 낙담이고, 또 한 가지넌 독립군덜이 끝꺼
정 동포덜얼 보호허지 안혔다는 서운함이구만요. 그러니 그전맨치
로 협조가 될 리 만무 아니겠는게라. 헌디 독립군덜언 무장이 부실
해질 대로 다 부실해져 있으니 새로 무장얼 갖추자면 얼매나 오래
걸리겠는가요. 그래서 생각헌 것이 의열단 입단이구만요."

송수익은 느리게 고개를 끄덕이고 있었다. 방대근이의 판단력은 정확했고, 분석력 또한 명확했다. 그리고 언변도 더 능숙해져 있었다. 송수익은 그런 방대근이가 대견하고도 장해 보였다. 그는 의열단원이 되고자 하는 방대근이한테서 의병투쟁에 나서던 때의 자신을 얼핏 느끼고 있었다.

"그래, 자네의 판단이 정곡을 찌르고 있네. 여기 서간도가 북간도보다 다소 덜할지는 모르나 여기 동포들의 동향도 대동소이하네. 경신년 참변 때 이곳 서간도에서도 학살이 자행됐으니까 그런 생지옥을 겪은 동포들이 그리 생각하게 된 건 지극히 당연한 일일세. 그런데 독립군들이 이동을 단행한 것은 무고한 동포들을 보호하는 동시에 더욱 효과적인 전쟁을 수행하려는 작전계획으로, 이는 어느 나라 어느 군대에서나 취하는 군사행동이지. 그 작전에 왜병들은 당당한 작전으로 맞서지 않고 한다는 짓이 양민들을 대량학살한 것이네. 그건 세계 어느 나라 군대에서도 볼 수 없는 비열함이고 잔혹함일세. 그 문제에 대해서 우리가 한 가지 명심해야 할점이 있네. 그게 무언고 하니, 동포들이 품고 있는 그런 생각이 바로 왜놈들이 대량학살을 자행한 목적이고 노렸던 바란 사실이네. 우리 동포들을 낙담하게 만들고, 공포에 떨게 하고, 또한 독립군을 불신하게 하고, 협조를 못하게 만드는 술수, 그게 바로 왜놈들이 조작해 내는 이간책동술이네. 그러니까 지금 독립군들이 해야 할일은 무장을 강화하기 위해 동포들에게 무작정 협조를 구하는 것이 아니고 왜놈들의 그런 이간책동을 바르게 알리고 이해시켜 가며 민심을 수습하는 것이 급선무일세. 동포들이 곧 조선이고, 동포들이 없고서는 그 어떤 독립투쟁 단체들도 존속할 수 없으니까."

방대근은 자신이 미처 생각하지 못했던 사실을 깨달았다. 그런데 송수익 선생님의 끝부분 말이 마음을 무겁게 눌러왔다.

"예, 선생님 말씀 잘 알아들었구만요. 근디 저어……."

방대근은 말을 꺼내지 못하고 머뭇머뭇했다. 송수익 선생님은 언제나 친근하면서도 어려운 분이었다.

"그래, 무슨 말인데 그러나?"

송수익이 인자하게 웃음지었다.

"저어…… 선생님 말씀얼 어기자는 것언 아닌디……. 지넌 그냥 작심헌 대로 의열단에서 일얼 혀봤으면 허는디요."

"아닐세, 아닐세. 내 말은 자네더러 의열단에 가입하지 말고 그대로 있으라는 게 아니라 우리 독립군들 전부가 당면한 문제를 얘기한 것뿐이네."

지나칠 만큼 명민하게 말을 받아들이는 방대근을 안심시키려고 송수익은 손까지 저으며 말했다.

"예에, 지넌……."

방대근의 얼굴에 안심의 빛이 드러났다.

"헌데, 의열단하고는 어떻게 연이 닿게 된 것인가?"

"예에, 혹시 기억허실랑가 모르겄는디, 신흥무관학교 졸업식날 선생님께 인사디린 지 동무 넷 중에 윤주협이라고 있구만요."

"그래, 기억하지. 범눈에 고향이…… 가만있자, 경기도라 하지 않왔던가?"

"예에, 바로 그 사람이구만요."

방대근은 반색을 했다. 그러면서 송수익 선생님의 그 빈틈없는 기억력에 그만 소스라치고 있었다.

"그 사람이 의열단이던가?"

"아니구만요. 인자 입단얼 헐라고 험서 지보고 함께허자고 권허는구만요."

"으음, 그럴 만도 하군. 의열단은 창단할 때부터 신흥무관학교 출신들이 중심이 되었으니까." 송수익은 한동안 고개를 끄덕이다가, "의열단의 투쟁방법이 마음에 드는 모양이지?" 그는 방대근을 바라보며 넌지시 물었다.

"예, 대규모의 독립군 투쟁이 왜군덜얼 만주로 끌어들였고, 그려서 동포덜얼 그리 상허게 헌 것 아니겠능가요. 앞으로도 또 그럴수가 있응게 인자 투쟁방법을 다양허니 바꿔야 헌다고 생각이 드느만요."

방대근은 긴장하며 대답했다. 송수익 선생님의 질문은 그냥 질문이 아니라 시험을 치르는 것이나 마찬가지였던 것이다.

"그래, 일리가 있는 말이로군. 한데, 혹시 의열단에 가입하려는 마음이 어머님과 누나의 흉사로 더 강해진 건 아닌가?"

송수익은 방대근을 주시했다.

방대근은 송수익 선생님이 묻는 말뜻을 금방 알아차렸다. 혹시 자포자기의 심정으로 결정한 것이 아니냐는 뜻이었다. 그만큼 의열단의 투쟁은 위험하고 맹렬하기로 이미 소문나 있었다.

"그 일로 왜놈덜헌티 원한이 더 깊어지기넌 혔어도 그 일로 맘얼 그리 정헌 것은 아니구만요."

방대근은 보태고 뺀 것 없이 사실 그대로 말했다.

"그렇다면 됐네. 의열단에서 활동하도록 하게. 자네 말대로 투쟁을 다양하게 전개할 필요가 있네."

송수익은 마침내 허락이 아닌 동의를 했다. 그러면서 한편으로 자신에게 그런 의논을 해준 방대근에게 고마움 같은 것을 느끼고 있었다. 그러나 방대근이 자신의 곁을 떠나게 되는 서운함이 더 컸다. 방대근한테서는 부하라고 하기보다는 자식 같은 정을 더 강하게 느껴왔던 것이다. 그러나 방대근은 위험을 아랑곳하지 않고 더 적극적인 대의를 선택해 나서고 있었다. 그 길로 가는 것을 북돋워 주어야 할망정 만류해서는 안 되는 일이었다. 의열단…… 신흥무관학교 출신인 열혈 청년들이 스스로의 몸을 폭탄 삼아 적진으로 뛰어들고 있는 새로운 독립투쟁 단체였다. 1919년 11월에 결성된 이후 3년 동안 조선에서 벌써 여러 차례의 폭탄공격을 감행하고 있었다. 송수익은 독립투쟁의 중심세대가 바뀌고 있음을 실감하고 있었다.

"의열단에 들어가는 것얼 선상님이 참말로 허락허셨단 말이여?"

지삼출은 놀라움을 감추지 못했다.

"아이고 참, 똑겉은 말얼 멫 분썩이나 묻고 그러시오."

방대근이 웃으며 눈을 흘겼다.

"참말로, 니 맘얼 알다가도 몰르겄다 이. 북간도야 사정이 잠 에롭다고 허드라도 여그 서간도서넌 다덜 새로 자리잡고 그전보담 더 압록강 많이 넘어댕김서 잘덜 싸우고 있응게 니도 여그서 총얼 들먼 될 일이제 무신 초 친 맛으로 의열단얼 찾아간다는 것이냐?"

지삼출은 정색을 하고 따지고 들었다.

"아재, 그것이야 선생님허고 다 따진 이얘긴게 더 말헐 것 없소."

방대근은 송수익을 내세워 매정하다 싶게 지삼출의 말을 막았다.

"허 참, 니가 인자 대가리 여물었다고 이 아재도 눈 밑으로 뵈는 갑다 잉." 지삼출은 헛웃음을 치고는, "대근아, 니 참 무정허다 와. 우리넌 니 보내고 못살겄는디 니넌 우리 없이도 살아진다 그 말이다냐?" 그는 이제 인정의 끈으로 대근이를 묶으려 하고 있었다.

"아재, 공연시 그런다고 떠날 기차가 안 띠나는 것 봤소?"

"그려, 대근이가 사내넌 사내다."

필녀가 눈물을 찍어내며 말했다.

"글먼 어디로 가는 것이여?"

지삼출의 맥풀린 목소리였다.

"북경이구만이라."

아무도 더는 말이 없었다.

수국이는 통화에 도착해서도 필녀를 만날 때까지 사흘이 더 걸렸다. 서로군정서가 이동했다가 되돌아오면서 그전의 조직거점들을 변동시켰던 것이다. 그 계획에 따라 송수익 휘하의 거처도 다른 곳으로 바뀐 탓이었다.

"아니, 요것이 누구여, 요것이 누구여……."

갑자기 수국이를 대한 필녀는 잠시 어리둥절해져 정신을 차리지 못했다.

"나여, 나, 수국이……."

머리카락을 쓰다듬어 올리고 있는 수국이의 얼굴도 목소리도 울고 있었다.

"아이고메 이 가시내야, 니가 참말로 살아왔구나, 니가 살아왔구나!"

필녀는 수국이를 와락 끌어안으며 통곡하듯이 울음을 터뜨렸다. 수국이도 필녀를 마주 끌어안으며 쏟아지는 눈물을 주체하지 못했다.

"근디 어찌서 니 혼자다냐……?"

울음을 추스르며 필녀가 수국이의 눈치를 살폈다.

"소문 들었겄제, 경신년 난리판굿. 엄니넌 그적에 화럴 당해……."

"어쩌끄나, 기엉코 그리되았구나!"

필녀는 발로 땅을 굴렀다. 그리고 수국이와 함께 새로운 눈물을 흘렸다.

"아니, 니 그간에 시집갔네!"

뒤늦게 수국이의 낭자머리를 알아본 필녀가 반짝 반색을 했다.

"아니여, 이얘기가 질고 진께 그 이얘기넌 이따가 혀."

수국이는 얼굴이 싸늘하게 굳어지며 고개를 저었다. 그 차가운 기색에 필녀는 문득 긴장하며 더 말을 묻지 않기로 했다. 그전부터

수국이가 그런 기색으로 입을 다물면 제물에 기분이 풀릴 때까지
는 입을 열지 않는 성깔이었던 것이다.

"어런덜헌티 인사디래야제."

수국이가 소매끝으로 눈물을 훔치고 손으로 얼굴을 쓰다듬으며
말했다.

"잉, 그래야제. 그려, 인사디래야제."

필녀는 건성으로 대꾸하고 있었다. 속으로 딴생각을 하고 있기
때문이었다. 대근이의 이야기를 꺼내야 할지 말아야 할지 종잡을
수가 없었던 것이다. 기분 내키는 대로 하자면 그 이야기를 해버리
고 싶었지만 막상 수국이가 너무 심란스러워 보여 말을 꺼내기가
주저되기도 했다. 그 이야기도 한두 마디로 될 일이 아닌 데다가,
수국이를 상심시킬 것이 짐스러웠던 것이다. 필녀는 그 이야기를
딴사람에게 넘기기로 마음 정하고 말았다.

"아재, 혹시 우리 대근이 여그 안 찾아왔등게라?"

그런데 지삼출에게 인사를 하자마자 수국이가 꺼낸 말이었다.

"아니, 그 이얘기 안직 안 해줬능가?"

지삼출이 얼른 필녀를 쳐다보았다.

"머시냐, 딴 이얘기덜 허니라고 그럴 새가 없어서……."

필녀는 당황해서 말을 얼버무렸다.

"아이고, 자네가 한걸음 늦어부렀네그랴. 북경으로 떠난 지가 한
열흘 되았는디."

"아이고메 엄니, 우리 대근이가 살았드란 말이다요?"

수국이의 말은 말이라기보다 차라리 울음 섞인 환성이었다.

"아니, 글먼 죽은지 알었드랑가? 자네 엄니허고 자네 생사럴 알 아낼라고 여그럴 두 번썩이나 온 사람인디."

"고것이 어찌 된 일이다요? 잠 세세허니 이얘기해 줏시요."

두 손으로 가슴을 누르고 있는 수국이의 눈에는 눈물이 그렁그렁했다.

"이, 고것이 어찌 된 일인고 허니……."

지삼출이 헛기침으로 목을 가다듬으며 느릿하게 이야기를 시작하려고 했다.

"아이고메 아재, 그래 갖고넌 밥 타고 솥 타고 애간장꺼정 다 타불겄소. 나가 헐랑게 아재넌 담배나 태우씨요."

필녀가 소매끝을 걷어올리며 나섰다.

수국이가 제 동생이 북경으로 떠나버린 것에 상심할 줄 알았는데 엉뚱하게 살아 있다는 것에만 감복하자 필녀는 안심을 하고 그동안의 이야기를 쪼르륵 해나갔다.

수국이가 겪은 이야기들은 저녁을 먹은 다음 모두가 모여앉아 들었다. 이야기 중간중간에 한숨소리들이 섞였고, 여자들은 눈물을 훔쳤다.

"나가 빙신이시. 조사럴 허고도 양치성이 그놈이 그런 줄얼 몰랐시니."

지삼출이 제 가슴을 쳤다.

"그놈이 숨 똑 끊어진 것얼 봤나?"

필녀가 불안한 기색으로 물었다.

"음마, 그런 정신 어디 있었간디?"

"애썼네. 대근이한테 곧 연락 취험세."

송수익이 자리에서 일어나며 말했다.

8

연해주의 빨치산

블라디보스토크는 일본군에 완전히 장악당해 있었다. 일본군이 출병과 동시에 막대한 병력으로 장악한 또 하나의 도시가 나홋카였다. 그 두 도시의 공통점은 항구였던 것이다.

특히 블라디보스토크에서 동쪽으로 600리쯤 떨어져 있는 나홋카항구는 이중 삼중으로 경비가 삼엄했다. 그럴 수밖에 없는 것이 군인들이나 군수물자의 수송이 대부분 그 항구에서 이루어지고 있었던 것이다. 왜냐하면 나홋카항구는 블라디보스토크항구보다 일본에서 더 가까울 뿐만 아니라 한겨울에도 얼어붙지 않는 부동항이었던 것이다.

나홋카라는 항구 이름부터가 희한했다. 러시아말인 나홋카란 '횡재로다!' 하는 뜻이었다. 그건 다름이 아니라 동쪽으로 영토를 확장해 나오던 러시아군이 마침내 그 항구에 이르게 되었다. 그런데 그 항구가 너무 아름다울 뿐 아니라 부동항이라는 것을 알게 된 사령관이 부르짖은 말이 '횡재로다!'였다.

나홋카항은 그런 부르짖음이 터져나올 만큼 그 경치부터가 아름답기 그지없었다. 나홋카항은 감탄이 절로 나올 만큼 그 생김이 절묘하고 신비스러웠다. 왜냐하면 두 팔로 동그라미를 그리되 두 손끝을 맞대지 않고 손바닥이 서로 약간의 간격을 띄워 엇갈리고 있는 것 같은 형상으로 두 개의 산줄기가 항구를 에워싸고 있었던 것이다. 그런데 그 산들의 모양이 또한 기이했다. 흙이 많아 그저 두루뭉실한 산이 아니고 흙을 거의 털어내고 날이 서고 각이 선 산들이 제각각 모양을 달리하고 있었다.

그 산줄기에 에워싸여 있는 맑고 푸른 물은 바다라기보다는 커다란 호수 같았다. 산줄기가 바람을 막아 물은 언제나 잔잔했다. 그 잔잔한 물에 온갖 모양의 산들이 그대로 비치고 있었다. 그 경치는 감탄할 만큼 절경이었다. 더구나 두 손바닥이 약간 간격을 벌리고 있는 것 같은 그곳으로 배가 드나드는 먼 모습까지 합해지면 그 경치는 절경을 넘어 신묘할 뿐이었다.

그런데 경치만 그리 빼어난 것이 아니었다. 항구로서의 실용성 또한 뛰어났다. 그 항구는 산줄기에 아늑하게 감싸여 있어서 어떠한 폭풍에도 풍랑이 일지 않았고, 아무리 추운 겨울에도 어는 일이 없었다. 그뿐만 아니라 수심이 깊어 큰 배들도 마음껏 드나들 수 있었다. 그러니 '횡재로다!' 하고 부르짖지 않을 수 없는 일이었다. 또한 러시아땅을 탐내고 있는 일본군들이 그 천연의 요새인 나홋카항을 철통같이 경비하는 것도 지극히 당연한 일이었다.

그런데 일본군들이 그렇게 중요하게 여기는 요새일수록 일본군과 싸우는 빨치산들도 그곳이 중대할 수밖에 없었다. 그런 곳에는 비밀정보가 너무나 많았던 것이다.

빨치산들이 가장 중요하게 생각하고 있는 정보수집처는 두 곳이었다. 그건 나홋카와 블라디보스토크였다. 블라디보스토크도 한겨울 서너 달만 얼 뿐이지 부두에서 바로 철도가 연결되고 있는 중요한 항구였다. 시베리아 넓은 지역으로 군인과 군수품들을 수송하자면 그 철도가 가장 신속하고 편리했던 것이다. 그러니까 그 두 개의 항구에 정보원이 침투하게 되면 일본군의 이동상황과 군수품 반입현황을 환히 알 수 있는 것이었다.

그래서 빨치산에서는 그 두 곳에 정보원들을 심어놓고 있었다. 그 정보원들은 부두노동자로 위장되어 있었다. 일본군은 경비를 철통같이 하면서도 부두의 노동자들을 군인이나 일본노동자들로 뒤바꾸지 않았다. 그것이 일본군들이 내보인 허점이었다. 그전부터 일해 오던 부두노동자들은 거의가 조선사람과 러시아사람이었다.

그리고 빨치산조직에서는 그 정보원들과 연결되는 선(線)요원들을 언제나 강화하고 있었다. 선요원들의 선발조건은 까다로웠다. 젊어야 하고, 교육을 받았어야 하고, 몸이 튼튼해야 하고, 의지력이 강해야 하고, 전투경력이 있어야 하고, 독립정신이 투철해야 했다.

이광민이 윤철훈을 처음 만난 것은 수청(빨치산스크)과 해삼위(블라디보스토크) 사이에 뻗어 있는 시호테알린산맥의 선요원 훈련소에서였다. 선요원 조직은 1개조 2명이었다. 그런데 이광민과 윤철훈은 같은 조였다. 현지 지리를 잘 아는 사람과 그렇지 못한 사람을 안배한 조편성이었다.

"잘 받들겠습니다."

"아니, 무슨 말씀입니까."

이광민은 첫 대면에서부터 윤철훈을 조장으로 대접했다. 물론 조장이라는 임명제도가 있는 것이 아니었다. 그러나 윤철훈은 투쟁경력으로나 나이로나 자신이 존대해야 할 사람이었던 것이다. 윤철훈은 일본군이 시베리아에 출병한 1918년 8월부터 벌써 3년 동안이나 선요원으로 활동해 오고 있는 경력자였다.

그런데 이광민이가 윤철훈을 그렇게 대하게 된 데는 또다른 이유가 있었다. 이광민은 몹시 불안상태에 빠져 있었던 것이다. 그건 홍범도부대가 해체된 것이나 다름없이 되면서 생긴 증상이었다.

자유시참변으로 적군(赤軍)에 소속된 독립군들은 10월에 들어서면서 수청 일대의 빨치산투쟁에 투입되었다. 공동의 적인 일본군과 싸우기 위해 적군과 연합하고 있는 독립군에게 큰 변화가 일어났다. 그건 홍범도 장군의 은퇴였다. 홍범도 장군은 이미 54세로 빨치산투쟁을 지휘하기는 무리인 나이였다. 그런 줄을 다 알면서도 그러나 부대원들의 사기는 저하되었다. 그런 데다 적군과 혼성부대가 편성되면서 부대원들 일부가 분산되지 않을 수 없었다. 그건 실질적인 홍범도부대의 해체나 다름없었다.

이광민은 그때부터 불안해지기 시작했다. 홍범도 장군 없이 전투가 벌어지면 꼭 질 것만 같은가 하면, 어딘가 외톨이로 동떨어져 있는 것 같기도 했고, 그만 어디 다른 데로 떠나야 될 것만 같기도 했다. 그 불안감은 떼치려 하고 이기려 해도 뜻대로 되지 않았다. 그렇다고 누구에게 그런 심정을 털어놓을 수도 없었다.

그런데 그 불안감은 선요원으로 뽑히면서 더 심해졌다. 그야말로 대원들과 떨어져 외톨이가 되다시피 한 것이었다. 그런 데다가 완전히 달라진 임무에 대한 두려움까지 겹쳐지고 있었다. 이광민은 혼자 추스를 수 없는 그런 감정에 시달리다가 윤철훈을 만나게 된 것이었다. 이광민은 윤철훈을 대하자마자 그 강인한 인상에 이끌렸다. 그의 인상은 미리 알고 있었던 경력과 잘 어울렸다. 이광민은 그 사람에게 의지하고 싶었고, 그 사람은 자신을 붙들어줄 것 같았던 것이다.

"우리 임무는 정보수집이나 지령전달만이 아니오. 차차 알게 되겠지만 그때그때 여러 가지 일을 해야 하오. 그러자면 우리가 활동하는 지역의 지리를 빨리 익히는 것이 급선무요. 우리의 활동지역은 대개 여기 우스리스크(소학령)에서 해삼위를 거쳐 나홋카, 그리고 나홋카에서 수청을 거쳐 우스리스크까지로 보면 될 것이오. 그러나 어떤 때는 여기 두만강변의 연추영(포시에트)까지 가거나, 중국국경을 넘어 만주에 들어갈 때도 있소. 우리의 임무가 중요한 만큼 위험하기도 하오. 허나 전투에 참가하는 것보다 어쩌면 목숨은 더 안전할 수도 있소. 왜놈들과 맞총질을 하는 것이 아니라 왜놈들을 피해다니는 거니까. 그러자면 지리를 잘 익혀야 되지 않겠소?"

윤철훈은 지도를 펴놓고 지명을 짚어가며 이렇게 말했다.

"예, 알겠습니다."

"그러면 지리를 익히는 첫 번째 일을 합시다. 지금 우리가 있는 곳이 수청이요. 여기서부터 해삼위까지는 480리요. 큰길을 따라 걸어가면서 어디쯤에 우리 동포들의 동네가 있고, 어디가 러시아 사람들의 동네인지, 또 어디에 샛길들이 나 있는지 익히도록 하시오. 그리고 가다 보면 일본군들의 막사가 있는데, 그게 어느 지점에 몇 개씩이나 있는가도 기억하시오. 내일 아침 일찍 출발해서 사흘 후에 해삼위에서 나랑 만납시다."

"예에? 그, 그럼 저 혼자 간단 말입니까?"

이광민은 소스라치게 놀라고 말았다.

"허허허…… 뭘 그리 놀라고 그러시오." 윤철훈은 여유만만하게 웃으며 담배를 권하고는, "아무 걱정 마시오. 대낮에만 큰길을 걷는 데다가 농부 차림을 할 테니까 전혀 위험하지가 않소. 일본군들은 러시아식 옷을 입은 조선사람이나, 조선장사꾼들은 의심해도 농부들은 전혀 의심하지 않소. 농부들은 무식해서 아무짝에도 쓸모 없다고 무시하는 거요. 그러나 만약에 검문을 당하는 경우를 생각해서 대비할 게 있소. 이 동지는 수청 원봉마을에 사는 김상길인데 해삼위 스보르스카야 큰형님댁에 아버지 제사를 지내러 가는 것이오. 큰형님 이름은 김상호요."

"아니, 만약 그 거짓말이 들통나게 되면 어찌 됩니까?"

"허허허허…… 그게 거짓말 같소?"

윤철훈은 호탕하게 웃으며 되물었다.

"그럼 정말이란 말입니까?"

"그렇소. 그 사람들은 지금 엄연히 살아 있는 사람들이오."

"아, 예에……." 이광민은 그 치밀성에 저으기 놀라며, "그럼 윤 동지는 신한촌의 김상호 씨 집에서 만나게 되는 겁니까?" 조심스럽게 물었다.

"역시 눈치가 빨라서 좋소. 그 집에서 사흘 후에 만납시다."

이광민은 다음날 새벽에 농부로 치장했다. 허름한 한복만 준비된 게 아니었다. 지게에는 짚신 두 켤레까지 매달려 있었다.

"이건 쌀 닷 되와 콩 두 되요. 제사에 가져가는 제물이오. 혹시 검문을 당하게 되면 일본군들보다는 조선놈 통변을 조심하시오. 그놈들 눈을 쳐다보지 말고 그냥 겁먹은 시늉을 하며 굽실거리시오. 사흘 후 해거름에나 도착하게 될 것이오. 그날 밤까지 안 오면 못 오게 된 것으로 알고 나는 해삼위를 뜨겠소. 만약 다음날 그 집에 도착하면 그 집에서는 이 동지를 아는 척하지 않을 것이오."

찬바람 도는 윤철훈의 말이었다.

이광민은 밀려나오려는 말을 눌렀다.

"무슨 할 말이 있소?"

"아닙니다. 없습니다."

"됐소. 이건 사흘치 노자요. 최소의 숙식비니까 알아서 쓰시오. 대략 100리 간격으로 있는 마차역에서 숙식을 해결할 수 있을 것이오. 어두워지면 절대로 걷지 마시오. 검문이 심하고, 자칫 잘못하다가는 사격을 당할 수 있으니까. 최종적으로 물을 말 있으면 물으시오."

"없습니다."

이광민은 어금니를 맞물었다.

"됐소. 사흘 후에 만납시다."

윤철훈이 손을 내밀었다.

이광민은 그의 손을 잡았다. 그런데 느닷없이 손아귀에 가해져 오는 힘에 놀라며 이광민은 뒤늦게 힘을 썼다. 이광민은 손아귀에 느껴져 오는 그 거센 힘 속에서 윤철훈의 뜨거운 마음을 느끼고 있었다.

이광민은 지게를 짊어지고 길을 잡았다. 길은 서쪽으로 뻗어가고 있었다. 그 길 480리를 사흘 만에 걸어가야 했다.

다음날 그 집에 도착하면 그 집에서는 이 동지를 아는 척하지 않을 것이오.

윤철훈의 말이 쟁쟁히 울리고 있었다. 아는 척하지 않는다. 그 표면적 뜻은 조직원으로 취급하지 않는다는 것이었다. 그러나 내면의 뜻은 그게 아니었다. 그건 바로 제거를 의미했다. 그동안 왜놈들의 앞잡이로 변질되었을지도 모르기 때문이었다. 아니, 변질되었다고 단정하는 것이었다. 그건 잔인함이 아니었다. 이미 서약한 조직의 규율이었다. 그만큼 선요원의 임무가 막중한 탓이었다.

480리를 사흘 동안에 가자면 하루에 160리씩 걸어야 했다. 그것도 빈 몸이 아니라 지게에 곡식 일곱 되를 지고서, 그건 보통 장정의 기운으로 벅찬 일이었다. 그러나 이광민은 그것만은 자신이 있었다. 몇 년 동안에 걷는 단련은 충분히 되어 있었다. 청산리전투를 끝내고 밀산으로 이동하면서 겪었던 고생은 평생 잊을 수 없도록 뼛속에 아로새겨져 있었다. 모두 하복 차림인데 11월의 찬바람은 놀아치고, 하루에 한 끼를 먹기가 어렵고, 일본군들은 추격해 오고, 하루에 200리씩의 강행군이 계속되고 있었다. 그 혹독한 행군을 무사히 끝내고 나서부터 걷는 데는 자신이 붙게 되었던 것이다.

이 첫 번째 일이 길을 익히는 것만이 아니라는 것을 이광민은 잘 알고 있었다. 이건 선요원으로서의 종합적인 시험이었다. 이 한 가지 일로 담력을 보려는 것이었고, 기동력을 보려는 것이었고, 치밀성을 보려는 것이었다.

이광민의 마음속에는 그동안에 느껴왔던 불안감과 두려움 대신 오기와 독기가 채워지고 있었다. 어차피 넘지 않으면 안 될 산이었다. 차라리 혼자 이렇게 내동댕이쳐지게 되니까 오히려 불안감과 두려움이 잦아드는 것 같기도 했다.

이광민은 줄기차게 걷고 있었다. 그런데 끈질기게 달라붙어 떨어지지 않는 생각이 있었다. 윤철훈이가 뒤따라오고 있는 것인가……? 몇 번이고 뒤를 돌아보고 싶었다. 그러나 그럴 수도 없었다. 누구에겐가 의심 살 행동을 해서는 안 되었고, 만약 윤철훈이가 뒤따라오고 있다고 해도 눈에 띄게 할 리가 없었다. 그는 보호자이면서 감시자인지도 몰랐다.

이광민은 점심 요기하는 시간도 아꼈다. 러시아 흑빵과 소금에 절인 생선 두 쪽을 사서 걸으면서 먹었다. 그러지 않고는 해가 짧아져서 하루 양을 다 못 채울지도 몰랐던 것이다.

시호테알린산맥은 하루종일 따라오고 있었다. 거의 왼쪽에서 따라오다가 어느 때는 앞을 가로막아 휘도는 길을 따라 고개를 넘기도 했다. 이광민은 실제로 걸어보는 것이 얼마나 중요한지를 마침내 느끼고 있었다. 시호테알린산맥이 그저 막연하게 길다고만 생각해 왔던 것이다. 그러나 비로소 얼마나 긴지를 확실하게 실감할 수 있었다. 그리고 산봉우리들의 다양한 생김새도 눈에 익히게 되었다. 특히 마을과 산봉우리와 연결시켜 기억에 담는 것은 걷지 않고는 할 수 없는 일이었다.

이광민은 어둑어둑해져서 걷기를 멈추었다. 하루종일 걸으면서 검문 같은 것은 당하지 않았다. 일본군들이 타고 지나가는 자동차를 세 대 보았을 뿐이었다. 마차역에 일본군들이 배치되어 있었지만 이광민은 아무 통제를 받지 않았다. 일본군들은 마차에 오르고 내리는 사람들에게만 눈길이 쏠려 있었다.

이광민은 반은 졸면서 저녁을 먹었다. 하루종일 쉬지 않고 걸은 피로가 감당할 수 없이 밀려들고 있었던 것이다. 이광민은 저녁을 먹자마자 깊은 잠에 빠져들었다.

시호테알린산맥은 이튿날 점심 무렵까지 따라오다가 슬며시 자취를 감추었다. 그 산맥이 사라지자 길 양쪽으로 평지가 펼쳐졌다. 그러니까 시호테알린산맥은 자그마치 240리에 걸쳐서 뻗어 있었다. 그 산맥 때문에 빨치산들이 번성하고, 일본군들이 고전을 면치 못한다는 말은 전혀 과장된 것이 아니었다.

평지에 논이 보이기 시작하면 얼마 가지 않아 어김없이 조선사람들의 마을이 나타나고는 했다. 조선사람들은 러시아땅에까지 와서도 벼농사를 짓지 않으면 안 되는 민족이었다. 쌀밥을 먹지 않으면 안 되는 사람들. 그것만으로도 한민족으로서의 특색은 충분했다. 조선사람들은 두만강을 건넌 순서대로 정착하기 시작해 땅을 찾아 동쪽으로 이동하면서 해삼위에 이르고, 거기서 다시 북쪽으로 발길을 돌린 사람들이 우스리스크와 이만을 거쳐 하바로프스크에 이르는 2천여 리에 퍼진 것이다. 그리고 다른 한쪽은 동쪽으로 더 나아가 나홋카와 수청 일대에 자리잡은 것이다.

해거름이 되어 일본군 막사들이 나타나기 시작했다. 그 막사들은 높직한 언덕바지에 붉은 벽돌로 큼직큼직하게 지어져 있었다. 이광민은 긴장감을 느끼기 시작했다. 그러나 그는 붉은 벽돌막사에서 느끼는 증오감이 훨씬 더 컸다. 붉은 벽돌막사는 일본인들의 침략야욕을 거침없이 드러내고 있었기 때문이다. 그들은 시베리아 출병으로 이 땅을 영원히 차지할 작정으로 군인들의 막사부터 붉은 벽돌로 튼튼하게 지어낸 것이었다.

이광민은 저녁을 먹자마자 어제보다 더 심한 잠의 파도에 휩쓸렸다. 그러면서도 그는 불안을 안은 채 잠으로 빠져들었다. 제대로 걷고 있는지 불안했던 것이다.

사흘째에는 어둠침침해서 잠이 깼다. 불안감 때문인지 몰랐다. 마음 같아서는 길을 나서고 싶었지만 만일의 사태가 염려되어 그럴 수가 없었다. 어둠이 걷히기를 기다리며 벽에 기대 꾸벅꾸벅 졸 았다.

먼동이 트기 시작하자 길을 나섰다. 아침 대신으로 콩 두 주먹 을 씹으면서 걸었다. 날콩의 비린내쯤 익숙해진 지가 이미 오래였 다. 뱀도 날것으로 먹어치우는 비위에 날콩이야 없어서 못 먹는 영 양식이었다. 콩이 덜 볶아져 비린내가 난다고 한입 가득 씹던 인절 미를 뱉어냈던 일이 꿈만 같았다. 그게 장가를 들고 나서 한 짓이 었다. 그 일로 아내는 얼마나 궁지에 몰렸을 것인가. 그러나 아내를 딱하게 생각할 줄을 몰랐다. 누나보다 나이가 더 많은 아내에게 정 이 붙지 않았다. 그런데도 아이는 생겨났다.

이광민은 고개를 내둘렀다. 아이의 얼굴은 흐릿한데 아내의 얼굴 은 또렷하게 떠올랐던 것이다. 아내를 생각하고 싶지 않은 것이 아 니었다. 그런 생각으로 지형을 놓치고 지나가면 큰일이었다. 윤철훈 은 이곳저곳의 위치를 물어볼지도 몰랐던 것이다.

붉은 벽돌막사들은 갈수록 많았다. 초소도 자주 나타났다. 오가 는 군인들의 차량도 많아졌다. 해삼위로 차츰차츰 가까워져 가고 있다는 증거였다.

해삼위 초입에서 검문을 당했다. 그 검문소에서는 해삼위로 들고 나는 사람들을 빠짐없이 검문하고 있었다. 초소도 양쪽에 설치되 어 있었다.

일본헌병은 이광민의 쌀자루와 콩자루를 다 쏟았다. 그리고 옷 고름과 바지끈을 풀게 해서 몸을 샅샅이 뒤졌다. 아무것도 나오는 것이 없어서 이광민은 무사히 검문소를 통과했다.

신한촌에 들어섰을 때는 뉘엿뉘엿한 해가 넓은 만을 붉게 물들이고 있었다.

아아, 생각보다 빨리 왔구나!

이광민은 두 팔을 뻗치며 아무 소리나 목청껏 외치고 싶었다.

내가 더 빨리 왔을지도 모른다!

이광민은 새롭게 솟구치는 기운으로 스보르스카야로 발길을 서둘렀다. 윤철훈이 가르쳐준 김상호의 집은 쉽게 찾았다.

"형님, 형님, 상길이 왔습니다."

이광민은 암호를 댔다.

이내 방문이 열리면서 한 남자가 나왔다.

"윤 나는 철판을 압니까?"

그 남자가 무표정하게 낮은 소리로 물었다.

"예, 훈춘에서 납니다."

이광민은 '윤철훈'이라는 2단계 암호를 댔다.

"수고하셨소. 너무 빨리 와서 놀랐소."

그 남자가 이광민의 손을 덥석 잡았다.

그 남자는 방으로 들어가지 않고 뒤란으로 돌아갔다. 그리고 뒷울타리의 문을 열고 두 집을 옆으로 거쳤다. 그리고 다시 한 집을 위로 지나서 그 옆집에서 발을 멈추었다.

"수청에서 도착했소."

그 남자의 말과 함께 방문이 벌컥 열렸다. 얼굴을 내민 사람은 농부 차림의 윤철훈이었다.

이광민은 맥이 풀리는 것을 느꼈다. 그리고 갑자기 피로감이 엄습해 왔다.

"이 동지, 수고했소, 수고했소."

윤철훈이 이광민을 얼싸안으며 속삭이듯이 그러나 끈끈하고 떨리는 목소리로 말하고 있었다.

이광민도 윤철훈을 끌어안으며, 당신이 나를 이길 줄 알았다고 생각하고 있었다.

"이 동지가 이렇게 빨리 올 줄은 몰랐소. 내가 조금만 더 늦었더라면 손님 대접이 이상하게 될 뻔했소."

윤철훈이 방에 자리잡으며 말했다.

"헌데, 어찌 이리 빨리 오셨습니까?"

이광민은 자신이 어디쯤에서 추월을 당했는지 알 수가 없었던 것이다.

"아, 나는 다른 볼일이 있어서 나홋카 쪽으로 뚫린 길로 왔소. 그길은 수청 쪽 길보다 한 30리 가깝소."

윤철훈이 말하는 길은 시호테알린산맥을 가운데 두고 이광민이 걸어온 길과 반대쪽에 있었다. 이광민은 그때서야 자신과 윤철훈이 서로 다른 길에서 경주를 했다는 것을 알았다.

"우리가 서로 길을 바꿨더라면 틀림없이 내가 늦게 도착했을 것이오. 이 동지가 홍범도 장군 휘하인 줄은 알았지만, 참 대단하시오."

"원 별말씀을……."

자기를 낮추며 상대방을 칭찬하는 윤철훈의 그 도량과 호탕함에 이광민은 새로운 친근감과 신뢰감을 느끼고 있었다. 그리고 윤철훈이 그리 만족해할 만큼 일을 해냈다는 자신감이 뿌듯하게 차오르고 있었다.

이광민은 물 한 사발을 마시고 나서야 몸과 마음을 다 풀어놓으며 벽에 등을 기댔다.

"이 동지, 이 동지가 길만 익힌 줄 알지요?"

윤철훈이 담배연기를 내뿜으며 빙긋이 웃고 있었다.

"……."

이광민은 윤철훈을 빤히 쳐다보았다.

"이 동지는 길만 익힌 게 아니라 또 한 가지 큰일을 해냈소. 그게 뭔지 아시오? 대량의 아편을 운반했소."

"예에?"

이광민은 반사적으로 벽에서 등을 뗐다.

"허허, 놀랄 만하오. 허나 미리 말하지 않은 건 괜히 긴장시켜 일을 그르치지 않기 위해서였소."

"아니, 그게 어디에 있었단 말입니까?"

이광민은 도무지 알 수가 없었다. 혹시 콩알들의 속을 파내고 어찌한 것인가 하는 생각을 하고 있었다.

"이 동지도 모르겠지요? 그러니 날고 긴다는 왜군 헌병들이라고 알 리 있겠소? 그건 이 동지가 지고 온 지겟다리 속에 들었소. 우리가 새로 강구해 낸 방법이오."

윤철훈이 씨익 웃었고, 김상호라는 남자도 빙그레 웃고 있었다.

"정말 몰랐기 다행입니다."

이광민도 웃으며 담배에 불을 붙였다.

다음날 이광민은 혼자서 해삼위를 떠났다. 지게에는 소금에 절인 생선 예닐곱 마리가 얹혀 있었다. 그러나 이광민은 윤철훈이가 부두에서 빼낸 일본군에 대한 정보를 입수해 가지고 가는 것을 모르고 있었다.

이광민은 올 때와는 다르게 나홋카 쪽의 길을 택했다. 그리고 오후에 미리 지정해 놓은 마차역에서 윤철훈과 합류했다. 나흘 동안에 나홋카까지 620리의 길을 걸었다. 그러나 나홋카 시내로는 들어가지 않았다.

"나홋카 시내로는 안 들어가도록 돼 있소. 경비가 너무 삼엄해 얻는 것보다 잃는 것이 더 많을지 모르는 위험 때문이오."

윤철훈은 나홋카를 얼마 안 남겨놓은 지점에서 샛길로 빠지며 말했다.

논길을 한동안 걸었다. 이미 추수가 끝나 벼그루터기들만 남아 있는 들판에는 회색빛 적막만 가득했다. 드문드문 일손을 놀리고 있는 농부들의 모습마저도 쓸쓸해 보였다. 가을 없이 빠르게 닥치는 대륙의 겨울이 어느덧 고개를 들고 있었다.

윤철훈은 논가에 볏단을 쌓고 있는 어떤 남자에게로 다가가고 있었다.

"안녕하세요, 애쓰십니다."

"어서 옵세. 뉘기?"

그 남자가 윤철훈의 인사를 받으며 이광민을 빠르게 훑었다. 그때서야 이광민은 그 남자가 노인이라는 것을 알았다.

"예, 새로 보충된 대원입니다."

이광민은 윤철훈의 말에 따라 꾸벅 인사를 했다. 노인은 무뚝뚝한 얼굴로 이광민을 다시 한 번 쳐다보았다.

"그 밤나무!"

"예, 그만 가보겠습니다."

그들은 노인을 지나쳐 다시 걷기 시작했다. 이광민은 그런 노인까지 정보원 역할을 하고 있는 데 놀라지 않을 수 없었다. 그리고 그 접선도 아주 그럴듯했다. 그 누가 보거나 동네사람들끼리 잠깐 인사를 나누는 것처럼 자연스러웠던 것이다.

마을이 있는 야산을 에돌아 한참을 걷자 멀리 보이던 산이 가까워져 있었다. 그들은 산속으로 들어가 또 얼마 동안 걸었다. 윤철훈은 아름드리 나무 앞에서 걸음을 멈추었다. 그리고 수북이 쌓인 낙엽들을 헤치기 시작했다. 조그만 돌이 하나 나왔다. 다시 그 밑을 파헤쳤다. 기름종이로 싼 아주 작은 뭉치가 나왔다. 윤철훈은 빠른 손놀림으로 다시 흙을 고르고 낙엽을 덮었다. 아까하고 다를 것이 없이 감쪽같았다.

이광민은 그런 식으로 한 달에 걸쳐서 우스리스크 일대까지 지리를 샅샅이 익혀나갔다. 그러나 선요원은 낮에만 활동하는 것이 아니었다. 일이 생길 때마다 위장을 달리 해가며 밤낮을 가리지 않고 움직였다.

이광민은 넉 달이 지나면서 수청 일대의 산악지대를 다 돌면서 빨치산부대가 50여 개인 것을 알았다. 큰 부대는 인원이 삼사백 명이었고, 작은 부대는 사오십 명씩이었다. 그 부대들의 전체 대원들 중에서 3분의 2 정도가 조선사람들이었고, 나머지가 러시아인들이었다. 거의가 두 나라 사람들이 함께 편성된 혼합부대였다. 그런데 부대장들은 조선사람들이 더 많았다. 왜냐하면 일본군이 출병한 1918년부터 1920년까지 조선사람들이 독자적으로 빨치산활동을 전개해 오다가 적군(赤軍)은 그 다음부터 합류한 때문이었다. 그러나 몇 개의 부대는 조선사람들로만 이루어져 있기도 했다.

그런데 수청이라는 곳은 아주 묘하게 생긴 산악지대였다. 석탄이 많이 나오는 그곳은 굽이굽이 산줄기였고, 첩첩이 산줄기였다. 그런데 특이한 것은 겹을 이루고 있는 산줄기들이 별로 높지 않으면서 그만한 높이로 다른 산줄기들과 연결되어 있었고, 그 산줄기들은 서로서로 손을 잡듯이 여러 가지 모양의 큰 동그라미를 그려내며 분지를 품고 있었다. 그 모양을 산봉우리에서 바라보면 마치 사방연속무늬가 퍼져나가고 있는 것 같았다. 그런데 그 분지마다 조선사람들이 논밭을 일구어 마을을 이루고 있었다.

빨치산부대들은 그 산줄기들을 타고 다니며 일본군들과 싸우고 있었다. 좌에서 치고 우로 빠지고, 동에서 치고 서로 빠지고, 남과 북에서 협공을 하고, 그보다 더 좋은 빨치산투쟁지는 없었다. 그곳을 '빨치산스크'로 이름 붙인 것은 결코 우연이 아니었다.

산세만 빨치산들에게 유리한 것이 아니었다. 조선사람들이 분지마다 크고 작은 마을들을 이루고 있었다. 그들은 빨치산의 열렬한 지원자들이었고 충실한 정보원들이었다.

일본군들은 병력이 투입되는 것에 비해 계속적인 고전을 면치 못하고 있었다. 그들이 고전하는 것은 무엇보다도 산속에 오래 머무를 수 없다는 점이었다. 어느 마을에고 머무르게 되면 수청의 특이한 지형 때문에 고립을 자초하는 것이었다. 그날 밤으로 빨치산들에게 포위당해 몰살을 면할 수가 없었다. 그러니 일본군들은 아침에 밀려들었다가 해가 지기 전에 물러나는 작전을 되풀이할 수밖에 없었다.

그런데 일본군들은 분지의 마을들과 빨치산과의 연계를 끊으려고 혈안이 되어 있었다. 그 방법이란 조선사람들을 마구잡이로 죽이고 집들을 불태우는 것이었다. 그렇게 해서 죽은 조선사람들이 1천 명을 넘고 흔적 없이 불탄 마을이 예닐곱 개나 되었다. 그럴수록 빨치산들의 투쟁은 치열해졌다. 대원들 중에 가족을 잃은 사람들이 적지 않았고, 그 원한은 전체 빨치산들의 적개심을 더욱 자극했던 것이다.

겨울이 깊어지면서 일본군들의 공격은 소강상태로 들어갔다. 날씨가 춥기 때문만이 아니었다. 산들은 온통 눈으로 뒤덮여 있었던 것이다. 해삼위와 수청 일대는 이만이나 하바로프스크 같은 데보다 훨씬 덜 추웠다. 그런 데가 영하 30도일 때 해삼위나 수청은 영하 15도 정도였다. 그런 곳보다 위도가 낮은 데다 바다가 가까운 까닭이었다. 그런데도 계속되는 영하 15도의 날씨는 내리는 눈이 녹지 못하고 자꾸 쌓이게만 할 뿐이었다. 보통 평지가 무릎까지 빠지고 산골에는 한 길이 넘는 눈 때문에 일본군들은 아예 산으로 접근을 못했다. 그렇다고 빨치산들도 휴식을 취하는 것이 아니었다. 이제 입장이 바뀌어 빨치산들이 일본군들을 공격해 들어갔다.

눈밭 행군에 단련된 빨치산들은 야간공격을 감행하는 것이었다. 그럴 때 선요원들은 길잡이로 앞장섰다. 빨치산들은 일본군 부대를 포위한다거나, 한 지점에서 오래 공격한다거나 하지 않았다. 일본군의 기관총 집중사격이나 포공격을 당하지 않기 위해서였다. 일단 일본군 부대를 공격해서 접전이 시작되면 힘이 부치는 척해 가며 슬슬 뒤로 물러서는 것이다. 그러면 일본군들은 공격하는 기세에 말려들어 따라오게 마련이었다. 어느 지점까지 따라온 일본군들은 느닷없이 협공을 당하게 되었다. 뒤에서 매복조의 공격이 시작된 것이었다.

그러나 빨치산부대들은 그런 유인공격만 쓰는 것이 아니었다. 거세게 바람이 불면서 눈이 오는 밤에는 일본군 부대를 정면으로 기습공격하기도 했다. 바람과 눈은 더할 수 없이 좋은 공격무기였고, 방어무기였다.

그리고 눈바람이 거친 날이면 시호테알린산맥 여기저기서 낮에도 일본군 차량들을 공격했다. 이미 다져진 눈이 빙판을 이룬 데다가 눈보라까지 쳐대면 차량 속도는 떨어지게 마련이었다. 빨치산들은 길 가까운 산에 매복해 있다가 순식간에 차량을 공격하고는 다시 산속으로 자취를 감추어버리는 것이었다. 차량 공격은 여러 가지로 유익했다. 일본군들을 없애는 것은 물론이었고, 뜻밖의 보급품들을 노획할 수가 있었고, 차량들을 불태워 일본군의 기동력을 감퇴시키는 것이었다.

해가 바뀌고 겨울이 끝나가면서 블라디보스토크에도 들어갈 수 없게 되었다. 나홋카와 마찬가지로 일본군들의 경계가 극심해졌던 것이다.

"경계가 그렇게 심해진 게 요새 떠도는 소문과 관계가 있을까요?"

이광민이 윤철훈에게 물었다.

일본군들이 더 견디지 못하고 러시아땅을 떠나게 될 거라는 소문이 퍼지고 있었다. 혁명을 반대하며 저항해 왔던 백군들이 괴멸상태로 빠져 들어가고 있는 형편에 일본군들도 궁지에 몰릴 수밖에 없는 일이었다.

"아마 그럴지도 모르겠소. 위기에 몰릴수록 방어는 심해지는 것 아니오."

"언제든 물러가게 되면 왜놈들은 헛수고만 잔뜩 한 것 아닙니까?"

"물론이오. 왜놈들은 과욕을 부려 인명피해와 재산피해가 엄청날 것이오. 다 자업자득이고, 제놈들 발등 제놈들이 찍은 것이오."

"해삼위에 못 드나들면 우리 일이 더 어려워지겠지요?"

"당분간 좀 지장이 있겠지만 나홋카식으로 곧 조직을 이중으로 확대하면 별문제가 없을 것이오."

윤철훈은 언제나 그러는 것처럼 여유를 보였다.

"왜놈들이 여기서 밀려나면 만주에는 어떤 영향이 미칠까요?"

"글쎄요…… 그러니까 그놈들이 어디로 가느냐가 문제 아니겠소. 모두 일본으로 밀려간다면 별문제가 없겠지만, 만약 그 일부라도 조선땅으로 투입되면 금방 문제가 생기지 않겠소."

"그놈들이 그럴 염려도 있지요?"

"어쩌면 그럴지도 모를 일이오. 시베리아에서 실패했으니까 그 욕심을 만주로 뻗칠지도 모르지 않겠소."

"그렇겠군요……."

이광민은 자신의 생각과 비슷한 것에 고개를 끄덕이며 담배에 불을 붙였다.

"그나저나 왜놈들이 밀려나면 그놈들 믿고 있었던 러시아 부자 놈들 꼴이 볼만할 것이오."

윤철훈이 비웃음과 함께 코웃음을 쳤다.

"어디로든 도망을 가겠지요."

"맞소, 부자놈들은 왜놈들이 밀려가기 전에 한발 먼저 돈보따리를 챙겨가지고 도망을 갈 거요."

"어디 쉽게 갈 만한 데가 있을까요?"

"거기 있잖소. 그놈들의 천국인 만주땅 하얼빈."

"아, 그렇군요. 러시아 부자들이 금덩이 은덩이를 싸들고 하얼빈으로 도망가 자기들끼리 부자촌을 만들어 산다는 소문 들었어요."

"참 한심한 인간들이오. 아니오, 애초에 착취를 해서 치부한 인종들이니까 그건 당연한 결과요."

윤철훈의 말은 젊은 공산주의자답게 명료하고도 단호했다.

그 다음부터 해삼위의 정보는 인근 농가들을 통해서 입수하게 되었다. 어느 때는 정보문건이 어떤 할머니의 치마 말기 속에서 나오기도 했고, 또 어느 때는 어떤 농부의 지게 등받이 속에서 나오기도 했다.

여름이 되면서 일본군들이 밀려간다는 것은 확실한 사실이 되었다. 그 소식과 함께 빨치산들의 활동은 더욱 치열해졌다. 사기가 떨어진 일본군들에게 더 타격을 가해 하루라도 빨리 몰아내자는 것이었다.

빨치산들의 전술이 바뀌었다. 빨치산부대들은 산을 벗어나 과감하게 공격을 감행하기 시작했다. 밤의 기습공격은 물론이고 낮에도 거침없이 접전을 벌였다. 그런데 일본군들은 전과 다르게 추격을 하지 않고 방어에만 힘을 썼다. 인명손실을 하지 않겠다는 그 소극전술에 빨치산들의 사기는 더 높아질 수밖에 없었다.

그러나 빨치산들은 9월로 접어들면서 모든 전투를 중단하게 되었다. 일본군들이 전면 철수한다는 조건 아래 소련정부와 전투중단의 협상이 이루어진 것이었다. 빨치산들은 마침내 일본군들을 물리친 승리감에 환호하며 서로서로 얼싸안았다. 조선사람들은 조선사람들끼리만 얼싸안은 것이 아니었다. 그동안 함께 싸워온 러시아인들하고도 얼싸안았다. 조선사람들은 러시아혁명을 완수하는

데 공을 세운 것이었다. 일본군이 조선과 러시아의 공동의 적이었지만 시베리아가 러시아의 영토인 한 러시아인들이 조선을 위해 세운 공보다 조선사람들이 혁명국가 소련을 위해 세운 공이 훨씬 더 크고 직접적이었던 것이다.

일본군들은 마침내 1922년 10월에 러시아땅에서 완전히 밀려났다. 윤철훈과 이광민은 마차를 타고 해삼위로 달렸다.

"이 길을 걸어서 다니다니……." 창밖을 내다본 채 윤철훈은 감회에 젖은 소리로 말하고는, "이 동지는 몇 번이나 오갔는지 기억하시오?" 그는 고개를 돌려 이광민을 바라보았다.

"글쎄요, 그거 잘 모르겠는데요."

이광민은 모처럼 '모르겠다'는 말을 홀가분하게 해버렸다.

"그럴 거요. 여기저기 너무 많이 다녔으니." 윤철훈은 빙긋이 웃으며 고개를 끄덕이고는, "난 가끔 사람의 몸이 강철보다 더 강하다는 것을 느끼오. 제아무리 강한 강철바퀴라 해도 그동안 우리가 걸어다닌 길을 굴렸다면 다 닳아서 부서지고 말았을 것이오. 그런데 우리는 끄떡없질 않소?" 그는 만족스럽게 웃으며 이광민을 쳐다보았다.

"예, 그렇군요."

이광민도 새롭게 뿌듯함을 느꼈다.

"오늘 밤엔 맘놓고 술을 마십시다."

"김상호 동지도 함께하면 좋겠군요."

"아, 물론이오. 그리고 이 동지한테는 멋진 아가씨도 소개시켜 주겠소."

"아니, 무슨……."

"아니, 이 나이에 뭘 그리 부끄러워하시오. 썩 괜찮은 아가씨니까 기대하시오."

윤철훈은 껄껄 웃으며 이광민의 허벅지를 쳤다.

이광민은 쑥스럽게 웃으며 눈길을 창밖으로 돌렸다. 추수 끝난 들녘이 지나가고 있었다. 고향과 별로 다를 것 없는 풍경이었다. 그 풍경을 덮으며 아내의 얼굴이 떠올랐다. 아내의 물기 젖은 목소리도 들렸다.

"언제나 오시게 될랑가요?"

아무 대답도 하지 않고 떠나왔던 것이다. 그리고 세월이 흘러갔다.

일본군들이 사라진 블라디보스토크는 변함이 없었다. 그러나 새로웠다. 이광민은 다시 신한촌에 발을 디디는 것이 눈물겨웠다.

"이쪽은 내 사촌누이동생 윤선숙이, 이분은 나를 놀라게 하신 투철한 혁명투사 이광민 선생!"

윤철훈은 흥겨운 목소리로 이광민과 윤선숙을 인사시켰다.

"안녕하세요, 윤선숙이라 합니다."

여자는 고개를 까딱 하면서 손을 불쑥 내밀었다.

"이런 이런, 이 동지 이거 이해하시오. 이게 러시아식이라 이렇소. 러시아사람들은 그저 사람을 가까이만 대하면 악수부터 해놓고 보는 것 알지요?"

윤철훈은 설명하기에 다급했다.

"예, 압니다. 저는 이광민입니다."

이광민은 웃으면서 윤선숙의 손을 잡았다. 그러나 그 얼굴은 어딘가 어색했다.

"우리 선숙이가 해삼위에서 태어나서 학교도 러시아인들 학교를 다녀서 러시아식이 몸에 배서 그렇소. 그래도 조선말을 틀림없이 잘하고, 동포학교에서 아이들을 잘 가르치며 봉사하고 있으니 그만하면 장하지 않소?"

윤철훈은 여동생에 대해 덧붙여 설명하고 있었다.

"아 예, 학교에 봉직하고 계시는군요?"

이광민은 새삼스럽게 윤선숙을 쳐다보았다. 그건 여자가 학교 선생을 할 만큼 유식하다는 것보다는 동포학교에서 아이들을 가르친다는 것에 대한 관심이었다.

"예, 아동들을 가르치게 되자 함경도말을 서울말로 바꾸느라고 열성을 부리기도 했어요. 그러느라고 이동휘 선생 같은 분들을 많이 괴롭혀드리기도 했지요."

윤철훈은 여동생을 무척 대견해하는 눈치가 역연했다.

"오빠는 별말을 다……."

윤선숙은 큰 눈으로 윤철훈을 곱게 눈흘김하며 겸연쩍어했다.

"그래, 그런 거야 앞으로 차차 알기로 하고, 오늘은 아주 맘놓고 술이나 마시기로 하자. 선숙아, 우리 소원 좀 풀어줄 수 있지?"

"예, 알고 있었어요."

윤선숙이 상큼하게 웃으며 몸을 일으켰다.

"그러고 말이다, 김상호 동지도 좀 불러오도록 해."

"김상호 동지요?"

"아 그렇지, 넌 그 이름을 잘 모르겠구나. 거 있지 왜, 우리 집 옆에 옆집에서 부두노동하는……."

"키 좀 큰 유씨 말인가요?"

"그래 맞어, 유씨. 하도 김상호, 김상호 하다 보니 본성이 생각이 안 나네."

"아니, 유씨도 오빠하고 그런 관계였어요?"

윤선숙이 놀라며 눈이 더 커졌다.

"그래, 그분이 고생 많이 했지."

"어머, 오빠 모르고 계시군요. 그분 죽었을 거예요."

"머, 머라고? 그게 무슨 소리야!"

윤철훈이 소스라쳤고, 이광민은 가슴이 쿵 울리고 있었다.

"왜놈들 군함이 실어갔어요. 왜놈들이 떠나면서 밀린 노동자들의 임금을 안 주고 그냥 떠나려고 했거든요. 그래 노동자들이 시위를 벌이며 배를 못 떠나게 막았어요. 그랬더니 왜놈들은 돈을 줄 테니 대표만 배로 올라오라고 했어요. 그래서 러시아사람 둘하고 유씨가 올라갔어요. 그런데 노동자들이 흩어져 안심하고 있는 사이에 배가 떠난 거예요. 노동자들이 부두에서 소리소리 지르며 난리를 쳤지만 떠나가는 배를 어쩌겠어요. 사람들 말이, 왜놈들이 세 사람을 무거운 것에 매달아 바다에 던졌거나, 배 아래 석탄 화구에 밀어넣었을 거라고 그래요."

이광민은 그 충격에서 오래도록 벗어날 수가 없었다. 노동자들의 임금을 떼어먹고, 거기다가 거짓말로 사람들을 배에 태우고, 끝내는 바다나 불구덩이에 밀어넣어 죽였을 삼중의 만행은 생각할수록 기가 막혔다.

9
농장조합원들의 회의

석탄이 타고 있는 무쇠난로의 불룩한 배가 벌겋게 달아 있었다. 난로 위의 큰 주전자에서는 물이 썩썩 끓어대며 김을 내뿜고 있었다. 세찬 바람에 창문들이 덜컹거리는 추운 바깥날씨와는 달리 실내는 전혀 냉기를 느낄 수 없이 훈훈했다. 재력 막강한 일본인 농장 대표들의 모임에 어울리는 난방이었다.

회의용 탁자에 둘러앉은 열서너 명의 농장조합원들은 하나같이 양복 차림으로 멋들을 부리고 있었다. 제각기 있는 대로 멋을 부린 그 차림들이 마치 서로가 재력을 과시하고 있는 것처럼 보였다.

"에에 또, 그러니까 우리 농장들은 총독부의 산미증식계획에 적극 호응하는 견지에서 내년부터 소작료를 인상하기로 합시다."

회장인 요시다의 말이었다.

"내년이래야 며칠 남았나요?"

한 사람이 얼른 말을 받았다.

"그러니까 오늘 인상률을 결정해서 신년이 되면 바로 시행 발표를 하자는 거지요."

요시다가 거만스럽게 말했다.

"예, 산미증식계획이 아니더라도 소작료를 인상하는 것에 대해서 반대할 사람은 이 자리에 단 한 사람도 없을 것이오." 그렇지 않느냐는 듯 하시모토는 좌중을 휘둘러보고는, "그러나 소작료를 인상하는 게 급한 것이 아니라 소작료를 인상할 수 있는 여건 조성이 더 급한 문제라고 사료됩니다." 그는 요시다를 향해 화살을 날리고 있었다.

하시모토의 발언은 민감한 반응을 나타냈다. 일시에 의아하고 의문스런 얼굴이 된 사람들의 눈길이 요시다와 하시모토를 향해 서로서로 엇갈리고 있었다.

"하시모토 상, 그게 무슨 말이오? 그렇게 막연하니 말하지 말고 모두가 납득할 수 있도록 구체적으로 말하시오."

요시다의 말투에 불쾌한 기색이 드러났다. 저놈이 저거 갈수록 시건방지게 까불어댄다니까. 요시다는 하시모토를 바라보며 뒤틀리는 감정을 꾹 누르고 있었다.

"예, 여러분들도 소문 들어서 대강 알고 있겠지만 지금 전남 순천 일대에서는 소작인들의 난동이 계속 일어나고 있어요. 요는 소작료를 인하하라는 난동인데, 그건 예사 문젯거리가 아닙니다. 왜냐하면 그 난동이 우연히 일어난 것도 아니고, 난동자들도 소수가 아니기 때문입니다. 그러니까 처음에 순천군 서면에서 1,600여 명이 난동을 일으켰습니다. 그런데 이삼 일 뒤에 그 옆의 쌍암면에서 1천여 명이 또 난동을 일으켰습니다. 그리고 이삼 일이 지나 쌍암면 옆의 낙안면에서 800여 명이 또다시 난동을 일으켰습니다. 여러분, 생각해 보십시오. 무엇이 어떻게 되어 그 엄청난 소작인들이 연속적으로 난동을 부리는 것인가요? 그게 우발적이라고 생각하십니까? 여러분들은 산전수전 다 겪어 현명하니까 그런 어리석은 생각은 하지 않을 줄 압니다. 그럼 왜 그렇게 됐겠습니까? 그건 바로 공산주의자들의 조직이 소작인들을 조종하고 선동하기 때문입니다. 그럼 공산주의자들의 조직이 그 지방에만 있느냐? 그렇지 않습니다. 그곳보다 평야가 더 넓은 이 전라북도 우리들의 땅에도 공산주의자들이 조직을 뻗쳐가며 암약하고 있습니다. 다시 말해 우리들의 농장에서도 언제 그런 난동이 벌어질지 모른다 그겁니다. 문제는 소작료를 인상하기 전에 우리 지역에서 암약하고 있는 공산주의자들을 색출하고 그 조직을 완전히 제거해야 합니다. 그러지 않고 무턱대고 소작료를 인상했다가는 난동을 일으키라고 충동질하는 것밖에 안 된다 그 말입니다."

하시모토는 통변 출신답게 막히는 데 없이 말을 해치우고는 선동하듯 좌중을 휘둘러보았다. 사람들은 모두 동의하는 기색을 드러내고 있었다.

"에에 또, 공산주의자들에 대해서는 그리 염려할 게 없소. 왜냐하면 지난 8월에 벌써 총독부 경무국장이 과격사상과 공산주의에 대한 단속방침을 발표함과 동시에 경찰력이 검거 색출 활동을 시작했단 말이오. 우리 뒤에는 언제나 경찰력이 든든하게 있으니까 아무것도 걱정할 게 없소."

요시다의 정면공격이었다.

"예, 그거야 잘 알고 있지요. 그러나 그곳에서 대규모 난동이 연속적으로 일어난 것은 왜 그렇습니까? 경찰들이 공산주의자들을 검거 색출하지 못했기 때문이 아닙니까? 그럼 우리 지역에서는 했습니까? 일에는 순서가 있고 선후가 있어야 합니다."

하시모토는 거침없이 맞받아쳤다.

"글쎄, 그거 곤란한 문젠데……."

"그렇구먼, 함부로 할 일이 아니구만."

이런 중얼거림과 함께 사람들은 하시모토에게 동조하는 기색이 완연해졌다.

"아니, 그럼 하시모토 상은 우리 경찰을 못 믿겠다는 거요?"

요시다가 벌컥 화를 냈다.

"무슨 말을 그리하시오. 여기 증인들이 수두룩하지만 난 그런 말 하지 않았어요."

하시모토가 요시다에게 눈총을 쏘았다. 그의 입가에는 비웃음이 스치고 지나갔다.

"그 말이 그 말이지 뭐요."

"천만에요. 난 사실만을 말했을 뿐이고 내가 하고자 하는 말은 따로 있어요. 그게 뭐냐 하면, 우리는 지금 소작료 인상을 결정할

게 아니라 경찰에서 어서 빨리 공산주의자들을 검거 색출해 달라는 수사촉구를 결정해야 한다 그겁니다. 우리의 결정을 경찰 측에 전하고 우리의 입장을 설명하면 수사를 더 적극적으로 할 거 아닙니까. 그놈들을 색출해 내지 못하고 소작료를 인상해서 난동을 당하고 소작료를 못 올리게 되면 그 얼마나 망신입니까. 그러니까 그놈들을 잡아낸 다음 소작료를 인상하는 것이 순서라 그 말입니다."

"아, 그것 참 좋은 생각이오."

"그게 좋겠소. 화근부터 없애버려야지."

"그리합시다. 난동이 일어나 소작료도 못 올리고, 농사도 망치고 하면 이중으로 손해 아니겠소."

사람들은 어느덧 찬동을 넘어서서 결정상태로 쏠리고 있었다.

요시다는 하시모토에게 당하는 것이 너무나 화가 났다. 그러나 그의 말을 깨부술 만한 다른 묘안이 없었다.

"좋소, 그럼 모두 하시모토 상의 의견에 찬성합니까?"

요시다는 애써 감정을 감추며 회원들에게 물었다.

"예, 찬성합니다."

"예, 그렇게 합시다."

요시다와 하시모토를 빼놓고 회원들 모두가 손을 들어 찬성을 표시했다.

"됐습니다. 그럼 소작료 인상은 보류하고, 공산주의자들에 대한 철저한 수사를 경찰에 촉구하도록 결정했습니다. 이것으로 회의를 끝내겠습니다."

요시다는 치밀어오르는 울화를 억누르며 하시모토의 의견을 결정사항으로 발표할 수밖에 없었다. 물론 하시모토의 의견은 일리가 있었다. 그러나 그 의견을 낸 것이 하시모토이기 때문에 화가 나는 것이었다. 하시모토는 젊은 놈이 갈수록 버르장머리 없이 방자해지고 있었다. 세월 따라 농토가 늘어나고 농장이 커지면서 멋대로 나대는 것이었다. 십이삼 년 전만 해도 말상대는커녕 가까이 오지도 못했던 놈이 아닌가. 그런데 이제 맞대거리를 하고 들다니……. 요시다는 그런 하시모토를 마음대로 다스리지 못하게 된 스스로의 처지에 화가 나고 있었다.

회의가 끝났는데도 그들은 흩어지지 않고 이야기에 열중하고 있었다.

"도대체 그 공산주의자라는 놈들은 어떻게 생겨먹은 작자들이오?"

"그게 자칭 우국지사고 독립투사라는 놈들 아니오."

"듣자 하니 그놈들이 다 밥술이나 뜨는 식자 든 놈들이라지 않소?"

"당연하지요. 동경유학한 놈들이 태반이고, 그놈들이 또 새끼를 친다니까요."

"이것 참, 우리 동경에서 못된 놈들을 길러내고 있는 꼴 아니오?"

"그렇다니까요. 요는 본토에서부터 그놈들을 일망타진해야 해요."

"구름 잡는 소리들 하지 말고 당장 발밑들부터 살피도록 하시오."

하시모토의 비웃듯 하는 말이었다.

"발밑? 그게 무슨 소리요?"

"어디 경찰만 믿고 있을 수 있나요? 여러분들 농장에 그놈들 조직이 침투해서 소작인들을 병들게 하고 있으면 어쩌겠소? 지금 뭐가 더 급한 문제요?"

"맞소, 동경 타령, 본토 타령 하고 있을 때가 아니오."

"글쎄…… 그런 이상한 눈치가 있으면 농감들이 보고를 하지 않겠소?"

"아니오, 농감들이 아무 눈치도 못 챌 수 있소. 그놈들은 처자식도 모르게 아주 교묘하게 움직인다던데."

"그것 참 야단나지 않았나. 모두 무슨 대책을 강구해야 되지 않겠소?"

"하시모토 상, 무슨 묘안이 없소?"

"글쎄올시다. 나도 그 묘안이 없어서 계속 골치만 아프다니까요."

하시모토는 의자에서 몸을 일으켰다.

하시모토가 자리를 뜨자 이야기판이 깨지고 말았다. 다른 사람들도 잇따라 자리를 뜨기 시작했다.

외투를 걸친 하시모토는 사람들에게 건성으로 인사를 했다. 그러면서 그의 눈길은 요시다를 빠르게 훑고 있었다. 요시다는 천장을 향해 담배연기를 내뿜고 있었다.

체, 다 늙은 놈이. 네까짓 게 언제까지 그 자리에 앉아 있나 보자.

하시모토는 코웃음 치며 조합 사무실을 나섰다. 요시다는 이미 두려운 존재도 눈치보아야 할 상대도 아니었다. 그는 다만 호남평

야에서 제일 큰 일본인 농장의 고용인일 뿐이었다. 그러나 자신은 한 면의 절반 가까이를 차지한 엄연한 농장주였다. 농장주와 고용 지배인, 그건 귀족과 천민의 차이였다. 한자리에서 회의를 하는 것 조차 모독스러운 일이었다. 그러나 죽산면을 다 차지할 때까지만 참아주기로 했다. 죽산면을 다 차지하는 날에는 가차없이 몰아칠 작정이었다. 그때쯤이면 농장의 크기로 보나 남자의 나이로 보나 회장자리는 자신의 것이었다. 다른 회원들도 요시다와 마찬가지 처 지이니 적수가 될 수 없었다.

요시다는 이틀 후에 회원 둘을 대동하고 경찰서장을 방문했다. 두 회원 중에 하시모토가 끼여 있지 않은 것은 물론이었다.

"하! 농장조합원들께서 하나만 알고 둘은 모르십니다그려."

요시다한테 조합의 결정사항에 대한 취지 설명을 듣고 난 경찰 서장은 이렇게 일갈했다.

"아니, 무슨 말씀이신가요?"

그 뜻밖의 반응에 요시다와 두 회원은 당황했다.

"예, 농장을 경영하는 입장에서 염려를 하는 것은 좋으나 경찰의 업무를 간섭하는 것은 월권이란 말입니다."

서장은 불쾌한 표정을 지었다.

"아니, 월권이라니요? 우린 총독부의 산미증식계획에 적극 호응 할 수 있도록 하기 위해 그 방해꾼들을 조속히 색출해 달라고 건 의하는 것뿐인데요."

요시다는 잽싸게 총독부를 들이대며 문서에 '촉구'라고 한 것을

'건의'로 바꾸고 있었다.

"그래요?" 서장은 요시다가 내놓은 문서를 들어 힐끗 살피고 던지듯 하고는 "순천지방에서 야기되고 있는 난동은 오히려 잘된 것이오." 불쑥 내쏘았다.

"뭐, 뭐라고요?"

세 사람은 눈이 휘둥그레졌다.

"왜 그런지 다들 똑똑히 들어두시오. 그 난동이 다 어느 농장에서 일어난 줄 아시오? 조센징 지주들 농장이오. 그럼 그 난동을 진압시켜 줄 사람들은 결국 누구요? 우리 일본경찰이오. 우리 경찰의 힘으로 위기를 넘기고 살아난 조센징 지주들은 어떻게 되겠소? 은혜를 입은 만큼 대일본제국과 총독부에 충성을 바칠 게 아니겠소? 앞으로도 계속 도움을 받아야 하니까. 조센징들 농장에서 계속 난동이 일어나는 것이 좋소. 그럴수록 재력 든든한 친일파들을 자연스럽게 확보해 나가는 거니까. 이제 내 말 알아들었소?"

서장은 입가에 비웃음을 물며 세 사람을 천천히 둘러보았다.

"그렇지만 그 여파가 우리 일본인들 농장으로 파급되는 건 안 생각하시오?"

요시다가 밀리지 않고 공박했다.

"아하, 내 말 아직 다 끝나지 않았소. 그 난동을 진압하면서 또 한 가지 큰 수확이 있소. 아무리 비밀조직이라 해도 일단 난동이 벌어지면 주모자들이 노출되게 마련이오. 숨어 있던 공산주의자놈들을 그때 다 일망타진한다 그거요. 이게 무슨 전법인지 알겠소?"

서장은 몸을 뒤로 부리며 입꼬리가 처지도록 거만스러운 웃음을 지었다.

요시다는 말이 막히고 말았다. 그렇다고 기분이 개운한 것도 아니었다. 그러면 소작료를 인상해야 될지 안 해야 될지 갈피를 잡을 수 없었던 것이다.

"그럼 난동이 일어나더라도 소작료를 인상하라 그겁니까?"

"그거야 내가 이래라저래라 할 사항이 아니오. 내가 분명히 말해 둘 수 있는 건 만약 난동이 일어났을 경우에는 우리 경찰이 신속하게 진압을 책임지고 그 주모자들을 일망타진하겠다는 것이오."

"그렇다면 소작료를 인상해야 되겠소."

요시다는 하시모토에게 보복하는 기분으로 말했다.

"좋도록 하고, 이건 다시 가져가시오."

서장이 요시다에게 문서를 내밀었다.

"요시다 상, 정말 소작료를 인상할 거요?"

경찰서를 나서며 한 사람이 물었다.

"글쎄…… 사무실로 가서 좀더 생각해 보도록 합시다."

"그게 좋겠어요."

다른 사람이 말을 받았다.

"그것 참, 골치 아프게 공산주의라는 게 생겨나 가지고 원……."

요시다가 짜증스럽게 혀를 찼다.

"그게 부자들 재산 뺏어서 못사는 사람들을 고루 잘살게 하겠다니 소작인놈들이 환장하게 생기지 않았소."

첫 번째 남자가 신경질적으로 가래를 돋우어 내뱉었다.

"듣기만 해도 재수 없는 소리요."

두 번째 남자도 침을 내뱉었다.

추위 속에서 행인들이 종종걸음을 치고 있었다. 목부분에 털이 달린 외투를 입은 그들의 걸음도 빨랐다. 허리 굽은 늙은 여자거지가 그들 앞으로 다가들며 때 전 손을 내밀었다.

"한푼 적선허시요."

"바까야로!"

요시다가 욕을 내쏘며 얼른 피해 섰다. 그 몸짓이 거지의 손이 옷에 닿을까 봐 피하는 것이었다. 다른 두 사람도 욕을 내뱉으며 늙은 거지를 피해 지나쳤다.

"어떤 좋은 생각들이 떠올랐소?"

요시다가 의자에 몸을 부리며 두 사람을 쳐다보았다.

"글쎄요, 경찰서장 말대로 하자면 소작료 인상하고, 공산주의자들 때려잡고 일거양득 아닌가요?"

"내 생각도 마찬가집니다. 하시모토 때문에 괜히 헛수고만 한 거지요."

두 번째 남자는 일부러 하시모토의 이름을 꺼내 요시다의 감정을 자극하려고 했다.

"그 아무것도 모르는 젊은 놈이 주둥이만 살아가지고. 좋소, 두 분 의견이 그렇다면 소작료를 인상하도록 합시다."

요시다의 감정 섞인 말이었다.

"그런데…… 형식적이나마 다시 회의를 열어야 되지 않겠어요? 오늘 일도 알려줘야 하고요."

첫 번째 남자가 조심스럽게 말했다.

"예, 하시모토가 잘못한 것도 공개석상에서 밝혀야 하니까요."

두 번째 남자는 요시다에게 아부할 겸 양수겸장을 치고 있었다.

"그럽시다, 내일 당장 회의를 엽시다."

요시다는 책상을 쳤다.

한편, 하시모토는 그동안 막연하게 궁리해 오고 있었던 농장 관리체계를 본격적으로 짜기 시작해서 이틀 만에 완료시켰다. 그는 자신의 묘안에 더없이 만족을 느꼈다. 그는 또 도표를 들여다보며 빙긋이 웃고 있었다.

누군가가 사무실 문을 똑똑똑 두들겼다.

"거 누구요?"

"예, 부르셨습니까? 장 차석입니다."

"아, 들어오시오."

사무실 문을 열고 들어선 것은 장칠문이었다. 그런데 그의 콧등은 누가 보아도 금방 표가 나게 푹 꺼져 있었다. 원래 검은 편인 데다가 두루뭉실하게 생긴 얼굴이었는데 콧등이 꺼지고 보니 인물은 더 못나 보이면서 인상이 험하게 변해 있었다.

"무슨 시킬 일이 있습니까?"

장칠문은 일본사람 못지않은 발음을 하면서 거수경례를 붙였다.

"거기 앉으시오."

하시모토는 턱으로 의자를 가리켰다. 그의 거만스런 태도는 흡사 사복 입은 상관 같았다.

"그 중놈은 아직도 꼬리를 못 잡았소?"

하시모토는 도표를 덮으며 불쑥 물었다.

"아 예, 아직 못 잡았습니다."

장칠문은 의자에 앉으려다 말고 엉거주춤 섰다.

"그놈 잡기는 틀렸소. 그때가 언젠데."

"아닙니다, 꼭 잡아내고 말 겁니다."

장칠문의 얼굴이 옹색하게 일그러졌다.

"그놈이 왜 안 잡히는 것 같소?"

"그야…… 쥐새끼처럼 피해다니니까……."

"그건 제대로 아는군. 쥐새끼는 주로 언제 활동하오?"

"쥐새끼야…… 밤이지요."

"알 건 다 아는군. 그런데 장 차석은 밤마다 잠을 자면서 그놈을 잡기 바라는 거요?"

"예에……?"

장칠문은 어리둥절해졌다.

"이런, 그놈은 밤에만 활동하는 게 틀림없다 그 말이오."

"아, 예에……."

그제야 장칠문의 얼굴이 민망해졌다.

"됐소, 그건 그렇고. 요즘에 수상한 자들이 우리 면에 나타나지 않소?"

하시모토의 어조가 거세졌다.

"없습니다. 철저하게 감시하고 있으니 염려 마십시오."

장칠문은 한 방 얻어맞은 터라 철저하게 감시하고 있다는 사족까지 붙였다.

"그런 놈들은 야간활동을 한다는 걸 알고 있소?"

"예, 야간경계도 철저하게 합니다."

장칠문은 아까 그 화살이 이렇게 휘돌아 날아오는 것에 섬뜩 놀라며 임기응변을 하고 있었다.

"자아, 편히 앉아서 내 이야기 들으시오. 무슨 이야긴고 하니, 이번에 농장 관리체계를 군사조직으로 완전히 새로 짰소."

"군사조직이라니요?"

"아, 그건 차차 알게 될 거고. 그 변동에 따라 장 차석이 새로 할 일이 있소."

"예, 말씀하십시오."

"소작인들을 군사조직으로 짜는 건 공산주의자라는 새로운 불령선인들이 소작인들 사이에 침투하는 것을 차단시키자는 것이오. 이것은 내 농장을 위해서만이 아니라 총독부의 공산주의자들 단속과 산미증식계획에 호응하기 위해서요."

"아, 그렇습니까."

"그러니까 장 차석은 다음 두 가지 사항을 명심해서 협조하도록 하시오. 첫째, 우리 면내에서 글줄이나 읽을 수 있는 자들의 명단을 모조리 작성하고, 그 성분을 파악하시오. 둘째, 내 농장 소작인들 중에서 이 인근에 신식공부한 친척이 있는 자들을 빠짐없이 조사하고, 소작인들의 감시를 강화하시오. 이 일들은 빨리 끝낼수록 좋소."

"예, 잘 알겠습니다."

"장 차석이 수고하는 건 잊지 않겠소. 가서 일보시오."

하시모토는 장칠문을 똑바로 쳐다보며 말했다. 그 말은 격려였다. 그러나 협박이기도 했다.

"예, 감사합니다. 곧 보고 올리겠습니다."

장칠문은 절도 있게 거수경례를 붙였다.

속없는 똥강아지 같은 놈. 그래, 충성을 다 바치기만 해라. 네놈이 환장하는 주재소장쯤 시켜주기야 손바닥 뒤집기다.

하시모토는 사무실을 나가는 장칠문의 뒤꼭지에 눈길을 꽂은 채 비웃음을 흘리고 있었다.

장칠문은 하시모토의 사무실을 나서며 숨을 몰아쉬고 있었다. 하시모토 앞에만 서면 언제나 경찰서장이라도 만나는 것처럼 긴장되고 주눅이 들었다. 죽산면으로 자리를 옮기기 전까지만 해도 관청에 발이 넓은 농장주 정도로 알았지 그렇게까지 힘이 센 줄은 몰랐던 것이다. 그는 한마디로 죽산면의 왕이었다. 죽산면의 농토를 절반 가까이나 차지하고 있기 때문만이 아니었다. 면장이며 주재소장이 완전히 그의 손아귀에 틀어잡혀 있었다. 백종두가 무슨 부정을 해서 쫓겨난 줄 알았더니 바로 하시모토의 비위를 거슬러 신세를 망친 것이었다. 하시모토가 죽산면을 다 차지하게 될 날도 머지않은 것이 분명했다.

"이놈아, 시상 돌아가는 것얼 넘덜보담 먼첨 알고, 사람얼 지대로 볼지 알아야 출세허는 것이여. 하시모토 고것이 예삿것이 아니여. 나이 젊은 것이 10년 새에 그 넓은 땅 차지허고 앉는 것 봐라. 금산보담 죽산면이 나슨 것이야 두말헐 것 없고, 하시모토가 니 용맹얼 알아보고 끌어갈라는디 그보담 더 존 일이 워딨어. 그 중놈얼 잡지도 못허고 군산으로 올라는 것언 개도 웃을 일이여. 죽산면에 가서 하시모토 비우 잘 맞치고 있으면 니 출세질이 훤혀."

아버지의 말을 죽산면에 와서 실감하게 되었던 것이다.

장칠문은 공허를 잡으려다가 얻어맞아 다친 것을 공무수행 중 입은 부상으로 공적을 삼아 군산으로 자리를 옮길 궁리를 했다. 그는 코뼈가 부러지고, 이빨까지 두 개가 부러져 병원에 입원을 했으니 부상치고는 작은 부상이 아니기도 했던 것이다. 그는 자신의 목적을 달성하기 위해서 의병장이었고 만세 사건의 주모자인 중 공허와 격투를 벌였다는 것을 소리 높여 광고해 댔다. 그리고 그의 아버지 장덕풍이가 인사운동을 맡고 나섰다. 그러나 공허를 잡지 못했으니 일이 뜻대로 풀리지 않았다. 그런데 장덕풍이가 우체국장 하야가와를 만나러 갔다가 하시모토와 동석하게 되었던 것이다.

"아, 그 악질 중놈하고 싸웠다는 순사가 바로 당신 아들이오? 그렇잖아도 내가 만나보려고 했었소."

하시모토의 반색이었다. 그는 그 저돌적인 충성에 값을 주고 있었다.

하시모토의 호출을 받고 농감들이 모여들었다. 그들 다섯 명은 하시모토의 책상 앞에 줄지어 섰다.

"다들 똑똑히 들도록. 오늘부터 농장 관리조직을 새로 짤 것이다."

하시모토가 농감들을 치올려보았다. 그의 이 한마디에 농감들의 얼굴이 금세 굳어지고 당황하는 빛이 드러났다.

병신 같은 놈들, 어지간히 겁들 나는군.

하시모토는 천천히 담배에 불을 붙이며 쾌감을 느끼고 있었다.

"그걸 어떻게 하느냐 하면, 소작인들 전체를 군대식으로 편성한다는 말이다. 이 말 알아듣겠나?"

손을 앞으로 모아잡은 농감들은 서로를 힐끗거리며 우물쭈물하고 있었다.

"다들 일본군대 맛을 안 봤으니 알아들을 도리가 있나." 하시모토는 노골적으로 무시하는 표정을 지으며 담배연기를 내뿜고는, "지금부터 정신 바짝 차리고 들도록. 군대의 최소단위는 분대로, 1개 분대는 인원이 아홉 명이야. 그리고 분대 4개가 합해서 소대가 되고, 또 소대 4개가 합쳐져 중대가 되고, 중대 4개가 합쳐져 대대가 되고, 대대 4개가 합쳐져 연대가 되고, 연대 4개가 합쳐져 사단이된다 이거야."

그는 숨도 안 쉬는 것처럼 달달 주워섬기고는 어떠냐는 듯 농감들을 빤히 쳐다보았다.

농감들은 잔뜩 주눅들고 기죽은 기색으로 어리둥절해져 있었다.

"어디 누가 외워볼 사람!"

하시모토는 마치 보통학교 선생이 생도들을 다루듯 팔을 반쯤

올려들었다. 농감들은 반사적으로 목과 어깨가 움츠러들었다.

"돌대가리들이 뭘 하겠어."

하시모토는 담배연기를 확 내뿜으며 코웃음을 쳤다. 그는 그야말로 낫 놓고 기역 자도 모르는 사람 앞에서 한 일 자 자랑하고 있었고, 호박나물에 이빨 자랑하고 있었던 것이다.

"그럼 외우는 건 차차 하기로 하고, 요는 지금까지 농감 밑에 그냥 풀어놓았던 소작인들을 앞으로는 아홉 명씩 묶어 분대로 편성한다 그 말이다. 왜 그러느냐! 내가 그동안 누차 말해 왔던 조센징 공산주의자들의 침투를 막기 위해서다. 그럼 어떻게 하는 것이냐! 아홉 명 중에 하나를 대표인 분대장으로 지목하고, 그 분대원들 중에서 단 한 명이라도 공산주의자들과 접촉하게 되면 아홉 명모두의 소작을 몰수해 버리는 것이다. 그리고 그 위의 소대장과 중대장까지 연대책임으로 소작을 몰수한다. 책임이 그것으로 끝나느냐? 천만에 말씀이다. 농감인 너희들은 이제 연대장이 되는데, 문제가 생긴 연대장은 그날로 내쫓을 것이다. 이 점 명심하라. 그러나 겁낼 것 하나도 없다. 사전에 공산주의자들의 침투를 철저하게 차단시키고, 조선반도 모든 농장에서 난동이 일어나도 우리 농장에서만은 그런 일이 없다면 너희들의 자리는 죽을 때까지 보장한다. 무슨 말인지 알아듣나!"

하시모토는 느닷없이 소리치며 발로 마룻바닥을 구르고 손바닥으로 책상을 내리쳤다.

"예, 예에……."

"아, 알겠습니다."

"예, 감사합니다."

놀란 농감들의 반응은 제각각이었다.

"그런데 미리 말해 둘 게 있다. 그동안 끄나풀로 박아두었던 자들을 분대장으로 노출시켜서는 안 된다. 분대장은 불평불만이 많은 자들을 뽑아 시켜라. 그런 놈들은 빨리 몰아낼수록 좋으니까. 앞으로 이틀 내에 각자 해당 지역의 분대들을 짜가지고 보고하라. 소대장과 중대장은 나와 의논해서 결정할 것이다. 뭐 물을 말 있으면 물어라."

하시모토는 의자에 등을 기대며 농감들을 휘둘러보았다.

"저어…… 그렇게 되면 소작인들이 서로서로 감시하게 되는 것 아닙니까?"

한 농감이 어덜리는 목소리로 물었다.

"그렇지, 바로 그거야. 다들 내 뜻을 알았나?"

하시모토는 입이 벌어지도록 흡족하게 웃었다.

"더 물을 말 없나?"

농감들은 쭈뼛거리기만 했다.

"좋아, 빨리 돌아가 실시하도록!"

하시모토는 책상을 치며 몸을 일으켰다.

농감들은 깊은 절을 하고 다투듯 사무실을 빠져나갔다.

하시모토는 입꼬리 돌아가는 웃음을 짓고 있었다. 농감들에게 감추어둔 사실이 있었다. 그 군사조직을 소작농사와 소작료 징수에도 이용할 작정이었다.

아이들이 토담 모퉁이의 양지바른 빈터에서 이리 뛰고 저리 뛰며 놀고 있었다. 꾀죄죄한 입성들은 추워 보이고 윤기 없는 얼굴들은 배고파 보였지만 놀이에는 신명이 붙어 있었다.

그런데 아이들의 놀이는 이상스러웠다. 서로 패를 짜서 경쟁을 하는 것도 아니었고, 숨바꼭질처럼 하나가 여럿을 상대하는 놀이도 아니었다. 아이들은 어지러울 만큼 제각기 이리저리 뛰고 있었다. 그런데 그 몸짓들은 특이했다. 두 팔들을 활짝 벌리고 허리를 약간씩 구부리고 뛰면서 양쪽으로 벌린 팔을 높였다 낮추었다 기울였다 하는 것이었다. 그 모습들은 날개 큰 새가 날아가는 것 같은 시늉이었다. 그러나 새가 날개를 휘젓는 것처럼 팔을 휘젓지 않는 것이 달랐다.

그런데 아이들은 신명나는 뜀질에 맞추어 무슨 노래들을 부르고 있었다.

> 떴다 비행기 보아라 안창남
> 장하다 안창남 조선의 건아
> 청년들아 본받자 저 높은 기상
> 장하다 안창남 조선의 건아

아이들의 팔 벌린 몸짓은 바로 비행기 날아가는 흉내였다. 그리고 그 노래는 조선사람으로서는 최초로 일본에서 명성을 떨친 청년 비행사 안창남의 모국방문 비행을 놓고 지어진 것이었다.

아이들은 비행기가 날아가는 것을 보았을 리가 없었다. 누군가 흉내 잘 내는 사람이 가르쳐주었을 것이다. 그런데 아이들의 몸짓보다 그 노래가 더 희한했다. 어떤 사람이 빨리도 지어 퍼뜨린 것이었다.

안창남의 모국방문 비행은 12월 10일 여의도에서 벌어졌다. 그 소식은 한성뿐만이 아니라 전국 각지로 요란하게 퍼져나갔다. 일본에서 유명해진 최초의 조선인 비행사를 신문들이 야단스럽게 선전해서만이 아니었다. 조선청년이 비행기를 모는 것을 구경하려고 사이토 총독까지 여의도에 나왔다는 것이 또다른 화젯거리로 덧붙여졌던 것이다.

그런데 안창남의 이야기가 전국 각지를 떠들썩하게 한 것은 단순한 구경거리나 호기심 때문만이 아니었다. 그 이유는 아이들이 부르는 노래에 잘 드러나 있었다. 조선사람들도 일본사람들을 능가할 수 있다는 식민지 백성들의 슬픈 위안이었고, 젊은이들을 격려하고 고무시키는 계기로 삼았던 것이다.

아이들은 그런 뜻을 알고 신명이 나는지 어쩌는지 계속 노래를 부르며 하늘을 날아가는 시늉을 하고 있었다.

하시모토는 말을 타고 지나가다가 고개를 돌렸다. 그 순간 고삐를 잡아채서 말이 우뚝 멈춰섰다. 아이들의 노랫소리에 귀를 기울이고 있던 하시모토의 안색이 싹 변했다. 그는 얼굴이 사나워지며 말머리를 아이들 쪽으로 돌렸다.

"단나사마 곤니찌와(어르신 안녕하세요)."

한 아이가 하시모토를 알아보고 허리를 깊이 숙여 인사했다.

뒤늦게 하시모토를 알아본 다른 아이들도 똑같이 일본말로 인사들을 했다. 그건 하시모토가 자기 소작인들과 그 자식들에게 통일시켜 놓은 인사말이었다.

"너희들 그 노래 아주 잘하는구나. 어디 다시 한 번 불러봐라."

조금 전의 사나웠던 얼굴은 간 곳이 없고 하시모토는 부드럽게 웃음지으며 말했다. 그의 조선말은 유창했다.

아이들은 쭈뼛거리고 주저했다.

"자아, 어서 해야지. 이 어르신이 시키는데 말 안 들으면 되나?"

그 말에 아이들은 서로 눈짓했다. 그리고 입들을 모아 합창을 시작했다.

떴다 비행기 보아라 안창남
장하다 안창남 조선의 건아
청년들아 본받자 저 높은 기상
장하다 안창남 조선의 건아

"요런 못된 놈들! 그 노래 누가 가르쳐주었느냐."

얼굴이 돌변한 하시모토의 외침이었다.

아이들은 일시에 딱 굳어지며 얼굴들이 파랗게 질렸다.

"너, 누가 가르쳐주더냐!"

하시모토는 왼쪽 첫 번째 아이를 말채찍으로 겨냥했다.

"그냥, 아그덜 따라 그냥 불렀구만이라."

"뭐라고? 그 다음 너는!"

말채찍이 두 번째 아이를 겨냥했다.

"야아, 나도 그냥 아그덜 따라……."

"그 다음 너!"

말채찍이 세 번째 아이를 겨냥했다.

"나, 나도 아그덜 허는 대로……."

여섯 아이들은 모두 똑같은 대답이었다.

"바까야로!"

하시모토는 말채찍으로 자기 가죽장화를 갈기며 소리쳤다.

아이들이 움찔 놀라며 목이 움츠러들고 몸이 졸아들었다. 어떤 아이는 울먹울먹하고 있었다.

"너, 이리 나와!"

하시모토는 첫 번째 아이를 노려보았다.

몸을 잔뜩 웅크린 아이는 말에 올라타고 있는 하시모토 가까이 다가갔다. 부들부들 떨고 있는 아이의 키는 하시모토의 장화발에 닿을락 말락 했다.

"저 앞을 보고 똑바로 서라!"

아이는 말허리 쪽으로 돌아섰다.

"바까야로 조센징!"

하시모토는 이런 외침과 함께 말채찍으로 아이의 등을 후려쳤다.

"아양!"

아이가 펄쩍 뛰며 울음을 터뜨렸다.

"시끄럿!"

하시모토가 외쳤다.

아이는 울음을 뚝 그쳤다. 다른 아이들은 사색이 되어 와들와들 떨면서도 도망갈 줄을 몰랐다. 하시모토 앞에서 도망을 갔다가는 더 큰일이 생긴다는 것을 아이들은 너무나 잘 알고 있었던 것이다.

"다음 놈 이리 나와!"

두 번째 아이가 하시모토 장화 아래 섰다. 그 아이의 눈에서는 벌써 눈물이 주르르 흘러내리고 있었다.

채찍이 휘익 소리를 내며 아이의 등을 물어뜯었다.

"엄니이……."

"시끄럿!"

여섯 아이는 소리를 내지 못한 채 눈물을 흘리며 하시모토 앞에 똑바로 줄지어 섰다.

"그 노래 다시 불러서는 안 된다. 또 부르다가 들키는 날에는 소작을 뺏고 농장에서 쫓아내 버릴 것이다. 무슨 말인지 알겠지!"

"야아, 다시넌 안 그러겠구만요."

"야아, 알겠구만이라우."

아이들은 눈물을 훔치고 울음을 추스르고 하며 제각기 대답하기에 바빴다.

하시모토는 그 자리를 떠나며 화가 끓어오르고 있었다. 그놈의 노래가 그 일이 있은 지 한 달도 못 되어 퍼진 것도 그렇고, 불순한 노래내용도 그렇고, 더구나 자신의 농장에까지 스며든 것을 생각하면 화를 누를 길이 없었다. 그따위 놈의 노래가 농장에 퍼지고 있는 것은 불온한 놈들의 손길이 농장에 미치고 있다는 증거일 수 있었던 것이다. 그리고 주재소놈들을 생각하면 더 울화가 치솟았다. 아이들이 그리도 마음 놓고 노래를 불러대는 것을 보면 주재소놈들이 아무것도 모르고 있는 것이 분명했다. 다른 동네에서라도 아이들이 혼쭐이 났더라면 그 소문은 금방 퍼지게 마련이었던 것이다.

하시모토는 말머리를 주재소로 돌릴까 생각했다. 그러나 군산에 나갈 일이 더 급했다. 그는 신경질적으로 채찍을 휘둘러 말엉덩이를 갈겼다. 말이 코를 불며 내닫기 시작했다.

아이와 함께 걸어오던 어떤 여자가 황급히 길 옆으로 비켜섰다. 그리고 아이의 머리를 쑤셔박듯 숙이게 하고는 자기도 허리를 반으로 접어 절하고 있었다. 질주하는 말 위에 올라앉은 하시모토는 그들 모자를 거들떠보지도 않고 지나쳐갔다.

다음날 하시모토에게 호된 추궁을 당한 주재소 순사들은 독이 올라 이 동네 저 동네를 싸돌아다니고 있었다. 그들은 하시모토에게 당한 것만이 아니라 주재소장에게 다시 당해 기분들이 상할 대로 상해 있었다. 특히 장칠문은 중간 책임자로서 겹치기 추궁의 표적이 되다시피 해 이만저만 독이 오른 것이 아니었다.

그놈에 안창남인지 바깥창남인지 어디 그놈 노래만 불러봐라. 아새끼덜언 말헐 것도 없고 부모덜꺼정 줄줄이 엮어덜일 것잉게.

장칠문은 누구든 걸려들기를 바라며 눈에 불을 켜고 돌아다녔다. 그러나 이틀 동안을 발바닥이 부르트게 싸돌아다녀도 그 노래는 들을 수가 없었다. 그 노래는 고사하고 어른들 사이에서 한창 나돌았던 안창남의 이야기도 씻은 듯이 들리지 않았다. 그럴 수밖에 없는 것이 죽산면의 호랑이 하시모토가 여섯 아이들에게 채찍질을 해댔으니 그 소문은 이미 쫙 퍼져 있었던 것이다. 특히 하시모토가 소작인들에게 어쨌다는 소문은 그날로 면 전체에 퍼지고는 했다. 장칠문은 하시모토 앞에 기세 좋게 내보일 것을 찾지 못해 애가 달고 있었다.

며칠째 허탕을 치고 돌아다닌 장칠문은 지칠 만큼 지쳐 주막에서 막걸리로 목을 축이고 있었다.

"어이, 자네 배가 따땃헝가아?"

주모를 꼬나보는 장칠문의 말꼬리가 묘하게 꼬여 돌아가고 있었다.

"무신 말씸이시당게라? 요런 놈에 시장시런 장시 혀갖고 배 따땃헐 세월이 언제 있간디요. 평상 입에 풀칠허능 것이 본전이제라."

생김 반닥한 중년의 주모는 장칠문의 눈치를 살피며 너스레를 떨었다. 시비조가 분명한 그 말투가 무엇을 노리는 것인지 알아내려는 것이었다.

"나가 보기로넌 아조 배가 따땃헌 것 겉은디이?"

주모를 노려보는 장칠문의 얼굴은 더 고약해지고 있었다.

"음마, 아니랑게라. 저어 머시냐, 나가 무신 잘못헌 것이라도 있다요?"

무슨 트집을 잡히고 있는 것을 알고 있는 주모는 먼저 굽히고 들었다. 관리 나부랭이들 성질 거슬러서는 해먹을 수가 없는 장사였던 것이다.

"이놈에 장시 그만 해묵을 챔이여?"

"아이고메, 고것이 무신 베락 치는 소리다요. 지가 차석님헌티 멀 서운허게 혔는지 얼렁 말씸허시씨요. 차석님 맘에만 있담사 이년이야 당장 속곳 벌리고 엎어지겠소."

주모가 주르르 달려와 장칠문 옆에 바짝 붙어앉으며 팔을 붙들었다.

"니년 속곳 벌려봤자 곯아빠진 조갑지 아니여."

장칠문이 팔을 뿌리쳤다.

"음마, 조갑지야 살짝 디친 것이 맛이 질이라고 안 헙디여? 생짜야 미끈덕거림서 비우만 상허고, 푹 삶아불면 물기도 없이 찔기기만 허고, 짭조름헌 물기 낙낙험서 짠득짠득 씹히는 맛이야 살짝 디친 것이란 말이오. 서른여섯이면 딱 그 나이 아니겠소."

주모는 비위짱 좋게 생긋 웃으면서 눈가에 음한 바람을 일구었다.

"저녁 안직 멀었는디 잡소리 까덜 말고, 요새 어찌서 쓸 만헌 소리럴 한마디도 안 알리는 것이제?"

"글안해도 나도 애가 타요. 요새 무신 바람이 불었는지 술 묵으로 오는 사람덜이 팍 줄어불고, 술얼 묵어도 음담이나 까발리고 노름 이애기나 허제 꼬타리 잽힐 시상 이애기넌 안 헌당게라. 요것이 어쩐 일일게라?"

근심스러운 얼굴의 주모는 오히려 장칠문에게 근심을 풀려고 들었다.

"빌어묵을, 요것덜이 인자 백여시가 다 됐당게……."

장칠문은 담배를 꺼내며 투덜거렸다.

"금메 말이오. 하도 닭달얼 당헝게 느느니 눈치뿐인 것 겉드랑게요."

주모는 비위를 맞출 겸 발뺌을 하고 있었다.

"저어, 안에 누구 기신가요? 말 좀 묻겄는디요."

밖에서 들리는 남자의 목소리였다.

"어디럴 찾소?"

길손에 익숙한 주모는 이렇게 말하며 술청문을 열었다.

"저어, 김 참봉댁얼 찾는디요."

"음마, 말로만 듣든 사각모 쓴 대학상 아니시여? 앉은 자리에 풀도 안 나는 김 참봉댁언 저짝으로 두 동네럴 더 가야 허요."

"예, 고맙구만요."

그때 장칠문은 주모가 빠끔하게 열고 있는 술청문을 활짝 열어젖히며 소리쳤다.

"어이, 거그 서!"

문이 갑자기 열리는 바람에 넘어질 뻔한 주모는 장칠문의 뒤에다 대고 눈을 째지게 흘기며 뭐라고 욕을 해대고 있었다.

몇 걸음을 옮기던 대학생이 고개를 돌렸다. 대학생 교복을 단정하게 입고 작은 보자기를 든 것은 송중원이었다.

"어찌 그러시오?"

순사가 갑자기 나타나 놀라면서도 송중원은 침착하게 응대했다.

"어찌 그러는지넌 주재소에 가면 알게 되겠제."

장칠문은 일부러 표정을 고약하게 지으며 송중원의 혁대를 붙들었다.

"아무 잘못헌 것도 없이 주재소넌 왜 가요."

"말이 많혀. 가자면 가는 것이제!"

장칠문은 송중원의 혁대를 잡아뺐다. 그리고 바지 앞섶을 양쪽으로 힘껏 잡아챘다. 작은 단추들이 와드득 떨어졌다. 송중원은 반사적으로 흘러내리려는 바지를 붙들었다. 그리고 재빨리 앞섶을 여몄다.

"걷어채이지 않을라면 부지런히 걸어!"

장칠문은 송중원의 어깻죽지를 치며 앞세웠다.

"체, 또 쌩사람 잡네, 빌어묵을 놈덜."

주모가 술청문을 쾅 닫았다.

송중원은 바지를 거머잡은 채 빨리 걸을 수밖에 없었다. 주재소든 어디든 자신의 꼴을 한시라도 빨리 감추고 싶었던 것이다.

저런 인종들은 도대체 어떻게 돼먹은 종자들인가. 저런 것들이 바라는 것은 도대체 뭔가. 그런데 어떻게 된 것이 저런 종자들이 갈수록 불어나고 있는가. 영원히 일본세상이 되어버렸다고 믿는 것인가. 저런 놈들한테 꼼짝없이 끌려가야 하는 이런 더러운 세상에서 이광수의 「민족개조론」은 왜 튀어나온 것인가. 조선인은 허위와 공상과 공론만 즐기고 게으르며 서로 신의와 충성이 없으니 이를 반대방향으로 개조해야 한다는 것이 이광수의 주장이었다. 이광수는 왜 저런 못된 인종들을 질타하고 정신 차리게 하지 않고 민족 전체를 비하시키고 흉보고 흠집 내고 있는가. 이광수는 3·1운동을 보지도 않았는가. 아니, 지금도 독립투쟁을 전개하고 있는 그 많은 사람들이 안중에 없는 것일까. 이광수는 왜 그따위 글을 쓴 것일까. 그건 바로 일본놈들이 하고 싶어하는 말이 아닌가. 이광수는 무슨 생각을 하고 있는 것일까. 그 의도나 저의는 무엇일까. 그의 정체는 무엇일까……. 그가 과연 사람인가…….

송중원은 견디기 어려운 모독감과 분노 속에서 요새 읽은 이광수의 「민족개조론」을 곱씹고 있었다.

주재소에 도착한 송중원은 소지품부터 전부 꺼내놓아야 했다.

"요것 공산주의 책이제?"

보자기에서 나온 네댓 권의 책을 흩뜨리며 장칠문이 대뜸 말했다. 그의 눈은 묘하게 빛나고 있었다.

"아니오. 보면 알 것 아니겠소."

송중원은 퉁명스럽게 내쏘면서 자신이 왜 잡혀왔는지를 알았다. 그러면서 속으로 비웃었다. 멍청한 놈, 공산주의 서적을 이렇게 들고 다니는 사람들이 어딨냐. 지난 8월의 단속령이 내려지면서 유학생들은 공산주의 서적 휴대를 각별히 신경쓰기 시작했던 것이다.

"개벽? 요것덜언 다 똑같은 개벽이고, 요것언 또 머시여. 또르스 또이 인생론? 요것덜언 다 무신 책이여?"

장칠문이 책들을 뒤적이며 물었다.

"개벽은 잡지고, 톨스토이 인생론은 인생살이 교훈이오. 다 총독 부서 허가헌 책이오."

송중원은 빨리 주재소를 벗어나려고 총독부를 앞세웠다.

"머, 총독부? 공산주의 허는 놈덜이 책껍데기 다른 책으로 바꽈 치기혀서 눈속임허능 것 몰르는지 알어?"

장칠문이 송중원을 꼬나보았다.

송중원은 그만 가슴이 섬뜩해졌다. 그건 유학생들이 쓰는 방법 이었던 것이다. 그 방법을 이런 시골 순사까지 알고 있는 건 그동안 많이 검거되었다는 증거이기도 했다.

"나야 공산주의에 관심 없는 사람잉게 얼렁 책 조사럴 혀보시오."

송중원은 태연하게 말했다.

"요 책덜언 어찌서 들고 댕겨?"

"빌린 것잉게 갖다줄라고요."

《개벽》은 5월호부터 연재된 이광수의 「민족개조론」을 읽어보려 고 빌린 것이었고, 톨스토이 『인생론』은 책값이 비싸 빌려본 것이 었다.

"김 참봉 아덜허고 친혀?"

"예, 같은 학교 댕긴 동무요."

"그놈이 공산주의 헌다는 소문인디?"

장칠문은 불쑥 내질렀다. 갑자기 넘겨짚어 반응을 탐지하자는 유도심문이었다.

"허, 지주 아덜이 공산주의럴 혀요? 갸넌 공산주의럴 너무 싫어 혀서 탈이오."

송중원은 장칠문의 의도를 환히 들여다보며 여유 있게 비켜섰다.

"탈이라니? 글면 공산주의럴 혀야 옳다 그것이여?"

마침내 장칠문은 말꼬리를 잡아챘다.

"아니, 그것이 아니고……."

"아니기넌 머시가 아니여. 니놈이 공산주의럴 전헐라고 혀도 안 된다 그 말이 아니고 머시여."

"그것이 아니고 공산주의럴 그만치 싫어헌단 말 아니겄소."

"잡소리 말어!"

장칠문은 고함과 함께 송중원의 얼굴을 후려쳤다.

"일어나! 니놈이 바로 공산주의자여."

장칠문은 송중원의 멱살을 잡아 일으켰다. 그리고 유치장에 떼밀어넣었다.

10

백설의 땅

하바로프스크의 3월은 아직도 하얀 눈옷을 입고 있었다. 3월이 중순을 지났는데도 도시는 자욱하게 눈에 덮여 있었다. 두껍게 쌓인 눈 속에서 도시는 깊은 겨울잠을 자고 있었다. 그동안 영하 이삼십 도의 강추위 속에서 내린 눈들이 쌓이고 쌓여 모든 건물들의 지붕을 무겁게 내리누른 채 녹을 기미는 보이지 않았다. 그럴 수밖에 없는 것이 3월 중순인데도 영하의 날씨가 계속되고 있었다.

사람들의 옷차림도 겨울 그대로였다. 털외투에 털모자 그리고 가죽장화를 갖춘 사람들이 빙판길을 오가고 있었다. 그래도 3월의 온기는 미약하나마 느낄 수 있었다. 이삼 층 건물들의 양지바른 처마끝에 굵고 긴 고드름들이 묵직하게 매달려 있었다.

"뭘 그렇게 보시오?"

윤철훈이 길 건너편을 올려다보며 걷고 있는 이광민에게 물었다.

"아 예, 저 고드름들이 어쩌나 큰지……."

이광민은 고개를 돌리며 멋쩍은 듯 웃었다. 어린애처럼 고드름에 한눈을 판 것이 그는 사실 멋쩍기도 했다. 그러나 어른의 팔뚝보다 더 굵고 장대처럼 긴 고드름들이 신기하지 않을 수 없었던 것이다. 눈이 적은 고향에서는 손가락 굵기의 한두 뼘 길이의 고드름이 고작이었던 것이다. 그 굵고 큰 고드름들을 보면서 고향 생각에 젖어들고 있던 참이었다.

"예, 워낙 눈이 많이 쌓인 데다 눈이 녹을 새 없이 날씨가 추워지고 하니까요. 헌데, 이 원동에서 벌써 2년이 넘게 있었는데 저런 고드름을 첨 보나요?"

윤철훈은 의아스러운 얼굴이었다.

"아 예, 그간에 마음의 여유가 없어서 그랬는지 어쨌는지 별로 눈에 띄지를 않았습니다."

이광민은 이렇게 대답하며 그동안의 불안했던 생활을 다시 생각하고 있었다.

"예, 그럴 수도 있지요. 앞날 걱정이 바쁜데 저까짓 고드름이 눈에 안 띄는 것이야 너무 당연한 일이죠."

윤철훈은 고개를 끄덕거렸다.

사람들이 걸어다니는 인도는 눈과 함께 빙판을 이루고 있었고, 마차들이 많이 굴러다니고 있는 큰길은 검은 흙탕물이 질척거리며 녹고 있었다. 그러나 눈 위를 스치는 바람결은 찼다.

"저기 저 건물에서 바로 한인사회당이 조직되었습니다. 1918년

6월 26일에 이동휘 선생께서 주도하신 거지요."

윤철훈이 걸음을 멈추고 길 건너편을 손가락질했다.

"아, 그렇습니까!"

윤철훈을 따라 걸음을 멈춘 이광민의 목소리에 반가움이 넘쳤다.

"저 건물도 이젠 유물이 되고 말았습니다."

윤철훈이 건물을 바라본 채 중얼거리듯이 말했다. 그 맥없는 목소리가 왠지 슬프게 들렸다.

"유물이라니요?"

"다 알고 있겠지만 저 건물은 이제 우리하고는 아무 상관도 없습니다. 한인사회당은 다음해에 본부를 블라디보스토크로 옮기고 명칭을 고려공산당으로 바꾸었지요. 그것까진 좋은데, 고려공산당은 작년 12월에 코민테른 지시에 의해 해체되어 버리고, 코민테른 극동총국 휘하에 꼬르뷰로(고려국)가 설치되지 않았습니까. 고려공산당이 해체되어 버렸으니 저 건물은 유물 이상의 의미가 없는 것 아닙니까."

윤철훈의 말끝에는 한숨이 묻어났다.

"예에……."

이광민은 마음 무거움을 느끼며 고개를 끄덕였다.

왜 해체를 당하도록 서로 갈등을 일으킨 것일까. 그들이 애초에 당을 만든 목적이 무엇이었을까. 빼앗긴 나라를 찾자는 것이 아니었겠는가. 그런데 주도권 다툼이 그리도 중한 것이었을까. 그들은 주도권 다툼을 하면서도 당이 해체까지 당하게 될 줄은 몰랐던 것일까. 지금 그들의 심정은 어떨까. 자신들의 행위를 후회하고 반성하고 있을까. 아니면 서로 먹지 못할 떡이었으니 속시원해할까.

"가까이 가볼 필요는 없겠지요? 저 건물 전부가 한인사회당 소유도 아니었으니까요."

윤철훈이 걸음을 옮겨놓았다.

"예, 됐습니다."

이런저런 생각들을 지우며 이광민도 발걸음을 떼어놓았다. 그러면서 그는 건물을 한 번 더 돌아보았다.

러시아풍의 묵직하면서도 아담한 3층 건물은 머리에 눈을 가득 이고 하바로프스크 중앙로를 묵묵히 지키고 있었다.

중앙로의 양쪽으로 줄지어 선 이삼 층의 건물들은 거의가 흑적색이었다. 건물들이 제각기 다른 모습으로 꾸며져 있으면서도 거의 비슷하게 묵직한 느낌을 주는 것은 그 검붉은 색깔 때문이었다. 음산하게 구름 낀 하늘과 두껍게 쌓인 눈 속에서 그 묵직한 색깔은 묘한 조화를 이루고 있었다. 러시아인들은 털옷만큼이나 그 색깔을 좋아하는 모양이었다.

러시아인들은 영하 30도의 한겨울에 입었던 털옷을 날씨가 많이 풀린 3월에도 그대로 입고 있었다. 옷뿐만이 아니라 털모자며 가죽장화도 그대로였다. 남녀가 다를 것 없는 그런 치장은 방한복만이 아니라 그들의 겨울정장이었다. 적설이 녹기는커녕 새로 내리기도 하는 3월은 겨울이 분명했다.

이광민은 머리가 후텁지근하고 갑갑한 것을 느끼며 개털모자를 벗어들었다. 금방 찬바람이 머리카락 사이사이로 파고들며 정신이 말끔해지고 기분이 산뜻해졌다. 이광민은 아직도 털모자에 적응을 하지 못하고 있었다. 영하 이삼십 도의 추위 속에서는 털모자가 없어서는 안 되는 물건이었지만 날씨가 어느 만큼 풀리게 되면 털모자는 머리를 답답하고 묵지근하게 해서 정신까지 흐리멍텅해지는 것이었다.

"머리는 차게 해야 몸에 좋다."

이광민이 어렸을 때부터 들은 이야기였다. 그런데 러시아에 사는 조선사람들은 그 반대의 말을 했다.

"골을 잘 간수하지 않으면 죽는다."

좀 상스럽게 들리는 그 노골적인 말은 머리가 얼어 정신을 잃고 죽게 되는 혹독한 추위에 대한 경고였다. 그런 공포감이 골수에 박인 것인지 러시아인들은 날씨의 변화에도 둔감하게 털모자를 쓰고 잘도 견디어냈다.

"모자가 답답한 모양이지요?"

윤철훈이 이광민을 보며 빙긋 웃었다.

"예, 아직 습관이 안 돼서요."

이광민은 무슨 잘못이라도 한 것처럼 얼른 모자를 썼다.

"예, 우리 조선사람들은 처음에는 다 그렇지요. 모자에 자주 손이 가고 안 가고 하는 것으로 러시아땅에서 얼마나 살았는지 구별할 수 있으니까요."

이광민은 그만 가슴이 뜨끔해졌다. 윤철훈의 말이 러시아땅에서 그렇게 촌티 내지 말라는 것 같기도 했고, 또 그런 뜻이 아니라 하더라도 러시아인들 눈에 풋내기로 표가 나는 것도 별로 좋을 것이 없었던 것이다.

"그런데 저어…… 고려공산당이 5년 만에 해산당한 것이 꼭 내 분 때문이었을까요?"

이광민은 열적음을 면할 겸 해서 의문스러웠던 생각을 꺼냈다.

"아니 그럼, 무슨 다른 이유라도 있는 것 같은가요?"

윤철훈이 민감하게 반응했다.

"글쎄요, 이건 그냥 혼자 생각인데, 혹시 나라가 없어서 무시당한 건 아닐까요? 내분은 빌미가 되고 말입니다."

이광민은 하지 말아야 될 소리를 하는 건 아닌가 하고 생각하면서도 그동안 마음에 품어왔던 의문을 털어놓고 말았다.

"그래요? 그건 전혀 생각해 보지 못한 문젭니다. 나라가 없어서 무시했다……"

윤철훈은 이광민의 말을 되씹으며 골똘하게 생각하는 얼굴이 되었다.

윤철훈은 한동안 말이 없이 걸었다. 이광민은 주춤 걸음을 멈추려고 했다. 지게를 진 조선남자가 지나쳐갔던 것이다. 이광민은 고개를 돌렸다. 그 남자는 두툼한 한복에 상투를 틀고 머리에는 흰 수건을 동이고 있었다. 지금 바로 러시아땅에 들어선 것 같은 조선 농부의 모습 그대로였다.

러시아땅에 언제 왔는데 저런 모습일까. 저 지게는 고향에서 지고 온 것인가, 여기 와서 만든 것일까. 저 사람은 러시아말을 할 줄 알까. 저 지게에 진 것은 무엇일까. 무슨 농작물을 팔려고 시가지에 나온 것일까.

이광민은 이런 생각들을 하며 멀어져 가는 그 남자를 두 번 세 번 돌아보았다.

"글쎄요…… 아무리 생각해 봐도 나라가 없어서 그런 것 같지는 않군요. 어쨌거나 내분이 원인인데, 모든 잘못은 이르쿠츠크파에 있습니다. 왜냐하면 한인사회당을 먼저 결성한 건 엄연히 이동휘 선생입니다. 그리고 이르쿠츠크파는 러시아에 귀화한 자들이니까 이미 한인의 자격이 없는 것입니다. 그런데 그자들이 뒤늦게 당을 조직해 한인 행세를 하면서 분파작용을 일으킨 것 아닙니까."

윤철훈의 말은 단호했다. 그의 얼굴에는 분노의 빛이 드러나 있었다.

이광민은 문득 놀라움을 느꼈다. 한인청년단 간부다운 강한 태도 때문이 아니었다. 그의 판단은 예리하고 새로웠던 것이다.

"이형은 어떻게 생각합니까?"

윤철훈은 분노에 찬 눈길로 이광민을 쳐다보았다.

"예, 저는 그렇게 생각하지 못했었는데 말씀 듣고 보니 그게 타당한 것 같습니다. 그런데 그런 사실을 코민테른에 알리지 않았던가요?"

이광민은 새로운 의문이 생겼다.

"왜 안 알렸겠어요."

윤철훈이 푹 한숨을 내쉬었다.

그 한숨에는 코민테른이 그 사실을 묵살했다는 대답이 담겨 있었다. 코민테른은 왜 그 사실을 묵살했을까? 이미 러시아에 귀화한 사람들이 뒤늦게 조선인 공산당을 조직하고 나선 의도는 또 무엇이었을까? 의문은 더 가지를 쳤다. 그러나 그건 다 부질없는 생각이었다. 고려공산당은 이미 해체당하고 없었던 것이다.

이광민은 자신도 모르게 한숨을 지었다. 또 자유시참변이 떠올랐던 것이다. 그 어이없고 기막힌 사건은 잊을래야 잊을 수가 없었다. 고려공산당의 무모한 파쟁으로 나라를 찾겠다고 나선 젊은이들이 너무나 많이 죽고 다쳤던 것이다. 만주에서 싸워 이기고 일시 피신처를 찾아든 독립군들에게 그건 더욱 분하고 억울한 날벼락이었다. 이광민은 이르쿠츠크파에게 새로운 증오와 분노를 느꼈다.

"저쪽이 아무르강입니다."

윤철훈이 앞쪽을 가리켰다.

중앙로는 널찍한 빈터를 만나면서 끝나고 있었다. 빈터 가장자리로는 발가벗은 듯 키 큰 나무들이 가지를 드러낸 채 줄지어 서 있었다. 그 나뭇가지들 저편으로 하얀 눈밭이 망망하게 펼쳐져 있었다. 갑자기 나타난 그 풍경을 이광민은 멍하니 바라보고 있었다. 아무르강이 그렇게 가까이 있을 줄은 몰랐던 것이다.

"가는 길목이니 강변까지 가보실까요."

윤철훈이 중앙로와 오른쪽으로 연결되고 있는 길을 건너갔다.

넓은 빈터를 지나 강변으로 가는 나무들의 사잇길 주변으로는 사람의 발길이 닿지 않은 깨끗한 눈이 수북수북 쌓여 있었다. 잎이 없는 나무들과 새하얀 눈 위에 적막이 흐르고 있었다. 약간 비탈진 그 길은 길지 않았다. 그 길을 벗어나자 높직한 언덕바지 강변이 나타났다.

이광민은 눈앞에 펼쳐진 끝없는 눈벌판을 망연히 바라보았다. 강은 흔적도 없고 눈벌판이 아득하게 펼쳐져 있을 뿐이었다. 그 넓고 넓은 눈벌판이 바로 얼어붙은 아무르강이었다.

"저쪽 줄기 보이죠? 저기가 우수리강이 아무르강에 합류하는 지점입니다. 그 건너편이 중국땅이고요."

윤철훈이 왼쪽을 손가락질했다.

왼쪽 저 멀리 산봉우리 두 개가 완만하게 흘러내리는 양쪽 줄기를 거느리고 의연한 자태로 자리잡고 있었다. 그 오른쪽 봉우리의 산줄기가 끝나는 부분에 다른 강줄기의 흔적이 아슴푸레하게 느껴졌다.

"이쪽에서부터 저쪽 중국국경까지 100리가 다 됩니다. 겨울에는 장사꾼들이 얼음 위로 왕래하지요."

"아니, 저쪽까지 100리나 됩니까? 이건 강이 아니라 바다로군요."

이광민은 새삼스럽게 놀랐다. 100리의 강폭이 얼어붙고 그 위에 눈이 쌓이고 쌓였으니 눈벌판은 끝이 안 보이도록 넓을 수밖에 없었던 것이다.

"예, 소금기 없는 바다라고도 할 수 있겠지요. 중국사람들이 흑룡강이라고 이름 붙인 것이 그럴듯하기도 하지요. 강이 큰 데다가 물이 탁하기도 하니까요. 저어기 보세요, 사람들이 걸어가고 있군요."

정면에 섬이 하나 있었고, 그 가까이에 사람들의 움직임이 눈에 띄었다. 그런데 그 사람들의 모습은 마치 개미들처럼 작게 보였다.

아, 사람이 저렇게 작게 보이다니!

이광민은 강의 장대함에 놀라며 위압감을 느끼고 있었다. 그리고 한편으로 이 넓고 넓은 강이 굽이쳐 흐르는 모습을 못 보는 것이 아쉬웠다.

"저 오른쪽에 철교 보이지요? 저게 아무르강을 가로지르는 유일한 철꿉니다. 우리가 갈 고려촌은 저 철교 뒤편으로 있고요. 3·1촌은 고려촌과는 반대쪽인 도시의 남쪽입니다. 이제 가볼까요."

윤철훈이 발길을 돌렸다.

이광민은 눈벌판 저쪽에서 불어오는 찬바람을 한껏 들이켜며 다시 한 번 눈길을 왼쪽에서 오른쪽으로 천천히 돌렸다. 좌우로 펼쳐진 눈벌판도 어찌나 넓은지 한눈에 다 들어오지 않아 고개를 돌리지 않으면 안 되었다. 눈벌판은 중국 쪽보다는 우측의 러시아 쪽이 더 아득하고 감감하게 멀어 환상적 아름다움을 자아내고 있었다. 별로 멀어 보이지 않는 중국국경까지가 100리라는데 저 까마득한 벌판의 끝까지는 얼마나 멀 것인가.

내가 왜 여기까지 와 있는가!

불현듯 떠오른 생각과 함께 서러운 감정이 물큰 솟았다. 이광민은 어금니를 꾹 맞물었다. 이 멀고 낯선 땅까지 흘러와 고생스럽게 살고 있는 조선사람들의 모습이 어른거렸다.

윤철훈은 인적 없는 눈길을 천천히 앞서가고 있었다. 이광민은 축축해진 감정을 다스리며 걸음을 빨리했다.

"고향 생각이 나셨던가요?"

윤철훈이 나직하게 물었다.

"글쎄요…… 꼭 그런 건 아니고……."

이광민은 자신의 감정을 말로 하기가 민망해서 그저 얼버무렸다. 그런데 윤철훈의 말에 정말 고향 생각이 왈칵 끼쳐왔다. 아버지 어머니의 모습과 넓은 들녘과 학교 동무들의 모습이 한꺼번에 뒤엉키고 있었다. 그리고 3·1만세의 그 뜨거웠던 열기가 생생하게 떠오르고 있었다. 많은 얼굴들 중에서 송중원의 모습이 오롯이 남았다.

송중원은 지금쯤 무엇을 하고 있는지……. 무사히 피해 일본으로 유학은 갔는지……. 만약 그렇게 되었다면 벌써 대학을 졸업했을 것이었다. 그와 헤어진 지도 어느덧 5년 세월로 접어들고 있었다.

"저어 혹시…… 청산리전투를 함께했으면 방대근이나 김시국 동지를 압니까? 두 사람 다 신흥무관학교 출신이니까 지휘관을 했을 텐데요."

윤철훈이 담배를 꺼내며 물었다.

"글쎄요, 홍범도 장군의 대한독립군이 아니고는 잘 모르겠는데요. 연합작전을 해도 병사들이 서로 교류하며 사귈 수는 없었으니까요."

"아 예, 그랬겠군요."

윤철훈은 담배연기를 내뿜으며 고개를 끄덕였다.

"어떻게, 잘 아는 사이십니까?"

"아닙니다. 몇 년 전에 한 번 만났는데, 아주 인상에 남아서 그럽니다. 블라디보스토크 쪽으로 무기를 구하러 왔었는데 두 사람 다용맹스러워 보이고 언변도 좋았습니다. 함께 투쟁하고 싶은 인물들이었지요. 제가 공산주의 사상에 관심을 써달라고 했었는데 어찌되었는지 모르겠군요."

윤철훈은 회상조로 말하며 눈길을 설원 저쪽으로 보내고 있었다.

"공산주의 물결이 만주에 미친 지도 오래됐으니까요."

"글쎄요, 그쪽에는 젊은 사람들 뜻을 막는 나이 먹은 사람들이 너무 많으니까요. 홍범도 장군을 공개적으로 욕해 대는 문건들을 보시오. 흑하사변에서 홍 장군이 잘못한 게 뭐가 있습니까. 그런데 마치 홍 장군이 일을 꾸며댄 것처럼 욕해대는 사람들이 만주의 주도권을 잡고 있으니 젊은 사람들이 무슨 뜻을 펼 수 있겠어요."

윤철훈의 목소리는 강한 생김대로 뜨거워져 있었다.

"당장은 그럴지 몰라도 끝까지 막을 수야 있겠습니까."

"그야 그렇지요. 나이든 사람들이 늙어가면 자연히 주도권이 바뀔 테니까요. 이형은 혁명적 낙관주의로군요?"

윤철훈이 웃었다. 이광민도 그를 마주 보며 웃었다.

얼마를 더 걸어가자 얼어붙은 빙판 위에 쪼그리고 앉은 사람들이 멀찍하게 보였다. 물고기를 낚는 사람들이었다.

"강에 고기가 많습니까?"

이광민은 그 사람들의 모습에서 추위를 느끼며 물었다.

"예, 많지요. 요만큼씩 큰 메기와 잉어가 드글드글하고, 특히 맛좋기로 이름난 철갑상어는 특산물 아닙니까."

윤철훈은 오른팔을 들어 왼쪽으로 겨드랑이 밑을 짚어 보이며 메기와 잉어의 크기를 보여주고 있었다.

"그럼 추위를 참을 만하겠군요."

"저 사람들 다 우리 조선사람들입니다."

망원경을 들이대기라도 한 것처럼 윤철훈이 말했다.

"아니, 다 조선사람이라니요?"

그 장담하듯 하는 말이 이상스러워 이광민은 되묻지 않을 수 없었다.

"아 예, 우리 조선사람들이 부지런하고 지독스럽다는 걸 모르나요?"

"러시아사람들까지도 놀랄 만큼 농사짓는 기술이 좋고, 부지런하다는 건 알고 있습니다."

"하하, 농사만 부지런하게 짓는 게 아닙니다. 우리 조선사람들은 살아나가는 데 보탬이 되면 무슨 일이고 가리는 것 없이 지독스럽게 합니다. 어째서 조선사람들은 바위 위에 올려놔도 살아난다는 말이 나왔겠어요. 러시아사람들은 먹기는 좋아해도 게을러서 저런 힘든 빙판낚시 같은 것은 할 생각도 안 합니다. 우리 조선사람들은 겨우내 방 안에서 노느니 낚시질을 해서 살림에 보태자고 저리 나선 것 아닙니까."

"예, 그렇군요. 헌데 조선사람들은 바위 위에 올려놔도 살아난다는 말은 러시아사람들이 하는 말인가요?"

이광민은 그 말이 너무 가슴 아리면서도 감동스러워 굳이 확인을 하고 싶었다.

"그렇지요. 처음엔 러시아사람들이 하기 시작한 말인데 언제부턴가는 조선사람들끼리 쓰기도 합니다."

"그게 무슨 뜻입니까?"

"그러니까 뭐랄까요? 우리 조선사람들은 '바위 위에 올려놔도 살아난다'는 말은 조선사람들끼리도 서로 격려할 때, 서로 위로할 때, 그리고 또 조선인으로서 자긍심을 느낄 때 쓰기도 합니다."

"아, 알겠습니다. 알겠습니다."

이광민은 폭넓게 고개를 끄덕거렸다. 그런 그의 가슴은 먹먹해지고 있었다. 자기 나라를 빼앗기고 남의 나라로 쫓겨와 사는 동포들이 그런 말로 서로를 격려하며 더 열성으로 일하고 서로서로 조선사람이라는 자긍심을 북돋우며 생활을 꾸려간다는 것이 너무 가슴 저리고 눈물겨웠던 것이다.

그러나 더 가슴 아픈 것은 동포들이 이 머나먼 하바로프스크까지 흘러와 살고 있다는 사실이었다. 두만강 건너 녹둥(핫산)에서 하바로프스크까지는 2,500리가 넘는다고 했다. 그들은 국경이 가까운 연추영은 안 되더라도 좀더 떨어진 해삼위나 수청 또는 소학령 같은 곳에서 살고 싶었을 것이다. 그러나 그런 곳에는 앞서 자리잡은 사람들이 많아 추운 줄 알면서도 북으로 북으로 살길을 찾아나선 것이다.

이광민은 다시금 발길이 무거워지는 것을 느꼈다. 그런 동포들이
마련해 준 독립자금을 받아간다는 것이 못내 미안하고도 마음 우
울했다.

그들은 강변의 눈길 30리를 걸어 고려촌에 당도했다. 눈이라도
내릴 것 같은 흐린 하늘에서 어스름이 번지고 있었다. 아무르강을
가로지르는 철교가 왼쪽으로 바라보이는 고려촌은 앞으로 강을
두고 뒤로는 농토를 깔고 앉은 아담하고 한적한 마을이었다. 60여
호의 집들이 옹기종기 모여 있는 마을 주변으로는 그저 질펀한 눈
밭이었다.

"우리 조선사람들 머리 쓰는 것 좀 보세요. 도회지가 가까우면
서 강도 가까운 빈 땅을 찾아 마을을 이루고, 집들은 바람을 막으
려고 둔덕을 등지고 짓지 않았습니까. 농사도 짓고 고기도 낚고 하
기는 더없이 안성맞춤이죠."

윤철훈이 마을 이쪽저쪽을 둘러보며 안내자답게 말했다.

"예, 그렇군요. 여긴 고려촌, 저쪽은 3·1촌……."

이광민은 가슴 아련한 감회에 젖어들며 중얼거렸다. 조선의 마
을들과 너무 똑같은 마을의 모습을 바라보며 그 명칭의 의미가 더
욱 절절해지고 있었다.

"예, 우리는 죽어도 조선사람이다 하는 뜻 아닙니까. 어서 들어갑
시다. 춥고 배고픈데."

윤철훈은 동네 왼쪽 끝부분에 있는 어느 집으로 거침없이 들어

갔다.

"강섭이, 강섭이 있는가?"

윤철훈의 말이 끝나기 바쁘게 판자문이 벌컥 열렸다.

"자네 인제야 오는구만." 반가운 목소리와 함께 한 남자가 불쑥 몸을 내밀다 말고 엉거주춤하며, "아니, 동행이 있으신가?" 하면서 빠른 눈길로 이광민을 훑었다.

"응, 인사하게. 이광민 동질세."

윤철훈이 그와 악수하며 말했다.

"어서 오십시오. 조강섭입니다."

그 사람이 먼저 손을 내밀었다.

"첨 뵙겠습니다. 이광민입니다."

아무 스스럼없이 악수를 청하는 상대방의 태도에서 이광민은 러시아풍을 강하게 느꼈다. 러시아사람들이 악수를 나누는 습관은 무척 유별났다. 어떤 사람을 따라 그의 집에 가면 그 집 식구들은 소개를 받기도 전에 악수부터 하기에 바빴고, 혹시 놀러 온 그 집 형제나 친척마저 아무 거리낌 없이 악수를 청하는 것이었다. 그러기는 남녀가 마찬가지였고 심지어 아이들까지도 그러는 것이었다. 그 활달한 친교의 뜻이 고맙고 마음에 들면서도 이광민은 스스로 몸에 익히기가 쉽지 않았다.

"이 동지는 홍범도 장군 부대원이었고 수청지구에서 빨치산투쟁을 했네." 윤철훈이 조강섭을 뒤따라 집 안으로 들어가며 말하고는, "조 동지는 빨치산투쟁을 하다가 재작년에 이곳 소학교 선생으로 옮겨앉았지요." 그는 이광민을 돌아보며 말했다.

이광민은 조강섭이 다리를 절룩이는 것을 놓치지 않았다. 그 다리는 그가 왜 빨치산에서 소학교 선생이 되었는지를 말해 주고 있었다.

"시장하지? 밥부터 먹세. 이 선생님은 안녕하신가?"

조강섭은 두 사람에게 앉으라는 손짓을 하며 물었다. 이 선생님이란 이동휘 선생을 말하는 것이라고 이광민은 짐작했다.

"응, 원체 강골이시니까. 자네한테 안부 전하라는 말씀이 간곡하시데. 그거 내가 할 테니까 자넨 앉아 있게."

"이거 왜 이러나, 여긴 내 집이야. 괜히 다리병신 취급하지 말고 객이면 객답게 점잖게 앉아 있어."

조강섭이 윤철훈을 가로막으며 날카롭게 쏘아붙였다.

"허, 그간에 장가나 좀 갈 일이지. 사방에 널린 게 여잔데 장가도 못 가고 큰소리치기는."

윤철훈은 헛웃음을 치며 물러섰다.

조강섭과 윤철훈은 생김부터가 대조적이었다. 윤철훈은 뼈대 굵은 몸집에 얼굴이 둥글넓적했고, 조강섭은 호리호리한 몸매에 얼굴이 갸름좁장했다. 뚝심 세게 생긴 윤철훈과 성질 세게 생긴 조강섭을 바라보며 이광민은 두 사람 사이에 오가는 남다른 우정을 느끼고 있었다.

"누군 장가가기 싫어서 안 가는 줄 아나. 말만 하지 말고 쓸 만한 여자부터 구해와. 러시아년들이야 흔해빠졌지만 쓸모없이 색이나 밝혀대고, 조선처녀들이야 어디 있어야 말이지."

조강섭은 찬장에서 무언가를 꺼내며 농조로 말했다.

집은 방과 부엌이 따로 구분되지 않은 함경도식 한 칸짜리였다. 한쪽 벽에 세워진 투박한 책꽂이가 유일한 치장물이었다.

"러시아처녀들 좀 예쁜가. 자네야 여자들이 좋아하니까 하나 잘 골라보지그래. 젖도 출렁출렁한 게 조선처녀야 댈 게 아니잖나."

윤철훈이 다리를 쭈욱 뻗으며 빙글거리고 웃었다.

"처녀 때 예쁘고 젖만 크면 대순가. 애 하나만 낳고 나면 모두 돼지가 돼버리고, 그놈에 구멍이 맞어야 말이지."

"옳지, 이실직고하는구면. 그간에 러시아처녀들 얼마나 더 버려놨나? 사람이 양심이 좀 있어야지. 처녀들 버려놓기만 하고 장가는 안 들겠다니 원."

"허, 남 말하고 앉었네. 과부한테 불알 잡히고, 유부녀하고 그 짓 하다가 들켜 빨가벗고 도망친 게 누군데 그래. 이 동지 앞에서 다 까발려봐야 입다물겠어?"

"어허, 나야 독립자금 긁어내느라고 봉사투쟁한 거 아닌가. 점잖은 이 동지 물드는데 그만두세그려."

윤철훈이 껄껄대고 웃었다.

"이 동지가 점잖다고? 그렇겠군. 러시아땅에서 얼마 안 된 데다 투쟁만 하셨으니. 헌데 그것만은 점잖아서 좋을 게 없어요. 그 기계도 안 쓰면 녹이 스니까요. 러시아여자들이 몸집이 큰 만큼 그 구멍도 크지만 그래도 겨울에 몸풀기는 아주 최고예요. 그 밑이 뜨끈뜨끈하고 화끈화끈한 게 화로가 따로 없어요. 왜 거기가 그리 뜨거운지 압니까? 지독하게 추운 날씨에 냉병 걸리지 말라고 하느님이 그리 만들어준 겁니다. 그 맛과 이 맛을 제대로 알아야 러시아 땅에 살 자격이 있어요."

조강섭은 웃지도 않고 그런 말을 하며 술병을 흔들어 보였다. 그는 술병과 안주를 두 사람 앞에 갖다 놓았다.

"이사람, 초면에 못할 소리가 없군. 아니, 이건 철갑상어 아닌가!"

윤철훈이가 안주를 보고 반색했다.

"이 동지가 오실 줄 알았지. 밥이 끓기 전에 한잔씩 하세."

조강섭이 자리잡고 앉으며 이광민을 보고 빙긋 웃었다.

이광민도 마주 보며 웃었다. 그러면서 이광민은 한결 친근함을 느끼고 있었다. 그건 그들이 나눈 음담의 효과였다. 그 이야기에는 부처님도 웃더라고 그들의 격의 없는 농담은 사나이들의 첫 대면을 더없이 부드럽게 해주었다. 하나는 고정자금책이었고, 또 하나는 자금운반책이었다. 언제나 긴장하고 신경을 곤두세워야 하는 일이었다. 그런데 그들은 여유만만하게 그런 농담을 즐기는 것이었다. 이광민은 그 여유와 느긋함에서 긴장이 풀리고 기분이 전환되는 것을 느끼고 있었다. 그리고 사람을 마음 편하게 대하는 요령을 배우고 있었다.

"보드카에 철갑상어라. 자넨 역시 내 가치를 알아주는군."

윤철훈이 술병을 들며 흡족해했다.

"그래, 2천 리 길 오느라고 수고했네. 술은 내가 따라야지."

조강섭이 술병을 빼앗아 들었다.

세 사람은 술잔을 들었다.

"조국의 독립을 위해서!"

조강섭이 술잔을 내밀었다.

"조국의 독립을 위해서!"

윤철훈과 이광민은 목소리를 맞추며 술잔을 내밀었다. 세 개의 술잔이 부딪쳤다. 그 소리는 잔에 든 술처럼 맑았다. 세 사람은 고개를 젖히며 술잔을 단숨에 비웠다.

"크으, 맛좋군. 이 맛 때문에 보드카는 혁명을 안 당했지."

윤철훈은 차진 입맛을 다시며 소금에 절인 철갑상어 한쪽을 집어들었다.

"홍범도 장군도 뒤로 물러나고, 이동휘 선생님도 이젠 늙으셨지."

조강섭의 중얼거림이었다. 그 나직한 목소리에 근심이 배어 있었다.

"걱정 말어. 이 선생님은 이번 조선인군대 결성으로 새 힘을 발휘하실 거네."

"글쎄, 그래야 될 텐데. 가만있자, 밥이 다 돼가겠지……."

조강섭이 자리를 떴다.

밥은 쌀이라고는 구경할 수 없는 잡곡밥이었다. 반찬은 김치와 고사리나물, 간장이었다.

"밥이 이 모양입니다. 이만 위쪽으로는 쌀농사가 안 되는 것 아시죠?"

조강섭이 이광민을 보며 웃었다.

"예, 잡곡밥도 많이만 있으면 좋습니다."

이광민은 마주 웃으며 대꾸했다. 그러면서 이만 위쪽으로는 쌀농사가 안 된다는 처음 아는 사실을 슬쩍 넘겼다.

"자네가 고사리나물도 무칠 줄 아나?"

윤철훈이 철갑상어쪽들이 가지런히 놓인 접시를 상 위로 올리며 물었다.

"아니네. 하루에 한 가지씩 돌아가면서 해오는 거네."

"그러면 그렇겠지. 선생님 대접 톡톡하게 받고 사네그려. 부러운데."

윤철훈이 숟가락을 들었다.

"어서 드시지요. 시장하실 것 같아 국은 그만 생략했습니다. 어서 드시고, 이따가 또 감자를 삶아먹도록 하죠."

조강섭은 이광민에게 집주인 노릇을 착실하게 하고 있었다.

"한 잔으로는 섭섭하지 않은가?"

윤철훈이 술병을 들었다.

"한 병은 안 섭섭하고?"

조강섭이 눈흘김을 하며 윤철훈이 따르는 술을 받았다.

그들은 다시 술잔을 비웠다.

"이동휘 선생님이 군대 명칭을 조선인군대라고 붙인 건 참 잘하신 일이야."

입술을 훔치고 난 조강섭이 심각한 얼굴로 말했다.

"이르쿠츠크파와 귀화 한인들의 세력을 배제하고, 왜놈들 군대도 철수했으니까 러시아 적군하고도 손을 끊는다는 뜻이지. 이 선생님도 그동안 고생을 너무 많이 겪으시지 않았나.”

윤철훈도 진지해져 있었다.

“귀화한 자들은 처음부터 말썽이더니 끝까지 말썽이야. 차르왕조에 충성하는 백성이 되겠다고 조선을 버리고 러시아에 붙은 것은 뭐고, 독립지사들이 연해주에 자리잡으려고 협조를 구할 때는 싹싹 외면했던 자들이 혁명이 일어나니까 돌변해서 적군에 가담하는 척하다가 뒤늦게 고려공산당을 만들고 나서는 건 또 뭐야. 그놈들 때문에 손해가 얼마나 막심해. 순 박쥐 같은 놈들.”

“한 번 배신한 자 두 번 배신한다고 하지 않던가. 다 기회주의자들의 작태야. 우선 밥부터 먹세.”

윤철훈을 따라 이광민도 밥을 떠넣었다. 조강섭은 숟가락 대신 술병을 들어 자기 잔을 채우며 말했다.

“문제는 그놈들이 계속 주도권을 장악하려는 것 아닌가. 앞으로 흑하사변 같은 일이 또 벌어질지도 모른단 말일세.”

윤철훈은 묵묵히 밥만 씹고 있었다.

이광민은 그 새로운 말을 생각해 보았다. 고려공산당을 해체시킨 국제공산당에서는 휘하에 고려국을 설치했다. 그리고 위원으로 상해파 이동휘 선생을 비롯해서 이르쿠츠크파들도 임명했다. 그건 세력의 균형을 맞추려는 안배였다. 그러나 그건 말썽의 불씨일 수도 있었다. 양쪽이 협력하지 않고 어느 한쪽이 계속 주도권 장악을 시도하면 또다른 흑하사변은 언제든지 일어날 수 있었다.

"아마 그런 불상사는 더 없을걸세."

윤철훈의 무거운 말이었다.

"무슨 뜻인가?"

"확실하지는 않지만 이동휘 선생께서 더 이상 주도권에 연연하시지 않을 것 같네. 주도권도 당이 있을 때 이야기니까."

"아니, 그게 사실일까?"

조강섭이 놀라움을 나타냈다.

"생각해 보게. 당도 해체되어 버린 마당에 괜한 주도권 싸움을 해서 또 그런 참변이 벌어지기를 이 선생님이 바라시겠는가? 다름 아니라 조선인군대를 결성하시려는 게 그런 심중을 나타내는 것 아니겠나."

"으음…… 그런 것도 같군."

조강섭이 생각 깊은 얼굴로 고개를 느리게 끄덕였다.

"헌데 저어…… 이 선생님께서는 독립투쟁의 한 방편으로 공산당을 조직하셨다고도 하는데, 그럼 앞으로는 어찌 될까요? 공산주의하고는 관계가 멀어지게 되는 걸까요?"

이광민의 말이 조심스러웠다.

"글쎄요, 그건 잘 모르겠는데요."

윤철훈이 고개를 저었고

"아닙니다, 그렇지는 않을 겁니다."

조강섭은 강한 어조로 말했다.

그들의 대화는 여기서 중단되었다. 밤이 되어서 그런지 나뭇가지들이 바람을 타는 소리가 심해지고 있었다. 호롱불빛이 밥만 먹고 있는 세 사람을 비추고 있었다.

"일본군들이 철수했는데도 이 동지는 만주로 안 돌아갔군요. 조선인군대 결성에 이렇게 적극 나서신 걸 보니 아주 연해주에 남으실 작정을 한 모양이지요?"

밥을 유난히 빨리 먹은 조강섭이 숟가락을 놓으며 말문을 열었다.

"빨치산 탈락자가 밥 빨리 먹어치우는 버릇은 못 고쳤군."

윤철훈이 밥그릇을 긁으며 픽 웃었다.

"예, 어디서 싸우나 마찬가지니까요."

이광민은 그저 쉽게 대답했다. 그러나 속마음은 그렇게 확실하지가 않았다. 앞으로 어떻게 될 것인지는 스스로도 알 수가 없었다. 형편의 변동에 따라 얼마든지 달라질 수 있었던 것이다.

그동안 연해주에서 일본군을 상대로 빨치산투쟁을 했던 것은 부대가 활동하는 대로 따른 것이었다. 흑하사변이 수습된 다음 안무의 부대는 우수리강을 건너 만주로 되돌아갔다. 그리고 다른 크고 작은 부대들도 지난날의 터를 찾아갔다. 그때 홍범도 장군은 부대원들을 통제하지 않았다. 그래서 다른 부대를 따라 만주로 떠난 사람들도 더러 있었다. 그러나 자신은 그 길을 택하지 않았다. 일본군들이 시베리아 일대에서 총질을 하고 있는 상황에서 투쟁지가 꼭 만주여야 될 이유가 없었고, 낯선 다른 부대로 옮기는 것도 내키지 않았던 것이다. 시베리아에 일방적으로 몰려든 일본군들은 러시아혁명군의 적만이 아니었다. 그건 조선의 공동의 적이었다.

밥상을 치운 조강섭이 책꽂이 뒤에서 무엇인가를 꺼냈다.

"모은다고 모았는데 별로 많지가 않네."

조강섭은 기름종이로 싼 두툼한 것을 윤철훈의 앞으로 밀어놓았다.

"동포들이 살기도 어려운데…… 자네가 또 중간에서 애를 썼어."

윤철훈의 목소리가 침울한 듯 무거웠다.

"나야 무슨, 우리가 원할 때마다 성심성의 힘을 합쳐주는 동포들이 그저 고마울 뿐이지."

"그래, 동포들의 그런 마음을 느낄 때마다 우리 조선은 망한 게 아니라는 사실을 확인하고는 하지."

윤철훈이 돈뭉치를 움켜잡았다.

이광민의 눈앞에는 수청 일대의 희생적인 동포들의 모습이 떠오르고 있었다.

"그래도 이 근방에 사는 동포들이야 소학령이나 수청 근방에 사는 동포들에 비하면 그나마 다행 아닌가. 그쪽 동포들은 그간에 얼마나 고생이 많았나."

조강섭이 비감한 얼굴로 담배를 빼들었다.

이광민은 문득 놀랐다. 자신의 생각과 조강섭의 생각은 너무나 똑같이 일치했던 것이다.

"그렇지. 우리 빨치산들 먹이고 입히느라고 애쓰고, 일본군들한테 위협당하고 폭행당하고 죽고, 동포들이 겪은 온갖 고생을 생각하면 가슴 아프고 면목이 하나도 없지."

윤철훈의 목소리가 더 침통해졌다.

"아니, 면목이 없지야 않지. 아직 나라를 완전히 해방시키지는 못했지만 빨치산들이 얼마나 치열하게 싸웠고, 얼마나 많이 죽었는가. 결국 왜놈들 군대를 연해주에서 싹 몰아내지 않았는가. 그것만으로도 우리 빨치산들은 체면은 세운 거 아닌가. 이제 연해주 동포들이야 맘놓고 살 수 있으니까."

조강섭의 말은 다리에 부상을 당한 용사답게 당당했다.

이광민은 조강섭의 말에 동감했다. 일본군들이 작년 10월에 연해주에서 철수한 것은 조선인 빨치산들이 러시아 적군과 협동한 결과였다. 조선인 빨치산들의 활동이 없었더라면 일본군들은 지금까지도 연해주에 버티고 있을지 모를 일이었다. 조선 빨치산들의 활약에 대해서는 러시아 적군들만이 아니라 일반인들한테도 널리 알려져 있었다. 조선 빨치산들은 러시아 적군과 협동해 일본군을 몰아내고 시베리아땅을 혁명정부에 되돌려준 동시에 연해주의 우리 동포들이 편안하게 살 수 있도록 공을 세운 것이었다.

"그래, 조선은 아직 해방시키지 못했어도 연해주는 해방시켰다! 자네 말이 맞네. 동포들도 그 공이야 잘 알고 있으니까."

윤철훈이 조강섭의 진정을 잘 안다는 듯 활기차게 말하며 밝게 웃었다.

"일본놈들, 어리석고도 지독한 놈들이야. 몇 년 버티지도 못하고 밀려날 놈들이 시베리아를 다 집어먹을 속셈으로 벽돌로 막사를 그렇게 견고하게 지어대다니."

조강섭이 이를 갈 듯이 말하며 술병과 잔들을 옮겨놓았다.

"당연하지, 7만 병력을 투입했을 때야 꼭 시베리아를 집어삼킬 작정이었지. 러시아혁명군을 얕잡아보았으니 그런 몽상을 할 만도 하지 않나. 시베리아를 먹어치우면 만주야 더 쉽게 손아귀에 넣을 수 있으니까. 왜놈들의 왜소한 대가리들이 벌인 탁상공론이지."

윤철훈이 코웃음을 쳤다.

이광민은 일본군들의 붉은 벽돌막사를 떠올렸다. 러시아의 혁명을 방해하려고 시베리아에 밀려든 일본군들은 막사를 붉은 벽돌로 줄줄이 지어댔다. 영국·프랑스 등과 체결한 조약을 어기고 일방적으로 7만의 병력을 투입시킨 것과, 막사를 붉은 벽돌로 견고하게 지어댄 것은 일본의 의도가 무엇인지 여실하게 보여주는 것이었다. 수청에서 블라디보스토크, 그리고 우스리스크에서 블라디보스토크 사이의 여기저기 둔덕에는 붉은 벽돌막사들이 몇 채씩 줄지어 있고는 했다. 그러나 일본군은 아무것도 얻은 것 없이 그 막사들만 러시아의 혁명정부에 헌납하고 시베리아에서 밀려나고 말았다. 그 막사들을 짓는 데 많은 동포들이 끌려가 부역을 당했다.

"참 수청지역에서 왜놈들이 우리 빨치산한테 애 많이 먹고 고전했지. 수청은 산세가 아주 기기묘묘하게 생겼거든."

술잔을 비운 조강섭이 회상조로 말하며 눈이 가늘어졌다.

"빨치산활동을 하기에 그보다 더 좋은 데가 어디 또 있을까?"

윤철훈도 수청을 생각하는 듯한 얼굴로 고개를 끄덕거렸다.

"언제 떠나려나?"

조강섭이 물었다.

"한시가 급하네."

"그렇겠지. 감자나 삶아먹세."

조강섭의 말이 서운한 듯 괴로운 듯 묘한 여운을 남기고 있었다.

11

소작회 결성

길게 뻗어나간 방죽을 사이에 두고 바다와 맞닿아 있는 간척지는 또 하나의 광활한 벌판을 이루고 있었다. 남쪽 끝에서 북쪽 끝이 아슴푸레하게 먼 그 벌판은 다른 벌판과는 달리 싱싱한 황갈색이었다. 보통의 회갈색 벌판에 비해 그 황갈색 벌판은 한결 곱고도 기름져 보였다. 그 넓은 벌판 어디에서도 흑회색의 뻘 밭은 찾을 수가 없었다. 바닷물의 소금기에 절고 전 뻘 밭을 새 흙으로 덮은 모습이었다.

그 황갈색 벌판은 불이흥업에서 3년 만에 완료시킨 간척지 2,500정보, 750만 평이었다. 그 넓은 땅이 동산 하나도 막히는 것 없이 아득하게 펼쳐져 있었다. 그런데 벌판 가운데는 둥그렇게 색깔이 달랐다. 넓은 마당에 둥근 멍석을 깔아놓은 것 같은 그곳은 묵직한 푸른 색조를 띠고 있었다. 그건 사방의 농토에 물을 댈 저수지였다. 그 넓이는 자그마치 97만여 평이었다.

그리고 그 벌판에는 바둑판을 그려놓은 듯 굵고 가는 선들이 반 듯반듯하게 쳐져 있었다. 직선으로 정지와 분할을 한 크고 작은 길 들과 논두렁들이었다. 그 벌판은 곧 물을 대고 농사를 지을 것처럼 준비가 다 끝나 있었다.

"짜아, 으쩌냐! 저 들판이 다 이 애비 손으로 맨글어낸 것이다."

북쪽 방죽의 끝머리에 선 이동만은 팔을 들어 커다란 동그라미 를 그리며 감회에 젖은 목소리로 말했다.

"……."

그 옆에 선 젊은이는 벌판과 바다를 묵묵히 바라보고만 있었다.

"으째 아무 말이 없냐?"

이동만은 작은아들 쪽으로 고개를 홱 돌렸다.

"야아, 굉장허구만이라우."

굉장하다는 말에 비해 젊은이의 목소리에는 아무런 느낌이 담 기지 않고 그저 보통 어감일 뿐이었다.

"그간에 이 애비가 얼매나 심들었겠냐."

이동만의 말은 퉁명스러웠다. 저 넓은 간척지를 보고도 무감동 하고, 애비의 고생에 대해서도 먼저 인사말 한마디 없는 작은아들 의 태도가 그는 영 마땅찮았던 것이다.

"야아, 고상 많이 허셨구만요."

젊은이의 목소리는 여전히 심드렁했다.

"경욱아, 저 뻘 밭이 요렇타게 농토가 되게 누가 다 측량했는지 알지야?"

"야아……."

"대답이 어쩨 그리 선찮냐. 느그 성이 해낸지나 알고 있능겨?"

이동만의 목소리가 커지며 눈을 치켜떴다.

"야아, 첨보톰 알고 있었구만이라."

이경욱의 어조가 약간 달라졌다.

"그려, 경재 측량기술이 일본사람덜 찜쩌묵게 좋아서 이 에로운 측량을 다 해낸 거이다. 그렇게 이 넓은 땅얼 우리 부자지간이 맨글어낸 것이다 그 말이여. 니가 동경으로 뜨기 전에 이 너른 간척지럴 꼭 귀경시킬라고 헌 이 애비 맘얼 인자 알겄냐?"

"야아……."

"그려. 헌디, 이 애비넌 요것으로 맘이 차덜 안혀. 무신 말인고 허니, 요것으로넌 우리 집안이 일어났다고 헐 수가 없단 말이여. 우리 집안얼 더 단단허고 여보란디끼 일어나게 헐라면 니가 기연시 판검사가 돼야 허는 것이여. 니가 그리 공부럴 잘허는 것이 바로 우리 집안얼 크게 일으키라고 조상님네덜이 돌보시는 것이다 그 말이다. 이 애비 말 알아묵겄냐?"

이동만은 마디마디에 힘을 넣어가며 말했다.

"야아, 명심허겄구만요."

이경욱은 또렷하게 대답했다. 아버지의 말이 길어지지 않게 하기 위해서였다.

"그려, 맘 강단지게 묵고 판검사가 되기만 혀. 이 애비가 학비야

풍족허니 댈 것잉게. 니가 판검사 나으리만 됨사 이 애비넌 시상에서 기룬 것이 아무것도 없겄다. 니가 애비 소원 꼭 풀어주겄지야?"

"야아……."

"그려, 겁묵을 것 하나또 없어. 니 공부넌 항시 이찌방(일등) 아니여? 더 맘 야물딱지게 묵고 동경 가서 공부허면 그까진 고등고시야 눠서 떡 묵기다. 조선사람덜도 판검사가 발쎄 많이 나오덜 안혔냐. 그라고 말이여, 니가 동경 가서 하늘이 두 쪽이 나도 가차이혀 서넌 안 될 것이 있다. 고것이 먼지 아냐? 공산주의여, 공산주의! 동경에 그 병이 돌림병으로 퍼져 부잣집 아덜덜이 병이 드는갑는 디, 그리되면 끝장이여!"

이동만은 작은아들을 응시했다. 그 눈길이 마치 맹세라도 받아내려는 것 같았다.

"그런 일 없을 것이구만요."

이경욱은 또 분명하게 대답했다.

"그려, 꿈에라도 그런 일언 없어야 혀. 만에 하나 니가 그런 못된 풍조에 물들면 이 애비도 망허고, 느그 성도 망허고, 아니 여러 말 헐 것 없이 온 집안이 쫄딱 망허는 것잉게 그리 알어."

말을 마치자마자 이동만은 침을 퉤퉤 내뱉었다. 말을 하고 보니 액이 끼는 것 같았던 것이다.

"허! 240만 원도 큰돈이다만, 그 돈 딜이고 저만헌 땅 생겼으면 공짜다, 공짜. 나도 인자 저만헌 땅얼 지녔으면 좋겄는디……."

이동만은 드넓은 간척지를 아슴한 눈길로 바라보며 중얼거리고 있었다.

품삯얼 많이 안 줬다고 인심이 영 안 좋든디요.

이 말이 불쑥 나오려는 것을 이경욱은 꾹 눌렀다.

"일얼 시작헐 적에넌 어느 하세월에 될랑가 심란시럽등마, 하여튼지 간에 사람 심이란 것이 무섭기넌 무선 것이여."

이동만은 감개무량하다는 듯 고개를 주억거리며 돌아섰다.

맞어요, 저것이 수많은 사람덜 피땀으로 된 것이제 아부지허고 성님 심으로 된 것이 아니란 말이오.

이경욱은 아버지 뒤를 따라가며 이렇게 속말을 하고 있었다.

"보라, 조선의 사나이 된 자들이, 더욱이 배움을 가진 자들이 어떻게 살아야 하겠는가. 그건 두 가지 길밖에 없다. 항일이냐, 친일이냐 하는 것이다. 아니, 또 하나 길이 있다고 생각할 수 있다. 항일도 친일도 하지 않고 중간에서 엉거주춤 살아가는 것 말이다. 그러나 그건 분명히 친일이다. 다만 적극적이지 않고 소극적이란 차이가 있을 뿐이다. 그러면 그것이 왜 친일인가? 조선인에겐 남녀노소를 불문하고 항일을 해야 할 책임과 의무가 있다. 더욱이 배움을 가진 지식인들은 그 책무가 더 커진다. 그런데 왜놈들의 범죄를 방관하다니. 범죄를 방관하는 것은 범죄를 조장하는 것이고 동조하는 또다른 범죄다. 그러니 그게 친일이 아니고 무엇인가. 식민지가된 이 땅에서 지금 가장 고통받고 고생에 시달리며 사는 사람들은 누구인가. 그들은 바로 배움도 없고 가난한 소작농들과 노동자들이다. 그들은 가난하기 때문에 왜놈들의 착취정책을 피할 능력이 없이 매일매일을 고통에 시달리며 피해를 가장 많이 받고 살 수밖에 없다. 고통과 싸우는 그들의 생활, 그건 바로 항일이다. 다만 적극적이지 못할 뿐이다. 그러나 지식인의 방관에 비하면 그건 적극적인 항일이 된다. 그럼 그 수많은 사람들을 어찌할 것인가. 그 사람들을 구할 책임이 바로 지식인들에게 있다. 그게 지식의 대의며 지식인의 사명이다. 그럼 어떻게 그들을 구할 것인가. 지식인은 자신의 지식을 바쳐 그들이 못 배운 바를 일깨워야 하고, 깨달음에서 생성된 힘을 한덩어리로 뭉치게 해야 한다. 자각한 소작농들과 노동자들의 조직화된 항거, 그건 그들의 해방인 동시에 조선의 해방이다. 눈을 크게 뜨고 세상을 보아라. 마음을 크게 열고 세상을 대하라. 식자들이 망친 나라를 식자들이 구하지 않으면 안 된다."

고서완 선생의 말이 다시 떠오르고 있었다. 이경욱은 눈을 감으며 주먹을 꼭 말아쥐었다. 고 선생의 유순한 얼굴이 떠올랐다. 고 선생은 얼굴이 언제나 잔잔하고 유순하면서도 마음은 그리도 단단하고 강직했던 것이다.

그런데 이경욱은 고 선생에게 말 못할 고마움을 느끼고 있었다. 고 선생은 자신의 아버지가 요시다 밑에서 일하고 있는 것을 다 알았다. 그런데도 자신을 멸시하거나 경원하지 않고 그렇게 믿어주고 따뜻하게 대해주는 것이었다. 동료들 사이에서 느끼는 비웃음과 경멸을 고 선생을 은밀하게 만나면서 씻고는 했다. 자신을 아버지와는 별개의 사람으로 대해주는 고 선생이 그렇게 고마울 수가 없었다.

"니가 모레 떠난다고 혔냐?"

이동만이 불쑥 물었다.

"야아……."

이경욱은 깜짝 놀라며 대답했다.

"글먼 낼언 선산에 가자."

"야아."

"더 질게 말 안 허겄다. 니가 우리 집안 대들보가 돼야 헌다 잉!"

이동만은 힘을 꽁 쓰며 다짐했다.

바닷물을 막고 있는 방죽은 끝없이 뻗어나가고 있었다. 방죽 위에 닦여진 길은 바다 색깔과 간척지의 색깔에 대비되어 유난히 도드라져 보였다. 한쪽으로는 넓고 푸른 바다와 또 한쪽으로는 넓은 황갈색 벌판을 거느리고 끝이 아득하게 뻗어나가고 있는 그 길은 무척 낭만적이고 환상적으로 보였다. 그리고 바다와 간척지와 방죽길과 먼 야산이 어우러진 풍광은 그지없이 아름다웠다.

그러나 조금만 자세히 살펴보면 간척지 가운데 자리잡고 있는 저수지의 남쪽과 북쪽이 판이하게 다르다는 것을 알 수 있었다. 저수지의 남쪽과 북쪽 언저리로는 집들이 들어서고 있었다. 그런데 남쪽의 집들은 전부가 움막이었고, 북쪽의 집들은 전부 기와집이었다.

"참말로 기가 차시. 재주넌 곰이 넘고 돈언 왕 서방이 다 묵드라고 요것이 무신 꼴이여. 우리가 그리 피땀 흘리고 골빠지게 일해 갖고 결국 왜놈덜만 저리 존 일 시켰으니, 원통히서 못살겄네."

탈진한 모습의 한기팔이가 짙은 한숨을 토해냈다.

"저 죽일 놈덜이 애당초보톰 우리럴 속이고 든 것이랑게라. 참말로 가심이 터질라고 혀서 못살겄소."

젊은 사람답게 김장섭이 자기 가슴을 치며 열을 내뿜었다.

"그려, 요것이 다 나라 없는 설움이여. 전답 뺏길 때보담 더 기맥히고 사람이 죽을 일이구만."

남상명이 멍하니 간척지를 바라본 채 시름겹게 중얼거렸다.

"이럴지 알었음사 머심살이가 더 나샀을 것인디. 다 헛고상덜만 헌 것이여."

김 서방이 곰방대를 털며 한숨지었다.

"요런 씨부랄 놈덜이 혀도 혀도 너무 헌당게요. 아무리 즈그 왜놈덜이라고 혀도 땀 한 방울 안 흘린 놈덜헌티 우리보담 열 배가 넘게 논얼 띠주는 법이 시상에 어디 있다요."

김장섭은 더 열이 오르고 있었다.

"다섯 마지기에 예순 마지기면 열두 배시, 열두 배."

김 서방이 손가락을 꼽아 보였다.

"긍게 말이오. 요것얼 그냥 당허고만 있어서야 되겄소?"

마침내 김장섭이 내놓은 말이었다.

"안 그러면 어쩔 것이여?"

한기팔이 맥풀린 눈으로 김장섭을 건너다보았다.

"다 나서서 따지고 대들어야제라. 시방 사방에서 작인덜이 들고 일어나는 것도 못 보요?"

"즈그덜 땅 즈그덜 맘대로 허는 것이라고 허면 그만 아니겄어. 또 앞장슨 사람덜만 당허게 되고 말이시."

한기팔이 고개를 저었다.

"장섭이, 자네 분허고 원통헌 맘이야 다 아는디, 그런 말 암디서 나 허덜 말어. 누가 누군지 몰르는 판에 그나마 쫓겨나는 일 당해 서야 되겄능가."

남상명의 나직한 말이었다.

"아이고메, 개좆겉은 놈에 시상! 한날한시에 베락얼 쳐불든지, 하늘허고 땅이 딱 맞붙어 다글다글 맷돌질얼 혀불든지 혀야제 더 는 못살겄다!"

김장섭은 돌을 집어들어 땅바닥을 내려치며 울부짖듯 했다.

불이흥업의 간척사업에 동원되었던 인부들은 다 똑같은 분노와 절망을 품고 있었다. 그들은 3년 동안 노동에 시달리면서도 오로 지 한 가지 꿈을 가지고 그 고생을 견디어왔던 것이다. 적어도 논 열 마지기 정도는 영구소작권을 얻게 될 거라는 것이었다. 전체 간 척지에서 저수지와 크고 작은 농로를 제외하면 3천여 명 인부들에 게 열 마지기씩은 충분히 돌아가게 되어 있었다.

방죽의 마지막 물막이를 끝내고, 뻘 밭에 새 흙을 퍼다 붓는 공 사와 길 닦으면서 논둑 쌓는 공사가 예정보다 닷새 이상 빨리 끝났 던 것도 목전에 다가온 꿈을 어서 잡고 싶어하는 인부들의 신명이 바쳐진 때문이었다. 그런데 어느 날 인부들에게 집 지을 장소가 지 정되었다. 그 지역은 저수지 남쪽으로 제한되어 있었다. 인부들은 그것을 이상하게 생각했다. 농가는 으레 농토를 맞바라보는 남향 판으로 앉히는 법이었다. 그런데 저수지 남쪽에 집을 짓게 되면 그것이 들어맞지 않았다. 농토를 맞바라보게 앉히면 북향집이 되어버렸고, 남향집이 되게 하자니 농토를 등지게 되는 것이었다. 북향집은 흉가라 말이 안 되는 것이었고, 농토를 등지자니 옷을 거꾸로 입은 꼴이나 마찬가지였다. 사람들은 집 지을 땅을 왜 남쪽으로 제한하는 것인지 알고 싶어하며 며칠이 지났다.

그런데 북쪽에 줄줄이 집을 짓기 시작했다. 그 집터는 열 채도 20채도 아니었다. 50가구씩 한 동네로 묶어 여섯 동네, 300채를 짓는다는 것이었다.

그건 일본농부들이 건너와 살 집이라고 했다. 그리고 그들 300가구에게 저수지 북쪽 간척지를 분배해 줄 거라는 소문이 퍼졌다.

그 소문이 퍼지자 인부들은 웅성거리기 시작했다. 그들에게 그건 너무나 큰 충격이었다. 저수지 북쪽땅은 남쪽땅보다 더 넓었던 것이다. 그 땅을 단 300가구에게 넘겨준다는 것은 말도 안 되는 배신이었던 것이다.

사람들의 웅성거림을 알게 된 농장 측에서는 무장경찰 20여 명을 동원한 가운데 소작농지 분할을 알리게 되었다.

"에에 또, 지금부터 소작지 분할에 대해 발표할 것이니 다들 똑똑히 들어라. 소작지는 1인당 다섯 마지기로 한다. 이에 불만이 있는 자들은 당장 농장을 떠나라. 만약 소란을 피우게 되면 경찰이 가차없이 처벌할 것이다. 그따위 행동은 총독부가 실시하고 있는 산미증식계획에 위배되기 때문이다. 다들 명심하라. 그리고 소작지의 자세한 위치는 추후 발표할 것이다."

요시다가 한 말의 전부였다.

일본 이주농민들에 대해서는 일언반구가 없었다. 그렇다고 누구하나 묻지도 못했다. 무장경찰들은 곧 총을 쏘아댈 것 같은 기세였던 것이다. 그러나 요시다가 1인당 다섯 마지기로 못을 박은 이상 절반으로 줄어든 몫이 어디로 갈 것인지는 너무 자명했던 것이다.

그 다음부터 농장 측에서는 이주농민 1가구당 3정보, 60마지기씩 논을 분배한다는 것을 감추려고 하지 않았다. 3천여 명의 인부들은 하나같이 분노에 떠는 한편으로 실의에 빠지고 말았다. 대여섯 식구 있는 집에서는 다섯 마지기 소작농사로는 쌀을 다 잡곡으로 바꾼다 해도 살기가 어려운 것이었다. 거기다가 흉년이 들고, 병이 나고, 잡사가 생기면……. 그들은 앞날이 암담할 뿐이었다.

그런데 낙망하고 있는 그들을 더욱 낙담하게 하는 소문이 들려왔다. 북쪽에 남향받이로 짓고 있는 집들이 100원짜리 기와집인데, 그걸 이주농민들에게 그냥 공짜로 준다는 것이었다. 그들은 집지을 엄두는 내지도 못한 채 움막 엮을 돈마저 없어 애들을 태우는 형편이었던 것이다.

"머시여! 우리 품삯언 밀려놓고 즈그 왜놈덜헌티넌 집얼 꽁짜로 지어줘?"

"우리 밀린 품삯으로 고런 짓거리덜 허능 것 아니여?"

"맞어, 그러는갑구만!"

"안 되겠어. 다 들고일어나드라고!"

그들은 마침내 밀린 임금을 내놓으라고 분노를 터뜨렸다. 그러나 기다렸다는 듯 그들의 앞을 가로막은 것은 무장경찰들이었다.

"어떤 놈이 그따위 헛소문을 퍼뜨리고 다니는가! 그런 놈들을 당장 찾아내라. 총살감이다. 이주농민들에게 집을 지어주는 것은 우리 회사가 아니다. 총독부에서 지급하는 정착금으로 짓는 것이다. 그러니까 이주농민들에게 집 지어주는 것을 시비하는 것은 바로 총독부의 정책을 반대하고 나서는 것이다. 그런 헛소문을 퍼뜨린 놈들이 왜 총살감인지 이제 알겠나! 그리고 밀린 임금은 좀더 기다려라. 본사에서 곧 돈이 올 것이다."

요시다의 해명인지 협박인지 모를 말이었다.

그런데 어이없는 일이 벌어졌다. 이주농민들의 집을 짓는 데서 그들을 상대로 일꾼을 구하고 나섰던 것이다. 불난 데 부채질이냐며 사람들은 욕을 해대고 분을 터뜨렸다. 그러나 며칠이 지나면서 이상한 소문이 퍼졌다. 간척일에 비하면 일도 별로 힘들지 않고 날마다 일당을 쳐주는 데다 점심도 푸짐하게 먹여준다는 것이었다. 그동안 남모르게 품팔이를 다닌 사람들이 있었던 것이다

그 소문이 퍼지자 사람들은 슬금슬금 그 일터를 찾아가기 시작했다.

"어쩌겠어. 밀린 돈언 차일피일 미루기만 허고, 당장 급헌디."

"그려, 움막 질 돈이라도 벌어야제."

"속이야 터지제만 우리가 일 안 나간다고 안 질 집도 아니고."

품팔이를 나선 사람들의 변명이었다.

그곳으로 돈벌이를 나서는 사람들은 날이 갈수록 늘어났다. 열흘쯤 지나자 칠팔백 명이 그쪽으로 줄을 지었다. 이제 그들은 누구 눈치도 보지 않았고, 그만큼 집도 빠른 속도로 지어져 갔다.

그러나 끝끝내 그 돈벌이를 외면한 사람들은 3천여 명 중에서 2천 명이 넘어 돈벌이를 나선 사람들보다 서너 배는 더 많았다. 그들 사이에 어떤 충돌은 없었지만 보이지 않는 금이 그어지고 있었다.

북쪽에는 300채의 기와집만 지어진 것이 아니었다. 모여서 놀기도 하고 회의도 할 수 있는 큼직한 집합소가 지어졌는가 하면, 조선사람들로서는 경험한 적이 없는 남녀 공동목욕탕이 지어졌다. 그리고 4월이 되자 이주농민들이 몰려와 집을 차지하기 시작했다.

그런데 이주농민들이 다 찼을 즈음에 또다른 소문이 퍼지기 시작했다. 그들이 차지한 60마지기의 논은 소작이 아니라는 것이었다. 논값을 4년이 지난 다음부터 해마다 얼마씩 갚아나가기로 하고, 각 개인 소유로 해주었다는 것이었다. 그건 이주하자마자 중농으로 만들어준 셈이었다.

간척사업에서 일을 했던 사람들은 완전히 무릎이 꺾이고 말았다. 농장 측에서는 어서 논에 물을 대고 간기를 빼야 한다고 야단이었지만 사람들은 맥이 풀려 일을 하려고 하지 않았다.

"일딜 열성으로 안 헐 것이여? 되았어, 꾀부리고 게을른 놈덜언 다 내쫓게 헐 것잉게 알아서 혀. 소작 얻을라는 사람덜언 줄얼 잇대고 있응게."

눈을 부라린 농감들의 으름장이었다. 그러나 그건 괜한 으름장만이 아니었다. 총을 들이대고 내쫓는 데야 쫓겨나지 않을 수 없고, 그 자리를 채울 소작인들은 얼마든지 있었던 것이다. 그들은 일을 하지 않을 수도 없었다.

그런데 또 그들의 맥을 빼는 소문이 들려왔다. 60마지기씩 지닌 이주농민들이 머슴을 두셋씩 부리기 시작했다는 것이었다. 중농 지주다운 짓들이었다.

"아이고, 이 드런 늠에 시상. 눈도 개리고 귀도 막고 입도 봉허고 바보 멍청이로 살아야제. 글안허고야 애간장이 수백 발이라도 다 녹고 삭아 어찌 살겄어. 어찌 이런 놈에 시상에 태였능고."

"그려, 자알덜 헌다. 60마지기 농새면 머심만 부리겄냐. 쪼깐 있다가넌 더 편케 살겄다고 작인덜 부리고 나슬 거이다. 참 좆겉은 시상이다."

사람들의 탄식이고 체념이었다.

그러나 불이농장의 간척지 소작인들은 그대로 주저앉은 것이 아니었다. 소작지의 위치에 따라 움막을 치고 마을을 형성하게 된 그들은 몇몇 사람씩 내통하며 은밀하게 움직이고 있었다.

"아재, 오늘 밤에 그 선상님 만내로 가는 날이요."

김장섭이가 남상명에게 속삭였다.

"알었네. 우리 둘이만 간가?"

남상명의 얼굴에 긴장의 빛이 스쳤다.

"아니구만이라. 옆동네서 나 서방허고 둘이 더 갈 것이구만이라."

"그려, 하여튼지 간에 고마운 분네덜이네."

"그렇제라. 자기덜헌티 생기는 것도 없는디. 이따가 뫼시로 오겄소."

조심스럽게 속삭이는 목소리에 비해 김장섭의 얼굴에는 생기가 돌고 있었다. 남상명은 그 생기가 불안스러웠다.

"어이, 일이 다 된 것이 아닝게 언행 조심혀야 되네 이."

"아재, 지도 인자 나이 묵을 만치 묵었고, 노모에 동상덜이 줄줄이요."

김장섭이 정색을 하며 눈을 똑바로 떴다.

"알겄네. 그럴 때넌 똑 자네 춘부장 어런이네그랴."

남상명은 김장섭의 어깨를 치며 지긋하게 웃었다.

"체, 지가 더 나슬 것인디요?"

김장섭이 씨익 웃으며 돌아섰다.

어둠이 짙어지자 남상명은 김장섭을 따라나섰다. 한참을 가다가 개울목에서 세 사람과 합류했다. 그들은 발 빠른 걸음으로 20리 남짓 걸었다. 그들은 어느 기와집 앞에서 걸음을 멈추었다.

"다들 초면이지요? 인사 나누세요."

군산 영명중학교 선생 고서완이 그들에게 옆에 앉은 사람을 가리켰다.

"어서들 오시오. 어두운데 오느라고 수고들 하셨소. 저는 정도규라고 합니다."

정도규는 깍듯하게 예의를 갖추며 인사를 했다. 김장섭과 그들은 당황하며 이마가 방바닥에 닿는 큰절을 했다.

"지녁 김장섭이라고 허능구만이라우."

허리를 펴며 김장섭이 인사말을 했다.

그것이 시범이라도 되는 듯 나머지 사람들도 똑같은 식으로 자기들의 이름을 밝혀나갔다.

"정 선생은 저의 선배이시고, 우리 일을 총괄하시는 분입니다."

선하고 차분한 인상에 어울리는 부드러운 목소리로 고서완이 말했다.

그들은 긴장되고 주저하는 눈길로 정도규를 다시 쳐다보았다. 정도규는 웃음 띤 얼굴로 그들에게 눈인사를 보냈다.

"그럼 지금부터 정 선생님 말씀 먼저 듣고 여러분들과 의견을 나누도록 하겠습니다."

고서완은 회의의 사회 격이 되어 좌중을 둘러보며 말했다.

"예, 여러분을 만나게 되어 반갑습니다. 여러분에 대해서는 고 선생한테 이야기 다 들어서 구면이나 마찬가집니다. 우리는 한가지 생각으로 한길을 가기로 한 사람들입니다. 그러니까 우리는 동지입니다. 동지끼리는 신분이 높고 낮음의 차이가 없고, 학식이 있고 없음의 차이가 없고, 재산이 많고 적음의 차이가 없습니다. 우리는 서로 뜻이 같고 행하는 것이 같으니까 아무런 차등 없이 평등하며, 무엇이든 잘 모르고 모자라는 것은 서로가 배우고 도와가는 것입니다. 소작회 결성에 대해서는 그동안 고 선생한테 여러모로 이야기 많이 들었을 것이니 따로 말하지 않겠습니다. 다만 한 가지 말하고자 하는 것은 우리가 왜 소작회를 결성해야 하느냐 하는 점입니다. 그건 간단합니다. 모두가 단결해야 되기 때문입니다. 모두가 한덩어리로 뭉쳐야 하기 때문입니다. 여러분들은 그동안 몇 차례나 밀린 임금을 달라고 요구했었지요? 그런데 그때마다 뜻을 이루지 못했습니다. 왜 그랬겠습니까? 무장경찰들이 동원되었기 때문입니까? 아닙니다. 여러분들이 단결되지 않았기 때문입니다. 단결되지 않았기 때문에 사람들 수만 많았지 힘이 없었던 것이고, 힘이 없으니 경찰들이 무서워지는 것입니다. 그러나 모두가 한덩어리로 뭉치면 힘이 생깁니다. 서로가 서로를 믿고 의지하면 무지무지한 힘이 생깁니다. 그 힘이 어떤 힘인지 아십니까? 바로 여러분들이 바닷물을 막고 뻘 밭을 논으로 만든 그 힘입니다. 여러분들은 그런 무시무시한 힘을 갖고 있으면서도 그걸 깨닫지 못하고 있는 것입니다. 여러분들이 한덩어리로 뭉쳐 그 힘을 발휘할 때 열댓 명 무장경찰들이 뭐가 무섭단 말입니까. 오히려 그놈들이 여러분들의 힘에 눌려 꼼짝을 못하게 됩니다. 아니, 그놈들이 총을 쏘면 어쩌냐고요? 그건 염려할 게 전혀 없습니다. 그놈들은 절대로 총을 쏘지 못합니다. 지금은 3·1운동 때하고는 다릅니다. 총을 쏠 수 없도록 세상이 달라졌습니다. 또 소작인들의 정당한 요구는 3·1운동하고도 다르기 때문입니다. 그리고 여러분들이 명심할 것이 한 가지 있습니다. 소작회를 결성하는 것을 절대 겁내지 마십시오. 소작회는 벌써 다른 여러 지방에서 결성되어 활동하고 있습니다. 여러분들도 여러 곳에서 소작인들이 들고일어나고 있는 소문 듣고 있지요? 그게 다 소작회로 단결해서 하는 일들입니다. 그런데 그 사람들한테 경찰이 총을 쏘았다는 소문을 들었습니까? 그런 일은 없습니다. 왜 놈들은 총을 쏘지 못합니다. 왜 그런지 압니까? 만약 총을 쏘아 누구를 죽이면 전 조선의 소작인들이 들고일어날 것이기 때문입니다. 여러분들은 여러분들만 따로 떨어져 있는 것이 아닙니다. 조선천지에 있는 소작인들 모두가 여러분들의 동지입니다. 이건 그저 막연하게 하는 소리가 아닙니다. 그게 무슨 말인고 하면, 작년 7월에 한성에 본부를 둔 조선노동공제회란 단체에서 '소작인은 단결하라'는 결정을 발표한 뒤로 조선 전역에 소작인들의 문제를 해결하기 위한 단체들이 만들어지기 시작한 것입니다. 그럼 왜 소작인들을 그렇게 중히 여기는 것일까요? 거기엔 분명한 까닭이 있습니다. 조선 사람들의 여러 가지 생업 중에서 소작인들이 가장 많기 때문이고, 또 소작인들이 왜놈들 치하에서 가장 피해를 많이 입고 고생을 하기 때문입니다. 다시 말하면 조선사람들이 당하고 있는 문제 중에서 가장 시급히 해결해야 할 문제가 바로 소작인들의 문제이기 때문입니다. 그럼 소작인들이 좀더 배불리 먹고 편하게 살기 위해서 소작회를 결성하는 것일까요? 단지 그것만이 아닙니다. 조선 전역의 소작인들이 한덩어리로 뭉치는 것은 왜놈들에게 맞서 싸우는 것이 됩니다. 다시 말하면 생활도 낫게 만들면서 독립운동도 하는 일거양득이 된다 그겁니다. 그러니 어찌 소작회를 결성하지 않을 수 있겠습니까. 이야기가 길어졌습니다. 제가 한 말을 여러분들은 다른 사람들에게 잘 전해주시기 바랍니다."

정도규는 공산주의나 사회주의 같은 용어는 신경써 가며 일절

섞지 않았다. 소작쟁의를 일으킨 다음에 뒤따를 수사에 대비하기 위해서였고, 아직 학습이 안 된 소작인들에게 어렵고 생소한 말은 머리만 혼란하게 할 뿐이었던 것이다.

김장섭은 가슴이 벌떡벌떡 요동치는 것을 느끼고 있었다. 정 선생의 말이 가슴을 들끓어오르게 하고 있었다. 조선 전역에 퍼져 있는 동지들…… 그것이 바로 독립운동……, 김장섭은 당장 소리쳐 일어나고 싶은 충동에 휩쓸리고 있었다. 3·1만세 때 총 맞아 돌아가신 아버지의 모습이 선하게 떠오르고 있었다. 아버지는 빼앗긴 땅을 찾으려고 애쓰다가 그리도 억울하고 허망하게 돌아가시고 말았다. 자신에겐 땅을 찾을 일만 남은 것이 아니었다. 아버지의 원수도 갚아야 했다. 소작회 결성에 열성으로 나서는 것은 바로 아버지의 원수를 갚는 일이기도 했다.

남상명은 가슴 떨리는 감격을 느끼며 소작회 결성에 발 벗고 나서기로 작심하고 있었다. 그런 말을 언제 들어본 적이 없었다. 정 선생의 말은 마디마디가 새롭고 지당했다. 말만이 아니었다. 양반에다 학식 든 사람이 그렇게 겸손하고 다정할 수가 없었다. 고 선생이나 정 선생 같은 사람이 이 세상에 있다는 것이 꿈만 같았다.

"정 선생님 말씀 다들 잘 들으셨지요? 혹시 의문이 있거나 더 알고 싶은 것이 있으면 질문들 하세요."

고서완이 그들을 둘러보았다.

그들은 어색하고 쑥스러워 아무도 입을 열지 않았다. 방 가운데 놓인 등잔불빛에 큰 그림자들만 벽에 드리우고 있었다.

"예, 질문이 없으면 됐습니다. 우리는 계획대로 열흘 후에 소작회를 결성함과 동시에 밀린 임금을 내놓으라는 전체집회를 벌일 것입니다. 그에 대비해서 여러분들이 맡은 일은 어떻게 되고 있습니까? 무슨 어려움은 없습니까?"

고서완이 다시 그들을 둘러보았다.

"저어, 한 가지 걱정이 있는디요. 사람덜얼 50명으로 묶는 것언 에로울 것이 없는디, 서너 달 전에 왜놈덜 집 짓는 디 댕김서 돈벌이헌 물건덜이 뒤섞여 있구만요. 그 사람덜얼 믿을 수가 없당게라."

김장섭의 말이었다.

"그렇구만이라. 그 사람덜언 간사시러서 무신 말얼 허기가 겁이 난당게라우."

나 시방이 김장섭의 말을 받았다.

"아, 그 사람들 말이군요. 그건 여러분들만이 아니라 다른 분들도 걱정을 했습니다. 허나, 그건 별로 걱정할 게 없을 것 같습니다. 왜냐하면 그 사람들도 밀린 임금 받기를 원할 것 아닙니까. 그리고 그 사람들 수가 얼마 안 되니까 미리 말하는 것을 피하는 것도 한 가지 방법입니다."

고서완의 설명이었다.

"야아, 그 말씸도 맞기넌 헌디, 즈그덜 걱정언 그 염치도 체면도 없는 사람덜이 그냥 귀경만 허고 떡얼 얻어묵는 것이야 존디, 그러덜 안코 우리 일얼 망치고 들지 몰라 맘이 안 놓이는 것이구만이라우."

남상명의 말이었다.

"예, 여러분들이 그렇게 신중한 것은 우리 일을 성공시키는 데 아주 필요한 점입니다. 그리고 이런 조직을 짜는 데 꼭 갖추어야 할 좋은 점이기도 합니다. 그러나 그 사람들을 너무 의심하거나 미워하진 말아야 합니다. 그 사람들이 자기들만 왜놈들의 집을 짓는 데 돈벌이를 나선 것은 분명 비겁하고 치사한 행동입니다. 그러나 사람이란 누구나 사정이 급하다 보면 사리를 따지기 어려워지고 실수를 하게 됩니다. 어디 도적놈이 따로 있습니까. 너무 배가 고프다 보니 도적질을 하게 되는 것 아닙니까. 그 사람들은 그 잘못을 저지르기 전에 여러분들과 함께 간척지공사에서 피땀을 흘린 사람들입니다. 그리고 앞으로도 여러분들과 함께 그 농토에서 농사를 지을 사람들입니다. 그 사람들은 이 세상에서 여러분들과 가장 인연이 깊은 사람들입니다. 그 인연은 바로 동지가 될 수 있는 끈입니다. 100리 밖의 열 동지보다 바로 옆의 한 동지가 더 힘이 되는 법입니다. 그들은 여러분과 같은 아픔, 같은 고통을 안고 있습니다. 그러므로 그들은 충분히 동지가 될 수 있습니다. 사람은 누구나 실수할 수 있습니다. 한 번의 실수는 용서하는 것이 좋은 일입니다. 그들의 실수를 용서하도록 합시다. 그리고 그들을 동지로 맞아들이도록 다같이 노력합시다."

정도규의 말이었다. 그는 아까보다 더 진지하고 심각해져 있었다.

그들 다섯 사람은 모두 생각에 잠긴 얼굴로 고개를 끄덕이고 있었다. 그리고 고서완은 정도규의 그런 대처에 내심으로 놀라고 있었다. 그 문제는 처음으로 대하는 것이 분명할 터인데 정도규는 그렇게 신속한 대응을 하는 것이었다.

"정 선생님 의견을 여러분들은 어찌 생각하십니까?"

고서완이 그들에게 물었다.

"야아, 옳으신 말씸이구만이라우."

남상명이 머리를 조아리며 대답했다.

"야아, 그리허겄구만이라우. 즈그덜언 그런 생각꺼정 못혔구만요."

김장섭의 대답을 따라 나머지 세 사람도 같은 생각이라는 의미의 대답을 했다.

"다른 의견들 또 말씀하세요."

방 안에 잠시 침묵이 흘렀다.

"머…… 다른 일이야 없구만요."

나 서방이 뚜벅 말했다.

"예, 그럼 밤도 늦었으니 두 가지만 전하도록 하겠습니다. 첫째, 각자가 맡은 50명 중에서 소작회에 가입시킬 수 있는 사람들을 최소한 20명씩을 확보하여 그 명단을 다음 모임까지 제출할 것. 둘째, 사람들에게 밀린 임금을 받아야 한다는 것을 적극적으로 이야기해 나갈 것. 이상입니다. 다음 모임은 닷새 뒤에 갖겠습니다."

고서완이 마무리를 지었다.

"예, 갈 길들이 먼데 어서들……."

정도규가 몸을 일으켰다. 그들도 따라서 일어났다.

"자아, 우리 모두 단결합시다!"

정도규가 낮으나 힘찬 목소리로 말하며 남상명에게 손을 내밀었다. 남상명은 얼떨결에 그 손을 마주 잡았다.

정도규는 같은 말을 되풀이하며 한 사람, 한 사람 악수를 해나
갔다.

그들은 별빛들만 또렷또렷한 밤길을 소리 없이 빨리 걸었다. 짚
신걸음은 아무리 빨리 걸어도 소리가 나지 않아 좋았다. 어두운
들녘에서 뜸부기 울음소리가 들려오고 있었다.

"지기럴, 발써 뜸부기가 우네."

누군가의 감회 젖은 목소리였다.

"뜸부기가 운들 우리야 무신 소양이여. 설된 논에 간기나 빼야
허는 신세니."

인가 멀어진 들녘인 것을 아는지 다른 사람이 말을 받았다.

"나 참, 양반에다 학식 든 사람덜헌티 그런 존대말언 내 생전 첨
받아봤네. 시상이 달라진 것이여, 그 사람덜이 별난 사람덜이여?"

"시상이사 망쬬고, 그 사람덜이 별나제."

"양반 상놈도 없고, 부자 가난뱅이도 없고, 유식 무식도 없이 모
다 공평허다는디, 그 사람덜 혹시 녹두장군 환생이 아닐랑가?"

"그려, 그럴란지도 몰르제."

"난세에넌 하늘이 끝도 없이 인물얼 점지해 낸다는 옛말이 그른
디가 하나또 없당게. 그런 사람덜이 녹두장군 몫얼 허고 나스는 것
아니라고."

"그렇기도 허시. 좌우지간 밑에서 우리덜이 잘히야 헐 것 아니라고."

"하먼, 잘히야제. 우리가 빙신질허먼 그 양반덜이 얼매나 심 파허

것어."

"심만 파허겠능가. 꼬라지 뵈기 싫여 다시넌 돌아다도 안 볼 것
이네."

1주일이 지나 고서완은 정도규를 찾아갔다.

"모레 쟁의가 일어납니다. 모든 계획은 차질이 없으니 당분간 여
길 뜨시지요."

"그럴 필요가 있겠소. 트집 잡힐 냄새는 일체 풍기지 않았는데."

"만일을 위해섭니다. 요새 쟁의 배후자는 무조건 공산주의자로
몰아 감옥으로 보냅니다. 한성에 볼일 없으신가요?"

"볼일은 좀 있소만…… 나만 피하면 고형은 어쩌려고?"

"저야 크리스찬 학교 선생 아닙니까. 크리스찬이 공산주의자일
리 없고, 학교 측에서 울타리가 되어줍니다."

"그거 위장치고 완벽한 것 같소. 됐소, 고형 의견을 따르기로 합
시다."

정도규는 그날로 한성행 기차를 탔다. 지난 3월 24일 개최한 전
조선청년당대회에 참석하고, 30일에 당이 경무국의 강압으로 해산
당했다는 소식을 듣고도 한성에 발길을 못했던 것이다. 간부들의
검거가 잇따르고 있었던 것이다.

전차에서 내린 정도규는 보도로 올라서다가 걸음을 멈추었다.
정면 건물의 벽에 나붙은 포스터가 눈길을 끌었던 것이다. 윤심덕
과 한성기의 성악회가 YMCA에서 열리는 것을 알리고 있었다.

젠장, 태평세월이로구나.

12

1923년 9월 1일

후텁지근한 더위 속에 비가 추적추적 내리고 있었다. 영대교 아래로는 진한 흙탕물이 흘러 내려가고 있었다. 다리 건너 빈민굴인 본소구(本所區)가 비에 젖고 있었다. 한눈에 표가 나는 빈민굴은 빗발 속에서 그지없이 초라하고 남루해 보였다.

"무슨 놈의 비가 이리 질질 오고 이래. 올려면 확 쏟아지고 말 것이지. 이틀씩이나 이 모양이니 저 사람들 어쩌라는 거야."

종이우산을 함께 받친 두 남자 중에 하나가 투덜거리듯이 말했다.

"그러게 말이네. 공치면서 애들이 타겠군. 쉬는 것도 쉬는 것 같지도 않을 거고."

다른 남자의 침울한 대꾸였다.

"그나저나 이 비가 그치면 가을이 오는 것 아닌가? 방학도 다 끝나가고 있으니. 중원이 자네는 정말 집에 안 가도 괜찮은가? 안사람이 서운해하지 않겠어?"

"새삼스럽게 무슨 소리야. 사람 참 싱겁기는."

헛웃음을 흘린 남자는 송중원이었다.

"겉보리 서 말만 있어도 처가 덕 보지 말라고 했지만, 자네도 어지간해. 처가에서 보태주는 학비 마다하고 학비 버느라고 방학에 집에도 안 가니 원."

그 남자가 쯧쯧 혀를 찼다.

"그러는 자네는 어떻고?"

"나야 처가에서 돈을 안 보태주니까 현해탄을 건너가고 싶어도 건너갈 도리가 없잖은가."

"됐네, 그 얘긴 그만하게. 우리가 꼭 학비만 벌자고 귀향선을 안 탄 건 아니니까."

송중원의 어조에는 찬기가 서렸다.

"이사람, 문학부로 옮긴 사람이 감상도 없이 어찌 그리 냉정해."

송중원은 더 말이 없이 다리를 건넜다. 아내나 아이보다는 어머니의 생각이 더 간절했다. 그 간절함은 그리움이 아니었다. 외로운 분을 뵙지 못하는 죄송스러움이었다.

처가에서 반 부담하는 학비를 받지 않기로 한 것에는 어머니도 찬성했다. 장인의 형편도 넉넉하지 못한 데다 공부 뒷바라지를 해야 할 처남이 있었다. 모자라는 학비는 고학으로 충당할 수밖에 없었다. 그러나 돈벌이만을 위해서 집에 가지 않은 것이 아니었다. 고학생학우회에서 은밀하게 실시하는 사상학습을 받는 것도 중요한 일이었다. 그리고 집에 가서 주재소의 감시를 받게 될 것도 달가운 일이 아니었다.

지난 동기방학 때 주재소에서 나흘 동안 겪은 고초는 참 어이없는 것이었다. 그 일로 애를 태운 어머니는 심한 몸살을 앓았고, 장인께는 또 폐를 끼쳤던 것이다. 어머니도 이제 표나게 늙어 있었다. 외로운 마음고생이 어머니의 얼굴에 주름살로 잡히고 있었다. 주재소에서 눈독을 들이기 시작했는데 어머니가 또 그런 마음고생을 겪게 하고 싶지 않았다.

"흥, 비가 와도 저 공장들은 돌아가는군. 배곯는 것은 날품팔이 우리 동포들뿐이야."

허탁의 말에 송중원은 고개를 들었다. 빈민굴과는 대조적으로 큼직큼직한 공장들의 굴뚝에서는 진한 연기가 솟기고 있었다.

"어쩔 수 있나. 저건 주로 여자들을 쓰는 제사공장이고 방직공장들인 데다가 그나마 기술이 있어야 하니까."

송중원의 말은 울적했다.

"빈민굴에 안 어울리게 웬 공장들이 저리 많아?"

"그야 사업가들이 머리 쓴 것 아닌가. 땅값 싸겠다, 싼 노동력 많겠다, 당연히 공장들이 들어서게 돼 있지."

"그게 그렇게 돌아가나?"

"약삭빠른 사업가들을 누가 당해."

본소구의 좁고 지저분한 골목들은 물이 제대로 빠지지 못해 질퍽거렸다. 그리고 퀴퀴하고 찝찔한 악취가 후텁지근한 더위 속에

진동하고 있었다. 소문난 빈민굴다웠다.

"긴자가 몇천 리나 된다고 동경에 이런 빈민굴이 있으니 원. 천국과 지옥이 한지붕 밑에 있는 꼴이야."

허탁이 우울한 느낌의 코웃음을 흘렸다.

"이게 위대한 대일본제국의 실상 아닌가. 그러니 공산주의가 퍼지는 것을 막으려고 혈안인 거고."

"누가 듣겠네."

"내 목소리보다 빗소리가 더 크네."

그들은 골목을 돌고 돌아 어느 허름한 집 앞에 걸음을 멈추었다.

"계십니까, 안에 누구 계십니까?"

허탁이 찌그러진 문을 두들겼다.

"누가 온 긴가? 뉘신교?"

문이 삐끗 열리며 한 남자가 얼굴을 내밀었다.

"아, 안녕하세요. 일전에 찾아왔던 학생들입니다."

송중원이 그 남자에게 인사했다.

"아이고 뉘시라꼬. 뼈떡 드이소. 안 그래도 오늘이나 오실랑가 했구마요."

얼굴 꺼칠한 남자가 반색을 하며 문을 활짝 열었다.

문을 들어서면서 바로 다다미방이었다. 천장이 낮고 침침한 방에는 여러 명의 남자들이 웅크리고 누워 있기도 하고 담배를 피우며 앉아 있기도 했다. 집 시늉만을 해놓은 싸구려 합숙소에 들어 있는 조선노동자들이었다.

"보이소, 우리 공치는 날 온다캤든 대학상들이 왔는 기라요."

그 남자는 여러 사람들에게 알렸다.

"머시라, 그 대학상들이 와."

"다덜 일어나드라고, 귀헌 손님 오셨는디."

"아따, 짭짭허든 참에 잘되았네."

사람들이 바쁘게 앉을 자리를 골라나갔다. 낡은 다다미방은 사람들의 수에 비해 너무 좁았다.

"빈손으로 오기가 뭐해 이걸 좀……."

허탁이 한쪽 어깨에 메고 있던 가방에서 술병을 꺼내놓았다.

"아이고, 학상덜이 무신 돈이 있다꼬……."

"허, 돈벌이넌 우리가 허는디……."

"긍께 말이여, 우리 겉은 인종덜 찾어오는 것만도 고마운 일인디."

사람들은 민망해하고 겸연쩍어했다. 그러면서도 둘러앉은 자리에는 금방 화기가 감돌았다.

"비도 오고 다들 출출하실 건데 술부터 한잔씩 하시지요."

송중원보다 비위가 좋은 허탁이 술병마개를 땄다.

안주도 없이 술잔이 돌았다. 그러나 사람들은 누구나 꿀을 핥듯이 작은 정종잔을 맛있게 비워나갔다.

"귀헌 대학상덜이 짐승만도 못헌 우리덜얼 요리 찾어옹께 너무 황감혀서 기가 맥히요."

한 사람이 머리를 조아리며 말했다.

"아닙니다. 저희들도 고학을 하는 처지라 따로 돕지는 못하고 이렇게 고생들을 하시는데 마음만 쓰일 뿐입니다."

허탁이 겸손하게 말을 받았다. 만일을 생각해서 자신들의 신분을 일절 밝히지 않은 것은 물론이고 실태조사니 뭐니 하는 말도 쓰지 않기로 했던 것이다. 그저 같은 동포로서 정을 나누는 것으로 해두었다. 경찰에서는 사회주의자들과 노동자들의 접촉을 예민하게 노리고 있었다.

"어떻게, 돈들은 좀 벌었나요?"

허탁이 넌지시 물었다.

"말도 마이소. 이기 지 살 파묵기지 하로 품삯 70전으로 무신 돈 얼 벌겠능교. 한심한 기라요."

아까 문을 열었던 남자가 고개를 내둘렀다.

"어허, 그리 멋대가리없이 무질러서 말해 불면 어찌 알아묵어지간디. 그 70전이 어찌어찌 깨지고 이러저러허니 날라간께 돈벌기넌 글른 것이다 허고 조단조단허니 세세허게 말해야제."

옆의 남자가 퉁을 놓았다.

"그렇나, 자네가 그리하소."

"맞다, 자네가 말재주가 안 좋나."

다른 남자도 거들었다.

"이, 나가 야그허능 것이야 존디, 그 야그가 잠 질덜 안혀?"

그 남자는 목을 쓰다듬으며 쩝쩝 입맛을 다셨다.

"혜, 술 한잔 더 묵고 잡다 그것이제?"

"맞다, 술 한잔 더 묵으라."

그 남자는 능청스럽게 술을 받아 훌쩍 마셨다. 그리고 입을 훔치며 자리를 고쳐앉았다.

"긍께 어째 돈얼 못 버냐먼 말이요 이, 하로 70전얼 받어갖고 여그 합숙소에 숙식비로 뜯기고 나먼 30전이 못 남으요. 근디 그 돈으로 신얼 사신제, 담배럴 사야제, 이발도 혀야제, 배탈나고 종기 생기먼 약도 사제, 그러다 보먼 술 한 방울 입에 안 대도 돈이 솔래솔래 다 없어져뿌요. 근디 일이나 한 달 내내 안 쉬고 허먼 그래도 돈이 쬠 모타지기라도 헐 것인디, 요리 염병허고 비가 꾸질꾸질 와불먼 그대로 공치고 만당게라. 거그다가 몸이나 아파불먼 영축없이 빚얼 짊어지고 말구만요. 요런 꼬라지니 돈언 무신 돈얼 벌겄소. 애초에 왜놈덜 말 믿고 배럴 탄 우리가 빙신 팔푼이덜이제."

그 남자는 역시 입담 좋게 술술 말을 풀어놓았다.

그 남자의 말은 그들의 몰골이 왜 그리 메마르고 초췌하며 입성이 왜 그리 후줄근하고 남루한지를 잘 설명하고 있었다. 중노동에 시달리는 사람들에게 합숙소 밥이 배에 찰 리 없었고, 옷이 아무리 헐어도 옷을 사입을 여윗돈이 있을 리 없었다.

"일본노동자들도 품삯이 그런가요?"

송중원이 입을 열었다.

"아닌 기라요. 그 사람들이사 우리 곱쟁이로 안 받능교."

"우리허고 똑겉은 일얼 허는디도 그놈덜헌티넌 두 배럴 준당께라. 같은 왜놈덜이라고 즈그덜찌리 싸고도는 것인디, 참말이제 기가 차요."

"그렇게 누가 나라 뺏기라고 혔어."

송중원은 더 할 말이 없었다. 공장에서도 그렇게 임금 차별을 한다는 것을 알고 있었다. 그러나 막노동판에서까지 그런 일이 벌어지고 있었던 것이다.

"일본으로 올 때 왜놈들이 속였던가요?"

허탁이 괴로운 얼굴로 물었다.

"말도 마이소, 돈벌이가 기맥히게 좋다꼬 사람덜얼 안 모아딜였능교. 대판에 떨어져갖고야 속은 줄 알았능기라요."

"개잡놈에 새끼덜, 선대금 띠고 밥값 띠고 해감서 우리 살껍데기꺼지 다 빗게묵을라고 헌 놈덜이요."

"처음에는 대판으로 오셨군요?"

허탁이 확인하려는 듯 되물었다.

"야아, 대판부두에서 일얼 혔는디, 그놈에 선대금 다 갚고 풀려난께 수중에 돈이 있어야제라. 집으로 가자도 뱃삯이 없고, 처자석덜이 돈 벌어오기럴 눈 빠지게 기둘리는디 맨주먹으로 갈 수도 없는 일 아닝게라. 근디 동경이 더 품삯이 낫다는 소문이드만요. 그려서 동경으로 온 것인디, 여그도 사람 못살 지옥이기넌 매일반이구만요."

송중원은 소리 죽여가며 한숨을 내쉬었다. 답답하면서도 뜨거운 가슴을 어찌할 수가 없었던 것이다.

"경상도 전라도 분들이 많으신데, 다른 도 분들은 안 계십니까?"

담배를 말아 불을 붙인 허탁은 질기게 임무수행을 하고 있었다.

"경상도 전라도가 가차우니께네 그리된 것 아니겄능교. 충청도 황해도 사람도 더러 있심더."

"예에, 그렇겠군요. 헌데 고향에서는 무슨 일들 하고 사셨던가요?"

"그야 다덜 땅파묵든 농새꾼덜 아니겄소. 근디 그놈에 토지조산가 염병인가로 농토 뺏긴 사람덜이 태반이제라. 하로아칙에 전답 뺏겼제, 소작살이도 뜻대로 안 되제, 그냥 굶어죽을 수 없응께 배럴 탄 것이구만요."

"내사 마 잘못 생각했능기라. 맘 독허니 묵고 화전얼 일궜어야 하는 긴데. 화전얼 일궜으면 요런 꼬라지야 안 됐을 거 아이가."

한 남자가 한숨을 푹 쉬었다.

"허, 속편헌 소리 허고 앉었네그랴. 화전이라고 우리 맘대로 일굴 수 있간디? 왜놈덜이 막고 나스는 것 몰라서 허는 소리여?"

"그려, 화전 해묵기도 글렀고, 어찌어찌 뱃삯이나 벌어갖고 집 찾어가면 처자석 끌고 만주땅이나 찾어가야제. 만주땅서야 못살겄다고 되짚어 오는 사람덜이야 없응게."

"아이고, 만주땅이라꼬 벨수 있겄능교. 거도 마 뙤놈 지주덜이 몬살게 헌다쿠든데."

한 남자가 또 짙은 한숨을 내쉬었다.

"참 빌어묵을 팔자덜이다."

다른 한숨이 이어졌다.

송중원은 허탁의 다리를 남들 모르게 찔렀다. 더 알아볼 것이 없었던 것이다.

허탁이 송중원에게 눈길을 돌렸다. 송중원은 그만 가자는 눈짓을 했다.

"돈이 모아지면 다들 고향으로 돌아가실 거지요?"

허탁이 사람들을 둘러보았다.

몇몇이 무겁게 고개를 끄덕였다. 방 안의 침울한 분위기를 바깥의 빗소리가 더 무겁게 누르고 있었다.

"또 놀러 오도록 하고 오늘은 이만 가보겠습니다. 다들 건강하세요."

허탁이 인사를 하며 몸을 일으켰다.

"예, 몸들 조심하세요."

송중원도 사람들을 둘러보며 인사했다.

그들은 모두 비가 추적거리는 밖에까지 따라나왔다. 그들의 얼굴에는 고마움과 서운함이 함께 어려 있었다.

송중원과 허탁은 질척거리는 긴 골목을 벗어나도록 말이 없었다. 그들은 영대교를 묵묵히 건너고 있었다.

"우리 고학생활은 댈 게 아니로군."

전찻길에 이르러 허탁이 시름겹게 말했다.

"글쎄, 우리 고학이야 어디 고학인가. 우리야 반고학이니 말할 것이 못 되고, 진짜 고학하는 학생들 고생은 노동자들 못지않지."

"그렇긴 하지. 헌데, 저 사람들 만나본 느낌이 어떤가?"

"느낌이랄 게 뭐 있나. 비참하고 절망적이지. 상상했던 것보다 훨씬 심해."

"모두가 무사히 돌아가기나 했으면 좋겠는데……."

"돌아가면 뭘 하나."

송중원은 참고 있던 한숨을 토해냈다.

두 사람 사이에는 다시 말이 끊어졌다. 전차에 올라서도 그들은 말이 없었다. 송중원은 빗방울들이 쉴새없이 부딪쳐 깨지고 있는 흐린 창문 저쪽을 멍하니 바라보고 있었다. 비에 젖은 동경의 모습이 활동사진처럼 지나가고 있었다. 언제나 낯선 도시, 일본의 심장부. 새로 지어지는 서양식 건물들과 더불어 언제나 생농하고 있는 것 같은 도시. 개명과 문명이 무엇인지를 보여주듯이 날로 번창해가고 사람들이 불어나고 있는 도시. 송중원은 그 부유한 도시의 모습 위에 남루한 조선노동자들의 모습이 겹쳐지는 것을 보고 있었다. 동경은 다름 아닌 일본의 모습이었고 일본의 실체였다. 그리고 조선노동자들은 조선의 모습이었고 조선의 실체였다. 송중원은 눈을 질끈 감으며 신음을 씹었다.

송중원은 고학하는 시간을 쪼개가며 허탁과 함께 며칠 동안 조선노동자들의 실태보고서를 작성했다. 송중원은 그 일에 공부하는 것과 다름없는 열성을 바쳤다. 물론 그 일은 어떤 해결책을 강구하는 것이 아니었다. 그건 유학생들 몇십 명의 힘으로 해결될 일이 아니었다. 그러나 그 실태를 정확하게 파악하는 것이 사상학습을 구체화시키는 첩경임을 깨닫게 되었다.

송중원은 보고서를 챙겨가지고 학교로 갔다. 개학식에 참석할 마음보다는 어서 만나보고 싶은 얼굴들이 많았던 것이다.

개학식이 끝나자 송중원은 허탁과 홍명준 셋이서 이야기할 장소를 찾아나섰다. 교정은 끼리끼리 짝을 지은 학생들로 와자했다.

"자네들 돈벌이 많이 했나?"

좀 작은 키에 얼굴이 해사한 홍명준이 송중원과 허탁을 번갈아보며 웃었다.

"암, 자네 학비도 대줄 만큼 벌었지."

허탁이 헛기침을 했다.

"아이고, 황공하여이다." 홍명준이 상감 앞에 읍하는 것 같은 시늉을 하고는, "자네 자당님께서 서운해하시는 눈치시데. 괜한 고생 사서 한다고." 그는 허탁에게 눈총을 쏘았다.

"어허, 이사람 참. 그러게 우리 집은 왜 찾아가고 그래. 자넨 그놈의 양반예절 좀 털어버리는 게 좋아. 자네 예절에 우리 어머님 심사는 어찌 되나."

허탁은 화가 난 척 목청을 높였다.

"저 배짱 좀 보게. 불효 저질러놓고도 큰소리는."

"모르겠네, 불혼지 어쩐지. 몰락한 양반집안의 장자 심정을 그 누가 알리."

"또 저 소리. 자네 자당님 말씀대로 자네가 좀 편히 공부를 마친 담에 돈벌이해서 동생들을 공부시키면 될 거 아닌가."

"됐네, 됐네. 그 얘긴 관두세." 허탁은 손을 내젓고는, "자네 돈은 두둑이 받아왔나? 우리 두 빈민이 술맛 못 본 지가 오래네." 그는 씨익 웃으며 입맛을 다셨다.

"말도 말게. 이번엔 아주 단단히 곤욕을 치렀네."

홍명준이 쓰게 입맛을 다셨다.

"아니, 왜? 흉년 들었다는 말도 없던데. 흉년이 좀 들었다고 해도 만석꾼 부자가 끄떡할 리도 없고."

"사람 참 속편하긴. 돈이 문제가 아니라 그놈에 고등고시가 문제란 말일세. 졸업하기 전에 꼭 고등고시에 합격해야 한다고 어찌나 성화신지 돈을 받아올 맛이 나야 말이지. 세상이 바뀐 것은 생각지도 않고 당신이 벼슬 못한 한을 나한테서 풀려고 하시니 원."

홍명준의 해사한 얼굴이 일그러지며 짜증이 드러나고 있었다.

"난 또 무슨 소리라고. 그 고민이야 간단하게 해결하라니까. 일단 판검사가 돼서 우리 조선사람들을 위해 판검사질을 하란 말일세. 그럼 자네 춘부장 어른 소원 풀어드리고 조선사람들 보호하고, 일거양득 아닌가. 내가 잡혀 들어가면 무죄로 풀어주고, 좀 좋아?"

허탁이 농담하듯이 말하며 홍명준의 어깨를 두들겼다.

"이사람아, 자네 일 아니라고 말 그리 쉽게 하지 말어. 왜놈 판검사들 등쌀에 무슨 수로 조선사람들을 보호한단 말인가. 그거야 총독부 밑에서 조선사람들이 자치하자는 것이나 똑같지."

홍명준이 내쏘았다.

"아니 이사람아, 그건 전적으로 다른 문제야. 자치를 하자는 건 일본의 지배를 합법적으로 인정해 주는 동시에 조선이 일본의 식민지라는 걸 자인하는 또 하나의 매국행위야. 그러나 판검사가 돼서 최선을 다해 조선사람들을 돕는 건 적의 옷을 입고 적진 속에서 적과 싸우는 거란 말일세. 그걸 잘만 하면 그건 또다른 독립투쟁의 방법이 될 수 있다니까. 자네 생각은 어떤가?"

허탁은 농담기 없이 진지해진 어조로 말하며 송중원을 쳐다보았다.

"법학부에 다니는 조선학생들이 전부 그런 생각을 갖는다면 그야 큰 힘이 되겠지. 일본법을 아는 건 적을 아는 첩경이니까."

송중원은 판검사가 되겠다고 법학부에 다니는 조선학생들을 경멸했다. 그러나 그들이 색다른 의식을 갖추기를 기대하는 것은 진심이었다.

"됐네, 여기가 어디라고 그런 얘기들인가. 가서 점심이나 먹세."

홍명준이 주위를 둘러보며 말막음을 했다.

"이사람아 겁내지 말게. 교정은 아직도 어지간한 비밀장소보다 더 안전하네."

허탁이 피식 웃었다.

"자네가 한번 큰코다쳐야 그놈에 유들유들한 배짱이 졸아들 게야."

"그래, 명심하지. 점심이나 푸짐하게 사게나."

허탁의 이 말에 송중원은 속으로 웃고 있었다. 한양 토박이인 허탁과 홍명준은 중학교 동창답게 허물없는 사이였다. 그러나 그들의 우정에는 일정한 한계가 있었다. 그건 두 집안의 재력 차이에서 기인하는 것 같으면서도 그렇지 않았고, 두 사람의 성격 차이에서 비롯되는 것 같으면서도 또 그렇지 않았다. 그건 엄밀하게 따져보면

의식의 차이에서 오는 것이었다. 허탁은 홍명준을 언제나 스스럼없이 '점심이나 푸짐하게 사게' 하는 자리쯤에나 놓아두고 있었다. 허탁이 홍명준에게 의식을 불어넣고자 하는 것은 '조선사람들을 위한 판검사가 돼라'는 정도였다. 홍명준 역시 새 사상 같은 것에는 별로 관심이 없이 친구들에게 밥 사고 술 사는 것을 즐기며 그저 평범한 대학생활을 해나가고 있었다.

"허탁 씨, 허탁 씨이—."

여자의 외침에 그들 셋은 걸음을 멈추었다.

"아이, 그렇게 불렀는데도 못 들은 척하면 어떡해요. 목 다 터지겠어요."

허탁 앞에서 뛰기를 멈춘 여자가 숨을 할딱거리며 쏟아놓았다.

"이거 정애 씨 아니시오. 방학 재미있게 보냈소?"

허탁이 밝게 웃었고, 여자는 거침없이 손을 내밀었다.

"네에, 명사십리랑 금강산에랑 갔었는데 별 재미는 없었어요."

여자는 허탁의 손을 잡은 채 좀 헤프다 싶게 자기 이야기를 털어놓았다.

"안녕하세요, 홍명준 씨."

허탁과 악수를 끝낸 여자는 홍명준에게 악수를 청했다.

"예, 안녕하시오."

홍명준이 어색하게 웃으며 여자의 손을 잡았다.

"안녕하세요, 송중원 씨."

"예, 오랜만입니다."

송중원은 자기 차례가 된 박정애의 손을 잡으며 역겨움을 느꼈다. 그러면서 뜻밖에 작고 부드러운 박정애의 손에 멈칫 놀랐다. 얼굴보다는 손이 훨씬 곱다는 생각이 스치고 지나갔다.

"정애 씨, 더 예뻐졌소. 그 모자하고 옷도 아주 잘 어울리고."

허탁이 호인스러운 웃음을 지으며 박정애를 훑어보았다.

"어머, 그래요? 역시 허탁 씨는 신사세요. 제가 기분 좋아 런취를 사겠어요. 다들 가시죠."

박정애는 손바닥을 찰싹 맞때리며 호들갑스럽게 말했다. 그런 박정애는 유백색 바탕에 연보랏빛 동그라미 무늬가 찍힌 플레어 원피스에 보라색 리본을 두른 망모자를 쓰고 있었다. 그리고 짙은 화장에 뾰족구두를 신고 있었다.

"런취가 뭐요?"

홍명준의 말이 퉁명스러웠다.

"런취를 모르시나요? 점심이죠."

박정애의 목소리가 튕겨졌다.

"그럼 점심이지 런취가 뭐냔 말이오."

"호, 왜 저리 센스가 둔하실까. 양식으로 사겠으니까 런취죠. 한마디 하면 탁 알아들어야 되는 것 아네요?"

"허 참⋯⋯."

어이없다는 듯 홍명준이 헛웃음을 흘렸다.

"가요, 허탁 씨. 비프스테이크를 맛있게 하는 아주 멋진 까페가 새로 생겼어요. 노래를 부를 수도 있는데, 이번에 제가 홍난파 작곡 봉숭아를 완전히 배워갖고 왔거든요."

박정애는 곧 허탁의 팔을 잡아끌 것 같은 기세였다.

"너무 그러지 마쇼. 아무리 종로 상권을 주름잡는 거상의 딸이라고 해도 남자 셋이서 여자 밥을 얻어먹게 생겼소. 내가 점심을 사려던 참이었으니 정 할 일이 없으면 날 따라오시오."

홍명준의 말은 차가웠다.

"아니, 그 말뜻이 뭐죠? 왜 우리 아버지 직업은 들먹이고 그러는 거지요? 홍가 허가 송가는 양반이라 상인 딸년하고는 상대할 수 없다 그건가요? 천한 상인의 돈이라 밥을 안 얻어먹겠다 그거예요? 이거 왜 이래요, 지금이 어떤 세상이라고."

박정애는 화난 고양이가 되어 홍명준에게 공격을 퍼부었다.

"아, 아, 그게 아니고, 그게……."

뒤늦게 자신의 실수를 깨달은 홍명준은 무슨 말을 해야 좋을지 몰라 그저 더듬거렸다.

"정애 씨, 정애 씨, 내 말 들어보시오. 홍형 말은 그런 뜻이 아니고 남자 체면을 말하는 것 아니겠소. 우리가 그런 생각을 품고 있었다면 그동안 정애 씨를 상대나 했겠소? 생각해 보시오. 그동안 우리가 서로 얼마나 격의 없이 대해왔는가. 홍형 말이 자칫 오해를 살 수도 있게 됐지만 그렇다고 정애 씨가 오해를 하면 되겠소? 홍형 뜻을 이해하시오."

허탁이 능란하게 사태를 수습하고 나섰다.

"됐어요, 그럼 내가 홍명준 씨에게 직접 확인하겠어요."

박정애는 긴 머리카락을 내치듯 어깨 뒤로 넘기며 몸을 돌렸다.

허탁은 홍명준에게 빠르게 눈을 깜박거리고 있었다.

"홍명준 씨, 허탁 씨 말이 맞나요?"

박정애의 독 오른 눈초리가 홍명준에게로 날아가고 있었다.

"그렇소, 오해했다면 그 말 취소하겠소."

똥이 무서워서 피한다더냐 하는 심정으로 홍명준은 이렇게 말을 해치웠다.

"아, 역시 최고 신사는 홍명준이야. 자아, 숙녀의 호의를 받아들일 줄 모르는 것도 신사도가 아니니까 우리 다같이 비프스테이크로 런취를 먹도록 하지. 제2의 윤심덕, 박정애 씨의 쏘프라노 독창도 감상할 겸 말이야. 자아, 정애 씨가 앞장서시오."

허탁이 얼렁뚱땅 너스레를 떨었다.

"좋아요. 분명히 말해 두지만 신사는 홍명준 씨가 아니라 허탁 씨예요."

박정애는 쏘듯이 말하고 걸음을 옮겨놓기 시작했다.

홍명준은 떫은 감을 씹은 얼굴로 쓴 입맛을 다셨다.

"우리 배고픈 양들을 위해 좀 좋은 일인가. 저것도 다 우리 동포 아닌가."

허탁이 나직하게 말하며 홍명준의 등을 밀었다.

송중원은 걷기 시작하며 허탁이란 사나이를 또 생각하고 있었다. 성품이 좋은 것인지, 도량이 넓은 것인지, 아니면 생각이 깊은 것인지 딱히 알 수가 없었다. 어쩌면 그 모든 것이 합해진 것인지도 몰랐다. 성악을 한다는 박정애의 언행이 꼴사납고 역겹다가도 '저것도 다 우리 동포 아닌가' 하는 허탁의 말에 그런 감정은 그만 허물어지고 마는 것이었다.

그들은 박정애가 하는 대로 택시를 탔고, 그녀를 따라 긴자에서 내렸다. 2층에 있는 카페는 서양식 치장이 호화로웠다. 바닥에는 빨간 융단이 깔려 있었고, 하얀 벽에 걸린 서양 그림들이며 조각품 같은 의자들이 서양냄새를 물씬물씬 풍기고 있었다. 허탁이나 송중원은 말할 것도 없고 홍명준까지도 두리번거리고 쭈뼛거렸다. 박정애는 그런 그들을 옆눈길로 훑으며 묘하게 웃고 있었다.

"뭐들 드시겠어요?"

박정애가 생글 웃으며 물었다.

"우린 다 비프스테이크."

잔소리 말라는 듯 허탁이 말했다.

"이거 이래 가지고 장사가 되나?"

손님이 별로 없는 실내를 둘러보며 홍명준이 중얼거렸다.

"아직 점심시간이 이르잖아요."

박정애가 냉큼 말을 받으며 팔목의 시계를 들여다보았다. 금빛 시계가 유난히 눈에 띄었다.

음식 주문을 박정애가 도맡아서 하는 동안 세 사내는 멀뚱멀뚱 앉아 있었다. 박정애가 주문을 끝냈는데도 말을 꺼내는 사람은 아무도 없었다.

"저봐요, 손님들 많잖아요."

박정애가 턱짓을 했다.

일본말들을 하며 서넛씩 두 패가 자리를 잡고 있었다. 홍명준에게 한 말인데도 그는 들은 척도 하지 않았다.

"정애 씨, 이태리유학 간다는 건 어찌 됐소?"

허탁은 고심 끝에 찾아낸 이야깃거리를 꺼내놓았다.

"어쩜, 그걸 다 기억하고 계시네요." 박정애는 두 손을 맞잡으며 화들짝 반가워하며, "가야죠, 꼭 가야죠. 근데 딱 한 가지 문제가 있어요. 그 먼 나라까지 가는데 동행자가 없잖아요. 든든한 동행자만 있으면 당장에라도 떠나겠어요." 박정애의 목소리는 슬픈 듯 쓸쓸한 듯 야릇하게 변했다.

"든든한 동행자라면 남자를 말하는 거요?"

홍명준이 불쑥 물었다.

"예, 그런 셈이죠."

"허, 남녀평등 부르짖는 신여성답지 않게 그 무슨 소리요? 무서운 것 없이 일본까지 왔으면 이태리도 당당하게 혼자 가야 신여성이지."

홍명준은 노골적으로 야유하고 있었다.

"흥, 모르는 소리 말아요. 누가 무서워서 그러는 줄 알아요? 든든한 동행자를 곰처럼 기운 센 남자로 생각하나 보죠? 천만에요. 내 예술을 이해하고 내 인생의 동반자가 될 수 있는 멋진 남자와 예술의 나라 이태리에서 로맨스도 즐기며 공부도 하겠다는 뜻이에요. 알아들었어요?"

박정애의 날카로운 반격이었다.

홍명준은 직격탄을 맞고 머쓱해졌고, 송중원은 씁쓰름하게 웃고 있었다.

"허허허…… 역시 구남성은 신여성을 못 당하는군."

허탁은 어깨를 들먹이며 웃었다.

"다들 그 고리타분한 생각들 좀 바꾸세요. 춘원 이광수 선생이, 남자들이 바람을 피우면 여자들도 바람을 피워 보복할 수 있어야 하고, 여자도 자기 의사로 사랑을 선택해야 하며, 사랑의 감정도 자유롭게 표현해야 한다는 내용의 강연을 여기 동경에서 한 것이 언젠 줄 아세요? 벌써 10년도 넘었어요. 춘원 선생 같은 분이 열 명만 있었어도 우리나라는 획기적으로 달라졌을 거예요."

박정애는 제물에 열이 올라 그렇지 않아도 성악을 한다는 목소리가 카랑카랑하게 높아져 있었다.

"예, 이광수 같은 사람이 열 명쯤 더 있었으면 우리나라 꼴 참 볼만하게 됐겠죠. 민족개조론이 열 개는 더 나왔을 것이고, 그 힘으로 지금쯤 친일파들의 자치가 착착 진행되고 있을 테니까요."

송중원이 뽑아든 칼이었다. 그는 가슴속 깊이 아로새겨진 이광수에 대한 분노를 참지 못하고 토해내고 말았다.

"난 그런 것까진 골치 아파 잘 몰라요."

박정애는 상을 찌푸리며 손바닥을 홰홰 내저었다.

그때 종업원이 수프를 내왔다. 박정애는 시범이라도 보이듯 그 많은 식사도구들 중에서 스푼을 집어들었다.

"자아, 부담 없이 맛있게들 드세요."

박정애는 수프를 뜨며 그들을 둘러보았다. 그 기세당당한 얼굴에는 묘한 웃음이 어려 있었다.

세 남자는 모두 편치 못한 기색으로 스푼을 집어들고 있었다.

그들이 수프를 몇 숟가락씩 떠넣고 있을 때였다. 느닷없이 땅이 불끈 솟기는 것 같은 충격이 가해져 왔다. 몸이 들썩 솟는 기분이었다. 다음 순간 땅이 푹 꺼져내리는 것 같았다. 그리고 위아래로 솟겼다가 꺼지고 다시 솟겼다가 꺼지는 요동이 재빠르게 반복되었다. 그 걷잡을 수 없는 요동에 집이 마구 흔들리며 삐걱거리는 비명을 질렀고, 식탁과 그릇들이 한꺼번에 펄쩍 뛰어올랐다가 식탁은 식탁대로 떨어지고 그릇들은 제각기 흩어져 굴러가고 깨졌으며, 사람들은 사람들대로 몸을 가누지 못하고 나뒹굴어지며 비명을 질렀다. 그런데 상하의 흔들림이 바뀌었다. 좌우로 걷잡을 수 없이 흔들리기 시작했다.

집이 곧 무너져내릴 듯이 뒤흔들리고, 물건이란 물건들은 죄다 떨어지고 구르고 부딪치고 깨지며 요란한 소리를 냈고, 사람들도 정신을 차리지 못하고 비틀거리고 쓰러지고 하며 아우성과 비명을 지르고 있었다. 집채 여기저기서 우지끈 삐걱 나무들이 부러지고 어긋나는 소리가 요란하고, 바깥에서 사람들이 아우성치는 소리가 야단법석이었다.

마구 내둘러대던 좌우의 요동이 가라앉았다. 처음의 상하 요동이 키질이라면, 다음의 좌우 요동은 체질이었다. 그 갑작스럽고 사정없는 키질과 체질 속에서 사람들이고 물건들이고 한갓 낱알이거나 가루에 지나지 않았다.

"이게…… 이게 뭐예요?"

바닥에 쓰러져 있던 박정애가 몸을 일으키며 더듬거렸다. 잔뜩 공포에 질린 그녀는 울고 있었다.

"아마 지진인 것 같소, 지진……."

허탁도 넘어져 있던 바닥에서 일어나며 어물거렸다. 어리둥절한 그의 얼굴에도 두려움이 배어 있었다.

송중원도 홍명준도 멍하고 어리벙벙한 얼굴로 몸을 일으키고 있었다.

"무서워요, 어서 여기서 나가요."

박정애가 헝클어진 머리카락을 쓸어넘기며 울먹였다. 그녀가 쓰고 있었던 예쁜 모자는 어디로 갔는지 없었다.

"예…… 잠깐 좀……."

허탁이 두리번거리며 어물거렸다.

그런데 돌발사태가 또 일어났다. 창문들을 마구 뒤흔들어대며 강풍이 몰아치기 시작했다. 강진이 동반한 돌풍이었다. 그 세찬 바람소리와 함께 물건들이 굴러가고 부딪치고 깨지는 소리들이 다시 요란해지고 있었다.

카페의 손님들은 어찌할 줄을 모르고 서성거렸다. 그런데 유리창이 와지끈 깨지며 무엇인가가 날아들었다. 어지러운 융단바닥에 떨어진 것은 어디선가 날아든 기왓장이었다. 사람들은 그 기왓장이 폭풍에 날아왔다는 것을 알았다. 기왓장을 날려보낼 만큼 위력이 큰 폭풍에 사람들은 그만 기가 질리고 있었다.

"불이야, 불! 불이야아!"

주방 쪽에서 터져나온 외침이었다. 그리고 네댓 사람이 허둥지둥 뛰쳐나오고 있었다.

"뭐야, 불?"

"아니, 저기 봐. 저 연기!"

손님들이 소리쳤다.

주방 쪽에서 밀려나오는 연기가 천장을 타고 퍼지고 있었다.

"다들 피해요. 불이오, 불!"

종업원은 다급하게 외쳤다.

손님들이 우르르 출입구로 몰려갔다. 사람들은 앞다투어 계단을 뛰어 내려가기 시작했다.

"어머, 엄마!"

여자의 비명이 울렸다. 그리고 박정애가 곤두박였다. 뾰족구두가 계단에 걸리면서 발을 헛디딘 것이었다. 그 뒤를 따르던 두서너 사람이 뒤엉키며 박정애를 덮쳤다.

"멈춰, 멈춰! 사람이 넘어졌다!"

허탁이 일본말로 외쳤다.

송중원과 허탁이 뒤엉킨 사람들을 일으키기 시작했다. 박정애는 계속 비명을 지르고, 연기는 벌써 계단까지 자욱하게 퍼지고 있었다. 위에 있는 사람들이 기침을 해대고 있었다. 송중원과 허탁은 박정애를 부축하고 허둥지둥 밖으로 나왔다.

바람이 거칠게 불어대고 있었다. 그들은 정신없이 큰길로 내달았다.

"안 돼요, 안 돼요. 나 발 아파 못 가겠어요."

박정애가 울면서 주저앉으려고 했다. 양쪽에서 부축하고 있던 허탁과 송중원도 뛰기를 멈출 수밖에 없었다.

"내 구두, 내 구두⋯⋯."

박정애가 눈물을 훔치며 중얼거렸다. 그때서야 허탁과 송중원은 박정애가 구두가 벗겨진 맨발이라는 것을 알았다.

"기다리시오. 내가 갔다 올 테니까."

허탁이 몸을 돌렸다.

"가면 뭘 해. 벌써 다 불붙었을 건데."

숨을 몰아쉬며 홍명준이 내쏘았다.

그러나 허탁은 카페를 향해 뛰기 시작했다.

길거리는 수라장이었다. 휘몰아치는 바람 속에 수많은 사람들이 두서없이 우왕좌왕하고 있었고, 온갖 물건들이 어지럽게 흩어지고 날아가고 있었고, 가로수 가지들이 찢어지거나 부러져 있었고, 여기저기서 불길이 솟고 있었다.

허탁은 빈손으로 돌아왔다.

"어머, 난 어떡해요."

박정애가 선 자리에서 종종걸음을 쳤다.

"그렇게 그놈의 뾰족구두는 왜 신고 다녀요."

홍명준이 버럭 내쏘았다.

"뭐라구요!"

박정애가 맞받아 소리쳤다.

"어허 이사람아, 왜 이러나."

허탁이 홍명준에게 눈짓했다.

"아무 신이나 어디서 사야 할 것 아닌가?"

송중원이 주위를 둘러보며 말했다.

"그러긴 해야겠는데 이 난리통에 이거……."

허탁이 바람을 등지며 난처해했다.

"나 집에 좀 데려다주세요. 온몸이 아파서 꼼짝을 못하겠어요."

박정애가 울먹이면서 말했다. 계단에서 곤두박이면서 어디에 씻긴 것인지 박정애의 왼쪽 볼에는 서너 줄의 긁힌 상처가 나 있었다.

"빌어먹을, 재수가 없을라니까…… 나 먼저 가겠네. 또 만나세."

홍명준이 벌컥 화를 내며 돌아섰다.

허탁과 송중원은 아무 말도 못하고 바람 속을 걸어가고 있는 홍명준의 뒷모습만 바라보고 있었다.

"흥, 꼴보기 싫여. 뭐가 잘났다고 저 모양이야."

박정애가 이를 앙다물었다.

"자아, 우선 신발가게를 찾아보도록 합시다. 헌데, 그 맨발로는 못 걸을 텐데 내 양말이라도 신겠소?"

허탁이 박정애를 쳐다보았다.

"허탁 씨 발 부르트면 어쩌게요?"

"내 걱정은 마시오. 몇십 리 걷는 것도 아니니까."

"예, 그럼 주세요. 제가 열 컬레로 갚아드릴게요."

박정애는 아야야야 신음소리를 내가며 허탁의 양말을 꿰신었다.

"아까처럼 부축을 할까요?"

"아니에요, 제가 두 분 팔을 붙들겠어요."

허탁과 송중원은 박정애가 원하는 대로 팔 하나씩을 내줄 수밖에 없었다. 박정애는 가운데서 두 남자의 팔짱을 끼고 걸으며 연상가는 신음소리를 내고 있었다.

계단에서 그리됐으니 다치기는 다쳤겠지. 그래도 이게 맹랑하다니까. 신여성물을 먹어도 단단히 먹었어. 요런 게 머리가 좋은 데로 돌면 좀 좋은가.

허탁이 하고 있는 생각이었다.

무슨 놈의 여자가 영 부끄러운 것을 몰라. 자유연애를 좋아해서 남자들의 팔을 많이 끼어봤나? 아니지, 이런 여자가 숫처녀이기나 할까? 처녀 아닌 처녀가 수두룩하다고 하던데.

송중원이 하고 있는 생각이었다.

신발가게는 쉽게 찾아지지 않았다. 바람은 좀 약해지는 듯했는데 거리는 더 소란스럽고 복잡해지고 있었다. 크고 작은 보통이를 든 사람들이 거리로 쏟아져 나오고 있었던 것이다. 그들은 불길을 피해 집에서 빠져나오고 있는 사람들이었다. 바람은 세차게 불고 집들은 판자로 지은 것이라서 불길이 걷잡을 수 없이 번지고 있던 것이다.

"어머, 저 전차 좀 보세요."

박정애가 놀라서 외쳤다.

전차가 불타고 있었다. 사람들은 피신을 했는지 전차는 텅 비어 있었다.

수많은 사람들이 소란 속에서 갈팡질팡하고 있었다. 여기저기서 바람을 탄 불길들이 거센 파도를 일구고 있었고, 불냄새 뿜는 연기가 거리마다 자욱하게 퍼지고 있었다. 소방차들이 숨가쁘게 경적을 울려대며 달려가고 있었다. 동경이 삽시간에 불바다로 변해가고 있었다.

그들은 불길을 피하며 사람들을 헤치고 한 시간 이상 헤매다닌 끝에 신발가게를 찾아냈다. 유리문이 깨지고 운동화들이 어지럽게 흩어진 가게 안에는 아무도 없었다.

"여보세요, 여보세요. 주인 없습니까?"

허탁이 몇 번이고 목청을 높였지만 전혀 기척이 없었다.

"별수 없네. 그냥 하나 실례해야지."

송중원의 말이었다.

"자아, 맘대로 하나 골라보시오. 지금부터 주인은 나니까."

허탁이 장사 시늉을 내며 헤벌쭉하게 웃었다. 이런 경황 중에서도 그리 느긋한 허탁을 보며 송중원은 얄밉기도 하고 부럽기도 했다.

박정애는 허둥지둥 운동화 하나를 꿰신었다.

"여기다 돈을 놓고 가면 어때요?"

박정애가 허탁을 쳐다보았다.

"그 양심은 좋지만, 그렇게까지 양심 차릴 것 없어요. 왜놈들이 우리것 뺏어간 게 얼만데. 자아, 갑시다."

허탁이 박정애의 등을 밀었다.

전차는 통행이 완전 중단되어 있었다. 불탄 전차들이 많으니 시설이 망가지지 않을 리 없었다. 택시도 보이지 않았고 인력거들도 굴러다니지 않았다.

"어떡하면 좋죠?"

박정애가 울상을 지었다.

"불편해도 참고 걸어야죠."

허탁이 얼른 팔을 잡으라는 시늉을 했다.

바람은 그 기세가 많이 약해져 있었다. 그러나 사방에서 너훌거리고 휘감기고 널름거리는 불길들은 오히려 더 기세가 맹렬해져 있었다. 길거리에도 사람들이 더욱 혼잡하게 들끓으며 뒤엉키고 있었다. 여자들의 울음 섞인 외침이 긴 꼬리를 잇고 있었다. 잃어버린 아이들을 찾고 있는 울부짖음이었다.

"아이고 죽겠다. 저 물이나 좀 마시고 갑시다."

허탁이 물이 솟구치고 있는 곳으로 발길을 돌렸다.

"저건 무슨 물이죠?"

박정애가 다리를 절룩이며 물었다.

"수도관이 터진 모양이오."

허탁의 추측은 맞았다.

세 사람은 손바가지로 물을 받아마셨다. 거침없이 솟구치고 있는 수돗물은 길 한쪽으로 물줄기를 이루며 흘러가고 있었다.

"아이고, 물배를 채웠으니 담배나 한 대씩 피우고 가세."

허탁이 인도에 털퍽 걸터앉았다.

"이거 이러다가 동경 시내 다 잿더미 되는 것 아닌가."

송중원이 담배를 받아들며 말했다.

"그래도 아까울 것 없지. 당연히 받아야 될 천벌을 받는 거니까."

허탁이 성냥을 칙 그어댔다.

박정애는 곧 터져나오려는 말을 간신히 참아냈다. 허탁의 서슬
이 너무 섬뜩했던 것이다.

그건 너무 심한 말이잖아요.

괜히 이 말을 했다가 허탁의 서슬에 불을 붙여서는 안 되었다.
당장 혼자 두고 떠나버리는 것도 큰일이었고, 앞으로 미움을 사게
되면 더 큰일이었던 것이다. 허탁의 그 말이 별로 마음에 들지는
않았지만 조선의 젊은 남자로서 그런 창창한 오기를 품고 있다는
것이 한편으로 믿음직스럽기도 했다.

그들이 박정애의 하숙집에 도착한 것은 해거름이 다 되어서였다.

"어머, 우리 집은 불이 안 났군요."

박정애는 손뼉을 치며 기뻐했다.

"그럼 불이 났을 줄 알았소?"

허탁이 픽 웃었다.

"네에, 속으로 얼마나 걱정했는지 몰라요. 자아, 어서 들어가요."

생기가 난 박정애는 허탁과 송중원을 잡아끌었다.

"아니, 여학생 하숙집에 남학생이 들어가서야 됩니까."

허탁이 놀라며 정색을 했다.

"어머, 또 케케묵은 구식 소리. 여긴 조선이 아니라 일본이에요. 점심도 굶고 얼마나 배고플 텐데 어서 저녁을 먹어야 되잖아요."

"아니, 여학생 하숙집에서 저녁까지 먹어요? 얼마나 흉잡히고 욕 먹을려고."

허탁이 더욱 놀랐다.

"그런 걱정 안 해도 돼요. 여긴 일반 하숙집이 아니라 우리 아버지하고 거래하는 상인집이니까 얼마든지 밥을 먹어도 된단 말예요."

"춘부장께서 딸의 안전조치를 하신 모양이군요."

송중원의 말이었다.

"맞아요, 센스가 빨라서 좋네요. 그러니까 아무 걱정 말고 어서 들어가세요. 어디서 밥을 사먹을 데도 없잖아요."

박정애는 다시 두 사람을 잡아끌었다.

허탁과 송중원은 마지못한 척 끌려 들어갈 수밖에 없었다. 배가 너무 고팠고, 날은 어두워지는데 영업을 할 식당이 있을 리 없었던 것이다.

박정애의 말마따나 그 집 주인은 허탁과 송중원을 환대했다. 그리고 두 사람이 하마터면 밟혀죽을 뻔한 자기를 구해주고 여기까지 데려다주었다는 박정애의 설명을 듣고는 집주인은 몇 번이고 고맙다는 인사까지 했다.

허탁과 송중원은 마음 편안하게 박정애의 방에 자리잡을 수 있었다. 자신들의 옹색한 입장을 금방 편안하게 만들어준 재치에 송중원은 박정애가 역겨운 여자만은 아니라는 것을 느끼고 있었다. 그 느낌에는 박정애의 또 하나의 모습이 겹쳐져 있었다. 주인 없는 신발가게에서 굳이 돈을 놓고 나오려는 마음이었다.

"많이많이 드세요. 점심 굶은 것까지 다 드세요."

박정애는 두 사람의 밥공기가 비기 바쁘게 밥을 퍼담으며 즐거워하고 있었다.

"아이고 숨막힌다."

허탁이 배를 쓸며 밥상에서 물러나 앉았다. 송중원도 양껏 배를 채웠다. 자취생활에 비하면 반찬이 그야말로 진수성찬이었던 것이다.

"이거 배터지게 먹고 나니 슬슬 졸음이 오네."

담배를 뻐끔거리는 허탁의 중얼거림이었다.

"그래요, 여기서 주무시고 가세요."

박정애가 불쑥 말했다.

"예에에?"

허탁의 눈이 휘둥그레졌다.

"뭘 그리 놀라세요. 여긴 그냥 하숙집이 아니라고 했잖아요. 빈 방이 있으니까 걱정 없어요. 날은 어두워지고 전차도 안 다니는데 어떻게 가실려고 그래요. 차나 마시며 이야기하다가 낼 아침에 가시면 좋잖아요."

박정애의 말은 그냥 인사가 아니었다.

"아니, 됐소. 사람이 차릴 체면은 차려야지. 어이 중원이, 가세."

허탁은 담배를 비벼끄고 벌떡 몸을 일으켰다.

"아니, 그럼 차나 들고 가세요."

박정애가 당황스런 몸짓을 지었다.

"더 늦기 전에 가야겠소."

허탁은 매정하다 싶게 방을 나섰다. 그 뒤를 따라가며 송중원은 빙긋이 웃고 있었다. 그건 허탁의 또다른 모습이었던 것이다.

밤거리는 여전히 북새통이고 수라장이었다. 밤이라서 불길들의 난무는 더욱 선명하고 거센 것처럼 보였다. 그러나 바람결은 아주 약해져 있었다.

허탁과 송중원은 밤이 늦어서야 자취방으로 돌아왔다. 작은 부엌과 비좁은 방 안에는 온갖 것들이 엎어지고 흩어져 난장판이 되어 있었다.

"박정애 말대로 이 집은 불타지 않아서 그나마 천만다행이군."

허탁이 흩어진 물건들을 발로 밀치며 피식 웃었다.

"가난한 동네 덕 봤지."

"무슨 소린가?"

"아, 가난한 사람들이 따로 점심 해먹자고 불을 피웠을 리가 있나."

"그게 그렇게 되나? 맞어, 그 까펜지 식당인지가 그래서 불이 났었군 그래."

"이걸 다 어쩌지?"

송중원이 흩어진 물건들과 허탁을 번갈아 쳐다보았다.

"적당히 밀쳐놓고 잠부터 자세."

"그게 좋겠어. 너무 고단하군."

그들은 다음날도 새벽 4시에 어김없이 일어났다. 그리고 과자공장으로 발길을 서둘렀다.

"보나마나 오늘 배달은 못할 거야."

허탁이 하품을 하며 말했다.

"그래도 얼굴은 내밀어야지. 하루 공짜로 넘어갈 수는 없을 거고, 아마 뒤죽박죽된 공장을 치워야 되지 않을까 싶네."

"귀신! 나도 그 생각을 했는데."

둘이는 마주 보며 흐흐거리고 웃었다.

역시 그들의 예상은 틀림이 없었다. 과자공장은 물건들만 엉망으로 뒤섞이고 흩어진 것이 아니었다. 공장 한쪽이 시커멓게 그을려 있었다. 석탄불을 피워놓고 일하는 공장이 요행히 화재를 모면한 흔적이었다.

송중원과 허탁은 서로 마주 보며 가슴을 쓸어내렸다. 공장이 타버렸더라면 또 일자리를 구하느라고 애를 먹을 판이었던 것이다. 그들은 옷을 벗어부치고 공장 치우기에 나섰다.

"배달이 없으니 그냥 가도 되는데 일을 도와줄려고?"

공장에서 밤을 지새느라고 잠을 못 잔 주인이 반색을 했다.

"당연하지요, 이렇게 화를 당하셨는데."

허탁이 환하게 웃으며 말했고

"참, 이만하기 천행이십니다."

송중원도 위로의 인사를 차렸다.

"고맙소, 정말 고맙소."

주인은 허탁과 송중원의 손을 잡으며 곧 울 것 같았다.

그들은 서너 시간 동안 땀을 흘리며 공장을 치워나갔다. 그 일은 자전거를 타고 하는 배달보다 훨씬 힘이 들었다.

"너무 고생했소. 어서 학교 가시오."

아침을 먹고 나자 주인이 먼저 서둘렀다.

"아닙니다, 오늘 수업이 될 리 있습니까. 아마 모든 학교가 휴교일 겁니다."

허탁이 말했고, 송중원이 고개를 끄덕였다. 공장이 전처럼 정리되려면 아직 멀었던 것이다.

"아이고, 고맙소 고맙소. 조선사람들은 부지런하고 예절 바르고 남을 돕는 의리가 강하고, 이찌방이오, 이찌방!"

주인은 엄지손가락을 세워 보이며 좋아서 어쩔 줄을 몰라했다.

고학생 배달원을 뺀 과자공장의 직공들은 20여 명이었다. 그런데 출근을 한 사람은 일곱에 지나지 않았다.

"이렇게 화를 많이 입었으니 큰일이군."

주인의 걱정이었다.

그들은 모두 힘을 합쳐 공장을 치워나갔다. 직공들은 허탁과 송중원에게 평소와는 다른 호감을 나타냈다.

그런데 점심때가 되어서였다.

"여보, 큰일났어요. 어제 사방에서 불난 것 있잖아요. 그게 다 불령선인들이 한 짓이래요."

밥을 해가지고 나온 주인의 아내가 한 말이었다.

"아니, 뭐라고?"

주인이 깜짝 놀랐다. 다른 직공들도 놀라는 얼굴들이었다. 그러나 송중원과 허탁은 놀라움을 넘어 그만 소스라쳤다. 송중원은 가슴이 철렁 내려앉았고, 허탁은 머리가 핑 울렸다.

"아니, 누가 그런 소리를 해?"

주인이 버럭 소리쳤다. 그는 허탁과 송중원을 의식하고 있었다.

"신문 호외에 났다는 거예요. 불령선인들이 그전부터 구역을 나눠 분필로 암호를 표시해 가며 방화를 하려고 노리고 있다가 어제 지진이 일어나자 때는 이때다 하고 일시에 불을 질러댔다는 거예요. 우물에 독약도 풀고요."

허탁과 송중원의 눈길이 날카롭게 마주쳤다. 그들이 직감한 것은 조직적인 조작이고 날조였다.

"그 호외 가져왔어?"

"아니오, 말만 들었어요. 틀림없이 그렇게 써 있더래요."

"신문 호외가……?"

주인이 고개를 갸웃거렸다.

허탁과 송중원은 직공들의 눈길이 자기들에게 쏠리는 것을 느끼고 있었다.

"저어, 더 큰일이 또 있어요. 그 소식을 들은 경방단 자경단 재향 군인들이 들고일어나 조선사람들은 닥치는 대로 죽이고 있다는 거예요."

허탁은 가슴에서 화끈 불이 붙는 것을 느꼈다. 송중원은 눈앞이 아뜩해지는 걸 느꼈다.

"그건 거짓말이오. 뭐가 잘못 돌아가고 있는 것이오."

허탁의 외침이었다.

"맞아요. 조선사람들이 불을 지른 게 아니오. 어제 우리가 식당에 있었는데 지진이 나자 곧 주방에서 불이 났어요. 우리 공장도 저쪽 벽이 타다 만 것은 석탄을 피워놓고 일을 하기 때문이 아닙니까. 모든 물건들이 엎어지고 뒤집어지는 판에 불붙은 숯덩이고 석탄덩이고 장작들이 가만히 있을 리 없잖습니까. 그 불덩이들이 다 흩어져 불이 난 거란 말입니다."

얼굴이 벌겋게 달아오른 송중원의 말이었다.

"맞소, 그 말이 맞소. 우리 공장도 그랬으니까. 우리는 사람들이 많아 불을 껐으니까 다행이었지. 다른 집들은 불을 못 끄고 당한 거야. 다 판잣집들인 데다가 바람이 그리 세게 불어댔으니 불이 좀 잘 번졌겠나. 그래 그 말이 맞아."

주인이 중얼거리듯이 말하며 연상 고개를 끄덕이고 있었다.

"그런데 왜 신문 호외는 그럴까요?"

주인의 아내는 머쓱해진 채 남편의 눈치를 살폈다.

"신문이라고 어디 다 맞나. 어서 밥이나 차려."

주인이 짜증스럽게 내쏘았다.

다른 직공들도 주인의 말을 믿는 기색이었다. 허탁과 송중원은 일단 한시름을 놓았다. 그러나 제대로 밥을 먹을 수가 없었다. 그들 몇 사람에게만 사실을 납득시킨 것일 뿐 조선사람들은 죽어가고 있었던 것이다.

"아니오, 여길 나가선 안 되오. 분하고 억울해도 지금 당장 어쩌겠소. 지금 나갔다가 개죽음당하지 말고 우선 참고 몸보존했다가 다음에 모든 걸 밝히시오."

주인은 허탁과 송중원을 붙들고 놓아주지 않았다.

그날 밤부터 허탁과 송중원은 꼬박 이틀 동안 공장을 벗어나지 못했다. 주인은 그들과 숙식을 같이했다.

사흘째 되는 날 허탁과 송중원은 학교로 가지 않고 고학생동지회로 갔다.

"말도 말아요, 대학살이오. 일본말을 잘 못하는 노동자들이 거의 다 죽었소. 아마 6천여 명이 되는 모양이오."

노동자들과 가난한 조선사람들이 여기저기서 무더기로 죽어간 참상들이 알려지기 시작했다. 학살에 앞장선 것은 경방단과 자경단 그리고 재향군인들만이 아니었다. 헌병사령부에서는 조선사람들을 보호해 주겠다고 연병장에 가득 모아놓고 주변에 총소리가 울리지 않게 하려고 총검으로 다 찔러죽였다고 했다. 헌병들만이 아니라 경찰들도 골목골목에서 일본말이 서투른 사람들에게 무작정 니뽄도를 휘둘러댔다는 것이었다. 자경단의 대창이 등에 업힌 아이와 엄마를 한꺼번에 찔러죽이고, 재향군인의 칼에 임신한 여자의 배가 찢겨 태아가 길바닥에 흩어졌다고 했다. 그러나 제일 참

혹하게 죽은 것이 영대천 옆의 빈민굴에 몰려 있던 노동자들이라고 했다. 그들은 온갖 흉기로 무장한 경방단이나 자경단들에게 쫓겨 영대천으로 뛰어들었다가 헤엄을 치지 못한 사람들은 서로 뒤엉켜 빠져 죽고, 헤엄을 칠 줄 아는 사람들은 다시 강변으로 기어 올랐지만 몽둥이로 머리가 깨지고 대창에 가슴이 찔려 물귀신이 될 수밖에 없었다는 것이었다. 영대천에서 죽은 노동자들은 수천 명으로, 시체에 시체가 걸려 산더미를 이루고 있다고 했다.

송중원과 허탁은 얼마 전에 만났던 그 노동자들을 생각하면서도 그 빈민굴로 찾아가 볼 엄두를 내지 못하고 있었다.

13

긴 기다림의 끝

대나무숲이 사운거리고 있었다. 바람이 부는 기미라고는 없는데 대숲이 소곤거리듯 읊조리듯 사운거리고 있었다. 어둠이 드리워지면서 작은 새들의 지저귐도 그쳐 대숲에는 정적이 깊었다. 깊은 정적 속에서 여리고 보드랍게 여울짓는 대숲의 사운거림은 어떤 소리가 아니라 무슨 향내 같기도 했다. 어쩌면 다른 나무숲에서는 들을 수 없는 그 특이한 사운거림은 대숲의 체취인지도 몰랐다.

키 큰 대나무들은 반팔 간격이 멀다 하게 촘촘히 무리지어 밭을 이루고, 위로 올라가면서 가느다랗고 낭창거리는 긴 가지들을 마디마다 길러내고 있었다. 그 수많은 가지들은 겨울에도 시드는 일 없는 청청한 잎들을 피워내며 서로서로 어깨동무도 하고 손잡기도 했다. 그러니 이파리들은 서로 한몸처럼 어우러지지 않을 수가 없었다. 그 빳빳하면서도 가벼운 이파리들은 미세한 바람에도 민감하게 반응하며 서로서로 몸을 비비댔다.

대숲의 어둠은 유난히도 짙었다. 마디마다 뻗친 가지들이 서로 엇갈리며 대나무들은 몇 층인지 모를 숲을 겹으로 이루고 있었던 것이다. 대숲에는 낮에도 햇빛이 스며들지 못할 정도로 그 그늘이 짙었다.

바스락, 바스락……

어두운 대숲의 정적을 깨는 소리가 울리고 있었다. 그 소리는 들고양이나 살쾡이 같은 날쌘 짐승들이 내는 소리가 아니었다. 그 소리는 순간적이고 재빠르게 일어났다가 사라지는 것이 아니라 어딘가 조심스러우면서도 느리게 이어지고 있었다.

"누구여…… 월엽이여?"

억누를 대로 억누른 남자의 소리가 어둠 속 어디에선가 들렸다.

"야아…… 나요."

바스락거리는 소리와 함께 여자의 낮고 가느다란 목소리가 화답했다.

"여그여, 여그……"

좀 다급해진 남자의 목소리와 함께 대나무 가지들이 쏠리는 소리가 갑자기 일어났다.

"아이고, 거그 그대로 있으랑게라. 그러다가 들키겠소."

여자의 황급한 소리였다.

그러나 대나무 가지들이 쏠리는 소란스런 소리는 멎지 않았다. 그 갑작스러운 소란에 놀란 참새들이 쩍쩍거리고 푸득거리며 날아가고 있었다.

"어째 이리 늦었는감?"

남자가 여자 앞에 불쑥 모습을 드러냈다. 다소 숨결이 거칠어진 남자는 차득보였다.

"아이고, 들키면 어쩔라고 이러요."

몸이 단 월엽이의 타박이었다.

"어쩌기넌 어쩌. 죽기 아니면 장개들기제."

차득보의 뚱한 대꾸였다.

"사람 피 보트게 헐라고 작정혔소?"

월엽이가 차갑게 내쏘았다.

"아니여, 아니여. 너무 반가와 그런 것이제. 저짝으로 가드라고."

차득보는 월엽이의 손을 조심스럽게 잡았다.

"애기도 아님서……."

월엽이는 이렇게 중얼거리면서도 반가움을 참아내지 못하는 차득보의 마음을 능히 헤아리고 있었다. 자신의 속마음도 그렇게 차득보를 향해 달려가고 싶었다. 만약 차득보가 그리 앞뒤 가리지 않고 달려오지 않았더라면 너무 서운했을지도 모른다. 월엽이는 차득보의 손을 가만히 마주 잡으며 대나무들을 피해 걸음을 옮겼다.

"달이 곧 뜰 때가 됐는디……."

한 발 앞서 걸으며 차득보는 구시렁거렸다. 그건 월엽이를 염려하는 마음이었다.

그들은 대밭 거의 끝머리까지 걸어갔다. 집 쪽에서 한 발짝이라도 더 멀어지려는 것이었다.

"월엽이, 참말로 나럴 두고 시집얼 갈 챔이여?"

자리를 잡고 앉으며 차득보가 한숨과 함께 토해낸 말이었다.

"……."

월엽이는 아랫입술을 물었다.

"나 환장얼 혀서 죽겄는디 말 잠 히보랑게."

"……인자 와서 어찌겠소……."

"아니여, 우리 이대로 당허지 말고 어디로 도망얼 가드라고."

차득보는 월엽이의 손을 덥석 잡았다.

"미쳤소, 우리 아부지 죽소."

월엽이는 손을 뿌리쳤다. 그러나 손은 빠져나오지 않았다. 그 순간 차득보가 월엽이를 덮치고 들었다.

"아이고메 엄니! 어째 이러요, 어쩔라고 이러요."

당황한 월엽이의 목소리가 커졌다.

"나가 그간에 얼매나 참았는지 알어. 딴 디로 시집 못 가. 나도 오기가 있는 사내자석이여."

차득보는 월엽이를 타고 누르며 목소리가 거칠어지고 있었다.

"인자 와서 어찌 이러요. 혼처 다 정해졌는디 요것이 머시다요."

월엽이는 몸을 버둥거리며 차득보의 어깨를 떠밀었다.

"빌어묵을 혼처가 다 무신 소양이여. 당장 지 각시 맨그는 놈이 임자제."

차득보의 손이 월엽이의 치마 속으로 파고들었다.

"나 소리질를라요, 소리!"

월엽이는 두 다리를 단단히 꼬아붙이며 큰 소리를 지를 것처럼 목청을 높였다.

"그려, 동네사람덜 다 듣게 소리질러. 글먼 동네사람덜 앞에서 나가 월엽이럴 나 각시 맨들어부렀다고 광고헐 것잉게."

차득보의 손은 속곳을 더듬고 있었다.

월엽이는 그만 눈앞이 캄캄해지고 말았다. 아버지의 엄한 얼굴이 떠올랐다. 그렇게 되면 자신이 죽는 길밖에 없었다. 그리고 집안은 망하는 것이었다.

"공허 시님, 공허 시님 말 잊어부렀소."

월엽이는 있는 힘을 다해 차득보의 어깨를 다시 떠밀었다.

"공허 시님이고 머시고 다 헛소리여. 중이 나 타는 속얼 어찌 알어."

차득보의 손이 불두덩 아래로 파고들고 있었다.

"옥녀럴, 동상 옥녀럴 누가 요리 신세 망쳐놔도 좋겄소."

월엽이는 차득보의 머리카락을 잡아흔들며 울먹였다.

"머시여······?"

차득보의 눈앞에는 여동생 옥녀의 모습이 번뜩 떠올랐다. 발버둥치고 울며 놀이패에게 끌려가는 모습이었다. 그동안 수백 번도 더 꿈에서 보았던 모습이었다. 차득보는 전신에 맥이 빠지고 있었다. 월엽이는 옥녀와 동갑이었고, 늘 옥녀를 걱정해 주고는 했던 것이다.

"……."

차득보는 월엽이를 풀어주며 짙은 한숨을 내쉬었다.

월엽이는 얼른 몸을 일으키며 옷매무새를 다듬었다. 가슴에서 뜨거운 바람이 일어나고 있었다. 그리고 눈물이 솟구쳤다. 정말 어디로 도망을 가버릴까! 차득보가 자기를 진정으로 사랑한다는 확인과 함께 떠오른 생각이었다. 그러나 또 밀려드는 것은 아버지 얼굴이었다.

대숲의 어둠이 많이 묽어져 있었다. 보름이 며칠 지난 달이 떠오르고 있었다. 한창 죽순들이 돋고 있는 대숲에는 봄내음이 아련했다.

차득보는 전혀 말이 없이 담배를 피워물었다. 월엽이는 할 말이 가슴에 가득했다. 그러나 그 어떤 말도 꺼낼 수가 없었다. 딴 데로 시집을 가야 할 처지에 다 부질없는 말이었다.

차득보의 부탁을 받은 공허 스님은 아버지에게 혼사 이야기를 꺼냈다. 그런데 아버지는 냉정하게 고개를 젓고 말았다.

"진작에 혼처럴 정해논 디가 있구만요."

이건 공허 스님의 체면을 생각해서 아버지가 점잖게 한 말일 뿐이었다.

"니가 몸가짐 맘가짐얼 어찌했으면 그런 말이 나오드란 말이냐. 시상이 지아무리 변혀도 그리넌 안 될 일이다. 오늘보틈 열흘 동안 방에서 나오덜 말거라."

자신을 꾸짖은 이 말이 아버지의 본심이었다. 지체가 달라 혼인을 시킬 수 없다는 뜻이었다. 아버지를 원망할 수가 없었다. 그건 어길 수 없는 법도였다. 애초에 지체가 다른 남자에게 마음을 준 자신이 잘못한 것이었다.

차득보는 며칠이 지나지 않아 공허 스님을 따라 떠나갔다. 넉 달 전의 일이었다. 그런데 차득보는 열흘 간격으로 대밭을 찾아들었다. 자신도 차득보를 안 보고는 견딜 수가 없어서 열흘에 한 번씩 만나기로 약조를 했던 것이다. 그런 눈치를 채기라도 한 듯 아버지는 서둘러 혼처를 정했다.

"그려…… 인자 혼삿날이 너댓새 남었제."

차득보가 무겁게 입을 열었다.

"……."

월엽이는 그 말을, 이것이 우리가 마지막으로 만나는 것이지, 하는 것으로 듣고 있었다.

"그려…… 공허 시님 말씸대로 우리야 애초에 인연이 아니었제."

차득보의 목소리가 잠겨들고 있었다.

"……."

월엽이는 손에 잡히는 대로 풀을 쥐어뜯고 있었다. 마지막이라고 생각하니 안타까움이 사무치고, 아버지가 끝없이 원망스러웠다.

공허 스님이 일을 맡고 나섰을 때 걱정이 없었던 것은 아니지만 그래도 성사가 되리라 믿었었다. 아버지는 언제부터인가 상민을 천시하지 않았고, 차득보도 자식 대하듯 했던 것이다. 그러나 아버지는 상투를 자르지 않았듯 마음이 다 개명된 것은 아니었다.

"그려…… 잘살어."

차득보는 더디게 몸을 일으켰다.

월엽이는 눈물이 왈칵 쏟아지려고 했다. 다급하게 일어나며 차
득보를 끌어안았다.

우리 도망가요. 당장 나를 끌어가요. 당신 없이는 난 못살아요.
어서 날 끌고 가라니까요.

월엽이는 속타게 부르짖고 있었다. 그러나 그 소리는 가슴속에서
만 들끓을 뿐 월엽이는 차득보를 더 꼭꼭 끌어안는 것으로 그 말
을 대신하고 있었다.

차득보도 월엽이를 끌어안으며 부르르 떨었다. 차득보는 여동생
을 찾아야 될 일만 아니면 이대로 월엽이를 끌고 도망쳐 버리고 싶
은 충동에 또 휘말리고 있었다.

"저어…… 담배쌈지 그대로 지니고 있제라?"

월엽이의 말은 울음범벅이었다.

"이잉……."

차득보는 고개까지 끄덕였다.

월엽이는 차득보 생일날 베갯모에 수놓는 두 마리 학을 담배쌈
지에 수놓아 선물했던 것이다. 그 쌈지를 평생 지니고 나를 보듯
하라는 말을 대신하고 있었다.

그러나 차득보는 거울을 잘 지니라는 말을 월엽이에게 하지 않
았다. 월엽이가 담배쌈지를 만들어주기 전에 차득보는 월엽이에게
손거울을 사주었던 것이다.

한덩어리가 된 두 사람은 떨어질 줄을 몰랐다. 달빛이 젖어들고 있는 대숲에는 어둠 대신 숲그늘이 은은히 번져 있었다. 대숲 위에는 대나무 가지들이 휘어지도록 푸른 달빛이 넘치고 있었다.

"현생에서 짧아 못 맺어진 인연은 후생에 가서 맺어지는 법이니라. 그간에 맺은 인연만도 귀허고 소중헌 것잉게 더 욕심부리지 말고 그 인연이나 고이 간직해라."

공허 스님의 말이었다.

차득보는 고개를 저었다. 후생이라면 죽은 다음이었다. 죽은 다음에 저승이 있는지 없는지 알 수가 없었다. 혹시 후생에서 인연이 맺어진다 하더라도 그건 너무 막막하고 아득한 일이었다.

그러나 공허 스님이 나서서 안 된 일을 다른 누가 해낼 수 있는 것도 아니었다. 몇 년 동안 월엽이와 지내온 것을 생각하면 꼭 꿈만 같고, 월엽이 없이는 도저히 살 수 없을 것 같았다.

월엽이와 정이 통하기 시작하면서 농사일이 전혀 힘드는 줄을 몰랐다. 월엽이는 밥만 수북수북 고봉으로 퍼담는 것이 아니었다. 힘든 것을 이겨내며 샛밥도 손수 내왔다. 밥맛보다는 논두렁에서 월엽이와 단둘이 즐기는 재미가 더 고소했다. 풀꽃반지를 만들어주었던 일이며, 짚단을 부엌으로 옮겨주다가 처음 손을 잡았던 일이며, 물뱀으로 놀려대다가 울렸던 일이며, 한겨울밤 고구마를 구워먹던 일이며, 부모님이 친척 혼인집에 간 날 처음 안았던 일이며, 그 뒤로 식구들 눈 피해가며 몰래몰래 대밭에서 만났던 일이며……

월엽이는 손을 잡거나 끌어안는 것까지만 했다. 더 욕심을 부려 젖가슴을 만지려다가 얼마나 혼이 났는지 모른다. 월엽이는 펄쩍 뛰며 인정사정없이 손을 물어뜯었던 것이다. 혼인하기 전에는 절대 안 된다는 것이었다.

"더러더러 만내지겄제."

한숨과 물기에 젖은 차득보의 말이었다.

월엽이는 차득보의 가슴에 대고 고개를 끄덕였다. 그리고 차득보를 끌어안고 있던 팔을 풀었다. 차득보도 월엽이를 보듬고 있던 팔을 풀었다.

월엽이가 흑 울음을 터뜨리며 돌아섰다. 차득보도 울컥 목이 메었다. 월엽이는 대나무들을 피해 달음박질치고 있었다. 차득보는 팔을 뻗치며 네댓 걸음 따라가다가 멈추었다.

월엽이는 대나무들 사이사이로 멀어져 가고 있었다. 차득보는 월엽이의 걸음걸음이 눈물인 것을 느끼고 있었다. 월엽이의 모습이 어릿어릿 흐려지고 있었다. 차득보는 손등으로 눈물을 훔쳤다.

날아가는 기러기야 이 편지를 우리 아버지께 전해다오
한 자를 쓰고 한숨짓고 두 자 쓰고 눈물이 떨어지니
글자가 모두 수묵이 되어 언어가 도착이로구나…….

〈심청가〉 중에서 심청이가 아버지를 그리는 심정이 애끓는 가락에 실리고 있었다. 여자의 목청은 맑은 듯 탑지고 청아한 듯 구성진 애원성으로 한스러운 그리움을 절절히 풀어내고 있었다.

"자알헌다아!"

고수가 추임새를 넣었다.

"은냐 되았다. 거그서 막음혀라."

눈을 지그시 내려감고 있던 남자가 접은 쥘부채로 허공을 짧게 치며 눈을 떴다.

다음 소리를 내려던 여자가 문득 소리를 멈추었다. 소리를 받치느라고 힘을 써 상기된 여자의 얼굴에 안도와 불안이 순간적으로 엇갈렸다. 치마 속으로 한쪽 무릎을 세워 단정하게 앉은 여자의 등 뒤로는 긴 머리채가 드리워지고 그 끝에는 빨간 댕기가 핏빛으로 선연했다.

"그려, 니가 인자 실헌 소리꾼이 되았구나. 그간에 고상 많이 혔다."

아랫목에 앉은 초로의 남자가 먼 데를 바라보는 듯한 눈길로 처녀를 바라보며 잔잔하게 웃고 있었다. 그 웃음에는 대견해하고 흡족해하는 마음이 넘치고 있었다.

"아이고, 우리 옥녀 소원풀이혔고나. 소리날개 달고 구만리장천얼 훨훨 날게 생겼으니 얼매나 좋냐. 선상님 앞에 얼렁 큰절 올려야제."

고수가 신바람이 나서 북을 퉁 울렸다.

옥녀의 눈에는 눈물이 핑그르르 돌아 있었다. 실로 몇 년의 고생 끝에 듣게 된 말이었다. 옥녀는 감격의 눈물을 삼키며 조심스럽게 몸을 일으켰다.

옥녀는 두 손을 모아 이마에 올리고 온 정성을 다해 소리스승이
며 양아버지 앞에 큰절을 올렸다. 아무리 참으려 해도 눈물이 뚝
뚝 떨어졌다. 그동안의 고생과 고마움이 눈물로 솟고 있었다.

"그려, 장허고 장허다. 그간에 니가 소리공부허는 고상 이기기도
에로운디 밭농새일에 집안일꺼정 해감서 소리꾼으로 틀을 잡었시
니 참 고상 많이 혔다. 인자 이 애비넌 잊어불고 니 오빠 찾어서 떠
나그라."

옥녀의 양아버지는 담담하게 말했다.

그러나 그 웃음 띤 얼굴에는 서운한 기색이 스치고 있었다.

"성님, 아까 옥녀가 채린 술상이 있는디 한잔허셔야 안 쓰겄소?"

고수가 추임새를 넣듯 말했다.

"그렸등가? 그것 좋제."

옥녀의 양아버지가 고개를 끄덕였고, 옥녀가 일어나려고 했다.

"아니여, 아니여. 어디 고수가 명창헌티 그런 일 시킬 수 있간디.
앉어서 아부님 말씸 들어."

고수가 손을 내저으며 잽싸게 방을 나갔다.

"니넌 그냥 앉그라." 옥녀의 양아버지는 손짓을 하고는, "니넌 인
물도 그만허먼 되았고, 청(목청)이야 타고난 것이고, 총기 좋은 디다
가 맘 강단지고, 양친 잃고 오빠 생이별헌 한할라 짚은께 소리꾼으
로아 구색이 꽉 째인 거이다. 근디 시상 울리는 명창이 되자면 그
런 구색만으로넌 안 되는 거이다. 그저 자나 깨나 앉으나 스나 독
공(獨功)얼 해야 쓴다, 독공. 명념혀라." 그는 옥녀를 똑바로 쳐다보

왔다.

"야아, 명넘허겄구만요."

옥녀는 머리를 조아렸다.

"자아, 옥녀가 선상님께 술얼 한잔 따라올려야제."

고수가 술상을 들고 들어왔다.

옥녀는 양아버지와 고수의 술잔에 넘치도록 술을 따랐다.

"요것이 옥녀 득음주에 이별주 아니라고. 술맛이 달고 시고 허겄는디."

고수가 고수답게 사설을 엮어댔다.

옥녀의 양아버지도 고수도 술잔을 단숨에 비웠다. 술을 별로 즐기지 않는 양아버지의 그런 모습을 보며 옥녀는 가슴이 뭉클해졌다.

"니가 여그 보성에 온 것이 엊그제 겉은디 세월이 발써……."

옥녀의 양아버지가 중얼거렸다.

옥녀는 4년 전을 생각했다. 보성이 가깝다는 것을 알고 죽어라 도망을 쳤던 것이다. 놀이패에게 끌려다니는 것이 지긋지긋했고, 소리를 제대로 배우고 싶었던 것이다. 보성에 명창이 있다는 소문이었다.

"어허, 청이야 타고난 청인디 못된 놈덜헌티 끌려댕기니라고 오만 잡소리 때가 꾸질꾸질허니 많이도 쪘구나. 그놈에 땟국물 다 빼내자면 몇 년이 걸릴란지 몰르겄는디 어쩐다냐. 그 타고난 청이 아깝기넌 헌디 말이여……."

옥녀의 소리 한 자락을 들어본 보성 명창은 혀를 차다가 입맛을 다시다가 했다.

"소리꾼언 아무나 되는 것이 아닌디, 나가 니 맘얼 어찌 믿겄냐?"

보성 명창은 엄하고도 냉정한 얼굴로 열네 살 옥녀의 눈을 뚫어지게 쏘아보았다.

"죽기 한허고 허겄구만이라우, 죽기 한허고 허겄구만이라우."

옥녀는 온몸의 힘을 모아 말했다. 오로지 그렇게 마음이 굳어져 있어서 그 말밖에는 다른 말은 할 것이 없었다.

"죽기 한허고 허겄다고……? 그려, 작심혀서 안 될 일이 없제. 그간에 고상도 많이 혀봤응게 심지가 굳겄제."

그래서 소리공부의 허락을 받았다.

소리공부를 하러 오는 사람들은 매달 공부돈을 냈다. 그런데 옥녀는 돈은커녕 먹고 자고 입는 것까지 선생님댁의 신세를 져야 했다. 옥녀는 그 값을 할 작정으로 몸을 사리지 않고 닥치는 대로 일을 했다.

"니가 영판 야물고 부지런허다 잉. 없는 살림에 혹뎅이가 붙은지 알었등마 복뎅이가 굴러 들어온 것이랑께."

두 달이 못 되어 명창 부인이 옥녀를 다독거리며 한 말이었다.

"니가 엄니 아부지가 안 기시고, 이리 한식구로 살게 되았응게 니가 우리 수양딸이 되는 것이 어쩌겄냐?"

어느 날 명창 내외가 꺼낸 말이었다.

옥녀는 그 말이 너무 고마워 눈물을 떨구었다. 그건 자신이 명창 내외의 마음에 들었다는 기쁨이기도 했다.

명창 내외를 아버지 어머니로 호칭하게 되면서부터 옥녀는 한결 마음이 편해지고 새 세상을 사는 것 같은 즐거움을 맛보게 되었다. 그래서 일은 더 열성으로 했다. 텃밭농사는 말할 것도 없고 밭농사도 도맡다시피 했다.

소리공부는 아침 일찍이 한 번, 저녁에 한 번이었다. 아침에 양아버지가 한 대문을 들려주면 몇 번을 따라하고, 저녁에 다시 양아버지 앞에서 부르는 것이었다. 아침에는 배우는 것이고 저녁에는 시험을 치르는 것이었다. 그 시험에서 양아버지가 '조오타!' 하며 쥘부채를 쫙 펼치게 하려면 이런저런 일을 하면서도 하루종일 입 속으로 연습을 해야 했다. 밥을 하면서도, 설거지를 하면서도, 빨래를 하면서도, 김을 매면서도 아침에 배운 대문을 부르고 또 불렀다. 그러다 보면 자기도 모르게 소리가 입 밖으로 터져나오면서 부지깽이로 부엌바닥을 치거나, 숟가락으로 설거지통을 치거나, 빨랫방망이로 빨랫돌을 치거나, 호미로 밭이랑을 찍어대며 장단을 맞추는 것이었다.

하루에도 수백 번씩 그리 열심히 연습을 하는 것은 어서 소리꾼이 되기 위해서만이 아니었다. 하루라도 빨리 소리공부를 마쳐야 오빠를 찾아나설 수 있는 탓이었다. 오빠와 헤어진 뒤로 단 하루도 오빠를 잊어본 적이 없었다.

"어쨌그나 소리꾼이 되는 것언 다 팔자소관이니라. 옛적보톰 소리꾼덜언 천시 괄시 당험스롱도 소리허능 것 좋아서 지 팔자 이기지덜 못허고 평상얼 지멋에 취해 살았제. 허기넌 소리꾼덜도 한 시절 사람대접받어 감서 벼슬도 허고 살았니라. 대원군께서 우리 소리럴 좋아허신 덕으로 소리꾼덜이 궁중 출입을 허게 되고, 그 아드님이신 고종 임금님도 그 담으로 순종 임금님도 소리럴 연차로 좋아허시게 되야 소리꾼덜이 벼슬얼 허게 된 것이제. 헌디 그것도 잠시 잠깐이고, 왜놈덜 시상이 됨서 왜놈덜이 우리 소리럴 몰아대는 디다가, 왜놈덜 노래 밀려들제, 양악이 판치제, 활동사진 돌아가제, 좌(座) 자 항렬 붙은 극단덜 야단이제 헝께 자꼬자꼬 밀리고 시드는 판이다. 그렇게 소리꾼덜 고상이 날로 달로 심해지는 것이야 당연지사제. 어째 꾸척시럽게 요런 말 허능고 허니, 니가 한평상 소리 지키고 살라면 맘 야물딱지게 묵어야 헌다 그 말이다."

옥녀의 양아버지는 옥녀를 쓰다듬듯 하는 눈길로 바라보았다.

"야아, 명념하겠구만이라우."

"그려, 니넌 맘 강단지고 야문께 잘헐 것이여. 근디 니 보냄서 줄 것이 있다. 이름얼 옥비라고 혀라. 날 비(飛), 옥 겉은 소리가 날아올라 하늘에 닿게 소리럴 잘허라는 뜻이다."

옥녀 양아버지의 담담한 말이었다.

"아부님, 황감허구만요."

옥녀는 머리를 조아렸다. 말만이 아니라 정말 너무 황감하여 눈물이 솟았다. 옥비ー. 그 이름의 뜻이 너무 컸고, 양아버지 아닌 선생님이 자신의 소리를 그리도 대단하게 여겨주는 것에 놀라고 감읍하지 않을 수 없었다.

"인자 떠나면 언제나 보게 될라는지 몰르겠구나."

"자주 찾어뵙도록 허겠구만요."

"아니여, 니넌 인자 소리허고 혼인헌 것잉께 친정허고넌 멀수락 좋니라. 역부러 올라고 말어."

옥녀 양아버지의 목소리가 가라앉았다.

옥녀는 90리 밖 순천으로 넘어가 기차를 탔다. 기차표는 이리까지였다. 기차표를 끊으며 옥녀는 뿌드득 소리가 나도록 어금니를 맞갈았다. 이런 날이 오기를 얼마나 고대하고 고대했는지 몰랐다. 옥녀는 그동안 참고 참아왔던 원한이 전신에서 뻗쳐오르는 것을 느끼고 있었다. 오빠가 애타게 그리우면서도 보성에서 4년 세월을 보낸 것은 꼭 실한 소리꾼이 되기 위해서만이 아니었다. 자신이 어서 나이 먹어 기운이 드세어지기를 기다린 것이기도 했다.

물동이 임질이며 밭농사 같은 힘겨운 일들을 고달프게 생각하지 않았던 것은 소리공부값에 밥값을 해내려 한 것만은 아니었다. 그 일들은 몸에 기운이 실리게 하는 데 너무 좋았다. 소리는 목으로만 하는 것이 아니었다. 강건한 몸에 실린 기운으로 떠받쳐올려야만 제대로 된 소리가 나오는 것이었다. 그리고 그 기운은 또 따로 쓸 데가 있었다.

옥녀는 작은 보퉁이를 꼭 끌어안고 달리는 기차의 창밖을 내다보고 있었다. 그러나 딱히 흘러가는 풍경을 보고 있는 것이 아니었다. 눈앞에는 오빠의 모습이 어려 있었다. 어느덧 11년의 세월이 흘러 있었다. 그런데 오빠의 얼굴은 헤어질 때 그대로의 모습이었다. 아무리 스물한 살 먹은 오빠의 얼굴을 그려보았지만 허사였다. 지금쯤 어디에 있는 것인지……. 어디서 마주치게 되더라도 서로 못 알아보게 되는 것은 아닐지……. 옥녀는 다시 불안스러운 조바심 에 가슴이 떨리고 있었다.

대답허소 대답허소 오라버니 대답허소
십년이라 긴긴 세월 하로겉이 불러대도
어느 골 어느 들얼 떠돌아댕기기로
동풍에도 답이 없고
서풍에도 소문 없고
이내 몸 피 보타서 돌로 굳히겠네
봄이면 나비 보고 소식 묻고
여름이면 은하수에 소식 띄우고
가을이면 달빛 보고 애원을 허고
겨울이면 바람결에 애원성 실어보내도
야속해라 무정해라 그리운 오라버니
비바람에 몸 적시고
설한풍에 몸 얼어도
이 세상 그 어디에
살아서만 있어주소
지성이면 감천이라 만내질 날 있을 거네 만내질 날 있을 거네

옥녀는 자작한 이 노래를 또 속터지게 부르며 눈물을 씹고 있었

다. 밭에서 김을 매거나 사람 없는 빨래터에서는 소리쳐 부르곤 했던 노래였다.

"아이고, 작인놈덜 등쌀에 풍년 들면 머허겄소. 그 잡것덜 꼬라지 뵈기 싫어 전답얼 싹 다 꼬실라부렀으면 속이 씨언허겄소."

"맞소, 그리만 됨사 나도 그래 볼겄소. 그놈덜이 배때지럴 탈탈 곯아 뒤지게 돼야 우리 지주덜 고마운 덕 알 것잉께."

"그나저나 그 빌어묵을 놈에 소작쟁인가 머신가가 날이 가고 해가 갈수록 염병 퍼지대끼 허는 연고가 머시요?"

"그야 식자 잘못 든 못된 놈덜이 신식 개명바람얼 믹잉께 그런 것 아니겄소."

"식자 든 인종덜이면 거지반 다 지주집 자석덜 아니겄소?"

"긍께로 기가 찰 일 아니겄소. 즈그 애비덜 가심에다 칼 꽂는 불효새끼덜이란 말이오."

"그것 참 신식공부란 것이 병통이오. 순천서 일어난 불이 전라도 사방팔방으로 안 퍼지는 디가 없으니 원."

"암태도 겉은 섬에서꺼정 일어나니 참 난리판굿이오, 쯧쯧쯧 쯧……."

"근디 우리 전라도땅만이 아니고 저 우에 평안도꺼정 잠잠헌 디가 없다는디, 요러다가 또 갑오년 난리 만내는 것 아니겄소?"

"에이, 고런 숭헌 말이야 마씨요."

"듣기 숭헌 말이라고 피허기만 해서야 쓰겄소. 판이 위태허니 돌아가는디."

"그런 소리가 아니요. 일본 심이 떡 버팅기고 있응께 그놈덜이 지 아무리 꺼들대봤자 아무 소양이 없다 그런 말이오, 나 말언."

"아, 고런 말이구만이라. 맞소, 우리가 믿을 것언 그 심밖에 없소."

옥녀는 언제부턴가 맞은편에 앉은 두 남자의 말에 귀기울이고 있었다. 그들의 열받친 목소리가 너무 큰 때문만이 아니었다. 그들이 하는 말이 비위에 거슬렸던 것이다.

옥녀는 2년 전에 처음 목격했던 낙안면의 소작쟁의를 떠올리고 있었다. 어느 지주집의 환갑잔치에 부름을 받은 양아버지를 모시고 따라갔다가 보게 되었던 것이다. 소작인들 수백 명은 무서운 기세로 소작료를 낮추라고 외쳐대고 있었다. 그 사람들의 기세는 지주의 고래등 같은 기와집을 금방 무너뜨려버릴 것만 같았다. 수백 명이 이루고 있는 물결은 너무나 거세 보였고, 지주네 기와집은 그 물결에 휩쓸려 금방 무너져버릴 것만 같았다. 지주 앞에서는 꼼짝을 못하는 소작인들이 그리 당당하고 어기찬 것이 놀랍고도 신기했다. 혼자서는 힘없는 사람들도 많이 뭉쳐지면 그렇게 큰 힘이 생긴다는 것을 처음 느꼈다.

옥녀는 그 사람들을 보며 아버지를 생각했다. 집에는 논이 조금밖에 없어서 아버지는 소작농사도 지어야 했다. 아버지는 지주네집에 갔다 오면 언제나 속이 상해 술을 마시고는 노랫가락을 뽑았다. 그런데 아버지는 몇 마지기 안 되는 논마저 토지조사사업으로 빼앗기게 되자 홧김에 지주총대인 나기조를 병신이 되게 때린 죄로 왜놈들 손에 죽게 되었다. 그 일은 일곱 살 때 당한 것인데도 꼭 어제 일처럼 기억이 생생했던 것이다. 아버지가 그리울 때도, 어쩌다 아버지 비슷한 사람을 보아도 그때의 일은 너무나 또렷하게 떠오르고는 했다.

옥녀는 다음날 밤이 늦어 주막을 찾아들었다. 사람들의 눈을 피하기 위해 일부러 밤이 늦기를 기다린 것이었다.

"이보시오, 이보시오, 잠자리 있소?"

옥녀는 주인여자의 방문을 흔들었다.

"머시다냐…… 거그 누구다요?"

잠기가 묻은 것 같은 목소리였다.

"길 가든 사람인디, 잠자리 찾으요."

옥녀는 한쪽에 끼고 있던 작은 보퉁이에 손을 넣으며 부르르 떨었다.

"한밤중에 무신 여자가 간도 크시……."

구시렁거리는 소리와 함께 방 안에 불이 밝혀졌다.

"야아, 주막 찾어서 걷다 봉게 요리 늦었구만이라."

옥녀는 상대방이 안심하도록 슬쩍 받아넘기며 보퉁이 속에서 그것을 더듬어 틀어쥐었다. 손아귀에 힘을 주는 만큼 전신에서 힘이 뻗쳐올랐다.

"방이야 빈 것이 있소."

문고리가 벗겨지며 방문이 열렸다.

"이년아, 꼼지락 말어. 지랄치면 모가지럴 팍 따불 것잉게."

옥녀는 방을 나서는 여자의 저고리 앞섶을 재빨리 틀어잡아 가슴팍을 떠밀며 목에다 칼을 들이댔다.

"아, 아, 아니……."

여자는 방 안으로 떠밀려 들어갔다.

"힝, 못된 짓 험서 잘 처묵고 살어서 벨로 늙지도 안혔구나. 나가 누군지 알겠냐?"

여자의 목에 칼을 더 바짝 들이대는 옥녀의 목소리는 또렷하고도 싸늘했다.

"누, 누구신게라. 모, 몰르겄소. 돈, 돈 저그 있소."

옥녀를 곁눈질하며 주인여자는 와들와들 떨고 있었다.

"이년아, 정신 채리고 나 얼굴 똑똑허니 봐. 니년이 알어야 될 얼굴이여."

옥녀는 틀어잡고 있는 옷섶을 앞뒤로 마구 짓쳐댔다. 그 기운에 여자는 몸을 가누지 못하고 휘둘렸다.

"차, 참말로 몰르겄는디요. 나가 무신 잘못얼 혔다고 이러신당게라."

주인여자는 옥녀를 바로 쳐다보면서도 전혀 알아보지 못하고 있었다.

"요런 뻔뻔헌 년 잠 보소. 하도 못된 짓얼 많이 허고 산께 무신 잘못얼 혔는지도 몰르겄지야. 니년언 죽어야 써."

옥녀는 이를 뿌드득 갈며 칼을 더 바짝 디밀었다. 칼끝이 여자의 살을 파고들었다.

"아이고메, 살래줏씨요!"

여자가 부르짖었다.

"이년아, 나가 누군지 아냐? 니년이 11년 전에 팔아묵은 옥녀다, 옥녀. 오늘 밤이 니년 지삿날이여!"

"머시여, 옥녀? 아이고, 진작에 오제."

여자의 입에서 터져나온 소리였다.

"머시여……?"

그 느닷없는 소리에 옥녀는 그만 어리둥절해지고 말았다.

"오빠가 기둘리고 있구만. 자네 소식얼 발써 멫 년 전보톰 기둘리고 있단 말이시. 나도 자네 소식얼 알아낼라고 백방으로 애럴 쓰고 말이시."

주인여자는 한달음에 쏟아놓았다. 여자의 말끝은 어느새 낮추어져 있었다.

"아니, 고것이 무신 소리다요?"

옥녀는 그 이야기를 종잡지 못하고 있었다.

"아이고, 요 칼 잠 치우고 차근허니 말허세. 자네가 요리도 이쁜 큰애기로 변해부렀시니 나가 알아볼 수가 있어야 말이제."

주인여자는 재빠르게도 여유를 찾아 '이쁜 큰애기'라고 옥녀의 비위까지 맞추고 있었다.

"또 나럴 속일란 생각언 마씨요 이. 칼 없이도 죽일 수 있응게."

옥녀는 칼을 거두며 주인여자를 노려보았다.

"아이고, 말 안 혀도 아네. 어디서 무신 일얼 허고 살았간디 기운이 그리 장산가. 그냥 보기로넌 얄상헌 몸맨디."

주인여자는 고개를 내둘렀다.

"밥언 어쨌능가?"

주인여자는 피가 가늘게 흘러내린 목줄기를 쓰다듬으며 물었다.

"그런 걱정 헐라 말고 얼렁 그 이야기나 허씨요."

옥녀가 차갑게 내쏘았다.

"어이, 어이, 글로 앉세."

옥녀는 주인여자를 마주하고 자리잡았다.

"긍게 고것이 어찌 되았능고 허먼 말이시, 몇 년 전에 자네 오빠득보가 어떤 시님허고 느닷없이 와서 자네럴 찾아내라고 왈기는디, 그 시님이 얼매나 독허고 기운이 씨든지 간에 나가 죽는지 알었네. 그적에 나가 아는 자네 소식이야 머시가 있어야제. 어쨌그나 자네럴 꼭 찾아주기로 약조허고 죽음얼 면혔네. 근디 그후로 자네 소식얼 알아봉게 어디로 도망얼 가부렀다는 것이고, 그런 말로넌 나가 죽게 생긴 판이라 무신 수럴 써서라도 찾아내라고 잡져댄게 어디 숨어서 소리럴 배울 것이라고 안 그러등가. 우선에 자네가 어디든지 간에 살아 있다는 것얼 알았응게 사방팔방으로 찾아보자고 혔는디, 그간에 나가 얼매나 피 보탔는지 아능가. 서너 달 간격으로 자네 오빠허고 시님언 찾아들어 사람얼 왈기고 잡져대제, 자네가 어디 숨었는지는 알아내기넌 감감허제, 나가 시상 사는 낙얼 잃어분졌구만. 성제간에 서로 얼렁 만내고, 나가 죽사리 안 치고 살게 되었을람사 자네가 진작에 이리 찾아왔어야제. 안 그런가?"

주인여자는 비위 좋고 입담 좋게 이야기를 풀어놓았다.

"글먼 우리 오빠가 어디 사는지 안다 그것이요?"

옥녀는 의심을 풀지 않고 물었다.

"하면, 여그서 멫십 리 안 되네. 낼 당장 나허고 만내로 가세."

주인여자가 환하게 웃었다.

"장개넌 들었습디여?"

"어디가. 자네 찾니라고 정신이 하나또 없는 판인디."

"근디 멀허고 산다드라요?"

"세세허니 말 안 헝게 잘 몰르겄는디, 항께 걸음허는 시님이 어떤 집에 있게 혀서 편케 지내는 눈치등마."

"그 시님언 누구다요?"

"아이고 이사람아, 사람 숨넘어가겄네. 어찌 그리 사또 문초허디끼 물어대고 그런당가."

"아, 얼렁얼렁 대답이나 허제 무신 딴 새살이요, 새살이. 나럴 팔아 묵어 성제간 생이별시킨 죄럴 몰라서 시방 고런 새살까고 앉었소!"

표독스럽다 싶게 내쏘는 옥녀의 목소리가 쨍 하니 높아졌다. 그런 옥녀의 태도는 금방이라도 주인여자의 앞섶을 또 낚아챌 것 같은 기세였다.

아이고, 저것이 에렜을 적보톰 소리럴 야물딱지게 해대등마 그간에 떠돌아댕김서 아조 독허고 무섭게 되았네그랴.

주인여자가 슬쩍 풀어놓으려던 마음을 다잡으며 한 생각이었다.

"아니시, 아니여. 나가 나 잘못 다 알고 있네. 긍게로 고것이 말이 시 이, 나가 겁나서 물어보던 못혔는디, 자네 오빠가 자네 찾을라고 떠돌아댕기다가 어찌 가다 오다 만내게 된 눈치등마."

"우리 오빠넌 여그서 언제 떠났소?"

옥녀가 여자를 꼬나보았다.

"자네 가고 금방 떠났네."

주인여자는 고개를 떨구었다. 자신이 지은 죄 때문에 자신도 모르게 그리되었다.

"밥 아까와서 쫓아냈제라!"

옥녀의 목소리가 카랑하게 터졌다.

"아니시, 아니여. 나 몰르게 지가 도망얼 가부렀네."

여자는 다급하게 고개를 내저었다.

"거짓말 말어. 나넌 팔아묵고 오빠넌 쓰잘디없응게 내쫓은 것이제."

옥녀의 목소리는 더 날이 섰다.

"아이고, 아니란 말이시. 오빠 만내보면 금세 알 일인디 어찌 될라고 그런 거짓말얼 허겠능가?"

만약 오빠를 쫓아내기만 했다면 옥녀는 다시 여자에게 보복을 할 작정이었던 것이다. 그러나 거짓말 같지는 않았다. 오빠는 팔려 간 자신을 찾으려고 주막에서 도망친 것이었다. 옥녀는 새삼스럽게 가슴이 찡 울리며 목이 메었다.

"오빠가 여그 언제 찾아왔습디여?"

"이, 그것이야 나가 똑똑허니 기억허는디, 그 만세난리 일어난 담이시."

"만세난리……."

그해가 자신은 보성에 자리잡고 소리공부를 시작한 때였음을 옥
녀는 상기했다. 그전까지 육칠 년을 오빠는 자신을 찾아 어디를 떠
돈 것일까. 자신이 팔려갔는데도 그저 주막에서 밥이나 얻어먹고
있을 오빠가 아니어서 자신도 떠돌아다니는 곳에서마다 오빠를
찾아내려고 그 얼마나 애를 태웠던가.

"얼렁, 옷 챙게입으씨요."

이렇게 말하며 옥녀는 자리를 차고 일어났다.

"오옷……?"

주인여자가 어리둥절해서 옥녀를 올려다보았다.

"오빠집으로 앞장스란 말이오!"

옥녀가 빠락 소리를 질렀다.

"아니 이사람아, 이 한밤중에…… 자고 낼 아칙 일찍 떠도 점심
때 임시에넌 대갈 것인디……."

"꼭 말 씹힐라요. 나야 한시가 급허다는디."

옥녀가 여자에게로 달려들었다.

"알겠네, 알겠네. 옷 입음세."

여자가 옥녀를 피해 앉은 채 옆걸음질을 치며 다급하게 말했다.

주인여자가 사립을 나서며 은근한 소리로 물었다.

"명창 소리 듣게 소리공부넌 다 끝막음했능가아?"

"쓰잘디없는 소리넌 꺼내덜 마씨요."

옥녀는 매정하게 잘라버렸다.

깊은 밤의 별들이 하늘 가득 반짝거리고 있었다. 옥녀는 그 별들

을 올려다보고 또 올려다보며 가볍고 빠른 걸음을 옮겨놓고 있었다. 그 별들이 비로소 고와 보이고 가슴 벅찬 기쁨으로 느껴졌다. 그러나 어제까지만 해도 그 별들은 눈물이고 슬픔이었다. 별들만이 아니었다. 달도 그리움이고 서러움이었다. 혼자 별과 달을 바라보며 오빠를 얼마나 목메어 불러왔는지 몰랐다.

"이사람아, 쬐깨 찬찬히 가세. 사람 숨넘어가 죽겠네."

어둠 뒤에서 들리는 숨가쁜 소리였다. 그러나 옥녀는 들은 척도 하지 않았다.

옥녀는 오빠의 얼굴을 생각하며 걷고 있었다. 그러나 언제나 그랬던 것처럼 헤어질 때의 얼굴이 떠오를 뿐 어른이 된 오빠의 모습은 상상이 되지 않았다. 옥녀는 길을 걸어갈수록 새로운 걱정이 커지고 있었다. 오빠도 자기도 서로를 못 알아보면 어쩌나 하는 것이었다.

옥녀는 오빠와 헤어지고 나서 이곳저곳으로 끌려다니며 갑자기 오빠를 불러대면서 내뛰고는 했었다. 그러나 그 사내아이들은 옆모습이나 뒷모습이 오빠 비슷할 뿐이었다. 그런데 삼사 년이 지나면서부터 그런 일이 줄어들기 시작했다. 오빠와 비슷한 아이들을 보고 가슴이 울렁했다가도 오빠가 그 아이들보다 더 나이를 많이 먹었다는 것을 깨닫고는 했다.

"우리 오빠가 많이 변했습디여?"

옥녀는 기어이 이 말을 묻고 말았다.

"어찌 그려? 못 알아볼랑가 몰라 걱정된가? 벨걱정 다 허네. 핏

줄은 서로 땡긴께 핏줄인 법이시."

새벽닭이 울면서 먼동이 터오고 있었다. 지친 기색이 완연한 주인여자가 한 집을 손가락질했다.

"오빠, 오빠, 나 왔소. 옥녀 왔소!"

옥녀가 마당을 가로지르며 소리쳤다.

"득보 오빠, 나 왔당게. 옥녀가 왔소!"

"머, 머시여! 오, 옥녀라고!"

방문이 벌컥 열렸다.

14

모자의 이별

"다들 더욱 새로운 각오로 가일층 분발하지 않으면 안 된다 그거요. 특히 지금부터 하는 말을 정신 바짝 차려서 듣고 똑똑히 기억하도록 하시오. 그러니까 현재까지의 국내외 상황을 직시할 것같으면, 사정이 악화됐으면 악화됐지 호전된 건 아무것도 없소. 총독부는 작년(1923년) 10월에 소위 독립운동가라는 불령선인들의 국내 잠입을 막기 위해 경기도와 함경도에 외사경찰과를 신설했소. 또한 우리 국경수비대도 더욱 강화시켰소. 왜냐하면 경신년 대토벌 직후 잠잠했던 불령선인 집단들이 그 다음해 우리의 만주출병군이 퇴각하자 다시 준동하기 시작했소. 그동안 그놈들이 벌인 작태가 어떠한가! 총독부의 집계로 살펴보도록 하겠소. 그놈들이 21년에 도발하여 우리 일본군과 교전한 횟수가 만주에서 73건, 국내에서 87건, 경찰관서 습격이 91건이오. 그리고 22년에는 만주 59건, 국내 89건, 경찰관서 습격이 13건이오. 이건 약간 줄어든 것 같소. 그러나 23년에는 도발이 엄청나게 늘어났소. 국내외 합해 454회이고, 경찰관서 습격이 12건이오. 그러면 왜 그렇게 갑자기 도발이 많아졌는가! 그건 주지하다시피 만주의 불령선인 집단들이 다시 조직을 정비함과 아울러 새로운 폭력단체들을 편성했기 때문이오. 그중에서도 특히 주시해야 할 것은 의열단이라는 폭도들이오. 그 폭도들은 21년부터 금년까지 국내외를 가리지 않고 경성에서 총독부에 폭탄을 투척하고, 상해에서 우리 육군대장을 저격하려다 체포되고, 종로에서 투탄하는가 하면, 상해에서 국내로 대량의 폭탄을 밀반입하다가 적발되었소. 이렇게 날로 악화되어 가는 사태를 봉쇄하기 위해 총독부에서는 외사경찰과를 신설했던 것인데, 그 후의 사정은 어떤가! 사태는 조금도 호전됨이 없이 오히려 악화일로에 있소. 다시 말하면 의열단 폭도들은 마침내 본토의 동경에까지 침투해 이중교에 폭탄을 투척하는가 하면, 만주에서는 남만주에서 참의부 의군부라는 불령선인들의 단체가 생겨나더니만 금년에는 우리가 장악하고 있는 이 북간도 지역을 피한 북만주 일대에서 신민부가 또 생겨났소. 그리고 금년이 반년밖에 되지 않았는데 그놈들의 도발이 벌써 200건을 넘었소. 이렇게 되면 금년에도 작년과 동일한 도발사태가 일어날 것이오. 그런데 설상가상으로 사태를 더욱더 악화시키는 악질집단들이 또 생겨나기 시작했소. 그게 뭐냐! 그건 바로 신사상이라고 하는 공산주의에 물든 놈들의 준동이오. 만주땅에서도 그놈들의 암약이 시작되었지만 국내 조선땅

에서 일어나고 있는 그놈들의 준동은 심각한 상태요. 조선땅에서
는 근래 삼사 년 동안 소작쟁의와 노동쟁의가 급속히 확산되고 있
는데 그게 거의가 그놈들의 사주에 의한 거요. 그런데 여기서 똑똑
히 알아야 될 사실이 있소. 그 소작쟁의나 노동쟁의는 단순히 소작
료 인하나 임금인상의 요구가 아니라는 점이오. 이게 무슨 말인고
하면 그 사회주의자라는 놈들은 소작료 인하와 임금 인상으로 소
작인들과 노동자들을 충동질하면서 뒤로는 배일과 반일을 촉구하
고 있다 그거요. 그러니까 그놈들은 새로 나타난 불령선인 집단이
고 폭도조직이란 말이오. 자아, 여러분들은 이런 복잡한 사태 앞에
직면해서 어찌해야 되겠소. 방법은 단 한 가지, 앞서 아까도 말했
지만 가일층 분발하여 활동하는 길뿐이오. 더욱 적극적으로, 더욱
맹렬하게 임무들을 수행하시오. 그 공적에 대한 보상은 반드시 돌
아갈 것이오. 이만, 질문들 있으면 하시오."

참모장이 매서운 눈길로 장내를 휘둘러보았다.

언제나 그렇듯 아무도 말이 없었다. 명령과 지시만을 받도록 되
어 있는 사람들로서 질문 같은 것이 있을 리 없었다.

"질문이 없으면 다들 각오가 단단히 되었다는 것이오?"

참모장이 다시 장내를 훑었다.

"옛!"

모두가 힘차게 목소리를 맞추었다.

"좋소, 이만 해산하겠소."

참모장이 단상을 내려갔다.

양치성은 긴장을 풀며 무의식적으로 숨을 크게 들이켰다가 내쉬었다. 그러다가 그만 오른쪽 가슴을 싸안으며 가느다란 신음을 물었다. 그러나 남들의 눈에 띌까 봐서 그는 가슴을 싸안았던 두 손을 얼른 수습했다.

또 그 증상이었다. 분명 오른쪽 가슴이 찢어지는 것 같으면서 맞바람이 통하는 기분이었다.

그런데 그 이상야릇한 증상은 순간적으로 일어났다가 이내 사라지고 없었다.

"별로 걱정하지 마시오. 그건 착각이고 환각입니다. 아직 피해를 당한 공포나 두려움이 남아 있어서 그런 겁니다. 일종의 피해망상증이죠. 그런 일을 당한 대부분의 환자들이 한동안 보이는 증상인데, 그 기억을 빨리 잊어버리도록 노력하세요. 그건 스스로 치료할 수밖에 없습니다."

의사의 진단이고 처방이었다.

그러나 양치성은 그 일을 잊을 수가 없었다. 자신의 오른쪽 가슴에 칼을 꽂고 도망간 수국이를 생각하면 증오의 불길이 걷잡을 수 없이 타올랐다.

그년이 감히 누구를…….

그는 아슬아슬하게 살아난 것을 생각할수록, 이불이 덮여 있지 않았더라면 영락없이 죽었을 거라는 것을 생각할수록 수국이를 잡아죽이고 싶은 증오감으로 이를 갈았다. 그런데 밤에는 가슴에 칼이 꽂히는 꿈을 자주 꾸었다. 꿈에서 칼은 언제나 가슴을 꿰뚫고는 했다. 그래서 그런지 갑자기 가슴이 찢어지는 것 같은 통증과 함께 맞바람이 통하는 듯한 증상은 계속되고 있었다.

그 일은 그냥 잊을 수가 없는 문제였다. 수국이를 죽여없애야만 잊을 수 있을 것 같았다. 그러나 양치성은 가슴이 들끓는 것처럼 그 일을 해치울 수 없는 것이 더 분통터지고 있었다.

수국이가 도망간 곳은 보나마나 뻔했다. 서간도, 그전에 살던 곳일 거였다. 그러나 성질대로 뒤쫓아갈 수가 없었다. 수국이가 그곳으로 도망간 것이 틀림없다면 그곳은 이제 변장이 통하지 않는 위험지대였던 것이다.

아, 그년이 내 정체를 다 알았구나!

수국이가 자기를 죽이려 했다는 것을 알게 된 순간 양치성의 머리를 친 생각이었다. 그외에 자신을 죽이려고 할 만한 다른 이유는 찾을 수가 없었다.

양치성은 병원에 누워 아무리 생각해 보아도 수국이가 어떻게 자신의 정체를 알게 되었는지 짚이는 것이 전혀 없었다. 그런 낌새를 눈치채지 못하게 하려고 그동안 얼마나 철저하게 단속을 해왔는지 몰랐다.

양치성은 나남의 군병원까지 옮겨져 두 달 가까이 치료를 받으면서 수국이의 행위를 곱씹고 곱씹어 생각해 보았다. 그런데 생각을 해볼수록 그 계집년이 독하고 끔찍스러워졌다. 자신을 해친 날짜며, 감쪽같이 자취를 감춘 것이며, 언제부턴가 야들거리며 돈을 타낸 것이며, 그날 밤 유독 끈끈하게 색정을 피우던 것이며, 어느 것 하나 계획적이지 않은 것이 없었다. 그런 계획은 모두 자신의 정체를 알고 나서부터 꾸며진 것이 분명했다. 자신을 죽일 생각을 품고서도 정이 들어 그러는 척 자꾸 살갑게 대하며 몸을 섞은 계집. 여자는 요물이다! 그는 이 말을 떠올리며 부르르 몸서리를 쳤다.

"폐를 다치지 않아 천행입니다. 이게 왼쪽이었으면 심장이 치명상을 입었을 겁니다. 기습을 당하고도 참 잘 피해서 다행입니다."

의사의 말이었다.

술에 취해 자다가 마누라 삼은 계집에게 당했다고 할 수는 없었다. 독립군으로 의심이 가는 놈을 미행하다가 골목에서 기습을 당했다고 둘러댔다.

"맞어, 단오절을 틈타 그놈들이 숨어든 게 틀림없군. 그놈 어떻게 생겼어? 내가 잡아서 자네 원수를 갚아주지."

임 형사가 의심 없이 쉽게 속아 넘어갔다.

양치성은 그동안 서간도 쪽으로 옮겨갈 궁리를 여러 번 해보았다. 그러나 자신의 신분이 노출된 이상 안전을 도모할 뾰족한 방법이 떠오르지 않았다. 감정을 앞세워 그곳에 숨어들었다가는 수국이를 잡기 전에 오히려 자신이 당할 위험이 더 컸던 것이다. 밀정들에 대한 처단은 갈수록 심해지고 있었다. 그리고 서간도에서는 그전의 독립군 단체들이 통합하여 새로운 자치조직과 군사조직을 강화해 나아가고 있었다.

그러나 양치성의 마음에는 수국이를 꼭 잡아죽여야 한다는 증오만 불타고 있는 것이 아니었다. 수국이가 자신의 정체를 알기 전에 고향 쪽으로 떠날 수 없었던 것이 큰 안타까움으로 남아 있기도 했다. 용정을 진작 떠나버렸더라면 자신의 신분을 더 오래 감출 수 있었을 것이고, 그러는 동안에 아이를 낳게 되면 별일 없이 한평생 살게 되었으리라 싶었다. 그러나 그는 그런 생각을 뭉개며 증오심을 키워나갔다.

한편, 수국이는 아들을 중국사람 진씨집에 보내기로 말없이 고개를 끄덕였다. 자식이 없는 진씨가 아이를 보고 마음에 들어했다는 것이었다.

"니 저것 보내고도 생각 안 나겄나?"

필녀가 조심스럽게 물었다.

"······."

수국이는 필녀를 빤히 쳐다보았다. 그 눈길에는 무슨 새삼스러운 소리냐는 힐책이 담겨 있었다. 그동안 송수익 선생이며 지삼출이 아이를 보낼 만한 집을 물색해 왔었던 것이다.

"음마, 저 눈 잠 보소. 이쁜 꽃이 독헌 까시 품었다등마 저것이 똑 그 짱이랑게."

필녀가 입을 삐죽이며 눈길을 피했다.

"꼭 말얼 해야 맛이여?"

수국이가 고개를 돌렸다.

필녀는 수국이의 말을 되씹어보았다. 그러나 그 말은 알쏭달쏭하기만 했다. 가슴 아프니 그런 말을 꺼내지 말라는 것인지, 어차피 원수의 자식인데 그런 말은 왜 하느냐는 것인지 딱히 알 수가 없었다.

"낼 보낼라면 당장 입을 옷언 챙게야제."

필녀는 또 책잡힐까 봐서 말이 더 조심스러워졌다.

"그야 키운 엄니가 알어서 허면 될 일 아니여."

수국이의 말은 쌀쌀하기만 했다.

"그려, 그 집 가면 중국옷 해입힐 것잉게 똑별나게 챙기고 자시고 헐 것도 없제. 잘 해입힌 옷도 아닝게……."

필녀는 수국이의 옆모습을 측은한 눈길로 바라보며 일어섰다.

필녀는 '키운 엄니'라는 말에 가슴이 찡 울리는 것을 느꼈다. 그리 말하는 수국이의 심사가 얼마나 쓰리고 아프랴 싶었던 것이다. 사실 자기는 아이를 '키운 엄니'였고 수국이는 '낳은 엄니'였다.

수국이는 서간도로 온 다음달부터 입덧을 하기 시작했다. 장성한 처녀야 뜨물에도 애기 서고, 가지밭에 오줌만 눠도 애기 서더라고 수국이가 입덧하는 것을 아무도 이상하게 생각하지 않았다.

"다덜 헛눈팔지 말고 잘 지켜야 헐 것이오. 갸가 겉보기허고넌 달릉게."

지삼출이 여자들에게 귀띔한 말이었다. 여자들은 그 말을 금방 알아들었다. 수국이가 또 목을 맬지도 몰랐던 것이다.

그러나 필녀는 수국이가 다시 목을 매달지는 않으리라고 자신했다. 아무리 마음에 없는 아이를 배게 되었더라도 제 목숨까지 끊을 수국이가 아니었다.

"니 우리 엄니가 어쩌크름 죽은지 아냐. 나넌 죽을 때꺼정 우리 엄니 웬수럴 갚을겨. 양치성이 그놈 한나로넌 심이 안 찬게. 그날 엄니랑 항께 죽은 사람덜이 얼매라고."

수국이는 잠자리에서 이런 말을 하며 부르르 떤 것이 한두 번이 아니었다.

"필녀야, 우리 총 쏘는 것 새로 야물딱지게 안 배울래?"

이런 말을 불쑥 하기도 했던 것이다.

역시 수국이는 죽을 생각 같은 것은 하지 않았다. 그 대신 아이를 지우려고 들었다.

"웬수놈에 새끼럴 멀라고 날 것이냐."

수국이는 이를 빠드득 갈아붙이다가 느닷없이 제 아랫배를 퍽퍽 쥐어지르는 것이었다.

"아이고메 가시네야, 애 떨어지기 전에 배창시 터져 니가 먼첨 죽겄다."

필녀는 질겁을 하고는 했다.

그런데 수국이는 무슨 약인가를 먹고 곧 숨이 넘어가는 것처럼 소리치며 굴러대다가 혼절을 하고 말았다.

"잘 지키라고 그리 당부혔는디 멋덜 허고 앉었었능겨!"

지삼출이 울화를 터뜨리며 의원을 부르려고 내달았다.

"밑이 실한 젊은 여자들이 애 없애려고 독한 약 먹었다가 제 목숨 잃는 일이 허다하지요. 애만 없애는 신통한 약 없으니 괜히 흉한 일 당하지 말고 애를 낳게 하시오. 애를 낳아 자식 없는 집에

주면 아이도 산모도 자식 없는 집도, 삼자가 두루두루 그 아니 좋소. 하늘의 순리를 따라야지요."

의원의 말을 듣고 송수익이 고개를 주억거렸다.

수국이는 날이 새면서 깨어나기는 했지만 며칠을 앓았다. 수국이가 몸을 가누게 되자 송수익이 발걸음을 했다. 송수익의 타이름을 들으며 수국이는 눈물만 떨구었다.

역시 의원의 말은 맞았다. 수국이는 헛고생만 한 것이었다. 배는 다달이 불러오르고 있었다.

수국이는 몸을 풀었다. 핏덩이는 고추를 달랑 달고 있었다. 그런데 수국이는 무엇이냐고 묻지 않았다. 아이를 받은 세 사람 중에 아무도 아들이라고 알리지를 못했다.

그뿐만이 아니었다. 수국이는 아이에게 아예 젖꼭지를 물리려고 하지 않았다. 고개를 딱 돌리고는 아이를 쳐다보지도 않는 것이었다.

"하이고, 참말로 독허기도 독허시."

"긍게 말이시. 사람 겉 보고 몰른당게."

여자들이 혀를 내둘렀다.

"아니여, 기왕지사 생이별헐 인연잉게 저것이 잘허는 것이여. 젖 뿔리기 시작허면 정붙어 띠기만 에로와진게."

"그렇기넌 허제. 핏줄 땡기기 시작허면 그것도 속씨린 일잉게. 근디, 그런 것 다 알고 젖 안 뿔리는 것일랑가?"

"하면, 그 똑똑헌 사람이 그런 것 몰르겄능가. 하여튼지 간에 엄니 죽은 원한이 가심에 서리서리 맺혔구만."

"그나저나 저러다가 저 애기 넘 집에 가기 전에 굶어서 죽는 것 아니여?"

"그럴 수야 있간디요. 그 에린것이 무신 죄가 있다고."

필녀가 세차게 고개를 흔들었다.

"자네가 젖 믹이라고 권해볼랑가?"

"나 말이라고 듣간디요."

"글먼……?"

"나가 키울라요."

"무신 수로? 자네 젖 구시젖 되야분 지가 언젠디."

"아따, 심청이가 동냥젖 묵고 큰 것 몰라서 그러요?"

"아이고, 수국이나 필녀나 독허기가 땅벌이고 독새여."

필녀는 갓난아이를 안고 나섰다. 아이를 위해서만이 아니었다. 수국이의 괴로움을 덜어주어야 했다.

필녀는 동냥젖을 얻어먹이게 되면서 수국이와 한방 쓰는 것도 피했다. 수국이는 그런저런 일에 전혀 아무런 내색도 하지 않았다. 필녀는 그런 수국이의 속마음을 짐작할 수가 없었다. 자식에게 정이 쏠리면서도 참아내고 있는 것인지, 정말 어머니 죽인 원수의 자식으로 꼴도 보기가 싫은 것인지 종잡을 수가 없었다.

동냥젖 얻어먹이기가 쉽지 않아 필녀는 아이에게 매달려 아무일도 할 수가 없는 형편이 되었다. 그 고달픔은 농사일보다 더했으면 더했지 덜하지 않았다.

"아재, 어찌 돼간다요?"

이 물음이 날이 갈수록 잦아졌다.

"어이, 자네 고상이 너무 많네마는 쬐깨 더 참소. 시방 눈에 불써고 사방팔방으로 찾고 있는디 고것이 생각보담 수월털 않구만."

지삼출이 난처하고 미안해했다.

"지야 고상일 것이 없는디, 애기가 배곯아 고상이고 수국이가 속 아프제라."

"그려, 기왕지사 보낼 것이면 하로라도 빨르게 보내는 것이 존디, 어떤 집언 살림이 궁히서 그렇고, 어떤 집언 남자는 좋다는디 여자가 강짜럴 히서 그렇고, 또 어떤 집언 다 존디 아아가 젖이나 떨어져야 키우제 당장 어찌 키우겄냐고 헌단 말이시."

어렵사리 동냥젖을 얻어먹이고 밥국물로 때우고 해가며 100일을 넘겼다.

"지랄허고 커갈수록 지 애비럴 떡판에 찍어냈당게. 누가 웬수놈에 새끼 아니라고 헐성불러."

어느 날 수국이가 불쑥 내뱉은 말이었다.

필녀는 곧 튀어나오려는 말을 간신히 참아냈다.

체, 곁눈언 감은 칙허고넌 속눈으로 볼 것은 다 보능구마.

이 말을 해서 괜히 수국이의 속을 아프게 할 것은 없었던 것이다. 그렇지 않아도 아이를 낳은 다음부터 수국이의 얼굴에는 그늘이 더 진해져 있었다. 그리고 수국이가 가끔 아이를 훔쳐보는 것도 다 알고 있었던 일이었다.

100일이 지나면서 아이는 젖맛을 보지 못하게 되었다. 어느 만큼 커서 젖동냥을 할 체면이 어려워졌고, 하루라도 빨리 젖을 떼서 밥살을 올려야 했던 것이다. 새벽녘이면 아이는 더 보채고 들었다. 필녀는 어찌할 수 없이 자기 젖꼭지를 물리고는 했다. 아이는 빈 젖꼭지나마 빠는 것이 나은지 덜 보채는 것이었다.

그런데 이상한 일이었다. 필녀는 젖꼭지를 빨리게 되면서 아이에게 쏠리는 정이 더 깊어지는 것을 느끼고 있었다. 그리고 어느 순간 혼자 놀라곤 했다. 그냥 이대로 키우는 것이 어떨까 하는 생각이 문득 드는 것이었다.

그리고 더 늦기 전에 자기도 이런 아들을 하나 낳고 싶다는 욕심이 동하기도 했다. 그 욕심에 스스로 당황해 달아오르는 얼굴을 치마폭에 묻고는 했다. 그럴 때마다 선하게 떠오르는 얼굴은 감히 송수익 선생이었다. 그런 생각을 품지 않으려고 애를 썼지만 남편이 죽은 다음부터는 마음이 한사코 쏠려가고 있었다.

그런데 그동안 송수익 선생의 씨를 받을 기회가 전혀 없었던 것도 아니었다. 몇 년 전 서로군정서가 안도현 쪽으로 이동을 했을 때 그런 기회는 여러 번 있었다.

한번은 대원들을 앞서 보내고 단둘이 산길을 가다가 폭우를 만나게 되었다. 비를 피할 데가 없어 그대로 걸을 수밖에 없었다. 그런데 비가 심해지면서 산에는 구름까지 낮게 퍼지고 있었다. 온몸이 물구덩이가 되어 걷다 보니 길이 어디인지 알 수 없게 되었다. 거친 빗속을 아무리 헤매도 길은 나타나지 않았다. 지칠 만큼 헤매다니는 동안 비가 그치기는 했지만 산속은 어느덧 어두워지고 있었다. 산속인 데다가 밤이 되자 냉기가 끼쳐왔다. 비에 젖을 대로 젖은 몸은 한기가 들기 시작했다.

"서, 선상님, 추워서 죽겠는디요……."

필녀는 턱을 떨어대며 말했다.

"옷이 다 젖었으니……. 그래도 어디 집이 있나 찾아보면서 걸어야지 이대로 주저앉아서는 더 큰일나네."

"저어, 물이라도 짜 입으면 좀 낫덜 안컸능게라."

"으음, 그거 좋은 생각이군."

커다란 바위를 서로 등지고 비에 젖은 옷을 벗어 짜기 시작했다. 그때 필녀의 머리를 퍼뜩 스치는 생각이 있었다.

이보다 더 좋은 때가 어디 있는가!

필녀는 몸이 후끈 달아오르는 것을 느꼈다. 가슴이 벌떡거리고 요동치면서 걷잡을 수 없이 불길이 일고 있었다. 보는 사람은 아무도 없었다. 이런 때를 얼마나 고대해 왔던 것인가. 필녀는 정신이 혼미해지는 것을 느끼고 있었다.

"선상님, 얼어죽겠구만이라우."

필녀는 정신없이 송수익에게로 내달아갔다.

"아니, 아니……."

윗옷을 벗어 짜느라고 상체가 알몸이 되어 있던 송수익이 당황하며 더듬거렸다.

그런데 송수익이 어찌할 틈도 없이 필녀는 송수익을 끌어안았다. 그런 필녀도 저고리를 벗은 채였다.

"아니 필녀, 필녀……."

"선상님, 선상님……."

필녀는 가슴이 훨훨 타는 불길을 주체하지 못하고 송수익의 가슴으로 자꾸 파고들었다.

"필녀, 내가 자네 맘 진작 다 알고 있네. 자네 맘에 늘 고마워하고 있어."

송수익이 필녀를 꼭 보듬으며 나직하게 말하고 있었다.

"……."

선상님, 나 맘 다 알면 나가 바래는 대로 혀주시오. 여그 누가 있소. 쥐도 새도 몰르는 일인디.

필녀는 이 말을 속으로만 부르짖으며 송수익의 가슴에 얼굴을 비비댔다.

송수익이 한숨같이 진한 숨을 길게 내쉬었다. 그리고 입을 열었다.

"필녀, 생각해 보게. 우리가 이 만주땅까지 왜 왔지. 내가 자네 맘을 잘 간수함세. 그러면 되지 않겠나."

송수익이 또 진한 숨을 길게 내쉬었다. 필녀는 그때서야 그 숨소리에 든 뜻을 알아들었다. 자신은 송 선생님을 괴롭히고 있었다. 송 선생님은 마음이 불붙지 않게 하려고 고통을 참아내고 있었다. 필녀는 자기가 죄를 짓고 있다는 것을 깨달았다. 그 깨달음과 함께 선생님이 앞으로 나를 못된 년으로 박대하면 어쩌나 하는 생각이 퍼뜩 떠올랐다. 필녀는 가슴의 불길이 사그라드는 것을 느끼고 있었다.

"선상님, 지가 잘못했구만이라. 지가 미친년이구만이라."

필녀는 울음이 솟고 있었다.

"아니시, 자네 맘 내가 잘 간수함세."

"선상님, 용서럴 빌겄구만요."

"아니야, 아니야, 잘한 일이야."

송수익은 필녀를 보듬은 팔에 힘을 주었다.

"선상님 추우시구만요."

필녀는 송수익을 끌어안았던 팔을 풀며 그의 가슴팍에서 얼굴을 뗐다.

"그래, 필녀도 고뿔 앓아선 안 되지."

송수익도 필녀를 보듬었던 팔을 풀었다. 필녀는 후닥닥 돌아섰다.

필녀는 그때의 기억을 무슨 소중한 보석처럼 간직해 왔다. 수국이에게도 그 이야기만은 하지 않았다. 송 선생님의 체면을 위해서가 아니었다. 그 이야기를 해버리면 송 선생님과 자기와의 관계에 더러운 것이 묻을 것만 같았던 것이다.

필녀는 자기가 송 선생님한테 보듬겼다는 것만으로도 황감하고 황홀했다. 자기도 송 선생님도 위는 맨몸이었으니 잠자리를 같이한 것이나 다를 것이 없었던 것이다.

그러나 혼자 아슬아슬한 생각도 많이 해보았다. 그때 조금만 더 늦게 바위를 돌아갔으면 어찌 되었을 것인가……. 자기도 속곳을 짜고 선생님도 속옷을 짜고…… 발가숭이로 그리되었더라면 어찌 되었을 것인가…….

아이고 미친년, 그리헐 것이제.

필녀는 제 머리를 쥐어박은 것이 한두 번이 아니었다. 그 아쉬운 후회는 꿈에서 풀고 또 풀었다. 그러나 알몸으로 서로 끌어안았을 뿐 꿈에서도 그 일은 끝내 이루어지지 않았다. 송 선생님은 꿈에서도 요지부동이었다.

다음날 아침 지삼출이가 필녀네 거처로 들어섰다.

"어쩐고?"

지삼출은 필녀를 보며 수국이의 방을 눈짓했다.

"속이야 좋을랍디요마는 겉보기로야 암시랑토 안허구만이라."

필녀가 수심 깃들인 얼굴로 혀를 찼다.

"그려, 웬수놈에 자석이라 맘 악착시리 묵음서 독얼 부리는 것이제 그 속맘이 오직허겄능가. 아무리 웬수놈에 새끼라 혀도 지 피가 절반이 섞인 핏줄인디."

지삼출이 먼 산을 바라보며 쌈지를 꺼냈다.

"그나저나 저것얼 보낼랑게 맘이 영 안 좋구만이라."

필녀는 새로 단정하게 빗은 낭자머리를 쓰다듬으며 혼자 놀고 있는 아이를 힐끗 쳐다보았다.

"그렇겄제. 자네야 키운 정이 짠득짠득 들었웅게. 자석이야 낳은 정보담 키운 정이 더 아프다고 안혀."

"아이고, 아재가 나 맘 알아주시요 이. 나 밤에 한숨도 못 잤소."

"그 집에 안 주고 그냥 키우고 잡았겄제?"

"아이고메 아재, 어찌 그리 쪽집게 점쟁이다요?"

필녀가 과장되게 손바닥을 맞때렸다.

"허, 산전수전 다 겪은 사람 앞에서 거 무신 소리여. 척허면 삼천 리제."

지삼출은 능청스레 담배연기를 내뿜었다.

"저것이 인자 뙤놈 되야불것제라?"

"그러겄제……."

"불쌍헌 것, 그 잘난 인물이 아깝다."

필녀는 또 혀를 차댔다.

"다 지 팔자제. 엄니 인물 목단꽃에 동백꽃으로 춘향이 찜쩌묵게 생겼겄다, 즈 애비라는 것도 심뽀가 나빠 그렇제 낮짝이야 그만허면 상질 아니드라고. 씨 좋고 밭 좋은게 과실이야 더 볼 것 머시가 있다고. 허나 인물치레 말고 팔자치레 허란 옛말이 그른 디가 없네."

"그 집서 잘 키우기넌 허겄소?"

"걱정 말소. 골르고 골른 집잉게. 오갈 질이 솔찬헌디 그만 나서 야제?"

지삼출이 곰방대를 털며 일어났다.

필녀는 조그만 보퉁이와 함께 아이를 안았다. 아이가 좋아라 하며 방글방글 웃었다.

"가자, 차돌아. 새엄니헌티 가자아."

필녀는 토방을 내려서며 일부러 목청을 높였다. 그러나 수국이의 방문은 열리지 않았다.

"얼렁 가자, 차돌아. 새엄니가 기둘린다."

필녀는 목소리를 더 높였다. 그래도 수국이의 방문은 열리지 않았다.

필녀의 눈치를 안 지삼출이 손을 저으며 그냥 가자는 눈짓을 했다.

"아이고, 징허고 징헌 년. 저리 독헐지넌 몰랐네."

필녀가 중얼거리며 사립을 나섰다.

"그려, 저리 독허니 맘묵어야제. 그리 안 허고야 어찌 핏줄이 끊어지겄어."

지삼출이 침울하게 중얼거렸다.

필녀와 지삼출이 동네를 벗어나고 있을 즈음이었다. 수국이가 방에서 뛰쳐나왔다. 짚신을 꿰신은 수국이는 허둥지둥 사립 쪽으로 내닫고 있었다.

수국이의 눈길은 필녀와 지삼출을 쫓아 날아가고 있었다. 필녀와 지삼출은 아득하게 멀어져 있었다.

수국이는 사립을 붙들며 흑 울음을 터뜨렸다. 흐느낌과 함께 어깨가 흔들렸다. 울음소리가 진해지며 허리가 흔들렸다. 그리고 온몸이 흔들리기 시작했다.

송수익은 지삼출에게 수국이의 아들이 양자로 떠난다는 이야기를 듣는 것만으로 그 일을 그저 지켜보았다. 지삼출이 일을 잘 매듭짓고 있었고, 자신이 무심한 척하는 것이 수국이가 더 편할 것 같았던 것이다.

그리고 송수익은 더 큰 문제로 고심하고 있었다. 며칠 전에 또 통의부와 의군부 사이에 유혈충돌이 벌어졌던 것이다. 그 유혈충돌이란 단순히 주먹다짐이나 패싸움이 아니었다. 그건 총을 앞세운 군사력의 대결이었다. 그러니 충돌이 일어나면 피흘리는 것을 막을 수가 없고, 더 심해지면 목숨을 잃을 수밖에 없었다.

송수익은 그 문제로 이틀째 행정구 회의에 나가고 있었다. 분명 문제점은 있으면서 해결책은 불투명한 대책회의였다. 벌써 2년 동안 충돌이 생길 때마다 똑같은 내용의 회의가 되풀이되었지만 마땅한 해결책은 나오지 않았다. 그럴 수밖에 없는 것이 그 유혈충돌은 처음부터 감정대립에서 야기된 것이 아니라 의식대립으로 발생한 것이었다.

"다들 모이셨으니 그러면 회의를 시작하도록 하겠습니다. 어제 결말을 못 본 전덕원 일파에 대해서 고견들을 내주시기 바랍니다."

회장이 방에 둘러앉은 다섯 사람을 둘러보았다.

그들 여섯 사람 중에 셋은 지역행정구의 대표였고, 다른 셋은 각 행정구의 치안을 맡고 있는 경호대장들이었다. 통의부는 통화현을 중심으로 해서 여러 현에 걸쳐서 열대여섯 개의 지역행정구를 두고 있었다. 그리고 동포들의 생명과 재산을 보호하기 위해서 행정구마다 50여 명씩의 경호대를 두고 있었다. 행정구의 대표는 비교적 나이가 많은 사람들이 맡았고 경호대장은 거의가 젊은 사람들이었다.

그런데 어떤 중대사가 발생하면 세 개의 행정구씩 의견을 모으고, 그런 다음 대표 한 사람이 중앙회의에 참석하도록 되어 있었다. 공화주의를 채택하고 있는 통의부의 민주적 의결방식이었다. 그리고 회의의 회장은 행정구의 대표에 한하여 맡되, 일정하게 고정되어 있지 않고 회의 때마다 돌아가면서 맡는 윤번제였다.

나이 사십 중반이 다 된 송수익은 회의가 열릴 때마다 세월의 무상을 느끼고는 했다. 대개 30대 초반인 경호대장들과 자리를 함께하면서 자신이 늙었다는 것을 더 실감하게 되는 것이었다. 분명 행정구 대표는 경호패를 관할하게 되어 있었다. 그런데 그 자리가 대접받고 있다는 생각보다는 나이 먹어 밀려났다는 생각이 더 드는 것이었다.

아아, 만주에서 15년이 다 되도록 해놓은 일이 무엇인가. 이루어 놓은 일 아무것도 없이 세월만 허망하게 보낸 것이 아닌가.

송수익은 혼자 있을 때도 이런 자괴감에 빠지고는 했다. 무슨 일인가를 끊임없이 해왔으면서도 손에 잡히는 것이라곤 없는 허망감을 떼칠 수가 없었다. 다만 자위할 수 있는 건 그동안 최선을 다했다는 것뿐이었다. 그리고 자신할 수 있는 건 앞으로도 최선을 다하겠다는 것이었다.

"전덕원 일파를 그대로 둬서는 안 된다고 생각합니다."

눈 부리부리한 경호대장이 긴 침묵을 깨며 말했다. 그의 말은 경호대장답게 과격성을 띠고 있었다.

"그대로 둬서는 안 된다니, 그게 무슨 뜻이오?"

회장이 차분한 어조로 물었다.

"예, 전덕원은 이제 나이들어 별로 쓸모도 없으면서 그 고집불통의 복벽주의로 왜놈들을 무찌르기 전에 자기와 뜻이 다른 독립군들을 적으로 삼아 계속 난동을 부리는 것 아닙니까. 그러니 전덕원이 더 이상 활동을 못하게 해야 합니다. 우리 통의부의 힘을 총동원해서 전덕원을 만주에서 몰아내든지, 붙잡아다 발을 묶든지 해야 합니다."

"그렇습니다. 전덕원 하나만 그렇게 해버리면 의군부는 저절로 무너집니다."

광대뼈 붉거진 경호대장의 찬동이었다.

"글쎄에…… 그 일이 그리 쉽겠소? 그러자면 그야말로 큰 충돌이 일어날 터인데, 또 우리 독립군들끼리 죽이고 죽는 살상이 벌어지지 않겠소?"

회장이 느리게 고개를 저었다.

"아닙니다, 한번 겪는 게 낫지 그렇지 않으면 앞으로 두고두고 충돌이 생겨 사람은 사람대로 상하고 독립투쟁은 독립투쟁대로 방해받게 됩니다."

첫 번째 경호대장의 말이었다.

"예, 꼭 정면공격만 생각할 게 아닙니다. 전덕원을 활동중지시킨다는 원칙만 정해지면 그 일을 추진하는 은밀한 방법은 얼마든지 있을 수 있습니다."

두 번째 경호대장이 말을 받았다.

"글쎄…… 그게 합당한 방법인지…… 이 의견을 어찌 생각하십니까?"

회장이 송수익과 또 한 사람의 대표에게 눈길을 돌렸다.

"그것 참, 전덕원의 보황주의를 공화주의로 바꾸게 하는 것만큼 어려운 일이로군요."

송수익과 마주 앉은 대표의 말이었다. 그건 의견 개진이 아니라 의견 회피였다.

"송 선생 의견은 어떠십니까?"

회장이 송수익을 쳐다보았다.

"예, 경호대장들의 의견이 한 가지 방법일 수는 있습니다. 허나 심사숙고해야 하지 않을까 합니다. 임금을 다시 받들어 모시기 위해 독립투쟁을 한다는 전덕원 중심의 복벽주의는 분명 민권을 중시하는 시대조류에도 역행하는 것이고, 우리 상해임정의 공화주의 국체에도 위배되는 것입니다. 허나 세상의 변화에 따라 복벽주의와 공화주의가 상호충돌을 일으키는 것은 피치 못할 사정입니다. 왜냐하면 유생들의 보황주의며 복벽주의는 조선조 500년의 뿌리를 가지고 있기 때문입니다. 보십시다, 처음 우리가 만주로 이동했을 때 형편이 어떠했습니까. 복벽주의 세력이 압도하고 있었습니다. 허나 지금은 어떻습니까? 형편은 완전히 반전되었습니다. 복벽주의는 이제 잔영에 불과합니다. 이 시점에서 우리는 신중을 기하지 않으면 안 됩니다. 왜냐하면 우리가 상호충돌을 일으키는 반면에 복벽주의자들도 독립투쟁에 많은 공적을 세워왔기 때문입니다. 국체는 서로 달라도 왜놈들과 투쟁한 공통점을 경시해서는 안 됩니다. 그러니까 우리는 이 시점에서 상대방에 맞서서 적대감을 자꾸 키워가서는 안 된다고 생각합니다. 그동안 의군부만 우리한테 적대감을 가져왔습니까? 아니, 우리도 마찬가집니다. 그래서 얻어진 게 무엇입니까? 아까운 독립군들의 희생을 자초했고, 동포들에게 신망을 잃었고, 독립군들이 파벌싸움으로 망해간다는 왜놈밀정들의 모함과 이간책동을 당하지 않았습니까. 아까 말한 대로 복벽주의는 잔영입니다. 앞으로 더욱 쇠퇴할 것입니다. 그러니 이제 우리 쪽에서 먼저 적대감을 버리고 그들과 조화를 이루는 길을 모색해야 하지 않을까 합니다."

송수익은 마른 입술을 축였다.

"그렇게 되면 전덕원은 더 가관이 될 것입니다. 그 고집불통을 모르십니까?"

광대뼈 불거진 경호대장이 불쑥 말했다.

"복벽주의가 잔영이라고 하셨는데 그러니까 싹 밀어붙여서 더 우환이 없게 해야 합니다."

눈 부리부리한 경호대장의 말이었다.

"그럴 수도 있소. 허나 개도 막다른 골목으로 몰지 말라고 했소. 그리고 이제 우리가 신경써야 하는 건 복벽주의가 아니오. 세상이 급변하면서 확산되고 있는 신사상이라는 것을 주목해야 할 거요."

"공산주의 말씀인가요?"

그때까지 입을 다물고 있던 세 번째 경호대장이 송수익을 쳐다보았다.

"그렇소."

"선생님 보시기에는 그게 어찌 될 것 같습니까?"

"글쎄, 지금으로서야 뭐라고 확언하기는 어렵지만, 이모저모로 생각해 보면 우리가 복벽주의자들을 구태의연하게 생각했던 것처럼 그 사람들이 또 우리를 그렇게 보지 않을까 싶소."

"에에…… 그러면 두 가지 의견을 어찌했으면 좋겠습니까?"

회장이 이야기가 샛가지 치는 것을 막고 나섰다.

여러 가지로 이야기가 오갔지만 두 가지 의견은 좁혀지지 않았다. 표결을 했지만 3 대 3이었다. 두 가지 의견에 행정구 대표와 경호대장 한 사람씩이 서로 엇갈리게 찬성을 한 것이었다. 그 결과를 그대로 중앙회의에 올리기로 하고 회의를 끝냈다.

송수익은 집으로 돌아오며 전덕원을 생각하고 있었다. 그는 유인석의 문하답게 철저한 복벽주의자로 여지껏 상투를 틀고 다녔다. 그러나 투지나 용맹이 걸출해 의병투쟁에서 독립투쟁까지 공을 많이 세운 인물이었다. 그런데 안타깝게도 세상이 변화하는 필연적 의미를 전혀 깨닫지 못하고 있었다.

중국이 공화주의로 바뀌고 임시정부가 공화주의를 내걸고 수립되는 것을 보면서도 그는 임금 숭앙만을 고집했다. 그리고 날이 갈수록 젊은이들이 반발하며 휘하에서 이탈하는데도 생각을 바꾸려 하지 않았다.

모처럼 남만주의 독립군 단체들이 한덩어리로 뭉쳐 발족시킨 대한통의부가 또다시 조각나게 된 것은 바로 전덕원의 주도였다. 일본군들이 만주에서 철수하자 그동안 이동투쟁을 해왔던 독립군 단체들은 다시 남만주에 제자리를 잡게 되었다. 그런데 곧바로 제기된 것이 단체들의 통합론이었다. 그건 일사불란하게 조직된 일본 군들을 본격적으로 대적해 본 다음에 나온 필연적인 결과였다. 그래서 1922년 2월에 환인현에서 조직된 것이 대한통군부였다. 그리고 조직을 더욱 확대 강화하면서 여섯 달 후에 대한통의부로 개칭하게 되었다.

그때 전덕원은 참모부 감독에 임명되었다. 그러나 그는 취임을 거절했다. 왜냐하면 통의부는 젊은이들의 지지를 받으며 공화주의를 내세우고 있었고, 따라서 복벽주의자들은 궁지에 몰릴 수밖에 없었던 것이다. 그런데 전덕원은 직책의 취임 거절로 끝나지 않고 휘하의 무장대를 동원하여 통의부 본부를 포위하는 도발행위를 저질렀다.

그때부터 독립군들의 유혈충돌은 야기되기 시작했다. 서너 차례의 충돌 끝에 전덕원은 1923년 2월 환인현 대황구에서 복벽주의자들로 구성된 의군부를 조직하기에 이르렀던 것이다.

송수익은 굳어진 생각이라는 것이 그리도 무서운 것인가를 전덕원을 보며 또다시 느끼고는 했다. 그런 전덕원의 모습은 흡사 임병서를 보는 것 같았다. 그러나 두 사람 사이의 복벽에는 엄연한 차이가 있었다. 전덕원이 양반으로서 양반의 지위를 고수하려는 고집이라면, 임병서는 중인으로서 양반의 입지를 확보하려는 욕심이었다. 그들의 그런 생각 앞에서 자신이 오늘 회의에서 내놓은 의견은 부질없는 것일지도 모른다고 송수익은 생각했다.

며칠이 지나 송수익은 예고 없이 찾아온 손님 셋을 맞이했다.

"중앙회의에서는 의군부를 응징하기로 결정했답니다."

어딘가 긴장되고 상기된 것 같은 기색의 세 사람이 자리를 잡고 앉자마자 불쑥 내놓은 말이었다.

"또 유혈사태가 생기게 생겼습니다."

"그리되면 의군부에서는 또 가만히 있겠습니까?"

"언제까지 이 모양들을 할지 알 수가 없습니다."

"이러다가는 우리끼리 다 죽고 말겠습니다. 참 한심스럽습니다."

"무슨 대책을 세워야 되지 않겠습니까?"

세 사람은 차츰 열이 오르고 있었다.

송수익은 느낌이 이상해서 묵묵히 앉아 있기만 했다.

"선생님, 좌시하지 말고 대책을 세워야 합니다."

"예, 이대로 두고 볼 수는 없습니다."

"중앙회의 결정인데 무슨 대책이 있겠소?"

송수익은 더디게 고개를 들었다.

"대책이 있습니다. 우리끼리 싸우는 것을 반대하는 동지들이 많습니다. 그 사람들이 모여 새로 조직을 만들면 됩니다."

송수익은 머리가 쿵 울리는 충격을 느꼈다.

송수익은 눈을 감고 있다가 한참 만에 떴다.

"다들 들어보시오. 나라를 빼앗기고 만주에서 독립군 단체들이 서로 분산되어 많이 생겼던 것은 당연한 일이었소. 나라가 없으니

구심점이 없어 그리된 것이오. 그러다가 분산투쟁이 실효가 적다는 것을 깨달아 하나로 뭉치기 시작했소. 그 과정에서 의군부의 이탈이 생기고 충돌이 일어난 것이오. 헌데 그 충돌이 보기 싫다 하여 새로 단체를 만드는 건 일을 해결하는 것이 아니라 오히려 복잡하게 만드는 것이오. 그건 단체를 다시 분산시키는 것일 뿐만 아니라 둘이 하던 싸움을 셋이 하게 되는 우를 범하는 일이오. 의군부를 완전 제압해 버릴 수만 있다면 중앙회의의 응징 결정이 한 방법일 수도 있소. 우리는 하나로 뭉쳐야 하오. 분열은 절대로 막아야 하오. 그건 자멸이오."

그러고 나서 달포쯤 지났다. 송수익은 통의부에서 떨어져 나온 사람들이 참의부를 만들었다는 소식을 들었다. 그러나 송수익은 놀라지 않았다. 그는 시대 변화에 따른 독립투쟁의 방책에 대해 깊은 고심을 하고 있었던 것이다.

15

갈림길

신한촌 앞에 펼쳐진 블라디보스토크만(灣)에 봄햇살이 부서지고 있었다. 만은 그 폭이 어찌나 넓은지 건너편 산들이 섬처럼 아득하게 보이고, 길이는 너무 길어 아예 끝이 보이지 않아 마치 넓고 넓은 바다 같았다. 그 만 가득 햇살의 반짝거림이 눈부시게 넘치고 있었다. 보드라운 봄바람이 간지르는 잔물결 위에 따스한 햇살은 현란한 꽃으로 피어나고 있었다.

그 햇살의 반짝거림은 노을이 물든 것과는 사뭇 달랐다. 노을에 물든 빛이 환상적이고 황홀하다면 그 반짝거림은 약동적이고 찬란했다. 노을에 물든 빛이 광택 없이 스러져가는 빛이라면 그 반짝거림은 광택 넘치게 용솟음하는 빛이었다. 그리고 노을에 물든 빛이 소리 없이 짓는 다소곳한 웃음이라면 그 반짝거림은 발랄하게 터뜨리는 낭자한 웃음이었다.

그 햇살의 무수한 반짝거림이 유난스레 투명하고도 현란한 것은 바닷물이 맑기 때문인지도 몰랐다. 블라디보스토크 앞바다는 언제나 청록색으로 맑기 그지없었다. 반 길이 넘는 물 속의 모랫바닥에서 해삼이 꼬물거리고 조개들이 입 벌리고 있는 것이 환히 들여다보였다.

신한촌의 산비탈에서는 어디서든지 그 넓은 만이 시원스레 바라다보였다. 그 풍광 그윽하고 소담한 만은 마치 신한촌 사람들의 전용 공원 같았다. 신한촌의 조선사람들은 잔잔한 파도소리를 들으며 잠이 들고, 파도소리를 들으며 잠이 깨는 이국의 삶을 살아가고 있었다.

이광민은 독립문거리에 서서 봄볕 충만한 만을 망연히 바라보고 있었다. 만의 왼쪽으로 나아가면 바다가 열렸다. 그 바다를 따라 하루 뱃길이면 원산에 닿는다고 했다. 원산에서 한성까지 기차로 하루, 한성에서 이리까지 또 하루, 사흘이면 집에 당도할 수 있었다. 집을 떠나온 지가 벌써 몇 년인가. 어느덧 1924년이니 6년 세월이 흘러간 것이었다.

이광민은 바닷물을 바라보고 있으면서 들녘의 냄새를 맡고 있었다. 고향 생각과 함께 고향 들녘이 선하게 떠올라 있었다. 그리고 들녘의 그 아련하고 그윽한 냄새가 풍겨왔다. 그 냄새와 함께 식구들의 얼굴이 떠오르는 것이었다. 그 순서는 언제나 똑같았다.

이광민은 참 이상하다고 생각하고는 했다. 고향을 떠나오기 전에는 어느 때 한번 눈여겨본 적이 없는 들녘이었다. 어렸을 때부터 보아온 들녘은 그저 무덤덤할 뿐이었다. 그런데 막상 고향을 떠난 다음부터 들녘은 마음속에서 생생히 되살아나는 것이었다.

고향이란 그런 것인가…….

이광민은 뒤늦게 사람만이 그리움이 아닌 것을 깨닫고는 했다.

"여기 계시는군요. 오래 기다리셨어요?"

어떤 여자가 다가서는 기척에 이광민은 고향 생각에서 깨어났다.

"아니, 선숙 씨 아니시오?"

"이 독립문 앞에 서 계시니까 젊은 투사답게 아주 잘 어울리시 네요."

윤선숙이 서글서글한 큰 눈에 웃음을 담았다. 그 말에서는 함경 도 어투가 묻어나고 있었다.

"무슨 그런 말씀을……." 이광민은 쑥스럽게 웃으며, "벌써 학교 수업이 다 끝날 시간입니까?" 여기 어쩐 일이냐고 묻고 있는 이광 민의 말에서 전라도 어투가 묻어나기는 마찬가지였다.

이광민은 윤선숙이가 우연히 지나가던 걸음이 아니라고 짐작하 고 있었다.

"오늘 반공일이거든요."

"아, 그런가요. 이거 원……."

"오빠가 급한 일로 수청에 가셨다가 내일 오신대요. 쉬고 계시라 고 하더군요."

이광민은 고개만 끄덕였다. 예정된 일을 뒤로 미룰 정도로 급한 일이면 그만큼 중대한 일일 것이고, 그런 일을 윤철훈이가 여동생에게 말했을 리 없었던 것이다.

"저보고 잘 모시라고 했어요."

윤선숙이 또 큰 눈에 웃음을 담으며 자기의 용무가 다 안 끝났음을 밝히고 있었다.

"그러던가요……."

이광민은 어색스럽게 웃으며 독립문을 올려다보았다.

"이 독립문도 돌로 바꿔야 하는데……."

윤선숙도 독립문을 올려다보았다.

세 갈래 길 가운데 자리잡고 있는 독립문은 목조였다. 3·1만세의 물결에 따라 신한촌 동포들도 만세를 외치고 3월 말에 세운 것이었다. 그러나 돈이 모자라 나무로 세울 수밖에 없었던 것이다.

독립문 주변은 아담한 공원으로 꾸며져 있었다. 나뭇가지들에 새싹이 파릇파릇 돋아나 있었다. 노인들 네댓 명이 모여앉아 무슨 이야기인지 열심히 하고 있었고, 아이들 몇 명이 손장난을 하며 그 이야기를 듣고 있었다. 겨울이 지나면 노인들이 자리잡기 시작했고, 특히 여름에는 나무그늘이 노인네들의 좋은 놀이터가 되었다.

"다른 볼일 있으신가요?"

윤선숙이 짧은 머리를 손가락으로 빗질하며 물었다. 그녀는 러시아식 치장을 하고 있었다.

"아닙니다……."

이광민은 어물거렸다.

"그럼 저쪽으로 산보하면 어때요."

윤선숙은 벌써 돌아서고 있었다.

이광민은 윤선숙을 따라 걸음을 옮겨놓았다. 그렇지 않아도 내일 윤철훈을 만날 때까지 시간 보내기가 막연해진 판이었다.

"저분들이 국내에서 일어나고 있는 소작쟁의 이야기를 하고 있군요."

윤선숙이 공원을 벗어나며 말했다.

"예, 노동쟁의도 그렇고, 국내에서 새로 일어나고 있는 중요한 문제지요."

장소에 어울리게 공원에 모여앉은 노인들은 거의가 나라 이야기들을 나누는 것이었다. 그러다가 의견이 엇갈려 고성을 지르는 일도 있었다.

"저 아이들이 그런 이야기를 알아듣는지 모르겠어요."

아무르스카야로 길을 잡은 윤선숙이 노인들 옆에 있는 아이들을 돌아보았다.

"예, 다 알아듣지는 못하더라도 자꾸 듣는 것이 중요하지요. 자꾸 들으면서 저희들도 모르게 깨달아가니까요."

"네, 그런 면에서는 저분들이 좋은 선생님이에요."

"그렇지요. 아주 자연스러운 애국 선생님들이죠."

"애국 선생님요?"

윤선숙의 큰 눈이 반짝하며 이광민을 쳐다보았다.

"뭐, 마땅한 말이 없어서……."

이광민은 또 어물거리며 윤선숙의 눈길을 피했다. 이광민은 윤선숙의 러시아식 활달함에 부딪힐 때마다 문득문득 당황하고는 했다.

"아니에요, 너무 잘 어울리는 말이에요."

윤선숙의 목소리가 쾌활했다. 그녀는 조선이나 다름없는 신한촌의 큰길을 대낮에 남자와 나란히 걸어가는 것을 개의치 않는 것은 물론 자기의 기분도 주저 없이 드러내고 있었다.

신한촌의 남자들은 아직도 상투를 튼 사람들이 훨씬 더 많았고, 남녀가 내외하는 것이 그대로 지켜지고 있었다. 남자들에 비해 여자들이 러시아식 옷차림을 하는 것도 아주 드물었다. 그런데 윤선숙이 옷치장이나 언행이 남다르게 러시아식인 것은 겉멋이 든 탓이라고 할 수도 없었다. 윤선숙은 이곳 해삼위(블라디보스토크)에서 태어나서 러시아인 학교를 다닌 것이었다. 그만큼 아버지가 일찌감치 연해주로 이주했던 것이다.

바구니를 낀 젊은 여자 둘이 곱지 않은 눈길을 자기들에게 쏘며 지나가는 것을 이광민은 느꼈다. 두 여자한테서 비린내가 풍겨왔다. 이광민은 옆눈길로 그 여자들의 등에 빨간 댕기가 드리워진 것을 보았다. 생선비린내가 풍기는 것처럼 두 처녀의 한복입성은 낡고 후줄근했다. 그 처녀들이 어디로 가는지를 이광민은 알았다. 선창에 품팔이를 하러 가는 것이었다. 그물에서 정어리를 떼어내는 품팔이는 가난한 조선여자들이 손쉽게 구할 수 있는 일거리였다. 정어리는 쉽게 상하는 생선이었다. 그래서 배가 닿자마자 그물에서 한시라도 빠르게 떼어내느라고 사람 손을 많이 필요로 했다. 그리고 그 일에는 덤이 따랐다. 그물에서 떼어내다가 대가리가 떨어진 정어리나 눈알이 붉어지기 시작하는 정어리를 덤으로 받을 수 있었다. 대가리 떨어진 정어리는 이미 상품가치가 없었고, 눈알이 붉어지기 시작하는 정어리는 상하고 있었던 것이다.

"이쪽 서울거리로 가실까요."

윤선숙이 왼쪽으로 꺾어돌았다.

'서울스카야'라고도 하는 그 길은 산비탈을 따라 내려가며 해변으로 맞뚫려 있었다. 신한촌의 일곱 개의 큰길 중에서 그 길만이 유일하게 '서울'이라는 조선말이 붙어 있었다. 그건 조선사람들의 집단촌이기 때문에 러시아관청에서도 어쩔 수 없이 그 명칭을 허용한 것이었다. 나머지 길들은 모두 러시아의 지명을 따서 붙인 이름이었다.

야산의 아래서부터 개발되어 집들이 위로 지어져 올라가고 있는 신한촌에는 다섯 개의 큰길이 산을 감아돌듯 하며 가로로 뻗어 있었다. 그리고 두 개의 큰길이 산자락 아래서부터 위로 뻗어 올라가며 다섯 개의 길들과 교차하고 있었다. 그 두 개의 세로길 중에 독립문 쪽의 것이 서울거리였다.

신한촌 야산에는 이제 거의 빈터가 없었다. 야산을 타고 돌아가며 집들이 빽빽하게 들어차 있었다. 그 5천여 가구의 집들 사이에 예배당 네 개도 제각기 자리잡고 있었다.

"혁명가들은 결혼을 안 하는 게 원칙이라고 생각하나요?"

윤선숙이 불쑥 내놓은 말이었다.

신한촌 사람들은 대개 독립운동가를 혁명가라고 했다. 그건 러시아혁명의 영향이었다.

"글쎄요……."

이광민은 또 대답을 어물거리지 않을 수 없었다. 그 물음이 갑작스럽고 맹랑해서만이 아니었다. 그 물음은 이광민 자신이 총각이라는 사실을 전제하고 있었던 것이다.

"철훈이 오빠는 그걸 원칙으로 삼고 있는 것 같은 태도예요."

"그야 사람에 따라 다르지 않은가요?"

"어머, 그러세요? 전 이 선생도 오빠와 같은 생각인 줄 알았거든요."

윤선숙은 마치 어린애처럼 좋아했다.

이광민은 아차 싶었다. 자신은 그저 지나치는 말로 했을 뿐인데 윤선숙은 엉뚱하게 받아들이고 있었다. 오해도 이만저만한 오해가 아니었다. 그렇다고 자신은 결혼한 몸이라고 말할 수도 없는 일이었다.

이광민은 감정이 복잡해졌다. 그 말과 함께 윤선숙이 자신에게로 바짝 다가선 것 같은 느낌이 들었던 것이다. 윤철훈의 사촌동생인 그녀는 윤철훈의 집에서 몇 번 만나면서부터 자신을 대하는 눈치가 예사롭지 않았던 것이다.

"아휴 시원해."

윤선숙은 철길을 건너면서 두 팔을 약간 들어 숨을 들이켜고 있었다.

갯바람과 함께 바닷물이 찰싹거리는 소리가 들렸다. 철길을 건너면 바로 해변이었다.

만을 따라 멀리 뻗어가고 있는 철길을 이광민은 잠시 바라보았다. 철길을 따라 마음은 순식간에 하바로프스크까지 뻗치고 있었다. 그 철길은 모스크바로 해서 유럽까지 이어져 있다는 것이었다. 모스크바를 가보고 싶다는 생각이 또 일어났다. 그곳에 가면 혁명의 성공이 어떤 것인지 분명하게 실감할 수 있을 것 같은 생각을 버릴 수가 없었다.

"여기 자주 와보셨어요?"

윤선숙이 활짝 웃으며 물었다. 고른 치아가 하얗게 드러나고 있었다.

"아, 아니요, 첨입니다."

이광민은 당황스럽게 대답했다. 그의 가슴은 벌떡거리고 있었다. 하얗게 드러나는 고른 치아를 보는 순간 그는 가슴이 꿈틀 요동치는 것을 느꼈던 것이다. 치아가 예쁘다는 것을 느낀 것은 처음이었다. 더구나 치아가 성감을 자극하는 것은 뜻밖의 첫 느낌이었다.

"아유, 조국혁명도 급하지만 좀 휴식할 줄도 알아보세요. 강철은 강하지만 계속 압력을 가하면 어떻게 되는지 아시죠? 휴식은 활력의 모태예요."

인텔리 여성, 학교 선생답게 윤선숙이 말했다.

이광민은 윤선숙을 쳐다보며 씩 웃고 말았다. 그 얼굴을 새삼스럽게 눈에 담았다.

동그스름한 얼굴이 예쁘다기보다는 총명해 보였다. 얼굴 가운데서 예쁜 것은 서글서글하게 큰 눈이었다. 아니, 그리고 또 있었다. 구김살 없는 웃음과 함께 드러나는 하이얀 치아. 이광민은 이렇게 생각하면서, 미친놈! 하고 있었다.

"그럼 저 모래밭에 해삼이랑 조개들이 많은 것도 모르시겠네요?"

해변의 비탈을 달리듯 빨리 내려가며 윤선숙의 목소리가 발랄하게 커지고 있었다.

"그거야 들어서 알지요."

이광민도 바다의 힘에 이끌리듯 비탈을 달려 내려가며 절로 목청이 커졌다.

"알면 뭘 해요. 총 들고 싸워보지 않고 입으로만 혁명을 떠벌리는 거나 같지요."

이광민은 말문이 막히면서도 기분이 산뜻한 것을 느끼고 있었다. 윤선숙의 말재치는 언제나 비약하고 회전하며 정곡을 찌르고 들었다. 그건 단순한 말장난이 아니라 지식과 총명이 어우러져 나오는 결실이었다.

"저애들은 뭘 하는 건가요?"

이광민은 저쪽 물가의 모래밭에 흩어져 있는 아이들을 가리켰다.

"어디 한번 맞혀보세요."

윤선숙이 장난스럽게 웃었다.

"글쎄요, 헤엄치기는 아직 이르고……."

"후후후…… 바지만 걷어올리고 뭘 잡고 있잖아요."

윤선숙이 소리내어 웃었다.

"해삼하고 조개를 잡는 겁니까?"

"네, 맞혔어요. 쟤들이 점심 요기하러 나온 거예요."

"점심 요기요?"

이광민은 되묻다가 그 말뜻을 깨달았다.

"점심을 굶는 가난한 집 아이들이 그런 것들을 잡아 점심을 때우는 거예요. 영양가는 조밥보다 낫지 않겠어요?"

"예, 밥을 굶는 것보다는 낫겠군요."

이광민은 아이들을 물끄러미 바라보았다. 점심을 굶는 저런 아이들 집에서도 독립성금을 내고 있다는 사실이 가슴을 쳤다. 신한촌에서 독립성금을 안 내는 집은 하나도 없었다. 다만 형편에 따라 그 액수가 다를 뿐이었다.

"이 바다는 우리 조선사람들한테 보물이에요. 경치만 아름다운 게 아니라 일거리도 만들어주고, 저렇게 먹을 것도 대주거든요. 저녁이면 어른들도 저걸 잡아다가 반찬거리를 해요."

"예, 그렇군요. 헌데 해삼이나 조개가 많습니까?"

"백문(百聞)이 불여일견(不如一見)이에요. 저하고 잡아보도록 하자구요."

또 윤선숙의 엉뚱함이었다.

"그러지요. 우리도 해삼과 조개로 점심을 때웁시다."

배고픈 아이들이 먹는 것을 한 끼나마 같이 먹어보고 싶었고, 그리고 윤선숙보다 한 수 높게 나가려고 이광민은 이렇게 대꾸했다.

"네, 그 생각 참 멋지네요. 산에는 동삼, 바다에는 해삼이라고 했잖아요."

윤선숙은 팔딱 뛰듯이 좋아했다.

이광민은 그만 두 손을 다 들고 말았다. 부잣집 딸인 윤선숙이가 그렇게 나올 줄은 상상도 못했던 것이다. 으레껏 놀라서 피할 줄 알았고, 그러면 아이들이 먹는 것을 선생이 못 먹어서야 되느냐고 훈계를 해가면서 골탕을 먹이려고 했던 것이다.

윤선숙은 신바람이 나서 먼저 모래밭으로 들어서며 구두를 벗어들었다. 이광민도 구두를 벗어들며, 저 여자도 어렸을 때 해삼을 잡아먹은 것일까 하는 생각을 했다. 그러나 그걸 묻고 싶지는 않았다.

"바지를 걷어올리세요."

치마를 거머잡아 무릎까지 올린 윤선숙이 바닷물로 걸어 들어가며 뒤를 돌아보았다.

이광민은 어이없는 표정으로 윤선숙을 바라보고 서 있었다. 외간남자 앞에서 종아리를 내보이는 그 거리낌 없는 행동이 천진한 어린애 같기도 하고, 예절이라고는 전혀 모르고 자란 것 같기도 해서 어떻게 종잡을 수가 없었던 것이다.

이광민은 물가에 구두를 놓고 바지를 걷어올렸다.

"어서 오세요, 어서. 여기 봐요, 여기!"

윤선숙은 빠르게 손짓하며 목소리가 부풀어오르고 있었다.

바지를 다 걷어올리고 고개를 든 이광민은 문득 윤선숙의 모습에 사로잡혔다.

종아리를 바닷물에 담그고 있는 윤선숙의 모습은 아까와는 전혀 다른 모습이었다. 짙푸른 바다와 옅푸른 하늘을 반반씩 배경으로 하고 서 있는 그녀의 모습은 그리도 신선하고 아름다울 수가 없었다.

"아이, 어서 오라니까요. 뭘 하세요."

"예, 뭐가 많습니까?"

이광민은 자기 감정을 들킬까 봐 일부러 목청을 높이며 물 속으로 뛰어들었다.

"이거 보세요, 이거. 발로 모래를 살살 헤집어보세요. 해삼이고 조개고 막 나온다니까요."

윤선숙이 신명나고 있었다.

이광민은 윤선숙을 따라 살살 모래를 헤집기 시작했다. 발가락에 걸리며 먼저 나온 것이 조개였다. 이광민은 얼른 손을 뻗쳐 집어들었다.

"잡았소, 조개!"

이광민은 자신도 모르게 소리치며 윤선숙 앞에 손을 내밀었다.

"애개, 그건 그냥 놔주세요. 다른 큰 걸 잡아야지요."

윤선숙이 픽 웃으며 눈을 흘겼다.

"아니, 이것보다 더 큰 게 있소?"

이광민은 놀라면서 자기 손바닥 위에 놓인 주먹 절반만한 조개와 윤선숙을 번갈아 쳐다보았다.

"그건 열한두 살짜리예요. 스무 살짜리는 그보다 배는 커요. 됐어요, 됐어요, 이거 보세요."

윤선숙은 소매가 물에 젖거나 말거나 아랑곳 않고 조개를 집어 올렸다.

"와아, 정말 그렇군요."

이광민은 자신도 모르게 감탄의 소리를 지르며 눈이 휘둥그레졌다.

그런 이광민을 보며 윤선숙이 까르르 웃었다. 이광민도 자기가 너무 소리를 크게 낸 것이 우스워 웃음을 터뜨렸다. 두 사람의 웃음소리가 햇살 부서지는 바다 위로 퍼져가고 있었다.

"해삼도 어떤 것이 스무 살짜린지 보여드릴게요."

"예, 선생님!"

윤선숙이 호호거리며 웃었다.

해삼도 조개도 정말 놀랄 만큼 많았다. 이광민은 어렸을 때 가끔 해변가에 놀러 갔던 것을 생각했다. 서해안은 물이 맑지 않았고, 모래밭에서는 잡을 것이 별로 없었다. 어쩌다 조개를 잡아도 큰 것이라고는 없었다.

"이건 잡는 게 아니라 그냥 막 줍는 것이로군요. 참 이상하군요, 이런 게 왜 이렇게 많을까요?"

이광민의 목소리는 흥겨웠다.

"러시아사람들은 이런 걸 안 먹거든요. 우리가 해삼 먹는 걸 보면 흉보고 이상하게 생각해요."

"그런가요? 고사리 먹는 것만 홍보는 줄 알았는데."

"아니에요, 러시아사람들은 먹을 줄 모르는 게 너무 많아요. 다시마도, 미역국도 못 먹는걸요. 참 이상한 사람들이에요."

그때 이광민의 머리를 스치는 것이 있었다.

"예, 그 말이 맞아요. 안 먹는 게 아니라 먹을 줄을 모르는 겁니다. 그거 이상할 게 없어요. 그건 바로 그 사람들이 이 땅의 주인이 아니라는 증겁니다. 동쪽으로 동쪽으로 침략해 오며 원주민들을 몰아낸 그들의 역사를 말해 주는 거라 그겁니다."

"어머, 그게 그렇게 되나요?"

윤선숙이 눈을 동그랗게 뜨며 허리를 폈다.

"바다 없는 대륙에서만 살았으니 해산물은 고작 물고기 종류밖에 먹을 줄 모르는 것 아닙니까?"

"맞아요, 맞아요. 전 여태 그런 생각을 못해냈어요."

윤선숙은 연상 고개를 끄덕이며 새삼스러운 눈길로 이광민을 쳐다보고 있었다.

"이게 원래는 우리 땅이었는데……."

이광민이 중얼거리며 허리를 굽혔다.

아아, 저 남자……!

새롭게 깊고 커 보이는 그를 와락 끌어안고 싶은 충동에 윤선숙은 몸을 바르르 떨었다.

해삼 네 마리와 조개 네 개를 잡아가지고 모래밭으로 나왔다.

"제 말 좀 들어보세요. 어떤 유식한 사람이 뭐랬는지 아세요? 어떤 무식한 사람이 왜 여길 해삼위라고 하느냐고 물었어요. 그랬더니 점잖게 하는 말이, 바다에서 해삼이 많이 나서 해삼위라고 한다, 그랬대요 글쎄."

윤선숙이 까르르 웃었다.

이광민도 웃음을 터뜨리지 않을 수 없었다. 그 유식한 사람의 한 자풀이가 너무 무식했던 것이다.

"저애들은 이걸 그냥 먹나요?"

"쟤들도 음식맛 고루 즐길 줄 아는 조선아이들이라구요." 윤선숙은 눈을 곱게 흘기고는, "시큰한 초고추장에 싱싱한 해삼을 찍으면 생각나는 게 뭐죠?" 그녀는 마치 이골난 술꾼처럼 물었다.

"그야 술이죠."

"가요. 제가 해삼 점심에 술 반찬을 사드릴게요."

"허……!" 그 재치에 이광민은 또 가슴에 시원한 바람이 스치는 걸 느끼며, "해삼 점심에 보드카 반찬이 어울릴까요?" 그는 이렇게 응수했다.

"걱정 마세요. 여기 신한촌은 조선 소비에튼 걸 아시죠? 조선술은 뭐든지 다 있어요, 저쪽 술집에."

윤선숙이 철길 건너를 턱짓했다.

"아, 그렇군요. 헌데, 술집에 안주 가져가서 미움 안 받겠어요?"

"그 집 안주도 해삼하고 조개뿐인데, 다 공짜로 줘요."

윤선숙이 킥킥대고 웃었다.

두 사람은 철길로 올라섰다.

"그냥 철길로 걸어가요."

윤선숙이 말했다.

"그러지요."

"조개잡이 어땠어요?"

"예, 기분이 아주 상쾌합니다."

이광민은 바다를 바라보았다. 종아리를 타고 전신으로 퍼지던 바닷물의 시원함이 아직도 생생하게 남아 있었다. 그리고 맑은 물속에 잠겨 있던 윤선숙의 하얀 종아리와 해맑은 웃음소리가 상쾌함을 더해주고 있었다. 참으로 오랜만에 맛본 즐거움이었다.

"철길을 걸으면 기분이 어떠세요?"

윤선숙이 안개 낀 듯한 어조로 물었다.

"글쎄요, 어딘가로 떠나고 싶달까……, 내 앞길은 어디일까 하는 생각이 든달까…… 뭐 막연하고 그렇죠."

"어머, 저하고 어쩜 그리 비슷해요? 저는 인생을 생각해요. 끝없이 뻗어간 철길을 바라보고 있으면 허무해지고 너무 슬퍼져요."

윤선숙의 목소리가 정말 슬픈 음조를 띠고 있었다.

철둑가에는 파릇파릇한 잎들과 함께 작은 꽃들이 봄볕을 함뿍 받으며 피어나 있었다. 이광민은 불현듯 꽃을 꺾어 윤선숙이에게 주고 싶은 충동을 느꼈다. 그러나 그 감정을 꾹 눌렀다. 러시아사람들은 남자가 여자에게 꽃을 주는 것은 무조건 사랑의 고백으로 생각하고 있었고, 더 심하게는 결혼하자는 뜻으로도 생각했던 것이다. 특히 윤선숙은 러시아풍습이 몸에 밴 여자였다.

술집에서도 드넓은 만은 훤히 잘 바라다보였다. 아무런 치장이 없는 술집에는 막벌이 노동자들이 드나들고 있었다.

이광민은 소주를 시켰다. 블라디보스토크에서 해삼 안주에 소주를 마신다고 생각하니 묘한 감회가 일어났다.

손질한 해삼과 조개 안주와 함께 술이 나왔다. 이광민은 주전자의 술을 잔에 따르려고 했다.

"그게 무슨 멋이에요. 이리 주세요."

윤선숙이 손을 내밀었다.

"아닙니다, 됐습니다……."

"그 고리타분한 조선식 좀 버리세요. 좋은 것만 남겨놓고 허식은 버리는 게 어때요. 왜 술은 꼭 기생만 따르는 것이고, 다른 여자들이 술을 따르면 천해진다고 생각하죠? 신식 혁명가가 그리 구식이어서야 되겠어요? 어서 이리 주세요."

윤선숙은 주전자를 빼앗듯이 가져갔다.

구식, 맞는 말이었다. 이광민은 윤선숙을 놓고 자신의 머릿속에서 일어나고 있는 혼란의 원인이 무엇인지를 깨달았다. 그놈의 구식 생각이 신식인 윤선숙의 언행을 제대로 이해하지 못하도록 훼방 놓고 있었던 것이다.

"어머, 무정해라. 혼자만 마실 거예요? 저도 반찬을 주셔야죠. 방금 지도를 했는데도 효과가 없군요."

빈 술잔을 든 윤선숙이 아동을 나무라듯이 이광민을 빤히 쏘아보고 있었다.

"아 예에, 워낙 열등생이라……."

술주전자를 드는 이광민의 표정은 당황스러운 것도, 씁쓰름한 것도, 어색스러운 것도 아닌 복잡미묘한 것이었다.

"너무 염려하진 마세요. 그냥 기분 좋아서 그러는 거니까."

술을 받으며 윤선숙이 중얼거리듯 말했다.

"아닙니다. 제가 멍청한 놈이죠. 세상에 반찬 없는 밥이 어디 있겠습니까."

윤선숙이 쿡 웃었다.

"자아, 건배합시다."

"어머, 금방 우등생이 됐네요."

둘이는 술잔을 부딪쳤다. 그러면서 환하게 웃었다.

"이렇게 부라의 바다를 바라보면서 술을 마시는 기분이 어떠세요?"

술을 찔끔 입에 댔다가 진저리를 치고 난 윤선숙이 물었다.

'부라'는 블라디보스토크를 러시아인들이 줄여서 부르는 말이었다. 하바로프스크는 '하바'라고 했다.

"글쎄요, 감개무량하다고 해야 하나요? 여길 밤에만 숨어서 접근했던 때는 이런 날이 오리라고 상상을 못했었지요."

이광민의 뇌리에는 이삼 년 전의 일들이 빠르게 스쳐 지나가고 있었다.

"부라에 정이 드셨어요?"

"글쎄요. 우리 같은 사람은 어디에 정들면 안 되는 것 아닙니까?"

이광민이 반 남은 술잔을 비웠다.

"오빠와 똑같은 말씀이시군요. 곧 어디로 떠나시게 되나요?"

이광민은 윤선숙의 말이 날카롭게 허를 찌르고 든다는 것을 느꼈다.

"아닌데요, 아직 별다른 계획이 없는 걸로 알고 있는데요."

이광민은 아주 덤덤하게 대꾸했다.

"절 속이시는 거죠? 저도 알 만큼은 알고 있는데."

윤선숙은 이광민의 얼굴에서 눈길을 떼지 않고 있었다.

"글쎄요, 우리가 하는 일을 선숙 씨한테 다 말해 줄 수는 없지만, 지금 물은 것을 속이고 있지는 않습니다. 헌데, 어째서 그런 생각을 하시죠?"

"……어쩐지 그런 느낌이 들어요. 일본군들을 연해주에서 다 몰아냈고, 두 달 전에 여기서 오르그뷰로(조직국)가 결성되지 않았어요? 그게 이르쿠츠크파가 핵심을 장악했으니까 이동휘 선생은 더 궁지에 몰린 것 아니에요?"

그럼 이동휘 선생 휘하에 있는 당신네들은 무슨 변동이 일어나는 것이 아니냐는 말은 생략되어 있었다. 아니, 윤선숙은 빤히 쳐다보는 강한 눈길에 그 말을 담고 있었다.

이광민은 가슴이 뜨끔한 것을 느꼈다. 그러나 학교 선생을 하고 있는 윤선숙이가 그런 정도의 사실을 알고 있고, 그런 예상을 할 수 있는 것은 놀랄 만한 것이 아니기도 했다.

"예, 잘 보셨어요. 이동휘 선생의 입지가 자꾸 어렵게 되고 있는 건 사실이지요. 허나 아직 무슨 변동이 생긴 것 같지는 않습니다."

이 대목에서 이광민은 벽을 치고 있었다. 이미 어떤 변화들이 일어나고 있었던 것이다. 다만 그 변화가 구체적이지 않을 뿐이었다. 그럴수록 그 낌새가 외부에 비쳐져서는 안 되는 것이었다.

"이 선생은 조선혁명을 위해 싸우시죠?"

이광민은 그저 웃었다.

"당에 가입하셨나요?"

이광민은 고개를 저었다.

"그럼 여기서 더 할 일이 없으시잖아요."

이광민은 비로소 윤선숙의 마음속에 도사리고 있는 궁금증을 찾아냈다.

"그렇지 않습니다. 만주가 옆에 붙어 있는 한 연해주에서는 여전히 할 일이 많습니다."

이광민은 마음속의 복잡한 생각과는 달리 이렇게 말했다. 그건 엄연한 사실이었기 때문이다.

"네, 알았어요. 편히 쉬게 해드린다고 해놓구선 제가 괜히 골치 아픈 얘길 꺼냈나 봐요. 오빠한테 야단맞겠어요."

윤선숙은 홀가분한 표정으로 밝게 웃으며 해삼토막을 찍어들었다.

"오빠한테 일러야지요."

이광민은 술잔을 들었다.

"아이, 그러시면 전 어떡해요."

윤선숙은 큰 눈을 흘기며 어리광 부리는 아이 같은 목소리를 냈다.

이광민은 누가 들을까 봐 얼굴이 화끈해지는 것을 느꼈다.

갑자기 밖에서 싸우는 고함소리가 들렸다. 그런데 그 소리는 중국말이었다. 이광민과 윤선숙의 눈길은 밖으로 쏠렸다. 물지게를 진 중국사람 둘이서 대거리를 하고 있었다. 누구 하나가 물장사를 방해했는지도 모를 일이었다.

"저 사람들은 나라를 뺏긴 것도 아니면서 왜 여기까지 와서 저러는지 몰라."

윤선숙이 얼굴을 찌푸리며 내쏘았다.

"되놈들 밤낮 저렇지비."

밖을 내다보던 주모가 침을 뱉으며 돌아섰다.

중국인들은 신한촌의 야산과 시내로 넘어가는 고개 사이의 저지대에 작은 움막마을을 이루고 살았다. 그들은 천한 일을 도맡아 가면서 생계를 유지해 나가고 있었다.

그들은 신한촌을 생활근거지로 삼고 있었다. 그들 대부분은 신한촌의 변소 치우는 일을 생업으로 삼고 있었다. 그 다음 많은 것이 물장사였다.

삼면이 바다로 둘러싸여 염소 젖꼭지처럼 대륙에 붙어 있는 블라디보스토크에는 물이 귀했다. 야산인 신한촌에서 우물을 파도 짠물이 나올 지경이었다. 신한촌의 공동수도는 철도변에 박혀 있었다. 그 거리는 신한촌 사람들이 비탈길을 내려가 물을 받아가지고 다시 올라오기는 너무 멀고 고생스러웠다. 그래서 살림에 여유가 있는 사람들은 중국물장수들에게 물을 사먹었다.

그리고 얼마 안 되는 중국인들이 조선사람들이 좋아하는 콩나물을 대량으로 길러 팔았고, 러시아인들은 먹지 않는 생선인 가자미만 팔고 다니는 사람도 몇이 있었다. 그런 중국인들은 신한촌에서 천덕꾸러기였다.

"다 잘살아 보겠다고 타국까지 온 것 아니겠소. 우리도 저 사람들한테서 생활력 한 가지는 배울 게 있어요."

이광민은 밖을 내다본 채 말하고 있었다.

"네, 그렇기는 해요. 우리 조선사람들은 체면을 많이 따지는데 저 사람들은 돈벌이야 하면 체면이고 뭐고 없어요."

"이제 나가볼까요?"

이광민이 불콰해진 얼굴로 미적거렸다.

"아니, 벌써 술 다 마셨어요?"

윤선숙의 큰 눈이 더 커졌다.

"맘놓고 편히 쉬라면서요? 그래 맘놓고 편히 마셔버렸습니다."

이광민이 거침없이 웃어댔다.

아, 멋있어. 장부다워.

윤선숙의 가슴에서는 회오리바람이 어지럽게 일고 있었다.

"그럼 술은 그만하고 밥 드세요."

윤선숙은 회오리바람을 재우려는 듯 빠르게 말했다.

"아니 무슨 소립니까? 기껏 밥을 먹고 또 먹으라니요?"

"그건 농담이었잖아요."

"아니, 진담이었습니다."

이광민이 몸을 일으켰다.

"큰일 하실 분이 때를 거르면 되나요? 몸을 보존해야죠."

윤선숙이 정색을 하며 이광민의 소매를 잡아 앉히려고 했다.

"혹시 소문 들으셨어요? 신채호 선생 같으신 분은 북경에서 사나흘씩 굶으며 글을 쓰신다는 거."

"네에? 여기서 권업신문 만드신 분 아니세요?"

"맞아요. 그런 분에 비하면 난 지금 너무 잘 먹었어요."

이광민은 걸음을 떼어놓았고, 윤선숙은 이광민의 소매를 놓으며 일어섰다.

해가 꽤나 기울어져 있었다. 북행 기차가 저 멀리 달려가고 있었다. 기차에서 내뿜은 연기가 실구름처럼 맑은 하늘로 흩어져 가고 있었다.

두 사람은 말없이 걸어가고 있었다.

윤선숙은 이광민이 일으킨 거센 바람에 휘둘리고 있었다. 그렇게 단호한 면이 있는 줄은 몰랐던 것이다.

아니야, 그러니까 독립투쟁에 나설 수 있는 거지. 하지만…… 하지만…….

이광민은 앞날을 생각하고 있었다. 아무리 생각해도 갈피가 잡히지 않았다. 어느 길로, 어떤 장소에서 투쟁을 해야 하는지 혼란스럽기만 했다. 윤철훈이 어째서 갑자기 딴 일에 나서게 되었는지 불안하기도 했다.

이광민은 걸음을 멈추었다.

"오늘 참 재미있게 잘 쉬었습니다."

윤선숙은 이광민의 얼굴을 올려다보았다. 아까 술집을 나서던 얼굴 그대로였다. 윤선숙은 하려던 말을 접고 말았다.

어디 가실 데 있으세요?

뭐 별로…….

그럼 저 철길을 걸어요.

이렇게 생각했었다. 그러나 이광민의 얼굴은, 예 갈 데가 좀 있어서요, 해버릴 것 같았다. 그건 안 될 일이었다. 그런 일을 당할 수는 없었다.

"네, 다행이에요."

"또 뵙도록 하겠습니다."

"네, 안녕히 가세요."

윤선숙은 먼저 돌아서서 걷기 시작했다.

이광민은 그대로 서서 바다를 바라보고 있었다. 불현듯 유씨의 얼굴이 떠올랐다. 부두노동자로 위장해 있었던 유씨의 최후가 또 가슴을 눌러왔다. 이렇게 해삼위의 통행이 자유로워지면서 유씨의 생각은 더욱 지울 수가 없었다. 윤철훈도 그런다고 했다. 그건 유씨가 남달리 어려운 임무를 수행하고서도 너무 어이없고 황당한 일을 당한 때문이었다.

유씨는 바다에 던져져 죽어갔을까, 불길 너울거리는 화통 속에 떠밀려 들어가 죽어갔을까. 이광민은 다시 가슴이 벌떡거리는 것을 느꼈다.

결국 부두노동자들은 밀린 임금을 떼어먹히고 말았다. 그리고 유씨까지 죽었다. 어차피 왜놈들이 떼어먹기로 작정한 임금인데, 유씨가 나서지 말았어야 했다.

그러나 그건 사후 약방문인 결과론일 뿐이었다. 유씨는 옳았다. 당시의 정의를 지키고 싸우기 위해 유씨는 최선을 다한 것이었다. 그리고 유씨가 조선노동자들의 대표로 배에 올라간 것은 단순히 임금을 받기 위해서만은 아니었다. 위험을 무릅쓰고 부두의 정보를 탐지해 냈던 유씨는 조선노동자들을 위해 자신이 나서는 것이 또 하나의 독립투쟁이라고 생각했을 것이 분명했다. 함경도에서 3·1만세를 주도했다가 체포를 피해 해삼위로 온 사람이었다.

그동안 동지들의 죽음을 숱하게 보아왔다. 그러면서도 유난히 유씨의 죽음이 안타깝고 잊혀지지 않는 것은 왜놈들의 야비한 교활에 속아 넘어갔기 때문이었다. 그 피할 수도 있었던 죽음이 잊혀지지 않을수록 이광민의 가슴속에서는 왜놈들에 대한 분노와 증오가 더욱 뜨거워지고 더욱 커지고 있었다.

다음날 이광민은 독립문거리로 다시 나갔다. 뜻밖에도 윤철훈이 먼저 와 기다리고 있었다.

"아니, 어쩐 일이십니까?"

이광민의 머리는 순간적으로 회전하고 있었다. 윤철훈은 어제 수청을 간 것이 아니라는 판단이었다. 일본군이 없어지면서 교통이 한결 원활해지기는 했지만 하루 사이에 수청을 왕복할 수는 없었던 것이다.

"이 동지, 대강 짐작은 했겠지만 어제 수청을 간 게 아니었소. 선숙이 모르게 하려고 그냥 수청에 간다고 한 것이지."

윤철훈이 미안쩍어했다.

"예, 당연히 그래야지요."

이광민은 무슨 일이 있었는지 눈으로 묻고 있었다.

"갑시다, 어디 좀 조용한 곳으로."

"저쪽 공원은 어떤가요?"

"그럽시다, 거기가 좋겠소."

그들은 신한촌 건너편의 언덕바지에 있는 공원으로 가려고 비탈진 오솔길로 들어섰다. 시내 쪽 큰길로 나가는 지름길인 그 오솔길은 경사가 꽤나 심해 내려갈 때는 자연히 뜀박질을 하게 되었다. 윤철훈이 얼마쯤 내려가다가 뛰기 시작했다. 그 뒤를 따라 이광민이도 뛰었다.

"어떻게, 어제 좀 재미있게 지냈소?"

큰길에 다 내려간 윤철훈이가 이광민을 돌아다보았다.

"예, 아주 재미있었습니다. 참 오랜만에 아이들처럼 재미있게 놀았습니다."

이광민은 어제의 조개·해삼잡이가 너무 상쾌하게 떠올라 그 기분을 그대로 드러내며 말했다.

"아이들처럼 재미있게? 혹시 선숙이가 이 동지를 소학교 아동 취급한 거 아니오?"

"예, 저를 아동 취급해서 조개잡이 해삼잡이를 시키더군요."

이광민은 기분 좋게 웃었다.

"저런 놈에 일이 있나, 위대한 투사한테. 선숙이가 장난이 심해서."

윤철훈도 웃으면서도 좀 어색해했다.

"아닙니다, 함께 잡았는데 아주 즐거웠습니다. 싱싱한 회로 술도 한잔하구요."

"아, 그건 참 잘했소."

별다른 꾸밈이 없이 긴 나무의자들이 드문드문 놓인 공원은 한적했다. 신록의 풋풋하고 싱그러운 기운이 공원 안에 가득했다.

윤철훈은 의자에 자리잡으며 이광민에게 담배부터 권했다.

"어제 오르그뷰로에 호출을 받고 갔었소."

윤철훈이 담배연기를 길게 내뿜었다.

"……"

이광민은 드디어 올 것이 왔다고 생각했다.

"다름이 아니고 우리가 그간에 염려했었던 문제가 결국 목전에 닥쳐왔소."

윤철훈이 또 한숨과 함께 담배연기를 길게 내뿜었다.

"……"

이광민은 두 갈래 갈림길 앞에 서 있는 자신을 느끼고 있었다.

"코민테른에서는 연해주 지역의 모든 단체는 이곳 오르그뷰로 아래로 통일을 이루라는 지시를 내렸소."

"코민테른에서야 당연한 지시겠지요. 그런데 이동휘 선생께서는 어쩌실 작정일까요?"

"이동휘 선생인들 다른 방도가 없으셨던 모양이오. 그 지시를 따르기로 하신 것 같소."

이광민은 그만 고개를 떨구었다.

"그래서 우리 조직도 오르그뷰로의 통일조직이 되도록 준비하라는 것이오."

윤철훈의 말이 끝난 셈이었다.

이광민은 고개를 떨군 채 담배만 빨고 있었다. 윤철훈은 새 담배에 연거푸 불을 붙였다.

"결국 코민테른에서는 이동휘 선생을 완전 제거한 셈이로군요."

이광민은 담배꽁초를 구두끝으로 사납게 비비대며 말했다.

"우리가 걱정했던 그대로요."

"코민테른이 아주 잔인합니다. 22년에 상해파와 이르쿠츠크파의 통합을 지령하고, 이르쿠츠크파가 열세에 몰리자 퇴장을 해서 통합을 무산시키고, 그걸 빙자해서 고려공산당의 해체 명령을 내린 다음 코민테른 산하에 꼬르뷰로를 설치해서 이동휘 선생을 견제하더니만, 다시 작년 12월에 꼬르뷰로를 해체하고 금년 들어 오르그뷰로를 결성시켜 결국 이동휘 선생을 완전 제거하고 말았습니다. 이건 너무 폭력적입니다."

이광민의 목소리는 떨리고 있었다.

"그 단계를 보면 틀림없이 그렇소. 그게 어쩌면 이동휘 선생의 운명인지도 모르겠소."

"이동휘 선생의 운명이 뭐지요? 왜 코민테른은 이동휘 선생을 결국 제거했지요?"

이광민의 목소리는 격해지고 있었다.

"그야 더 말하면 뭘 하겠소. 코민테른에서는 모든 민족주의 색채나 민족주의 성격은 배격하고 용납하지 않으니 어쩌겠소."

"그러니까 그건 이동휘 선생만의 운명이 아니란 말입니다. 우리 모두의 운명이지요."

이광민의 목소리가 더 격해지며 얼굴까지 상기되었다.

"그게 문제요. 우리도 이젠 우리의 생각을 점검할 단계에 온 것 같소."

"점검하다니, 뭐가 잘못됐다는 뜻인가요?"

"아니오. 잘못됐다기보다는 안목을 넓혀 우리의 독립문제도 생각하고, 공산주의도 생각해야 되지 않겠는가 하는 뜻이오."

"그게 그럼 민족의식을 버려야 한다는 뜻 아닙니까?"

"이 동지, 우리 이 자리에서 무슨 결론을 내리려고 하지 맙시다. 나도 이 동지와 똑같이 머리가 혼란스럽고, 앞으로 어찌해야 할지 갈피를 잡을 수가 없소. 이 문제는 앞으로 여러 사람들이 모여 토론을 해가면서 풀어나가도록 합시다. 갑시다, 밥때가 다 됐는데 어디 가서 밥이나 먹으면서 앞일을 궁리해 봅시다."

윤철훈이 이광민의 어깨를 감쌌다. 이광민은 그만 허탈해지고 말았다. 자신의 고민이 바로 윤철훈의 고민이었던 것이다.

"그런데 말이오, 우리가 직시해야 할 사실이 있소. 이동휘 선생이 오늘에 이른 것은 꼭 민족주의 성향 때문만은 아니라는 사실이오. 이 동지도 알겠지만, 이동휘 선생이 20년에 코민테른으로부터 60만 루블을 받지 않았소? 그런데 그 자금 사용에 부정이 있다 해서 말썽이 일어나고, 사용 용도를 공개하라는 요구까지 대두했는데 이동휘 선생은 어찌했소. 끝내 공개를 거절하지 않았소. 그래서 이르쿠츠크파는 지원자금 횡령으로 코민테른에 고발하고, 상해임정은 정부자금 횡령이라는 포고를 내렸소. 그 결과 코민테른에서는 이동휘 선생의 구속을 고려하고, 임정에서는 국무총리직을 사임한 것 아니오. 코민테른의 불신은 그때부터 뿌리가 깊어진 것이란 말이오. 이동휘 선생을 존경하면서도 그 대목은 영 이해가 안 된단 말이오."

윤철훈이 길을 걸어가며 말했다.

"예, 그거야 이동휘 선생의 불찰이지요. 저는 이동휘 선생을 무조건 옹호할 생각은 추호도 없습니다. 다만 제가 그분이 새로 결성하는 조선인군대 업무에 참여했던 것은 조선의 독립을 위해 연해주에서 그분보다 더 열성인 사람을 찾을 수 없었기 때문이지요. 마찬가지로 이르쿠츠크파를 싫어하는 건 공산당의 문제만 앞세웠지 조선의 독립에는 별 관심이 없었기 때문입니다."

이광민의 말은 분명하고도 단호했다.

"이 동지의 말이 백번 맞소. 조선인군대에 소속된 사람들이야 다 그런 생각을 갖지 않았겠소."

두 사람은 더 말이 없이 걸었다.

이제 어디로 가야 할 것인가…….

이광민은 혼란스럽기만 했다. 생각의 가닥이 잡히지 않았다. 바다 쪽으로 눈길을 돌리며 긴 한숨을 쉬었다.

〈8권에 계속〉

아리랑 7

제1판 1쇄 / 1994년 10월 10일
제1판 39쇄 / 2001년 2월 20일
제2판 1쇄 / 2001년 10월 10일
제2판 24쇄 / 2006년 10월 10일
제3판 1쇄 / 2007년 1월 30일
제3판 36쇄 / 2019년 8월 15일
제4판 1쇄 / 2020년 10월 15일
제4판 4쇄 / 2023년 12월 31일

저자 / 조정래
발행인 / 송영석

발행처 / (株)해냄출판사
등록번호 / 제10-229호
등록일자 / 1988년 5월 11일(설립일자 | 1983년 6월 24일)

04042 서울시 마포구 잔다리로 30 해냄빌딩 5·6층
대표전화 / 326-1600 팩스 / 326-1624
홈페이지 / www.hainaim.com

ISBN 978-89-6574-937-0
ISBN 978-89-6574-943-1(세트)

파본은 본사나 구입하신 서점에서 교환하여 드립니다.